U0901937

梅赛德斯先生三部曲

先到先得

STEPHEN KING

FINDERS KEEPERS

〔美〕斯蒂芬·金 著

路旦俊 译

上海文艺出版社

图书在版编目(CIP)数据

先到先得/(美)斯蒂芬·金著;路旦俊译.—上海:上海文艺出版社,2018
(梅赛德斯先生三部曲)
ISBN 978-7-5321-6916-0

Ⅰ.①先… Ⅱ.①斯… ②路… Ⅲ.①长篇小说-美国-现代 Ⅳ.①I712.45

中国版本图书馆 CIP 数据核字(2018)第 247750 号

Stephen King
FINDERS KEEPERS

责任编辑:崔 莉
选题策划:张玉贞
封面设计:陈 晔

先到先得
〔美〕斯蒂芬·金 著
路旦俊 译
上海文艺出版社出版、发行
地址:上海绍兴路 74 号
电子信箱:cslcm@public1.sta.net.cn
网址:www.slcm.com
新华书店经销 上海盛通时代印刷有限公司印刷
开本 890×1240 1/32 印张 13.5 字数 360,000
2019 年 2 月第 1 版 2019 年 2 月第 1 次印刷
ISBN 978-7-5321-6916-0/I·5519 定价:68.00 元

思念约翰·D. 麦克唐纳

只有下到地狱，才能重新认识人生真谛。

——约瑟夫·坎贝尔

狗屎并非就是狗屎。

——吉米·戈尔德

目　录

第一部　掩埋的宝藏

1978年

“天才，醒醒。”

罗思坦不想醒来。梦中的一切太好了。他梦见了自己的第一位妻子，还是他们结婚前的模样，芳龄十七，从头到脚冰清玉洁，赤裸的身子闪烁着迷人的光泽。他和她都赤身裸体。他十九岁，指甲缝里有油渍，但她不介意，至少当时不介意，因为他满脑子都是梦想，而这才是她在乎的。她比他更加相信那些美梦，当然她这样做是对的。她在梦中大笑着，伸手去抓他身上最容易抓住的那个部分。他想往后退缩，但一只手开始摇晃他的肩膀，梦境像肥皂泡一样破碎了。

他不再是十九岁，也不再居住在新泽西州的两居室公寓中。此刻的他差六个月八十岁，居住在新罕布什尔州的一个农场里，并且已经立下遗嘱，死后将他安葬在那里。卧室里有人，脸上都蒙着滑雪面罩，一个红色，一个蓝色，一个鲜黄色。他看到了，试图相信这只是另一个梦——就像有时候那样，美梦会变成噩梦——但那只手松开他的胳膊，抓住他的肩膀，将他拽到了地上。脑袋撞到地上时，他痛得大叫了一声。

“住手，”戴黄色面罩的人说，“你想把他弄晕？”

“快来看，”戴红色面罩的家伙说，“这老家伙下面硬邦邦的，肯定是在做美梦。”

戴蓝色面罩的家伙一直在摇晃罗思坦。他说：“只是撒尿引起的。到了他们这个年纪，什么都没法让他们再勃起。我爷爷——”

“别说了，”黄色面罩说，“谁管你爷爷怎么着啊。”

罗思坦有些头晕目眩，尚未完全从睡梦中清醒过来，但他知道自己遇到了麻烦。他的脑海里浮现出了一个词：入室行窃。他抬头望着逐渐在卧室里清晰起来的三个人，上了年纪的脑袋疼痛不已（由于一直在服用血液稀释药，脑袋的右侧肯定会有一大块淤青），他的心脏壁已经薄到了危险的地步，而他的心脏此刻正怦怦跳动，撞击着左胸腔。三个人低头望着他，他们手上戴着手套，身上穿着格子图案的秋天夹克，头上蒙着吓人的套头露眼帽。入室行窃的家伙，而他现在与镇子相距五英里。

罗思坦尽可能集中思绪，驱散睡意，同时安慰自己，目前的局面至少有一点不算太糟：既然他们不想让他看到他们的脸，那他们可能不会要他的命。

或许吧。

“先生们。”他说。

戴黄面罩的家伙笑着向他竖起拇指：“很好的开始，天才。”

罗思坦点点头，仿佛有人在恭维他。他瞥了一眼床头钟，看到现在是凌晨两点一刻，然后转过头来望着戴黄面罩的家伙，因为后者可能是三个人的头儿。“我没有多少钱，你们尽管拿去，只要你们走的时候别伤害我。”

外面狂风大作，卷起的秋叶拍打着西墙。罗思坦意识到，屋里的壁炉今天第一次点燃。刚刚不还是夏天吗？

“据我们所知，你可不是没有多少钱。”说话的是戴红面罩的家伙。

“嘘！”戴黄面罩的家伙将手伸给罗思坦，“站起来，大天才。”

罗思坦握住伸过来的手，摇摇晃晃地站了起来，坐到床上。他大口喘着气，对于自己的尊容再清楚不过（自我意识既是他这辈子的祸根，也是他这辈子的幸运）：一个老头，身穿松松垮垮的蓝色睡衣，光秃秃的脑袋只有耳朵上方还剩下几簇白发。这就是那位名作家现在的形象，他在约翰·肯尼迪当总统那年登上了《时代》周刊的封面：**约翰·罗思坦，美国避世隐居的天才**。

醒醒，天才。

“先喘口气。”戴黄面罩的家伙说。他说话的语气似乎很关心罗思坦，但罗思坦并不相信他。“然后，我们去卧室，正常人都在卧室里谈事。不着急，先平静一下。”

罗思坦慢慢深吸了几口气，心脏稍稍舒坦了一点。他试着去想佩吉，乳房只有茶杯那么大（小但很完美），却有着光滑的长腿，可是梦境已经如同佩吉一样成为了往事。如今的她只是一个干瘪丑老太婆，住在巴黎，用的还是他的钱。至少约兰德——他对婚姻幸福的第二次尝试——已经死了，因而他不用再付赡养费。

红面罩走出卧室，罗思坦随即便听到从书房里传来了翻箱倒柜的响声。有什么东西掉到了地上。抽屉打开后又关上了。

“好一点了吗？”黄面罩问。见罗思坦点了点头，便又加了一句：“那么过来吧。”

罗思坦被带进了不大的客厅，护送他的左边是蓝面罩，右边是黄面罩。书房里的翻找活动仍在继续。不一会儿，红面罩打开壁橱，将两件外套和三件毛衣推到后边，露出了保险箱。这是必然的事。

好吧。只要他们留下那些笔记本。他们干吗要拿走笔记本呢？这类暴徒感兴趣的只是钱，比《阁楼》杂志中的书信难一点的东西他们可能都看不懂。

只是他吃不准戴着黄色面罩的那个人。听他说话的口气，他像是受过教育。

客厅里的灯全都亮着，窗帘也没有拉下来。如果有哪位邻居还没有睡觉，一定想知道这位老作家的家里在发生什么事……只是他没有近邻。离他最近的邻居也在两英里之外的干道旁。他既没有朋友，也没有访客。偶尔光顾这里的推销员也被打发走了。罗思坦只是那个脾气古怪的老家伙，那位退休的作家，那位隐士。只要他交税，就无人会打搅他。

蓝面罩和黄面罩将他带到安乐椅前，对面是他很少打开的电视。见他没有立刻坐下来，蓝面罩将他推到了安乐椅中。

“轻点！”黄面罩厉声说，蓝面罩后退了几步，嘴里嘟嘟哝哝的。好吧，黄面罩是头儿，是领头犬。

黄面罩穿了条灯芯绒裤子。他双手搁在膝盖上，俯身盯着罗思坦说：“想不想喝点什么，平静一下？”

“如果你是指喝酒，那我二十年前就戒了。这是医生的命令。”

“对你来说是件好事。是参加了什么戒酒讨论会吗？”

“我本来就不是酒鬼。”罗思坦有点恼怒。在这种局面中感到恼怒真是疯了……是吗？深更半夜被戴着不同颜色面罩的人从床上拉出来，天知道应该如何反应。他想知道自己该如何描述这一场景，却没有任何思路；他没有写过这种情况。“大家都以为二十世纪的白人男作家个个嗜酒如命。”

“好吧，好吧，”黄面罩说，那语气仿佛是在安慰坏脾气的孩子，“要水吗？”

“不要，谢谢。我只想要你们三个人离开这里，所以我要和你们实话实说。”他不知道黄面罩是否明白人类交谈最基本的规则：如果有人声称他要实话实说，那么在大多数情况下，这个人准会谎话连篇。“我的钱包在卧室的梳妆台上，里面有八十多美元。壁炉架上有一个瓷壶……”

他用手一指，蓝面罩转身朝那里望去，但是黄面罩没有回头，而是继续盯着罗思坦，面罩背后的那双眼睛流露出被逗乐的神情。罗思坦想，这不管用；但他还是继续说下去。他现在已经睡意全无，既害怕又愤怒，不过他知道自己不该流露出来。

“……里面有钱，是给做家务的人留的，有五六十美元吧。家里的钱就这么多，你们拿上以后就走吧。”

“该死的骗子，”蓝面罩说，“你的钱可比这多多了。我们知道。相信我。”

仿佛这是一出舞台剧，而这句台词就是他的提示，书房传来了红面罩的喊叫声：“有了！我找到了一个保险箱！很大！”

罗思坦早就知道戴红面罩的家伙一定会找到保险箱，但现在他还是心一沉。把现金放在家里真是愚蠢，这样做的唯一原因就是他不喜欢信用卡、支票、股票和过户文件，而这些恰恰是将人们与美国泛滥、最终有害的欠债消费机器捆绑在一起的诱惑锁链。不过，现金或许可以救他一命。钱没了可以再挣，可那一百五十本笔记如果没了，那就完了。

“密码是多少？”蓝面罩戴着手套的手打了个响指，“说出来吧。”

罗思坦怒不可遏，差一点拒绝了。约兰德曾经说过，发怒伴随了他一辈子（“大概在摇篮里就是这德行。”她说），可是他现在又累又怕，如果他再推三阻四，他们会动手打他，逼他说出来。他的心脏病甚至会再次发作，而这肯定会要了他的命。

“如果我说出密码，你们能保证拿上钱之后就走吗？”

“罗思坦先生，”黄面罩说，语气中的善意似乎是真诚的，因而显得很怪异，“你现在没有资格讨价还价。弗雷迪，把包拿过来。”

蓝面罩，也就是弗雷迪，从厨房门出去时，罗思坦感到一丝凉风吹了进来。黄面罩的脸上再次露出了笑容，但罗思坦对他的笑容厌恶至极，还有他那通红的嘴唇。

“好了，天才，说吧。早说早完事。”

罗思坦叹了口气，说出了书房壁橱里嘉达尔保险箱的密码。“左3转两圈，右31转两圈，左18转一圈，右99转一圈，然后复位到零。”

面罩后面的红嘴唇张得更大，露出了牙齿，说道：“我应该猜到的，那是你的出生日期。”

黄面罩大声将密码报给了壁橱里的那个人，罗思坦做了一番推理，尽管这些推理让他感到很不安。蓝面罩和红面罩是为钱而来的，黄面罩可能会拿走属于他的那一份，但罗思坦相信这个一直称呼他为天才的家伙的主要目标不是金钱。仿佛是要加重他的这份怀疑，蓝面罩走了回来，又带进来外面的一阵凉风。他拿来了四个滚筒包，左、右肩膀上各背着两个。

“听我说，”罗思坦两眼直勾勾地盯着蓝面罩说，“不要。保险箱里除了钱之外，没有东西值得你们拿走。其余的只是我随便乱写的东西，但是对我很重要。”

书房里传来了红面罩的叫声：“我的上帝啊，莫里！我们撞大运了！天哪，里面有一吨的现钱！还都装在银行的纸袋里！有几十个呢！”

罗思坦本可以告诉他，至少有六十个，或许多达八十个，每个里面装着四百美元。我那位在纽约的私人会计阿诺德·阿贝尔寄来支票，珍妮将支票兑现后，装在现金袋里带回来，然而我再将它们放进保险箱。只是我很少用钱，因为大笔账单都由阿诺德在纽约支付。我时不时地会给珍妮一点小费，也会在圣诞节给邮差小费，但除此之外，我很少动用这些钱。多年来一直是这样，为什么呢？阿诺德从来没有问过我把钱用到哪里去了。他或许认为我有一两个应召女郎，或者去罗金汉姆赌钱输掉了。

他本可以告诉那位戴黄面罩的家伙（他们叫他莫里），下面这件事才有点滑稽：我从未问过自己这是为什么，就像我从未问过自己为什么一本接一本地将那些笔记本写满。有些事情就是这样。

他本可以将这些事情说出来，却没有吭声，不是因为黄面罩不会明白，而是因为他知道红嘴唇上挂着的笑容已经表明他可能会明白的。

而且不在乎。

“里面还有什么？”黄面罩大声问，他的眼睛仍然死死盯着罗思坦的眼睛，“有箱子吗？装手稿的箱子？大小如我告诉过你的？”

“没有箱子，只有笔记本，”红面罩说，“这该死的保险箱里装满了笔记本。”

黄面罩笑了，仍然死死盯着罗思坦的眼睛：“是手写的吗？天才，你不用打字机吗？”

“求你了，”罗思坦说，“别把它们拿走，里面的素材不能让人看到，都还没有完稿。”

“依我看，永远完不了了。怎么说呢，你只是个大守财奴。”那双眼睛里闪烁的光芒——罗思坦认为那是爱尔兰人眼睛特有的闪烁光芒——此刻已荡然无存。“嗨，好像你不需要再出版任何作品了，对吗？至少没有经济动力。反正你有《逃亡者》的版税，还有《逃亡者在行动》和那本《逃亡者放慢脚步》。大名鼎鼎的吉米·戈尔德三部曲，从来没有绝版过。我们这个伟大国家所有大学都在拿这些书当教材。这要归功于文学老师们的策划，他们认为你和索尔·贝娄[①]同样出类拔萃。你有一大帮大学生读者，他们不得不读你的作品，还不得不买你的书。一切都安排好了，对吗？干吗还要冒险出书，让自己的金字招牌有可能多一条凹痕？你可以躲在这里，假装世界其他地方都不存在。”黄面罩摇摇头，“我的朋友，你让人对便秘型人格有了全新的理解。”

蓝面罩还在门口晃荡：“莫里，要我干什么？”

“到柯蒂斯那里去，把能装的都装上。要是那些包装不下所有笔记本，那就四处找找。即使像他这样窝在柜子里的老鼠，至少也会有一个手提箱。别浪费时间数钱，我想尽快离开这里。”

“好吧。”蓝面罩——弗雷迪——走了出去。

“别这样。”罗思坦说。听到自己颤抖的声音，他也吓了一跳。他虽然有时会忘记自己多大年纪，但今晚没有。

名叫莫里的那个家伙向他探过身，灰绿色的眼睛从黄色面罩的眼孔中凝视着他。“我想知道一些事。只要你说实话，我们或许会留下那些笔记本。你愿意对我说实话吗，天才？”

“我尽量吧，”罗思坦说，“你听我说，我从来不自称是天才，那是《时代》周刊对我的称呼。”

---

① 索尔·贝娄（Saul Bellow，1915—2005），美籍犹太作家，1976年获诺贝尔文学奖，代表作有《奥吉·马奇历险记》《赫索格》《赛姆勒先生的行星》等。

“但我打赌你也从来没有给他们写信提出抗议。”

罗思坦没有作声。他在想，狗杂种，聪明的狗杂种。你什么都不会留下，是不是？我说什么根本不重要。

“我想知道的是，你究竟为什么不能不再去打扰吉米·戈尔德？你究竟为什么非要丢尽脸面？”

这个问题完全出乎意料，罗思坦起初不明白莫里在说什么，尽管吉米·戈尔德是他笔下最为人们熟知的人物，也是后人会记住他的人物（假定后人还会记得他的话）。将罗思坦称作“天才”的同一期《时代》周刊，将吉米·戈尔德称作“一个富庶国度中绝望的美国偶像”。虽然这一评论纯属一派胡言，却让他的作品销售一空。

“如果你是想说我应该在《逃亡者》出版后就收笔，你不是唯一持这个观点的人。”但也差不多了，他完全可以补充一句。《逃亡者在行动》巩固了他作为美国重要作家的声誉，而《逃亡者放慢脚步》是他写作生涯的顶点：佳评如潮，连续六十二周上了《纽约时报》畅销书榜。还有国家图书奖——不是因为他亲临现场接受图书奖，而是因为颁奖词称这三部曲为“美国战后的《伊利亚特》[①]”。

“我并不是说《逃亡者》出版后你就应该封笔，”莫里说，“《逃亡者在行动》同样精彩，甚至更出色。这两本书真实可信。可是最后一本书，伙计，纯粹是瞎胡闹。是在打广告吗？我是说，那是在打广告吗？”

黄面罩接下来干的事让罗思坦感到窒息，也让他的心往下一沉。他若有所思地慢慢扯掉了黄色面罩，展现在罗思坦面前的是一个年轻人，有着典型的波士顿爱尔兰相貌：红头发，绿眼睛，白皙的皮肤永远只会被太阳灼伤，但不会变得黝黑。还有那怪异的红嘴唇。

“房子在郊区？私家车道上停着福特牌轿车？老婆和两个小孩？

---

① 《伊利亚特》（*Iliad*）：古希腊史诗，主要叙述特洛伊战争最后一年的故事，相传为荷马所作。

人人事业发达，这就是你想说的？人人都被人毒害？”

“在那些笔记本里……”

他想说，那些笔记本里还有两部以吉米·戈尔德为主人公的小说，构成整个系列。在其中第一部小说中，吉米·戈尔德意识到郊区生活的空虚，便丢下了自己的家庭、工作以及他在康涅狄格州舒适的家。他一路步行离开，只拿了一个背包，连换洗衣服都没有带。他成为了中年版的辍学孩子，否定自己那物欲横流的家庭，周末在纽约市喝醉后四处漫游，最后决定参军。

“在那些笔记本里什么？”莫里问，“好了，天才，说说看。告诉我你为什么要将他打倒后，再在他的后脑勺上踩一脚。”

罗思坦想告诉他，吉米·戈尔德在《逃亡者西行》中回归自我，他的本我。只是黄面罩此刻已经露出了他的脸，并且从格子呢夹克的右前口袋里掏出了一把手枪。他显得很悲伤。

“你创造出了美国文学史上最伟大的人物之一，然后再给他泼脏水。”莫里说，“一个人如果干出这种事，那么他就不配活在这个世上。”

莫里将枪口对准了罗思坦，枪口像一只漆黑的眼睛。

罗思坦伸出一根手指，由于关节炎的缘故，手指肿胀粗糙。他将手指对准莫里，仿佛那就是他的手枪。看到莫里眨了一下眼睛，微微退缩了一点，他很是得意。“别向我兜售你那狗屁文学评论，早在你来到这个世上之前，我的耳朵就听出老茧了。你究竟多大了？二十二岁？二十三岁？你对生活理解多少？更不用说文学了。”

“足以知道并非人人事业发达。”看到那双爱尔兰眼睛噙着泪水，罗思坦大为惊讶。“别跟我谈人生，尤其是在你躲避这个世界二十年之后。你就像个躲在洞里的耗子。”

这种老生常谈的批评——你怎么敢离开荣誉榜？——让罗思坦勃然大怒——佩吉和约兰德再熟悉不过的那种扔玻璃杯、砸家具的怒火。他很高兴。与其在奉承和哀求中死去，还不如在狂怒中离开人世。

“你打算怎样把我的作品变成现钱？这一点你想过吗？我估计你

想过了。我估计你也知道如何出售一本偷来的海明威的笔记，或者毕加索的某幅画。可是你的朋友不像你这样有学问，是吗？我从他们说话的方式就能看得出来。他们知道你知道的事吗？我相信他们不知道。可是你卖给了他们一份货物清单。你让他们看到了天上的一个大馅饼，并且告诉他们，他们每个人都有一份。我认为你完全做得到这一点。我认为你能说会道，但我相信你的花言巧语很难骗人太久。”

“闭嘴。你说话的口气活像我母亲。”

“我的朋友，你只是个普通小偷。偷那些永远卖不出去的东西是多么愚蠢啊！”

“闭嘴，天才，我这是在警告你。”

罗思坦在想，万一他扣动扳机呢？我就再也不用服药了，再也不用为过去后悔了，再也不用为一路走来像破碎的汽车那样支离破碎的各种关系而后悔了。再也不用强迫自己去写作，积累起一本本笔记本，就像林间小路两旁随处可见的一堆堆兔子粪便一样。脑袋里有一颗子弹或许没有那么糟糕，至少比癌症或者阿尔茨海默症要好，后者对于任何一辈子靠才智谋生的人而言都是最恐怖的事。当然，会有头条消息，可我在《时代》周刊那篇该死的报道刊登出来之前就已经多次上过头条新闻了……万一他扣动扳机，我也就不必再看它们了。

“你真愚蠢，”罗思坦说，他立刻进入了一种狂喜状态，“你自以为比那两位聪明，可你不是。他们至少明白现金可以花掉。”他向前倾了倾身子，目不转睛地盯着那张苍白、布满雀斑的脸：“你知道吗，孩子？正是你这样的家伙让阅读有了一个坏名声。”

“最后一次警告。”莫里说。

“让你的警告见鬼去。让你的母亲见鬼去。要么开枪杀了我，要么滚出我家。”

莫里斯·贝拉米[①]朝他开了枪。

---

① 这是莫里的全名。

2009年

索伯斯家第一次为钱争吵——至少孩子们第一次听到这样的争吵——发生在四月份的一个晚上。那场争吵并不激烈，但即便是最大的暴风雨也是从柔风细雨开始的。彼得和蒂娜·索伯斯当时在起居室，彼得在做作业，蒂娜在看《海绵宝宝》的DVD。虽然已经看过很多遍，她似乎总也看不厌。这算是幸运之事，因为这些日子索伯斯家看不到卡通频道。汤姆·索伯斯两个月前取消了有线电视。

汤姆和琳达·索伯斯在厨房。汤姆往自己的旧背包里装了几根“能量棒”、一个装有碎蔬菜的特百惠饭盒、两瓶水、一听可乐，然后将背包带系紧。

“你就是个傻子，”琳达说，“我是说，我早就知道你属于A型性格，可你这是将A型性格带到了全新的高度。如果你想把闹钟定在五点，可以。你可以接上托德，六点钟赶到市民中心，仍然可以排到最前面。”

“我希望是这样，”汤姆说，“托德说上个月布鲁克公园里有过一场这样的招聘会，有人提前一天就在那里排队了。提前一天哪，琳！”

“托德说过的事多了，而你什么都听他的。还记得吗？托德说彼得和蒂娜肯定会喜欢那个怪物卡车——”

“可这不是怪物卡车，不是公园里的音乐会，不是烟火表演。这是我们的生活。”

彼得抬起头来，与妹妹四目相对。蒂娜意味深长地耸耸肩：别理他们。他接着做代数题。还有四道题，然后他就可以去豪伊家，看看豪伊是不是有新的漫画书。彼得自然没有漫画书可以与他交换着看，他的零花钱已经像有线电视一样断了。

汤姆开始在厨房里来回踱步。琳达走到他身旁，轻轻抓住他的胳膊。“我知道这是我们的生活。”她说。

他们压低嗓门交谈，虽说是免得让孩子们听到后感到不安（她知道彼得早已开始感到不安），但主要还是为了免得发脾气。她知道汤姆的感受，所以对他很是同情。害怕是件坏事，更糟糕的是他感到很耻辱，因为他再也无法完成自己最重要的职责，也就是养家糊口。耻辱一词并不恰当，更准确地说他感到的是羞愧。他在湖滨地产公司干了十年，年年都是公司的顶级推销员，店铺大门上常常挂着他笑容可掬的照片。妻子作为三年级老师所挣的钱只是锦上添花。然而，2008年秋，经济崩溃，索伯斯家成了单收入家庭。

情况并不像汤姆下岗后还会在时来运转时被请回去上班，湖滨地产公司如今只是一栋空荡荡的建筑，墙壁上到处是涂鸦，大门上挂着**出售或出租**的牌子。里尔登兄弟子承父业（他们的父亲也是子承父业），在股市上进行了大笔投资，股市崩盘时，他们几乎失去了一切。汤姆最好的朋友托德·佩恩命运相同，但这对琳达也起不到安慰作用。她本来就觉得托德是个笨蛋。

“你看天气预报没有？我看了。今天会很冷，早晨有湖面上过来的浓雾，或许还会有冰冷刺骨的毛毛雨。冰冷刺骨的毛毛雨，汤姆。”

“太好了，我希望真的会下雨，这样就不会有那么多人，我的机会就会大一点。”他轻轻抓住她的前臂，没有摇晃，没有喊叫——这些后来才会发生。“琳，我得找点事做，这场招聘会是我今年春天最好的机会。我一直在街头徘徊找工作——”

“我知道——”

“什么工作都没有，真是没有。哦，码头那边倒是有几个岗位，机场旁的购物中心也有一点建筑活，可是你真能看着我干那种活吗？我现在体重超重三十磅，身体发福已经二十年了。或许今年夏天我能在城里找到工作——或许还是份文员工作——如果情况稍稍好转的话……可是那种工作薪水很低，可能还是临时性的。所以我和托德准备半夜过去，一直排队等到明天早晨开门为止。我向你保证，回来时一定会有一份工作，而且薪水不错。”

“或许还会有臭虫，让我们个个都染病，然后我们只好省吃俭用来付医药费。”

听到这话，他真的忍不住冲她发火了：“我希望你能给点力。”

“汤姆，看在上帝的分上，我只是想——”

“哪怕是一句‘好啊！汤姆，你很努力，我们很高兴你为家庭额外付出’。我原以为能听到这样的话，难道这个要求很高吗？”

“我只是想说——”

可是她的话还没有说完，厨房门就已经打开又关上了。他出去抽烟了。彼得这次抬起头来时，看到蒂娜的脸上写着难过和担忧。她毕竟才八岁。彼得笑着向她使了个眼色。蒂娜满腹狐疑地冲他笑了笑，然后继续回到那个名为“比奇堡”的深海王国中，那里的老爸不会丢了工作，不会大声嚷嚷，孩子们也不会失去零花钱——除非他们是坏人。

那天晚上出门前，汤姆把女儿抱到床上，亲吻她后说了声晚安。他还吻了一下蒂娜最喜欢的娃娃比斯利夫人，说是为了有个好运气。

“爸爸，事情会好起来吗？”

“那当然，宝贝。”他说。她记住了他声音中的信心。“一切都会好的。你好好睡觉吧。”他走了，步履正常。她也记住了这一点，因为她再也没能看到他那样正常走路过。

马尔伯勒街通往市民中心停车场的车道很陡。车驶上车道最高处时，汤姆说：“哇，等一下，停车！”

“伙计，我后面有车呢。”托德说。

“就一秒钟。”汤姆举起手机，拍了一张人们排队的照片。已经至少有一百个人了。礼堂大门的上方有条横幅，上面写着**上千职位保证供应！**以及**我们与市民同在！——拉尔夫·金斯勒市长**。

托德·佩恩那辆锈迹斑斑的2004年款斯巴鲁后面，有人在摁喇叭。

“汤米[①]，我不想扫你的兴，尤其是在你想铭记这一奇妙时刻的时候，但是——”

“走，走。我拍完了。”于是，托德驶进了停车场，里面靠近礼堂的车位早已停满了车。“我都等不及要把这张照片发给琳达了。你知道她说什么吗？她说我们只要六点之前赶到这里，肯定会排在最前面。”

“我早就告诉过你了。托德伙计从不说谎。”托德伙计停了车，斯巴鲁发出一声“扑哧”，以及一连串的喘息声。“天亮的时候，这里估计会有两千人，还会有电视直播，所有电视台都会到场，包括《都市六频道》、《晨报》栏目和《都市扫描》。或许还会有人采访我们。”

“我只要有份工作就心满意足了。”

琳达有句话说对了，天气很潮湿，空气中弥漫着湖水的味道：那种淡淡的下水道味。气温也很低，他几乎能看到自己呼出的热气。那里已经摆放了多根隔离柱，上面系着印有**请勿跨越**字样的黄色隔离带，将求职者队伍来回折叠弯曲，酷似手风琴上的褶皱。汤姆和托德在最后两根柱子之间排好队，又有人立刻排到了他们身后，大多是男人，其中一些穿着厚厚的羊毛工装，另一些人穿着生意人的轻便外套，他们的商务发型已经开始失去精心修剪的发际。汤姆猜测这支队伍天亮时会一直延伸到停车场尽头，那时离开门还有至少四个小时。

他的目光落在了前面一个女人的身上。女人背着个孩子，母子俩在两个拐弯的前面。汤姆不免有些感叹，在这种阴冷潮湿的夜晚带着

---

① 汤米是汤姆的昵称。

婴儿出来，是多么的无奈。婴儿系在背兜里。女人正与一个魁梧壮实的男子交谈，男子肩膀上挂着一个睡袋，婴儿的目光在母亲和男子之间来回，像是世界上最小的网球迷。有点滑稽。

“汤米，想暖暖身子吗?”托德从包里取出一品脱金铃威士忌，递给汤姆。

汤姆真想说不，因为他还没有忘记琳达在他出门时说的最后那句话——先生，回家的时候嘴里不准有酒味——但他还是接过了酒瓶。外面这么冷，稍微喝一点不会有害。他感到威士忌酒进入体内后，他的喉咙和肚子暖洋洋的。

他提醒自己，在去就业展台前一定要漱口。嘴里有酒味的人别想得到任何岗位。

凌晨两点左右，托德再次将酒瓶递给他时，汤姆拒绝了。但是当托德在凌晨三点将酒瓶再次递给他时，汤姆接了过来。他看了一下瓶子里剩下的酒，猜测托德伙计为了御寒可没有少喝。

好吧，去他的，汤姆心想，然后猛喝了一大口，货真价实的一大口。

“阿塔-宝贝，”托德说，声音听上去略微有点含糊不清，“继续做你的坏小子[①]。”

求职的人不断到来，他们的汽车穿过浓雾，从马尔伯勒街驶近。此时，队伍早已延伸到了隔离柱外，而且不再迂回。汤姆自以为明白这个国家目前面临的经济困难——他自己不是也失去工作，而且是一份很好的工作吗?——可是当一辆辆汽车不断到来，队伍越来越长时（他已经看不到队伍尽头了），他开始有了一个令他不寒而栗的新看法。也许困难一词并不恰当，也许恰当的词是灾难。

在他右边，迷宫般的隔离柱和隔离带一直通往黑漆漆的礼堂的各个大门。那个婴儿开始哭闹。汤姆扭过头去，看到带睡袋的男子正托

---

① 《继续做你的坏小子》，大卫·鲁芬的一首流行歌曲。

着婴儿背兜的两侧，让那个女人（天哪，汤姆想，她好像不到二十岁）将婴儿抱出来。

“那边怎么啦？”托德问，声音更加含糊不清。

“是个孩子，”汤姆说，“女人带着个孩子，不，是个女孩带着个孩子。”

托德朝那里看了一眼，说：“我的天哪，我得说那真是不……不……怎么说呢，不负责任。”

“你喝醉了吗？”琳达不喜欢托德，看不到他身上的优点，而此刻的汤姆也很难说自己看到了托德的优点。

“有一点，门开的时候就好了，我还带了薄荷口香糖呢。”

汤姆想问托德是否还带了眼药水——他的眼睛红彤彤的——但是认定自己现在不想和他谈这个问题。他将注意力转回到那个女人原先站的位置。他起初以为母子俩已经走了，但是往下看时，他看到她怀中抱着孩子，已经躲进了彪形大汉的睡袋里。彪形大汉为她提着睡袋口。婴儿仍然在大声哭泣。

“能不能让小崽子消停点儿啊？”有人喊道。

“谁给社会服务部打个电话吧。”一个女人加了一句。

汤姆想起了幼年时的蒂娜，想象着她在黎明前冒着严寒和浓雾待在户外的情形，真想让那个男人和女人闭嘴……甚至想帮她一把，毕竟大家现在是一条船上的蚂蚱，不是吗？大家都命运不济，神经紧张。

啼哭声慢慢变小，最后停了下来。

“她大概在给婴儿喂奶。”托德说，顺手捏了一下自己的胸前，以做示范。

“是啊。”

“汤米？”

“什么事？”

“你知道埃伦丢了工作吧？”

“天哪，不会吧？我真不知道。”他假装没有看到托德脸上的恐惧，也没有看到托德眼睛里闪烁的泪花——那或许只是因为喝了酒，或者因为天冷，或者都不是。

“他们说形势好转后会给她打电话的，可他们当初也是这样对我说的，而我现在已经失业半年了。我把保险金变成了现钱，现在也用完了。你知道我们银行里还有多少钱吗？五百美元。克罗格超市里现在一条面包要卖一块钱，你知道那五百块钱能撑多久吗？”

“不会太久。”

“你他妈的真说对了。我必须在这里找到活儿，必须。”

“你会找到的，我们都会找到的。”

托德抬头望着那个彪形大汉，见他站在那里，似乎在保护地上的睡袋，免得有人意外踩到里面的母子。“你看他们结婚了吗？”

汤姆一直没有想这个问题，现在思考了一下：“也许吧。”

“那他们两个人肯定都丢了工作，要不然的话，肯定会有一个人留在家里陪孩子。”

“他们也许认为带着孩子过来可以加大找到工作的机会。”汤姆说。

托德开心了一点。“打怜悯牌！这一招不错！”他将酒瓶递了过来，“想来一口吗？”

汤姆喝了一小口，心想：如果我不喝，托德会喝的。

一声高喊将汤姆从威士忌造成的瞌睡中惊醒：“外星球发现了生命！”这句俏皮话博得了一片笑声和掌声。

他环顾四周，看到天已经亮了。虽然浓雾包裹着的晨曦朦朦胧胧，但毕竟天还是亮了。礼堂那排大门再过去，有个人身穿灰色工作服，正推着放了拖把的大水桶穿过大厅——他有工作，很幸运。

“怎么啦？”托德问。

“没什么，”汤姆说，“只是清洁工。”

托德凝视着马尔伯勒街的方向："天哪，还有人过来。"

"是啊。"汤姆说。他心想，要是我听了琳达的话，肯定会排在队伍最后，而这支队伍都快延伸到克利夫兰了。当时早点出来真是英明之举，看到有证据证明这一点总是好事，只是他后悔不该喝托德的酒。他嘴里的滋味像猫屎。倒不是他真的吃过猫屎，而是——

隔着几排蜿蜒的队伍，离那个睡袋不远，有人问道："那是奔驰吗？看着像是奔驰啊。"

汤姆看到从马尔伯勒街过来的入口车道上出现了一个长长的形状，黄色的雾灯闪耀着。车不动，只是停在那里。

"他想干吗？"托德问。

紧随其后的那辆车中的司机肯定也想知道，因为他按响了喇叭——让人恼火的长长的喇叭声，引得大家一阵骚动，发出哼声，回头望去。亮着黄色雾灯的那辆车在原地停留了片刻，然后突然向前疾驰，不是向左驶往已经车满为患的停车场，而是直接冲向困在迷宫般的隔离带和隔离柱中的人群。

"喂！"有人喊道。

人群如潮水般后退，将汤姆推挤到托德身上，托德一屁股坐在了地上。汤姆挣扎着想保持平衡，可就在他快要站稳脚跟时，排在他前面的男子——喊叫着，不，是*尖叫着*——屁股撞到了汤姆的胯部，胳膊肘狠狠顶住了汤姆的胸口。汤姆倒在了托德的身上，听到酒瓶在他们之间的什么地方摔碎了，同时闻到了剩余的酒在地上流淌时散发出的刺鼻气味。

太好了，我身上的气味会像周六晚上的酒吧。

他挣扎着站起身，正好看到那辆车——那是一辆梅赛德斯，一辆豪华轿车，颜色如当天雾中的早晨一般是灰色的——径直冲向人群，将遇到的所有人一一撞飞，并且在地上划出了一道醉醺醺的弧线。血迹从散热器格栅上滴落。有个女人从引擎盖上滑下来，滚了出去，双手向外张着，脚上的鞋子不见了踪影。她拍打着窗户玻璃，抓住一个雨刮器，没有抓牢，身子滚到了一旁。印有**请勿跨越**的黄色隔离带啪的一声断了。一个隔离柱砰的一声撞到了大轿车的一侧，却丝毫未能让车放慢速度。汤姆看到前轮碾过了那个睡袋和那个彪形大汉，后者当时正蹲在地上，举起一只手，保护着地上的睡袋。

轿车此刻正冲着他驶来。

“托德！”他喊道，“托德，快起来！”

他赶紧去抓托德的手，抓住一只手后使劲拉。有人猛地撞到了他身上，他一下子跪倒在地上。他可以听到那凶猛的汽车发动机全速运转时发出的响声，现在已经离他很近。他想爬到一旁，一只脚踢到了他的太阳穴上，踢得他眼冒金星。

“汤姆？”不知怎么回事，托德已经到了他的身后，“汤姆，出什么事了？”

一个身体落到他身上，接着又有别的东西压在他身上，巨大的重量把他向下压，威胁着要将他变成果冻。他的髋骨发出了响声，就像干燥的火鸡骨头。重量又在转眼间消失，取而代之的是一阵剧痛。

汤姆试着抬起头，恰好看到那辆汽车的尾灯消失在浓雾中。他看到玻璃瓶亮晶晶的碎片，看到托德仰面朝天躺在那里，脑袋上流出的鲜血在地上聚集了一摊。他看到了深红色的轮胎印伸向雾霭包裹的晨光中。

他想，琳达没有错，我应该待在家里。

他想，我要死了，也许这样最好，因为我和托德·佩恩不一样，我还没有来得及把保险金提现。

他想，反正那也是早晚的事。

随后，一片黑暗。

四十八小时后，汤姆·索伯斯在医院苏醒过来时，琳达正坐在他身旁，握着他的手。他问她自己能否活下来。她笑着捏了一下他的手，说那当然。

“我是否瘫痪了？告诉我实情。”

“没有，亲爱的，不过你断了很多根骨头。”

“托德怎么样？”

她咬着嘴唇，将目光转向别处：“他还在昏迷中，不过医生们认为他最终会醒过来的，他们是根据他的脑电波还是什么来推断的。”

“当时有一辆车，我躲不开。”

“我知道。当时还有其他人。那准是一个疯子，目前还逍遥法外。”

汤姆不关心开那辆奔驰的人是谁，只要自己没有瘫痪就是好事，可是——

“我究竟有多严重？别骗我，跟我说实话！”

他们四目相对，但她立刻将目光移开，这次是望着床头柜上祝他早日康复的卡片。她说：“你……你得过一阵子才能重新走路。”

“要多久？”

她抓起他伤痕累累的手，亲吻了一下，说：“医生们也无法确定。”

汤姆·索伯斯闭上眼睛，开始哭泣。琳达任由他哭了一会儿，到后来实在忍不住了，便探身向前，使劲拍打吗啡泵上的按钮，一直拍打到吗啡泵停止注射。那时，他已经睡着了。

1978年

莫里斯从卧室壁橱最上面一格扯出一张毯子，将它盖在罗思坦身上。罗思坦歪躺在安乐椅中，天灵盖已经不见了。里面的大脑曾经构思出了吉米·戈尔德、吉米的妹妹艾玛、吉米那以自我为中心且嗜酒如命的父母——很像莫里斯本人的父母——此刻正在墙纸上慢慢变干。确切地说，莫里斯并没有感到震惊，但他确实感到很惊奇。他本以为会有血出来，本以为会是两眼之间的一个孔，却没有料到会是如此华而不实的软骨和硬骨。他猜想，可能正是由于这种想象力的失败，自己才只能阅读美国现代文学巨匠的作品——阅读并欣赏他们的作品——却永远成不了他们。

弗雷迪·道尔从书房里走了出来，两个肩膀上各背了一个滚筒包。他的身后跟着柯蒂斯，低着头，什么也没有拎。他突然跑了起来，绕过弗雷迪，冲进了厨房。一阵狂风吹来，砰的一声将通往后院的门刮得撞到墙的一侧上。随后便传来了呕吐的声音。

“他有点不舒服。”弗雷迪说。他很擅于说出不言自明的事。

“你没事吧？”莫里斯问。

“没事。”弗雷迪头也不回地穿过正门走了出去，还顺手将斜靠在门廊秋千上的撬棍捡了起来。他们原本打算破门而入，但前门没有上锁，厨房门也没有锁。罗思坦似乎对嘉达尔保险箱深信不疑。这就是想象力的失败。

莫里斯走进书房，望着罗思坦整洁的书桌，以及罩着的打字机。他看着墙上的照片，罗思坦两位前妻的照片都挂在那里，年轻、美貌、笑容可掬，二十世纪五十年代的装束，五十年代的发型。罗思坦居然会将这两位被他抛弃的女人挂在墙上，让她们在他写作时望着他，有点意思，但莫里斯无暇思考这一点，也无暇查看书桌里的东西，尽管他非常想翻看一下。只是有必要再去翻找吗？毕竟那些笔记本已经到手，他已经掌握了这位作家的思想，掌握了他十八年前停笔后所写的一切。

弗雷迪最先拿取的是一摞摞装着现金的信封（那当然，弗雷迪和柯蒂斯只明白金钱的意义），但保险箱的架子上还有很多笔记本，都是魔力斯奇的，海明威爱用的牌子，也是莫里斯在少管所梦寐以求的——他在少管所时也梦想着能成为作家。可是，他在河景少管所时，每周只有五张稀烂的蓝马牌书写纸，根本不够他开始创作那部美国小说杰作。他曾请求多给他几张纸，但是没有用。有一次，他提出给负责后勤的埃尔金斯口交一次，报酬是多给他十几张纸，结果埃尔金斯冲着他的脸给了他一拳。这有点滑稽，尤其是想到他在九个月的服刑期间被迫参与过那么多次强奸行为，通常是跪在地上，而且不止一次嘴巴里还塞着他自己肮脏的内裤。

他并没有将遭受强暴的缘由完全归咎到他母亲身上，但她负有部分不可推卸的责任。安妮塔·贝拉米是著名的历史学教授，她的论亨利·克莱·弗里克[①]的专著曾获普利策奖提名。由于名声太大，她也自认为对美国文学了如指掌。正是因为母子间关于戈尔德三部曲的那场争论，才使得他有天晚上怒气冲冲地出门，打定主意要一醉方休。他确实做到了一醉方休，但他尚未成年，看上去年纪也很小。

莫里斯不胜酒力，喝酒的时候干的一些事后来连他自己都不记得了，而且不是好事。他那天晚上干的是强行入侵他人住宅、故意破坏公共财产、与附近一位保安打斗。后者想制服他，等真正的警察到来。

那已经差不多是六年前的事了，但他仍记忆犹新。那一切真是愚

---

① 亨利·克莱·弗里克（Henry Clay Frick，1849—1919），美国企业家，艺术品收藏家，卡内基兄弟公司董事长，死前捐巨款和一座大厦给纽约市，建立弗里克艺术品收藏馆。

蠢透顶。偷车，开着它在城里兜风，然后将车丢弃（或许还在仪表板上撒了尿）是一件事。如果说人不够聪明但是运气还不错的话，完全可以逃之夭夭。可是在蜜糖高地闯进别人家呢？蠢上加蠢。那房子里根本没有他想要的东西（至少他后来根本想不起来）。当他真的想要什么东西的时候呢？当他为了几张破纸提出给人口交的时候呢？脸上挨了一拳。于是他笑了，因为吉米·戈尔德会这样干的（至少在吉米长大发家之前）。接下来发生了什么？脸上又挨了一拳，力道更大。听到鼻子闷声被打裂时，他哭了起来。

吉米肯定不会哭。

正当他仍然贪婪地望着那些魔力斯奇笔记本时，弗雷迪·道尔拿着另外两个滚筒包回来了。他还拿来了一个磨损的真皮旅行袋。“这是在食品柜里找到的，那里还有数不清的豆子罐头和金枪鱼罐头。想想看，真是个怪人，也许他在等世界末日到来。好了，莫里，快点。有人可能听到了枪声。”

“周围没有邻居，最近的农场离这里有两英里，别紧张。”

“监狱里多得是那些不急不慢的人。我们得离开这里。”

莫里斯开始将笔记本堆到一起，但实在忍不住想翻一本看看，只是为了确定没有弄错。罗思坦是个怪人，他完全有可能在保险箱里放一堆空白笔记本，认为自己或许终有一天在上面写点什么东西。

可是不对。

至少这个笔记本上写满了罗思坦工整的小字迹，每一页，从上到下，从左到右，页边的空白处细如线条。

——无法确定这对他为什么重要，他为什么无法入眠。空荡荡的货车车厢载着他，穿过被遗忘的乡间，驶往堪萨斯城，驶往远方睡梦中的国家。美国整个腹部在夜晚这个习惯性的被子下进入了梦乡，然而吉米的思绪却不断回到——

弗雷迪猛地拍了一下他的肩膀，说："别管那玩意儿，赶紧收拾东西。我们已经有一个连肠子都快吐出来了，根本指望不上。"

莫里斯将这本笔记扔进一个包里，默默地又抓起一捧，满脑子想的都是各种可能性。他已经忘记了客厅里毯子下面的那团混乱，忘记了柯蒂斯·罗杰斯正冲着后院里种着的玫瑰、百日菊、牵牛花什么的呕吐。吉米·戈尔德！一路向西，而且是在一辆货车车厢里！罗思坦到底还是继续将他写了下去！

"这些包都装满了，"他告诉弗雷迪，"把它们拿出去。我把剩下的装进旅行袋里。"

"你把那种包叫旅行袋？"

"是的。去吧，这里快完了。"

弗雷迪将滚筒包背到肩上，停留了片刻："你能肯定是这些东西吗？因为罗思坦——"

"他是个守财奴，想守住自己的财宝。他当时什么样的话都会说的。快去。"

弗雷迪走了出去。莫里斯将最后一批魔力斯奇笔记本装进旅行袋，离开了房间。柯蒂斯正站在罗思坦的书桌旁。他已经取下了面罩，三个人都取下了面罩。他脸色煞白，眼睛周围有震惊之余的黑圈。

"你没必要杀了他，不应该的。计划里没有啊。你为什么要那样做？"

因为他让我感到愚蠢。因为他诅咒我母亲，本来应该由我来诅咒她的。因为他称呼我为孩子。因为他让吉米·戈尔德变成了他们当中的一个，所以要受到惩罚。最主要的是因为任何有这种才华的人都无权将才华藏起来，不让世人看到。只是柯蒂斯不会明白的。

"因为这样一来，等我们出售这些笔记本时，它们就会更值钱。"那要一直等到他一字不落地全部看完之后，但柯蒂斯不会明白的，也不需要明白。弗雷迪也一样。他尽量显得耐心、讲理。“约翰·罗思坦所有的未来作品如今都在我们手里了。这样一来，这些未出版的东西就更值钱。你明白了吗？”

柯蒂斯挠了挠苍白的脸颊：“嗯……我想……是啊。”

“还有，这些笔记本出现时，他永远无法说是伪造的。否则，哪怕是出于恶意，他都有可能会说那是伪造的。柯蒂斯，我看过关于他的许多报道，几乎全都看过了，他可是个刻薄歹毒的浑蛋。”

“嗯……”

莫里有句话没有说出来：对于你这种肤浅的头脑来说，那是一个极其深奥的话题。他把旅行袋递给柯蒂斯：“拿着，回到车上之前，不要摘手套。”

“莫里，你应该事先告诉我们一声，我们是你的搭档。”

柯蒂斯向外走去，突然又转过身来，说：“我有个问题。”

“什么问题？”

“新罕布什尔州有死刑吗？”

他们沿着二级公路，穿过烟囱般狭窄的新罕布什尔州，进入了佛蒙特州。弗雷迪开着那辆雪佛兰比斯坎，车很旧，毫不显眼。莫里斯坐在副驾驶座上，保驾护航，膝盖上摊着一本兰德·麦克纳利公司出版的交通地图册，时不时地用拇指摁亮车顶灯查看一下，免得汽车偏离他们事先计划好的线路。他倒是不必提醒弗雷迪不要超速，这并不是弗雷迪·道尔第一次飙车。

柯蒂斯躺在后座上，他们不久便听到了他的鼾声。莫里斯认为他很幸运，似乎已经将恐惧呕吐得干干净净。莫里斯认为自己可能还要过一段时间才能美美睡上一晚。他的眼前不断浮现罗思坦的脑浆从墙纸上往下滴落的画面。挥之不去的不是杀人那一幕，而是那飞溅的才华。一辈子的精雕细琢在不到一秒钟内变成了碎片。所有那些故事，所有那些图像，从那里面出来的东西像一大锅燕麦粥。有什么意义呢？

“你真的认为我们能够出售他的那些小书吗？”弗雷迪问，他又回到了钱上，“我是说，能卖出大价钱吗？”

“是的。”

“而且不会被抓？”

“是的，弗雷迪，我敢肯定。”

弗雷迪·道尔沉默了良久，莫里斯以为这件事就这么定了。可是，弗雷迪又提起了这个话题，而且只说了三个字，干巴巴的，没有声调变化：“我怀疑。”

后来，当他再次被关时——这次已经不再是少管所——莫里斯会想，我就是在那一刻决定杀了他们的。

但偶尔在夜深人静无法入眠时，当他的肛门因为在淋浴房被人鸡奸——十多次被人用肥皂当润滑剂——而火辣辣地疼痛难熬时，他会承认那不是真相。他早就盘算好了。那两个家伙很笨，而且是职业罪犯。他们当中的一人或早或晚（可能或早）会因犯别的事被抓，然后便会为了立功，为了减刑或者免于审判而说出那天晚上的事。

无数个夜晚，当他在囚室里，当美国整个腹部在夜晚这个习惯性的被子下进入了梦乡时，他会想：我只是知道他们必须消失。这是无法避免的。

进入纽约州北部时，黎明尚未到来，但是他们身后地平线的轮廓已经开始在晨曦中显露。他们向西驶入 92 号公路。这条公路与 90 号州际公路几乎一路平行直至伊利诺伊州，再从那里转向南方，逐渐消失在工业城市罗克福德中。在凌晨这个时候，这条公路上几乎没有车辆行驶，不过他们可以听到（有时也能看到）左边的州际公路上卡车川流不息的响声。

他们路过了一个指示牌，上面写着**两英里处服务区**，莫里斯想到了《麦克白》。既然要做，那就快刀斩乱麻。也许原文不一定是这样，但很适用于政府工作。

“在那停一会儿，”他对弗雷迪说，“我要方便一下。”

“那里大概还有自动售货机，”后座上的呕吐家伙说。柯蒂斯已经坐了起来，头发乱糟糟地耷拉在脑袋周围。“我可以去买几块花生酱饼干。”

莫里斯知道，如果有别的车也停在服务区，他只能停手。90号州际公路吸走了原本在这条线路上行驶的大多数车辆，可是一旦天亮，大量地方车辆便会使用这条公路，从一个城镇驶往另一个城镇。

服务区此时没有人，部分原因至少是**严禁在此过夜**的标示牌。他们停车，下车。树上的鸟儿在叽叽喳喳地议论着刚刚过去的一晚，同时商量着今天的计划。几片树叶——在世界的这个部分，树叶已经开始变黄——飘落下来，被风刮得在停车场上飞舞。

柯蒂斯去查看自动售货机，莫里斯和弗雷迪并排走向卫生间的男宾部分。莫里斯并不感到特别紧张。或许人们说的话是真的，经历过一次后就容易了。

他一手为弗雷迪拉着门，另一只手从上衣口袋里掏出手枪。弗雷迪头也不回地说了声谢谢。莫里斯让弹簧门自行关上后才举起枪。他将枪口举到离弗雷迪·道尔后脑勺不到一英寸的地方，扣动了扳机。枪声在贴了瓷砖的卫生间里震耳欲聋，不过任何人在远处听到的话，都会以为那只是90号州际公路上某辆摩托车发出回火的响声。他担心的是柯蒂斯。

其实他根本不用担心。柯蒂斯还站在卖小吃的凉亭那里，头顶上有木屋檐，屋檐下有一块锈迹斑斑的招牌，上面写着**路边绿洲**。他的一只手拿着一包花生酱饼干。

“你刚才听到了吗？”他问莫里斯。看到莫里斯手中的枪后，他着实摸不着头脑。“拿枪干什么？”

“干掉你。”莫里斯说着便朝他的胸口开了枪。

柯蒂斯倒了下去，却没有死，这让莫里斯大为震惊。柯蒂斯似乎离死还远着呢。他在地上扭动着，一片落叶在他的鼻子前翻腾，鲜血开始从他身下流出来，手却仍然握着饼干不放。他抬起头，油腻的黑发耷拉进了眼睛。树木遮掩了这一切，一辆卡车发出低沉的嗡嗡声，从这里经过，沿着 92 号公路向东驶去。

莫里斯不想再向柯蒂斯开一枪，因为在户外，枪声不会有那种空荡的摩托车回火的响声，再说随时会有人在这里停车。“既然要做，那就快刀斩乱麻。”他说，然后一条腿跪在了地上。

“你冲我开枪了，”柯蒂斯上气不接下气，万分惊讶，“莫里，你他妈的打中了我！”

一想到自己多么痛恨别人叫他这个绰号——他一辈子都恨别人叫他莫里，甚至恨那些本该明白事理的老师叫他莫里——他调转枪身，开始用枪托猛砸柯蒂斯的脑袋。砸了三下后仍然无济于事。这毕竟只是一把点三八口径的手枪，重量不大，只能造成一些轻伤。鲜血开始从柯蒂斯的头发里渗出来，顺着他那短而僵硬的脸颊流下来。他在呻吟，蓝眼睛绝望地凝视着莫里斯。他有气无力地挥动着一只手。

“住手，莫里！住手，痛死我了！”

浑蛋，浑蛋，浑蛋，浑蛋。

莫里斯把枪装进口袋，枪托黏糊糊的，上面沾着鲜血和头发。他走到车旁，在外套上擦了擦手，打开司机一侧的车门，看到点火器中没有钥匙。他骂了声*该死*，声音低得像祈祷。

92 号公路上，几辆私家车疾驰而过，然后是一辆棕色的联邦邮政服务卡车。

他一路小跑，回到男卫生间，拉开门，蹲下身，开始翻弗雷迪的口袋。他在左前口袋里找到车钥匙，站起身，匆匆跑到卖小吃的凉亭前。现在肯定有轿车或卡车开进来了，路上的车辆越来越多，一定会有人将早晨喝下的咖啡排泄出来。他将不得不把那个人也干掉，可能还有下一位。他的脑海里浮现出一连串硬纸板娃娃的形象。

但外面连个人影都没有。

他上了车。车虽然是合法购买，现在用的却是偷来的缅因州车牌。柯蒂斯·罗杰斯正慢慢向卫生间方向爬去，他用双手在地上爬，用双脚无力地往后蹬，身后留下了一道细细的血痕。虽然无法确定他想干什么，但莫里斯觉得他可能是想爬到男女卫生间之间墙壁上的付费电话前。

他发动了汽车，心想，不应该是这样。那只是一时冲动的愚蠢行为，而他或许会因此被抓。这让他想起了罗思坦最后那句话：*你究竟多大了？二十二岁？二十三岁？你对生活理解多少？更不用说文学了。*

“我知道我不是什么畅销作家，”他说，“我至少知道这一点。”

他将车驶到车道上，慢慢逼近在水泥人行道上爬行的柯蒂斯。他想离开这里，他的大脑在向他抱怨，要他离开这里，但他必须小心离开，不能再毫无必要地把事情弄糟。

柯蒂斯环视四周，杂乱的脏头发后面那双眼睛睁得很大，里面写满了恐惧。他无力地举起一只手，做了个停车的手势，但随即就从莫里斯的视线中消失了，因为引擎盖挡住了他的视线。他小心翼翼地握着方向盘，继续向前开。车的前部越过了路肩，挂在后视镜上的松树空气清新剂上下左右晃动着。

什么也没有……没有……汽车再次颠簸了一下，随即便是沉闷的炸裂声，类似一个小南瓜在微波炉里炸开的响声。

莫里斯向左打方向盘，又一次颠簸后，比斯坎倒回了停车区。他看了一眼后视镜，柯蒂斯的脑袋不见了。

倒也不完全是不见了。脑袋还在，但散落了一地，变成了糨糊。莫里斯心想，这摊脏东西里可没有损失的才华。

他向出口处驶去，确信路上没有车后，他开始加速。他需要停车，仔细查看车头的情况，尤其是碾压过柯蒂斯脑袋的那个轮胎，但他想先往前开出二十英里再说。至少二十英里。

“我将来会看到一个洗车店。”他说。他觉得这很好笑（极端好笑，极端一词是弗雷迪和柯蒂斯都不明白的），于是放声大笑，长时间地大笑。他严格遵守限速规定。他望着里程表转出一个个数字，即便是以五十五英里的时速，每转动一个数字似乎需要五分钟。他可以肯定，那个轮胎驶出出口时，一定留下了血迹，但是现在应该没有了，早就没有了。现在应该重新驶入二级公路，甚至是三级公路。聪明之举是停车，将所有笔记本——还有现金——扔进树林，可是他不愿意那样做，永远不愿意那样做。

一半对一半的概率，他安慰自己。也许更高。毕竟没有人看到这辆车，新罕布什尔州没有，那个服务区也没有。

他来到一家已经废弃的餐馆，将车驶进一侧的停车场，仔细查看比斯坎的车头以及右前轮。他认为整体情况还不错，但前保险杠上有一些血迹。他扯了一把杂草，将血迹擦掉，然后回到车上，向西驶去。他已经做好了遇见路障的准备，可是一个也没有。

过了宾夕法尼亚州界之后，他在戈万达看到了一家自动投币洗车店。刷子自动刷洗，喷水头冲洗车子，汽车出来时油光铮亮——从车底到车顶。

莫里斯一路西行，驶往那座污秽不堪的小城——当地居民称其为“五大湖区的瑰宝”。他得先静观事态的发展，他得见一位老朋友。此外，家也是一个你只要到那里，大家就会接纳你的地方——这是罗伯特·弗罗斯特[①]的名言——尤其是当那里已经没有人为一个浪子归来发牢骚时。亲爱的老爸多年来一直醉醺醺的，亲爱的老妈整个秋季学期都在普林斯顿大学做客座教授，给学生们讲授一个个强盗大亨的故事，梧桐街上的房子应该空着。对于一位花哨的老师而言，更不用说一位曾获普利策奖提名的作家，那算不上一个家，但这要怪亲爱的老

① 罗伯特·弗罗斯特（Robert Frost，1874—1963），美国诗人，善用传统诗歌形式和口语表达新内容和现代情感，作品主要描写新英格兰地区的风土人情。

爸。再说，莫里斯从来不介意住在那里，怨恨那里的是他母亲，不是他。

莫里斯收听着新闻，可是没有任何关于那位作家被杀的消息，尽管《时代》周刊那篇封面文章称其为“一个冲着沉默的五十年代的孩子叫喊的声音，试图唤醒他们，让他们发出自己的声音”。电台没有报道真是个好消息，但也并非出乎意料。根据莫里斯在少管所里查到的资料，罗思坦的管家每周才来一次。虽然他还有一位勤杂工，但他只有在被叫唤时才会来。莫里斯和那两位已经在天堂的同伙因而挑选了时间，这意味着他完全有理由希望再过六天罗思坦的遗体才会被人发现。

那天下午，在俄亥俄州乡间，他经过一家旧货店，立刻将车倒了回来。他进店逛了一会儿之后，花二十美元买了个旧箱子。箱子很旧，但显得很结实。莫里斯认为那肯定是被偷来的。

2010年

彼得·索伯斯的父母现在常常争吵。蒂娜说他们是吼吼吼一族。彼得认为她这样说有一定道理，因为父母争吵时听上去确实是那样：你吼吼吼，我吼吼吼。彼得有时候想走到楼梯顶上，冲着楼下的父母尖叫，要他们别吵了。别吵了，你们吓着孩子了，他想冲他们吼一声，家里有孩子，孩子，你们这两个笨蛋忘记了吗？

彼得今天没有上学，因为如果下午只有自修课和课外活动，优等生便可以早一点放学回家。他的房门没有关，因而能够听到楼下的动静。母亲的车刚驶入车道，他就听到父亲拄着拐杖，快速穿过厨房时沉重的脚步声。彼得可以肯定，今天的好戏又会以父亲的一句“天哪，你今天回家很早”开场。母亲便会说，他似乎从不记得她每个星期三都会早点回家。父亲接着会说，他还没有习惯住在城市的这个区域，并且会说那感觉就像他们被迫搬迁到了最偏僻、最糟糕的低档区，而不只是“北地”的树名街道区。开场白过后，他们便会开始真枪实弹地吼吼吼。

彼得自己倒是不太在乎搬到北城，这里也没有那么恐怖。虽然只有十三岁，他似乎比父亲更能明白目前家里的经济状况。这或许是因为他不必像父亲那样每天四次服用奥施康定。

他们搬到这里是因为他母亲任教的格雷斯·约翰逊中学关闭了，而关闭该中学是市民委员会削减支出计划的一部分。格雷斯·约翰逊中学的许多老师如今失业在家，琳达至少还在北城的小学谋到了一个职位，既当图书管理员又负责监督学生的自修课。她星期三回家比较早，因为图书室星期三中午就关门了。所有学校的图书室都是这样，这又是一项削减支出的举措。彼得的父亲对此愤愤不平，并且指出委员会成员并没有因此削减他们自己的工资，还称他们为一群茶叶党[①]浑蛋伪君子。

彼得不明白那是什么意思，但是知道汤姆·索伯斯近来对什么都愤愤不平。

他们家如今只有一辆福特福克斯。汽车驶进了车道，母亲下了车，拎着她那只磨损的旧公文包。门廊落水管下面有块地方见不着太阳，那里一直有块冰，本该轮到蒂娜在上面撒盐，将它融化，但她忘记了。母亲避开冰块，垂着肩膀，慢慢上了台阶。彼得最不喜欢看到她那副走路的样子，就像背了一麻袋砖头似的。与此同时，父亲拄着拐杖，重重地快步走进了客厅。

大门开了。彼得等待着。他希望能听到*你好，亲爱的，今天早上还好吗？*

就像如此。

他并不想偷听父母之间的争吵，可现在这个家面积太小，想不听都不行……除非他出去，而这种战略撤退他今年冬天运用得越来越频繁。他有时候觉得，作为家里的大孩子，他有责任听一听。雅各比先生在历史课上总喜欢说知识就是力量，彼得因而觉得这就是他感到自己有责任监视父母口水战升级的原因。因为每一次的吼吼吼都将他们婚姻那块薄布扯得更薄，要不了多久便会彻底撕裂。最好做好准备。

只是为什么做好准备？离婚？这似乎是最有可能的结果。从某些角度来说，如果他们真的分开，情况可能会好一点——彼得越来越强烈地感觉到这一点，只是他到目前为止还没有将这潜意识中的想法

① 历史上的美国茶叶党始于1773年，当时仍属英国殖民地的美国波士顿民众为反抗英国殖民当局的高税收政策，发起了倾倒茶叶的事件，参与者随后被称作茶叶党。2009年2月，美国广播公司电视主持人桑德利在节目中反对奥巴马政府的房屋救济贷款政策，并呼吁茶叶党再现。于是，很快有人谋划并成立茶叶党，如今已成为保守派民粹主义者发泄不满的平台。

说出来——可是从现实世界的角度来说（这又是雅各比先生时刻挂在嘴边的），离婚究竟意味着什么？谁留下，谁离家？如果父亲离开家，目前连路都走不了，没有车他该如何行动？从这个角度来看，他们任何一方有什么资本可以离家？他们早已破产了。

至少蒂娜今天不在家，不用聆听父母间激烈的观点交流。她还没有放学，再说了，即便是放学后，她也可能不会直接回家，或许要到晚饭时才能到家。她终于结交了一个朋友，名叫埃伦·布里格斯，就住在梧桐街和榆树街拐角处。彼得认为埃伦愚蠢透顶，但至少蒂娜不必整天待在家里闷闷不乐，想念原来那个家附近的朋友，不时还抹眼泪。蒂娜每次掉眼泪，彼得都不愿意看到。

至于现在，请大家关掉手机和BP机，灯光即将转暗，今天下午这场《我们深陷困境》即将上演。

汤姆："嗨，你回家很早。"

琳达（疲惫地）："汤姆，今天是——"

汤姆："星期三，对。在图书室早点下班的日子。"

琳达："你又在家里抽烟了，我可以闻出来。"

汤姆（开始生闷气）："只抽了一支，而且是在厨房里，还开了窗户。午后的台阶上有冰，我不想冒摔跤的风险。彼得又忘记在冰上面撒盐了。"

彼得（旁白）："既然家务活是他排的班，他应该知道今天其实轮到蒂娜。他服用的那些奥施康定不是止痛片，而是让人变蠢的药片。"

琳达："我还是能闻到烟味，你知道房东不许——"

汤姆："好吧，好吧，我知道了。我下次一定要到外面去抽，哪怕摔跤也行。"

琳达："汤米，不只是房东的问题。二手烟对孩子们不好，我们讨论过这一点了。"

汤姆："是讨论过，是讨论过……"

琳达（越来越激动）：“还有，一包烟现在要多少钱？四块五？五块？”

汤姆：“天地良心，我一周才抽一包！”

琳达（拿出了她的算术法宝，向他的防御体系发起攻击）：“一包五块，一个月就是二十多块，而且全从我的工资里支出，因为这个家现在——”

汤姆：“哦，我们又来了——”

琳达：“只有这一份工资。”

汤姆：“你总是不忘提及这一点，乐此不疲，是吗？或许还觉得我是故意让车轧的，为的就是可以在家游手好闲。”

琳达（沉默了良久）：“家里还有酒吗？我得喝上半杯。”

彼得（旁白）：“老爸，说家里有啊。快说啊。”

汤姆：“没有了。你大概希望我拄着拐杖去佐尼便利店，再给你买一瓶。当然，你得先预支给我这个月的零花钱。”

琳达（已经带哭腔了）：“看你这态度，好像你被车轧全怪我。”

汤姆（嚷了起来）：“谁都不怪，所以我才会发疯！你明白了吗？他们连那家伙都没有抓到！”

听到这里，彼得再也受不了了。这是场愚蠢的表演。他们或许没有意识到，但是他已经看清了。他合上文学课布置的小说——一个名叫约翰·罗思坦的家伙的作品，晚上再看。他现在必须出门，呼吸一点没有火药味的空气。

琳达（静静地）：“至少你活了下来。”

汤姆（越来越煽情）：“我有时候觉得自己还不如当时就死了。你瞧我这样子，每天靠奥施康定撑着，却照样疼痛，因为除非我加大剂量，送掉半条命，否则那鬼药根本不管用。靠老婆的工资过日子，家里的收入比以前少了上千倍，全是因为那些该死的茶叶党分子——”

琳达：“说话注意点——”

汤姆："房子呢？没了！电动轮椅呢？没了！积蓄呢？快没了！而我现在连他妈的一包烟都抽不上！"

琳达："要是你觉得发牢骚可以解决问题，请随便，可是——"

汤姆（吼了起来）："你把这称作发牢骚！我说这就是现实。你是想要我把裤子脱了，让你好好看看我的腿变成什么样了吗？"

彼得没有穿鞋，悄无声息地下了楼。客厅在楼梯口的右边，但他们都没有看到他。他们面对面地站在那里，正忙着上演一场谁也不会付钱观看的破戏。父亲庞大的身躯倚靠在拐杖上，两眼通红，双颊胡子拉碴；母亲咬着双唇，将钱包挡在胸前，仿佛那是一道盾牌。真是可怕，而最糟糕的部分呢？最糟糕的部分是他爱他们。

他父亲没有提及应急基金。市民中心惨案发生一个月后，市里唯一仍在发行的报纸与三家地方电视台合作，启动了应急基金项目。布莱恩·威廉姆斯[①]还在全国广播公司《晚间新闻》节目中做了一个特别报道——这座坚忍不拔的小城如何在灾难来袭时进行自救，所有那些爱心，所有那些援助之手，所有那些等等等等，下面我们采访一位发起人。应急基金让大家仅仅感觉好受了六天。媒体没有提到，这个基金实际筹集到的数额非常小，甚至在组织了数次慈善行走、慈善骑行以及一位"美国偶像"亚军举办的一场音乐会之后。应急基金之所以筹集到的数额比较小，是因为大家现在日子过得都不容易。还有，筹集到的资金得分给那么多人。索伯斯家收到了一张一千二百美元的支票，然后是一张五百美元的支票，然后是一张二百美元的支票。上个月的支票已经注明为**最后一笔**，而且只有五十美元。

杯水车薪。

彼得溜进厨房，抓起靴子和外套，走了出去。他首先注意到，屋后的台阶上没有冰；他父亲在这一点上完全撒了谎。天气比较暖

---

① 美国全国广播公司《晚间新闻》主播。

和，结不了冰，至少在有阳光的地方是这样。虽然还有六个星期才会进入春季，但目前冰消雪融的情况已经持续了近一周，后院只有树荫下还剩下几处残冰。彼得穿过院子，走到院墙前，从后门走了出去。

住在北城的树名街道有一个优点，那就是梧桐街后面那片未开发区。五英亩杂乱的土地，面积与一个街区相同，上面长满了灌木林，一路下坡直达一条冰冻的小溪旁。彼得的父亲说，这片土地一直就是这样，而且很可能还会长时间保持这样，因为就土地所有权以及在上面建什么而引发的争吵没完没了。他告诉彼得："最终，在这种事情上，只有律师能获胜。记住这一点。"

在彼得看来，那些希望从父母那里得到一点精神健康假期的孩子也能获胜。

一条小径穿过冬季萧索的树木，呈对角线蜿蜒曲折，最终在桦树街娱乐中心结束。这里很久以来一直是北城的青年活动中心，但该中心如今也时日不多。天热的时候，年龄大一点的孩子会在小径周围游荡——抽烟，吸毒，喝啤酒，或许还与他们的女朋友交媾——但不是在这个季节。没有大孩子就等于没有麻烦。

有时候，如果父母争吵激烈，彼得就会带妹妹一起沿着小径走，而这种情况正变得越来越频繁。他们抵达娱乐中心后，会投篮，看录像，或者玩跳棋。他不知道一旦娱乐中心关闭后，自己还能将她带往何处。除了佐尼便利店外，似乎无处可去。一个人时，他大多只走到小溪前，如果河水流淌，便往里面扔石头，溅起水花；如果河面结冰，便朝冰面上扔石块，任由它们弹跳而去。看看自己是否能打发时光，享受宁静。

这种吼吼吼的局面已经糟糕透顶，但他最害怕的却是他父亲——现在服用奥施康定后总是有点亢奋——某一天真的有可能对他母亲动粗，而这几乎肯定将把他们那块薄薄的婚姻之布扯裂。万一没有呢？万一她忍受了被打呢？那样情况会更糟糕。

永远不会发生，彼得安慰自己。老爸永远不会的。

可万一他会呢？

这天下午，小溪河面依然覆盖着冰，但冰面看似破烂，上面有几块大黄斑，仿佛某个巨人停下脚步在这里撒了泡尿。彼得不敢从上面走过去。如果冰面突然破裂，他有可能会掉进水里或者发生其他事。溪水虽然只有脚踝那么深，但他不想回家后解释为什么裤子和袜子弄湿了。他坐在一根倒伏的圆木上，朝小溪扔了几块石头。小石头在冰面上弹起后滚到了远处，大石头穿过黄色斑点，掉进了水里。然后，他盯着天空看了一会儿。巨大的絮云自西向东从天空飘过，更像春天的浮云，没有冬日的迹象。有块云朵宛如一个驼背老妇（也许是背了个背包）；有朵云像兔子，有朵云像龙，还有一朵像——

左边传来了轻微的倒塌声，分散了他的注意力。他转过身去，看到堤岸有一块凸出在外的地方，经过一个月的融雪侵蚀后倒塌了，露出了树根。这棵树早已不牢靠地倾斜着。坍塌之后露出的空间看似一个洞穴，而且除非他自己弄错了——他估计那有可能只是一个影子——那里面有什么东西。

彼得走到大树旁，抓住一根树叶已经凋零的树枝，弯下腰去看个仔细。里面确实有东西，而且体积很大。大概是某个箱子的一角？

他费劲地下到岸边，用靴子后跟在泥泞的泥土中挖出了几个临时台阶。来到坍塌处下方之后，他蹲下了身子。他看到了已经开裂的黑色皮革和金属条，金属条上面还有铆钉。一端有个把手，大小如马镫。那是一只大箱子。有人在这里埋了一只箱子。

他又是好奇又是兴奋，一把抓住把手，猛地将它往外拉，但是大箱子纹丝不动，牢牢地陷在里面。彼得又使劲拽了一下，只是为了敷衍自己。这箱子他肯定弄不出来，除非有工具。

他蹲坐下来，双手垂在大腿之间，正如他父亲还能蹲坐之前经常采用的姿势，盯着那只大箱子从盘根错节的黑土中伸出来。虽然此刻想起《金银岛》[1]（他们一年前英语课上读这本书时也将它称作“金甲虫”）或许有点疯狂，但他确实想起了那本书。算是疯狂吗？这是真的吗？除了告诉他们知识就是力量外，雅各比先生还强调逻辑思考的重要性。如果箱子里没有值钱的东西，干吗要将它埋在树林里？这种想法难道不符合逻辑吗？

而且已经埋了很久，只要看上一眼就能明白这一点。皮革已经开裂，原本黑色的皮革有些地方已经变成了灰色。彼得想到，要是使出浑身的劲拉那个把手，只要拉上几次，把手就会断裂。金属捆绑带颜色发暗，锈迹斑斑。

他打定主意后，沿着小径匆匆回家。他进了大门，走到厨房门口，侧耳倾听。里面没有说话的声音，电视也关了。父亲大概在卧室午睡（卧室在一楼，虽然房间很小，但父母好睡在那里，因为父亲现在上楼还很困难）。母亲可能也在卧室里，他们有时候会以这种方式和解。不过，她更有可能在洗衣房里，那里也兼当她的书房，在里面写简历，进行网上求职。他父亲可能已经心灰意冷（彼得不得不承认父亲这样做有他的缘由），但是母亲还没有。她想回到学校当全职教师，而且不完全是为了钱。

他们家有一个独立小车库，但是除非会有暴风雪，否则母亲从来不将福克斯停在里面。车库里堆满了从原来的家里搬来的东西，他们现在租住的这个房子比较小，没有空间放那些玩意儿。车库里有他父亲的工具箱（汤姆已经在某个拍卖网上挂出了这些工具，但是到目前为止还没有得到他认为合适的价格），有他和蒂娜的旧玩具，有装盐的桶（里面还插着勺子），还有几件草坪和花园工具靠后墙放着。彼得选了一把铁锹，像士兵握着步枪那样握着它，沿着小径跑了过去。

他小心翼翼地踩着刚才弄出的台阶，下到小溪旁，开始清理露出箱子的小塌方。他尽可能将掉落的泥土回填到树下的空洞中，虽然无

---

① 英国作家罗伯特·路易斯·史蒂文森（Robert Louis Stevenson，1850—1894）的作品。

法将盘曲的树根完全掩盖住，却将箱子露出的一段完全遮挡了起来。这是他所想要的。

至少目前是。

吃晚饭时父母又打起了口水仗，不算激烈，蒂娜似乎也不在意，但是他刚做完作业，蒂娜就进了他的房间。她穿着廉价睡衣，拖着比斯利夫人——这是她最后一件也是最重要的知心娃娃。她仿佛又回到了五岁时。

“彼得，我能在你床上待一会儿吗？我刚做了个噩梦。”

他本想让她回自己房间去，随即觉得那样做可能会给自己带来厄运（他的脑海里时刻想着那只深埋的箱子），而且也有点刻薄，尤其是看到她那双美丽的眼睛下面的黑眼圈。

“当然可以，就一会儿，但是不能把这变成一种习惯。”这是他们的母亲挂在嘴边上的一句话。

蒂娜跳到床的另一边，紧挨着墙——这是她所选的睡觉姿势，仿佛准备在这里过夜。彼得合上《地球科学》课本，坐到她身旁，皱起了眉头。

“蒂娜，娃娃报警了。比斯利夫人的脑袋顶着我的屁股了。”

“那我把她挪到我的脚边。好一点了吗？”

“万一她喘不过气来呢？”

“你真笨，她又不会呼吸。她只是个娃娃，埃伦说要不了多久我就会玩厌的。”

“埃伦是个笨蛋。”

“她是我朋友。”彼得意识到她并没有完全反驳他的话，所以有点高兴。“可是她的话大概是对的，人总会长大的。”

“你不会。你永远都是我的小妹妹。别睡着了，再过五分钟就回自己房间去。”

“十分钟。”

“六分钟。”

她想了想，说：“好吧。”

楼下传来了低低的呻吟，紧接着便是拐杖的笃笃声。彼得顺着声音向厨房望去，父亲会坐下来，点上一支烟，向后门外吐出烟雾。那会引燃火炉的，而且按照他们母亲的说法，炉子烧的不是油，而是钞票。

“你觉得他们会离婚吗？”

彼得倍感震惊：首先是她提出了这个问题，其次是她提出这个问题时那种成年人般的不带感情的口吻。他说当然不会，但随即想到自己多么讨厌那些成人对儿童说谎的电影，而所有电影似乎都是这样。

“我不知道。反正今晚不会，法院下班了。”

她咯咯咯地笑了。这倒是好兆头。他等着她再说点别的，但是她却没有。彼得的思绪转向了小溪岸上那棵大树下埋着的箱子。他在做作业时总算没有去想它，可是……

我没有不去想它，那些思绪一直在那里。

“蒂娜？你得去睡觉了。”

“我不……”她说话的声音已经快睡着了。

“要是你发现财宝，你会怎么办？一个埋藏的箱子，里面装满了珠宝和金达布隆？”

“达布隆是什么？”

“古时候的金币。”

“我会交给爸爸妈妈，这样他们就不必再争吵了。你不会吗？”

“会的，”彼得说，“回你自己床上去睡吧，不然我就得抱你过去了。”

按照他买的保险，汤姆·索伯斯现在每周只能接受两次治疗。每星期一和星期五上午九点会有一辆专车来接他，下午四点再送他回来。他会接受水疗，并且会与其他一些久治不愈的伤员或慢性疼痛病人坐成一圈，讨论他们的病情。所有这一切意味着在这两天家里会七个小时没有人。

星期四晚上，彼得睡觉前说自己喉咙痛。第二天早晨，他醒来时说喉咙还在痛，而且觉得自己在发烧。

“你确实在发烧。”琳达把手腕内侧放到他的额头上后说。彼得当然希望是这样，因为他在下楼前一直将脸凑到离床头灯两英寸的地方。“如果明天还不好的话，恐怕得去看医生了。”

“好主意！”餐桌另外一边的汤姆大声说。他正拨弄着盘子里的炒鸡蛋，那神情好像整夜没有睡觉。“也许去看专科医生！我这就给豪车服务公司打电话。蒂娜也要去乡村俱乐部上网球课。不过我认为市区出租车应该有空。”

蒂娜笑了。琳达瞪了汤姆一眼，还没有来得及开口，彼得就说他感觉没有那么糟糕，在家待一天或许就会好的。就算没有好，周末也会的。

“应该吧，”她叹了口气，“你想吃点什么吗？”

彼得确实饿了，但觉得此刻这么说不明智，因为他应该装出喉咙痛的样子。他用手捂着嘴，咳嗽了一声。“给我一点果汁就行了。然后，我想上楼再睡一会儿。”

蒂娜第一个出门，蹦蹦跳跳地走到街角，与埃伦一起边等校车，边聊着九岁孩子们所聊的各种古怪话题。接着便是母亲开着福克斯去学校。最后是父亲，拄着拐杖慢慢走向等待他的面包车。彼得从卧室窗户注视着他走出去，觉得父亲现在似乎瘦小了一些。他戴了一顶土拨鼠球队的棒球帽，周围的头发已经开始花白。

面包车开走后，彼得穿上衣服，抓起母亲收在食品柜里的可重复使用的一个购物袋，朝车库走去。他从父亲的工具箱里挑选了一把锤子和一个凿子，装进购物袋里。他操起铁锹走出门后，又回来拿上撬棍。他从未参加过童子军，但是相信有备无患。

早晨很冷，他可以看到自己呼出的热气。但是，等到彼得将箱子周围的泥土挖开，有机会将箱子拉出来时，气温已经到了零度以上，穿着厚外套的他也已经汗流浃背。他将外套挂到一根矮树枝上，小心翼翼地看了一下四周，以确保小溪边只有他一个人（他已经这样环视了好几次）。确定周围没有人后，他抓起一把土，用土擦了擦手掌，就像击球手准备击球前那样。他抓紧箱子一端的把手，同时提醒自己为它万一断裂做好准备。他最不愿意看到的就是从岸上滚下去。如果掉进小溪中，那么他真的会生病。

也许里面只是几件霉迹斑斑的旧衣服……只是为什么有人要将装满旧衣服的箱子埋起来呢？干吗不把旧衣服烧了，或者送给慈善商店？

只有一个办法得知真相。

彼得深吸一口气，屏住呼吸，使劲拉。箱子纹丝不动，旧把手发出了嘎吱声，仿佛在提醒他，但是彼得反而受到了鼓舞。他发现自己现在可以将箱子左右移动一点，因而想到父亲有一次的做法。蒂娜有一颗乳齿松动了却不掉下来，于是父亲在那上面系了一根线，然后猛地一拽。

他跪在地上（提醒自己，要么事后把身上的牛仔裤洗干净，要么把它藏在衣橱深处），朝洞里望去。他看到有根胳膊粗细的树根将箱子后半截牢牢固定在了那里。他操起铁锹，握紧锹把的中间部分，朝树根砍去。树根很粗，他中途休息了好几次，但最终还是将它砍断了。他把铁锹放到一旁，再次抓住把手。箱子比刚才松动多了，几乎随时可以出来。他瞄了一眼手表，十点一刻。他想到，母亲会在课间给家里打电话，看看他情况如何。这不是什么大问题，如果他没有接电话，她可能会认为他睡着了，但他还是提醒自己回家后一定要查看一下电话录音。他抓起铁锹，开始在箱子周围挖土，捣松泥土，切断几根细树根。然后，他再次握住把手。

“这一次，你这该死的，”他冲着箱子说，“这次一定要出来。”

他用力一拉。箱子突然轻易向前一滑，要不是他分腿站着，准会摔一跤。箱子倾倒在洞口，盖子上面覆盖着零零星星的土块。他可以看到正面有那种老式的搭扣，很像工人午餐盒上的那种。还有一把大锁。他再次抓住把手，但这一次把手断裂了。“该死。”他望着双手说。他的双手通红，上面的肌肉在颤动。

好吧，做事要善始善终（这又是他母亲时刻挂在嘴边上的）。他笨拙地死死抓住箱子两侧，摇摇晃晃地后退了几步。这一次，箱子完全出了它的藏身之处，多年来第一次暴露在阳光下。这件老古董湿漉漉、脏兮兮的，上面的配件锈迹斑斑，大约两英尺五长，至少一英尺五高。恐怕还不止。彼得抬起箱子一角，猜测它可能重达六十磅，是他体重的一半，但是他无法知道这六十磅里多少是箱子里面的东西，多少是箱子本身。反正里面不会是金币，如果箱子里装满了金币，他根本无法将它拉出来，更不用说将它抬起来。

他掰开搭扣，抖落了一小团泥土，然后低头靠近锁，准备用锤子和凿子将它砸开。万一砸不开——确实有可能砸不开——他得动用撬棍。但是首先……你只有试过才会知道……

他抓住盖子，肮脏的铰链嘎吱一响，盖子开了。他事后推测，有人买了这只二手货箱子，可能因为锁钥匙丢了，价格比较便宜。不过，他这会儿只是呆呆地盯着箱子里面的东西，丝毫没有意识到手掌已经起泡，没有意识到腰酸背痛，也没有意识到汗水正顺着沾满泥土的脸流淌下来。他没有在想母亲、父亲或者妹妹，也没有在想父母间的口水仗，至少那一刻没有。

箱子里面有一层透明塑料，以保护里面的东西不受潮。他可以看出里面的东西像笔记本。他用手掌一侧像汽车雨刮器一样刮去塑料上面的细土，清理出一块新月般的空处。好吧，里面都是笔记本，很漂亮的笔记本，封面看似真皮，数量好像至少有一百本。但是，里面还有别的东西，还有信封，很像他母亲兑换支票后带回家的那种信封。这些信封上面印着**格兰纳特州立银行**和*您的家乡朋友！*。他后来会注意到这些信封与母亲从科恩信贷银行带回来的信封有些不同，上面没有电子邮件地址，也没有用卡在ATM机上取钱的说明，但是这一刻的他只是目瞪口呆地盯着那一切。他的心在怦怦直跳，眼前有黑色斑点在脉动，他不知道自己会不会昏过去。

真是胡说八道，只有女孩才会昏过去。

也许吧，但是他确实感到头昏眼花，并且意识到部分原因在于他从打开箱子那一刻起就忘记了呼吸。他深吸一口气，快速吐出去，再吸一口气。他感到那口气一直渗透到他的脚趾头。他的头脑立刻清醒了，心脏却比刚才跳得更厉害，双手在颤抖。

那些来自银行的信封里面一定是空的。你知道的，是不是？小说和电影里的人物会发现埋藏的金钱，但是在现实生活中不会有。

只是这些信封不像是空的，里面好像装满了东西。

彼得伸手去拿一个信封，但就在这时，小溪对岸传来了沙沙声。他倒吸一口凉气，猛地转过身去，看到那只是两只松鼠，大概以为雪化了一个星期就意味着春天已经到来，因而在落叶上嬉戏。它们摇晃着尾巴，飞快地上了树。

彼得将目光转回到箱子上，拿起了一个信封，封口并没有封死。他用手指将封口翻开，只感到手指发麻，尽管气温现在已经上升到了零上四度左右。他捏开了信封，朝里面望去。

钱。

二十和五十美元一张的钞票。

“我的上帝啊。”彼得·索伯斯低声说。

他抽出一沓钞票想数一数，可他的手抖得厉害。几张钞票掉到了地上，在草丛中翻飞，他还没有来得及将地上的钱拢到一起，他那火热的大脑就在向他保证，一张钞票上的尤利西斯·格兰特[①]真的朝他使了个眼色。

---

① 尤利西斯·格兰特（Ulysses Grant，1822—1885），美国第18任总统，50美元钞票上用的是格兰特的画像。

他数了数。四百美元。每个信封里四百美元，而箱子里有几十个这样的信封。

他把钞票装回信封里——不容易，因为他的双手现在比弗雷德爷爷[①]在其生命最后一两年里抖得还要厉害。他把信封快速装进箱子，睁大了眼睛，环顾着四周。原本在这片杂草丛生的地方一直显得隐隐约约、无足轻重的车流声此刻听上去非常近，很是吓人。这不是什么金银岛；这是一座城市，居民人数超过一百万，其中许多人如今失业在家，他们巴不得能够弄到箱子里的东西。

思考，彼得·索伯斯告诉自己，看在上帝的分上，思考。这是你所遇到的最重要的事，或许还是你将要遇到的最重要的事，因此认真思考，想出个正确办法。

他首先想到的是蒂娜，靠着他床边的墙壁。*要是你发现财宝，你怎么办？*他当时曾问过她。

交给爸爸妈妈，她回答。

可万一老妈想把它还回去呢？

这个问题很重要。老爸绝对不会——彼得知道这一点——可是老妈就不同了。她有着强烈的是非感。如果他让他们看到这只箱子以及里面的东西，那有可能会引发一场最可怕的口水仗，而且是为了钱。

“再说，还给谁？”彼得低声说，“还给银行？”

这太荒唐了。

真是荒唐吗？假如这笔钱真的是打劫来的财宝，不是海盗的，而是银行抢劫犯的呢？可这些钱为什么还装在信封里，像是刚从银行里取出来的？还有那些黑色笔记本呢？

他可以以后再想这些事，不是现在；他现在要做的是采取行动。他看了看表，已经是十点三刻了。他还有时间，但他必须将时间用好。

---

① 美国电视连续剧《也许是我》中的人物。

“把它花掉或者把它丢掉。”他低声说，开始把格兰纳特州立银行的现金袋一个个扔进棉布购物袋里，里面还装着锤子和凿子。他把布袋放在堤岸顶上，将外套盖在上面。他把塑料布重新塞回箱子里，盖上箱子盖，再使劲将箱子重新推进洞里。他停下来擦擦额头，额头因泥土和汗水变得很油腻，然后他抓起铁锹，开始像疯子一样铲土。他用土把箱子盖住后——大部分吧——然后抓起袋子和外套，沿着小径向家跑去。他将把袋子藏在衣橱最里面，暂时先这样，然后看看母亲是否在电话上给他留言。如果老妈那边没事（如果老爸没有早回家——那将非常可怕），他可以再回到小溪旁，把箱子掩藏得更好。他以后还可以把那些笔记本拿走，但是当他在这个阳光明媚的二月早晨赶回家时，他唯一的念头就是笔记本之间可能夹着更多装钱的信封。或者是在那些笔记本下面。

他想，我得冲个澡，然后把浴缸里的泥土清理干净。这样一来，她就不会问我生病了还在外面干什么。我得非常小心，不告诉任何人。谁也不告诉。

他在冲澡时有了个点子。

1978年

家是你去那里时，他们得接纳你的地方。莫里斯的家在梧桐街上，他赶到那里时，屋里没有灯光，无法驱散傍晚时分的阴郁，也没有人在门口迎接他。怎么会有人呢？他母亲在新泽西讲课，授课的内容是一群十九世纪商人如何想方设法偷窃美国，授课的对象是研究生，而这些人将来在追逐金钱的过程中大概也会继续偷窃能接触到的一切。有些人肯定会说，莫里斯在新罕布什尔州不是也追求金钱吗？可那不是事实。他去那里不是为了钱。

他想把比斯坎停在车库里，不让人看到。妈的，他想让这辆比斯坎彻底消失，可是他得等待时机。他首先要考虑的是宝利娜·穆勒。梧桐街上的大多数人只要电视黄金时段一开始，就会立刻与电视机难舍难分，哪怕有飞碟降落在自家草坪上也不会留意。然而这位穆勒太太却是个例外。贝拉米家的这位隔壁邻居已经将包打听上升到了纯艺术的地步。于是，他首先去了她家。

“哦，瞧瞧谁来了！”她开门时大声说道，仿佛莫里斯刚才把车开进车道时她没有从她家的厨房窗户向外窥视一样，“莫里·贝拉米！长大了，也长帅了！”

莫里斯挤出一个羞怯的微笑：“穆勒太太，你还好吗？”

她给了他一个拥抱，莫里斯别无他法，只好逢场作戏地也拥抱了她。接着，她转过头，大惊小怪地嚷道：“伯特！伯蒂！是莫里·贝拉米！”

客厅传来了一个三音节咕哝声，大概是：“你好吗？”

“莫里，进来！进来！我这就准备咖啡！你猜怎么着？”她那乌黑得不自然的眉毛妖艳地向上一挑，“还有莎拉·李甜品店做的牛油蛋糕!”

“很诱人啊，可我刚从波士顿回来，一路开车过来的，累坏了。我只是不想让你看到隔壁有灯光后打电话报警。”

她放声大笑，笑声像猴子的尖叫一样刺耳。“你想得真是周到!不过你一直都是这样。莫里，你妈妈好吗?”

“还好。”

他无从知道。自从他十七岁在少管所待了一段时间，以及二十一岁没有能够从城市学院毕业起，莫里斯和安妮塔·贝拉米之间的关系就只剩下偶尔一个电话，而且这些电话也是冷淡又客气。那天晚上最后一次争吵之后，他因为非法入侵他人住宅以及其他罪行被捕。从此，母子俩基本上都已相互心灰意冷。

“你真的长结实了，”穆勒太太说，“姑娘们肯定会喜欢。你以前一直很瘦。”

“我给人家盖房子——”

“盖房子！你！我的天哪！伯蒂！莫里斯在给别人盖房子!”

客厅又传来了一声咕哝声。

“后来没活干了，我只好回来。老妈说我可以随便住在这儿，除非她请人把它租出去，不过我大概不会在这里待太久。”

这句话后来果然应验了。

“莫里，进客厅和伯特打个招呼吧。”

“还是改天吧。”他不想再在这里耽搁，于是大声说，“你好，伯特!”

又是咕哝声，在《欢迎回来，科特》节目的笑声掩盖下听不清。

“那么明天吧，”穆勒太太说，再次扬起了她的眉毛，那副样子像是在表演格劳乔[①]模仿秀，“我把牛油蛋糕留着，或许再做一点

① 格劳乔·马克斯（Groucho Marx，1890—1977），本名尤里斯·亨利·马克斯，美国著名电影演员、喜剧大师，以丰富多变的夸张表情著称，模仿者甚多。

奶油。”

“太好了。”莫里斯说。穆勒太太今晚死于心脏病的概率虽然极低，但也不能完全排除这种可能性。正如另一位伟大诗人所言，希望永远在人的心中滋生。

大门和车库的钥匙还在老地方，挂在门廊右边的屋檐下。莫里斯将比斯坎停进车库，然后把从旧货店买来的大箱子搬到水泥地上。他恨不得立刻翻看吉米·戈尔德系列的第四部小说，可是那些笔记本全都混在了一起。再说了，罗思坦的字迹太小，他看不完一页就会闭上眼睛。他确实累坏了。

明天吧，他向自己保证。我得先和安迪聊聊，听听他的意见，看他想怎么处理。然后我再把这些笔记本整理好顺序，开始阅读。

他把箱子推到父亲的旧工作台底下，在角落里找了一块塑料布，盖在上面。他进屋，在每个房间转悠了一圈。屋里的一切几乎还是老样子，令人讨厌。冰箱的冷藏室里只有一瓶酸黄瓜和一盒苏打粉，不过冷冻室内倒是有几盒“饿汉子”牌速食。他取出一盒放进烤箱，把烤箱的温度设在三百五十度，然后上楼进了自己原来的卧室。

我做到了，他想。我成功了。我拥有了约翰·罗思坦十八年来未出版的手稿。

他已经筋疲力尽，懒得为此洋洋得意，甚至懒得为此开心。他在冲澡时差一点睡着，在享用难以下咽的肉卷和土豆时也差一点睡着。不过，他还是强迫自己把它们吃下去，然后拖着沉重的步子上了楼。头落到枕头上才四十秒，他就进入了梦乡，直到次日上午九点二十才醒过来。

美美地睡了一觉，再看到一道阳光倾泻在儿时的床上，莫里斯确实感到欣喜若狂，而且急不可耐地要与人分享自己的喜悦。他的意思是安迪·哈利迪。

他在衣橱里找了条卡其裤、一件薄棉布衬衣，把头发向后梳整齐，偷偷向车库瞥了一眼，确保那里一切正常。他沿着街道向公共汽车站走去时，看到穆勒太太又隔着窗帘向外张望，便开心地朝她挥了挥手。他十点前来到了市中心，步行穿过一个街区，顺着埃里斯大街向快乐酒杯咖啡馆望去，看到那里粉红色阳伞下摆放着露天餐桌。果然，安迪正趁着休息时间在那里喝咖啡。更妙的是，他正背对着莫里斯，所以莫里斯可以悄悄接近他。

他一把抓住安迪那件旧灯芯绒运动外套的肩部，大声说道："咕咕—咕咕！"

他的老朋友——在这座愚昧的城市里确实是他唯一的朋友——吓得跳了起来，转过身来时碰翻了杯子，咖啡洒在了桌上。莫里斯后退几步。他想让安迪吓一跳，却没有料到对方的反应如此激烈。

"嗨，对不——"

"你干了什么？"安迪压低嗓门问，声音很刺耳。眼镜背后那双眼睛含着怒火——莫里斯一直觉得他那副角质框架眼镜有点矫揉造作。"你他妈的干了什么？"

莫里斯没有料到对方以这种方式迎接他。他坐了下来。"干了我们聊过的事。"他仔细观察着安迪脸上的表情，却没有看到他这位朋友通常装出来的那种顽皮的智力优势。安迪显得很害怕。害怕莫里斯？也许吧。明哲保身？几乎可以肯定。

"不应该让人看到我和你在一起——"

莫里斯拎着从厨房拿来的一个棕色纸袋。他从里面掏出一本罗思坦的笔记本，放在桌上，小心翼翼地避开洒在桌上的咖啡。"这是样本，有很多本，至少一百五十本。我还没有来得及数一数，但这确实是中了头奖。"

"把它收起来！"安迪依旧低声说道，活像某部三流间谍片中的某个人物。他的目光左右闪烁，却又总是回到笔记本上。"你这笨蛋！罗思坦遇害的事已经上了《纽约时报》的头版，电视上都在报道这件事。"

这个消息让莫里斯大为震惊。他以为那位作家的尸体至少三天后，甚至六天后，才会被人发现。安迪的反应让他更为震惊：安迪像被逼入绝境的耗子。

莫里斯挤出一丝笑容，希望接近于安迪那种"我聪明到了厌烦我自己的地步"的笑容。"别紧张。在城里这种地方，到处都有孩子拿着笔记本。"他指着街对面的市民广场，"那里就有一个。"

"可是没有拿魔力斯奇的！上帝啊！那位管家知道罗思坦通常在这种笔记本上写东西，报纸上说他卧室的保险箱开着，里面空了！把……它……收起来！"

莫里斯反而将笔记本推到安迪面前，依然小心翼翼地避开桌上的咖啡污渍。他越来越生安迪的气——吉米·戈尔德肯定会说，被他惹恼了——可是当他看到安迪在座位上畏缩的样子，仿佛那笔记本是装着瘟菌的药水瓶，他也感到一种反常的快感。

"拿着，看一看。这一本大多是诗歌。我在公交车上翻了翻——"

"在公交车上？你疯了？"

"——写得不是太好。"莫里斯仿佛没有听到安迪的话，"但毕竟是他本人写的，是亲笔手稿，价值连城。我们聊过，好几次呢。我们聊过怎样——"

"把它收起来！"

莫里斯不愿意承认安迪的妄想症具有传染性，但他多少还是被传染了。他把笔记本放回纸袋里，气鼓鼓地望着他的老朋友（他唯一的朋友）："我并没有建议我们搞一场街头兜售什么的。"

"其他笔记本在哪儿？"莫里斯还没有来得及开口，安迪又说道，"算了。我不想知道。你难道不知道那些东西多么危险？你现在多么危险？"

"我并不危险。"莫里斯说。然而他确实危险，至少从身体角度来说，他很危险。他的脸颊和脖子根都在发烫。看安迪的反应，他仿佛刚刚把屎拉在了裤子里，而不是作下世纪大案。"谁也不会把我和罗思坦联系在一起，我知道要过一阵子才能把它们卖给私人收藏家。我并不笨。”

“把它们卖给收——莫里，你明白自己在说什么吗？”

莫里斯交叉双臂，目不转睛地望着他的朋友。这个人至少一直是他的朋友。“你现在的表现好像我们从来没有谈过此事，从来没有策划过。”

“我们什么都没有策划！那只是我们给自己编的一个故事，我还以为你明白这一点呢！”

莫里斯明白，如果他被抓，安迪·哈利迪完全会对警察这么说。他明白，安迪料定他会被抓。莫里斯第一次清醒地意识到安迪不是那种愿意和他一起逍遥法外的高智商，他只是另一个庸才，只是比莫里斯本人年长几岁的书店店员。

别向我兜售你那狗屁文学评论，罗思坦在他生命最后两分钟内对莫里斯说过，*我的朋友，你只是个普通小偷*。

他的太阳穴开始悸动。

“我早该明白。你所说的那些私人收藏家、电影明星、沙特王子，还有我听不懂的那些人只是空话。你也只是个吹牛大王。”

这是一记重拳，一记明显的重拳。莫里斯看到了，很是高兴，就如同他和母亲最后一次争吵过程中他有一两次成功击中母亲的要害时一样。

安迪向前探过身，满脸通红，可是他刚要开口，就看到一位女服务员拿着一叠餐巾走了过来。“我来把洒出来的咖啡清理干净吧。”她说着便将桌子擦干净了。她很年轻，一头天生的淡黄色秀发，皮肤白皙，很漂亮，甚至可以被称作美人。她朝安迪莞尔一笑，他冲她做了个痛苦的鬼脸，同时躲避着她，就像刚才躲避那本笔记本一样。

他是个同性恋。莫里斯有些疑惑。他是个该死的同性恋。我以前怎么不知道？我怎么从来没有发现？他不妨戴个标识。

安迪身上有许多事他都从未见过，不是吗？莫里斯想起了自己给人家盖房子时有位工友说过的话：有枪没子弹。

女服务员走了，她作为女孩所带来的负面气氛也随之而去。安迪再次探过身来：“那些收藏家就在那里。他们收藏名画、雕塑、初版书籍……得克萨斯州有位石油大王，收藏了早期蜡质圆筒录音，价值一百万美元。还有一位收藏了1910至1955年间出版的所有西部、科幻和惊悚杂志。你以为所有那些东西都是合法买卖的吗？当然不是。收藏家们个个都有病，那些病得最严重的根本不在乎他们梦寐以求的东西是不是偷来的，而且他们肯定不愿意与其他人分享。”

莫里斯以前听过这番长篇大论，他的脸上一定也显露了出来，因为安迪又向前凑了凑，脸几乎与莫里斯贴在了一起。莫里斯可以闻到“英国皮革”味，琢磨着这是不是同性恋喜欢用的刮胡水，就像某种秘密标识。

“不过，你认为他们当中会有人听我说吗？”

莫里斯·贝拉米现在正用全新的目光看待安迪·哈利迪，于是说他估计不会。

安迪噘起下嘴唇：“他们早晚会的。是啊，等我有了自己的店铺，建立起一个客户群，但那需要很多年。”

“我们聊过，可以等五年。”

“五年？”安迪往后一仰，放声大笑，“我也许五年内会有自己的店铺——我已经看中了花边女工巷中的一个小店铺，那里现在是家布店，生意不太好——但是找到土豪买主并且建立起信任需要更长的时间。”

“但是”太多了，莫里斯想，以前可没有“但是”啊。

“要多久？”

“等到二十一世纪到来时，如果笔记本还在你手中，你或许可以让我试试。就算我现在手头有一份私人收藏家的名单，今天就有，他们当中最胆大的也不会碰这么危险的东西。”

莫里斯凝视着他，一时不知该说什么。他最后开口道：“我们策划的时候，你可没有说过这种话——”

安迪的双手轻轻拍着脑袋两侧，然后抱住脑袋。“我们什么都没有策划！你不要把这件事栽到我的头上！永远别想！我了解你，莫里。你偷它们不是为了出售，至少在你看完之前不会把它们卖掉。然后，我估计你可能会愿意将其中一些给予这个世界，条件是价格合适。不过，从本质上说，你只是对约翰·罗思坦这个话题疯狂而已。”

“别这样说我。”他的太阳穴比以往任何时候都跳动得更激烈。

“只要这是实情，我就会这么说，而这恰恰就是实情。你也对吉米·戈尔德这个话题疯狂。你上次入狱就是为了他。”

“我入狱是因为我母亲。她巴不得亲手将我关起来。”

“无所谓，反正是无法改变的事实。我们说的是现在。除非你运气不错，否则警察很快就会找到你，大概还会带上一张搜查证。如果他们敲门时，那些笔记本还在你手中，那你就死定了。”

“他们干吗要来找我？谁也没有看见我们，看见我的搭档……”他使了个眼色，“我们暂且说死人是不会开口的。”

“你……什么？杀了他们？把他们也杀了？”安迪的脸上写满了恐惧。

莫里斯知道自己不该说的，但是——真可笑，“但是”一词总是冒出来——安迪真是讨厌至极。

“罗思坦那个镇子叫什么？”安迪的眼睛又开始左顾右盼，仿佛他认为警察现在就会持枪包围上来，“塔尔博特角，对吗？”

“对，但周围几乎全是农场。他们所说的角只是两条州际公路相交的地方，只有一家餐馆、一家杂货店和一个加油站。”

“你去过那里几次？”

“大概五次。”实际上，从1976年到1978年总共有十次左右，起初是他独自前往，后来要么是和弗雷迪或者柯蒂斯一起去，要么是和他俩一起去。

“你在那里的时候有没有打听过那里最著名的居民？”

“那当然，问过一两次。那又怎么样？在那家餐馆停留的每个人大概都会打听——”

“不，你在这一点上错了。大多数外地人根本不关心约翰·罗思坦。如果他们问问题，那也只会是猎鹿季节什么时候开始，或者从当地的湖中能钓到什么鱼。当警察问起有没有陌生人对创作过《逃亡者》的作家好奇时，你不认为当地人会记得你吗？多次造访那里而且好奇的陌生人？再加上你还有案底，莫里！”

“是少年犯案底，已经封存。”

“遇上这样的大事，封存也不管用。你的搭档呢？他们有没有案底？”

莫里斯没有吭声。

“你不知道谁看见了你，不知道你的搭档向什么人吹嘘过他们会干一票大的。警察今天就可能锁定你，你这白痴。一旦他们抓住你而你又提及我的名字，我会否认我们聊过这件事。但是我可以给你一些建议：把那玩意儿处理掉。”他指着棕色纸袋说，“那一本以及其他所有的笔记本。把它们藏起来。埋起来！只要你这样做了，即便是到了危急关头，你大概还能摆脱困境，假设你没有留下指纹什么的。”

我们没有，莫里斯心想，我又不蠢。我也不是只会说大话的同性恋懦夫。

“也许我们可以重新讨论此事，”安迪说，“但那是以后的事，前提是他们没有抓住你。”他站起身来，“至于现在嘛，离我远点，不然我会亲自报警。”

他低头快步离开了，没有再回头看他一眼。

莫里斯坐在那里。那位漂亮的女服务员回来问他是否要用点什么，莫里斯摇摇头。她离开后，他拎起装着笔记本的纸袋，朝相反方向走去。

他当然知道感情误置是什么意思——大自然呼应着人们的情

感——并且明白那是二流作家用来营造气氛的廉价手段，但是这个手段在那一天似乎是真实的。早晨明亮的阳光反映并放大了他的喜悦之情，可是到了中午，太阳只是云朵背后的一个朦胧圆圈，而到了下午三点，随着他变得越来越焦虑，天暗了下来，开始下起了小雨。

他开着比斯坎出了城，驶往机场附近的购物中心，一路上时刻留意有没有警车。一辆警车闪着蓝灯，在机场大道从他身后呼啸着驶近，他的胃冻结了，心脏仿佛一路爬进了嘴里。当这辆警车高速从他的车旁驶过时，他也没有如释重负。

他在 BAM-100 电台找到了新闻节目，头条新闻是萨达特和贝京在戴维营举行和谈（是啊，就像真的能有和平一样，莫里斯心不在焉地想），但第二条新闻是美国著名作家约翰·罗思坦遇害一事。警方说应该是“一帮窃贼”干的，他们正在追踪多个线索。这大概只是公关宣传。

也许不是。

不管安迪怎么想，莫里斯并不认为警方仅仅凭借询问在塔尔博特角“美味”餐馆消遣的几个耳朵半聋的老怪物就能追查到他，但是有件事却让他更加心神不定。他、弗雷迪和柯蒂斯都在多纳休建筑公司干过，在丹弗斯和北贝弗利给人家盖房子。工人们分成两拨，莫里斯在那里干了十六个月，主要是搬运木板和上螺栓。他在丹弗斯干活期间，柯蒂斯和弗雷迪在另一处干活，相距五英里。然而，他们有段时间属于同一个班组，甚至在他们分开之后，他们通常也会在一起吃午饭。

许多人都知道。

他把车停在购物中心杰西潘尼店一端，周围大约有一千辆车。他把自己碰过的每一处仔细擦干净，将车钥匙留在点火器中。他快步走远，翻上衣领，将印第安人球队帽子的帽檐拉低。他走到购物中心大门口，坐在一张长凳上等了一会儿，驶往北城的公交车到来时，他上了车，投了一枚五十美分的硬币。雨越下越大，回程很慢，但他不在乎。这让他有时间思考。

安迪胆小如鼠，自以为是，但是他对一件事情的看法是正确的。莫里斯必须将那些笔记本藏起来，而且必须立刻动手，无论他多么想读一读那些笔记本，从那本未被发现的吉米·戈尔德小说开始。如果警察真的到来，而他又没有那些笔记本，那么警察也奈何不了他……对吗？他们只能怀疑他。

对吗？

隔壁没有人在窗帘背后窥视，他也因此免得再与穆勒太太交谈，或许也免得向她解释他把车卖了。雨已经变成了滂沱大雨，这是好事，不会有人在梧桐街和桦树街之间那块荒地周围游荡，尤其是天黑后。

他把二手货箱子里的东西全都拿了出来，竭力抗拒着想翻看一下的欲望。无论他多么想看，他都不能那样做，因为一旦开了个头，他就无法停下来。以后再看吧，他想。莫里，还不到可以庆祝的时刻。这是个好忠告，却是通过他母亲的声音说出来的，结果他的脑袋再次悸动起来。至少他不必将欢庆的时刻推迟得太久；如果三周后还没有警察来找他——最多一个月——他就可以放松一下，开始他的研究。

他在箱子里垫了一层塑料，以确保里面的东西不会受潮，然后把那些笔记本一一放到里面，包括他拿去给安迪看的那一本。他把装钱的信封搁在最上面，关上箱子，想了想后又打开箱子，把塑料扒到一边，从一个信封里取出几百美元。警察即便搜查，也肯定不会认为这是一笔巨款。他可以告诉他们，这是他的解雇费什么的。

雨滴落在车库屋顶上的响声并没有给他带来安慰。在他看来，那听上去像一根根骷髅手指在轻轻敲击，他的头痛得更厉害。每次外面有汽车经过，他都会惊恐万分，等待着车灯和蓝色闪光灯顺着他家的车道逼近。该死的安迪·哈利迪，是他让我这样毫无由头地担惊受怕，他想。操他的，还有他的同性恋伙伴。

只是这种担惊受怕并非毫无由头。下午渐渐过去，黄昏时分，警察可能会将柯蒂斯和弗雷迪与莫里斯・贝拉米联系起来，这种可能性显得越来越大。那个该死的服务区！他为什么没有至少把尸体拖进林子里呢？不是因为那样做可以拖延警察侦破案子的时间。一旦有人停车，看到血迹，拨打 911，警察会动用警犬……

“再说了，”他冲着箱子说，“我当时很匆忙，不是吗？”

他父亲的手推车还在屋角，上面放着一把铁镐和两把铁锹，均已锈迹斑斑。莫里斯将箱子竖着搁到手推车上，系紧捆绑带，朝车库窗户外望了一眼。外面还是太亮。快要与这些笔记本和钱告别了——只是暂时的，他安慰自己，这只是临时措施——他越来越肯定警察马上就会赶到这里。万一穆勒太太报警，说他形迹可疑呢？这种可能性不大，她的脑子笨得像榆木疙瘩，可是谁知道呢？

他强迫自己咽下了又一顿速冻晚餐，以为可以减轻头痛，结果反而头痛得更厉害。他打开母亲的药品柜，看看有没有阿司匹林或布洛芬，结果什么也没有找到。操你的，老妈，他想。真是。真心实意的。操……你的。

他看到她在微笑，那笑容像妓女一样充满了虚情假意。

七点，天依然很亮——该死的夏令时，是哪位天才想出来的？——可是隔壁家的窗户还没有亮灯。这太好了，但是莫里斯知道穆勒夫妇随时可能回来。再说，他过于神经紧张，不想再等了。他在客厅柜子里乱翻，终于找到了一件雨披。

他打开车库后门，拉着手推车穿过屋后的草坪。草是湿的，脚下的地面像海绵，这是一趟艰难的旅程。他小时候那么多次穿行过的小径——通常是去桦树街娱乐中心——两旁的树木遮天蔽日。他现在顺畅多了。一条小溪对角穿过这片街区大小的荒地，他到达那里时，天已经全黑了。

他带了一只手电筒，偶尔短暂照一下。他要在小溪堤岸上找到一个合适的地点，而且和小径保持安全距离。这里的泥土很软，他没有费太多力气就挖到了一些纠结在一起的树根，这棵大树低垂在小溪之上。他想换个地方，可是他挖出的洞已经很大，足以把箱子放进去，他实在不愿意再从头开始挖一个洞，尤其是因为这只是个临时的预防措施。他把手电筒放进洞里，支在一块大石头上，让光束照着树根，然后用铁镐砍断树根。

他把箱子推进洞里，用铁锹快速将泥土填回到箱子周围和上面，最后再用铁锹背将泥土拍实。他想这样应该可以了。堤岸上的杂草本来就不多，所以这个光秃秃的地方不会显眼。重要的是它已经不在家中了，对吗？

对吗？

他拉着手推车沿着小径回屋时，并没有感到轻松。一切都没有按照本该发生的方式发生，什么都没有。就像罗密欧与朱丽叶命中注定无缘一样，他与那些笔记本似乎也命中注定无缘。这种比较看似荒唐，却又再恰当不过。他是位恋人。该死的罗思坦在《逃亡者放慢脚步》中抛弃了他，但是那并没有改变事实。

他的爱是真诚的。

他回到家后立刻去冲澡。多年后，就在同一个卫生间里，一个名叫彼得·索伯斯的男孩，在去了同一处堤岸、同一棵树回来后，也会立刻冲个澡。莫里斯任由热水冲洗着自己，直到手指变成紫红色，热水完全流尽。他擦干身子，换上从他卧室衣橱里找出来的新衣服。这些衣服显得孩子气，款式过时，但多少还是很合身。他把沾满泥土的牛仔裤和运动衫放进洗衣机里，这也是彼得·索伯斯多年后将会复制的举动。

莫里斯打开电视，坐到他父亲的旧安乐椅中——他母亲说留着它是为了提醒自己，免得再次经不住诱惑干出蠢事——看到电视上播放着那种充斥着广告的弱智节目。他想到这些广告（跳跃的泻药药瓶，精心打扮的妈妈们，会唱歌的汉堡包）中的任何一则都可能出自吉米·戈尔德的笔下，结果他的头痛越发厉害。他决定去佐尼便利店，买一点安乃近。也许再买一两瓶啤酒。啤酒不会有事的。引起麻烦的是烈酒，对此他已经有过教训。

他的确买了安乃近，可是一想到自己要在家里喝啤酒，他就感到很不是滋味。家里到处都是他不想看的书籍，还有他不想看的电视节目。尤其是他渴望阅读的东西近在咫尺。莫里斯很少在酒吧喝酒，但是突然间，他感到如果他不出去找个伴，不去听听快节奏的音乐，他会完全疯掉的。在这个秋雨绵绵的夜晚，他相信肯定有一位姑娘想跳舞。

他付了药钱，很随意地问收银机旁的小伙子，有没有带现场音乐表演的酒吧，只要坐公交车就能到达。

小伙子说有。

2010年

那个星期五下午三点半，琳达·索伯斯到家时，彼得正坐在厨房餐桌旁，喝着一杯可可。洗完澡后，他的头发还没有完全干透。她把外套挂在后门旁的一个钩子上，然后再次将手腕内侧放到他的额头上。“不烫了，”她说，“你感觉好一点吗？”

“好一点了，”他说，“蒂娜回来后，我给她做了花生酱饼干。”

“你真是个好哥哥。她现在去哪儿了？”

“还能去哪儿，埃伦家呗。”

琳达瞪了他一眼，彼得放声大笑。

“我的天哪，那是烘干机在响吗？”

“是啊。筐子里有几件衣服，我就把它们洗了。别担心，我严格按照门上的说明操作的，洗得很干净。”

她弯腰亲吻他的太阳穴，说：“你真是个勤劳的小工蜂。”

“我尽量做到吧。”彼得说。他握紧右手，免得她看到他手掌上的水泡。

将近一周后的星期四，雪花飞舞，他们家收到了第一封信，上面打印着地址——托马斯[①]·索伯斯先生，梧桐街23号。信封右上角贴着一张四十四美分的虎年邮票，左上角没有回信地址。索伯斯家中午只有汤姆一个人在家，他在门厅把信撕开，以为又是某种产品促销广告或者某张过期未付的催账通知。只有上帝才知道他们最近有多少张。可这既不是广告，也不是催账单。

---

① 托马斯是汤姆的全名。

里面装着钱。

其他邮件要么是他们买不起的商品目录，要么是收信人为“住户”的广告，从他的手中掉下来，散落在他的脚边。他没有注意到，而是压低嗓音，几乎是咆哮着说了一句：“这他妈的是什么意思？”

琳达到家时，钱就放在厨房餐桌的中央。汤姆双手相叠，托着下巴，坐在那一叠整整齐齐的钞票前，一副将军思考作战计划的神情。

“那是什么？”琳达问。

“五百美元。”他继续望着那些钱——八张五十美元，五张二十美元。“邮寄来的。”

“谁寄来的？”

“我不知道。”

她放下公文包，走到桌旁，拿起那叠钞票。她数了数，然后睁大了眼睛望着他说：“我的上帝啊，汤米！信上怎么说的？”

“没有信，只有钱。”

“可是谁会——”

“我不知道，琳。但是我知道一件事。”

“什么？”

“我们当然可以用它。”

* * *

“他妈的！”彼得知道后说道。他在学校参加校内排球赛，直到吃晚饭时才到家。

“别说粗话。”琳达说，有点心不在焉。钱还在餐桌上。

“多少钱？”父亲告诉他后，彼得又问，“谁寄来的？”

“问得好，”汤姆说，“原来是双重危机，现在是时来运转。”彼得已经很长时间没有听到他父亲这样开玩笑了。

蒂娜走了进来。“依我看，老爸有一个仙女教母。嗨，爸，妈！瞧我的指甲！埃伦有闪光指甲油，给我抹了一点。”

“很好看，我的小南瓜。”汤姆说。

先是玩笑，然后是夸奖，这一切足以让彼得相信他做对了，完全正确。他们无法将它退回去，是不是？没有回信地址，他们当然无法把它退回去。还有，老爸上次称呼蒂娜为他的小南瓜还是什么时候的事？

琳达看了儿子一眼，目光冷峻。“你知不知道这件事？”

“不知道，能不能给我几块钱？”

“做梦吧。”她双手放在臀部上，转身面对她丈夫，“汤姆，有人显然弄错了。”

汤姆想了想，开口说话时既没有嚷也没有吼，声音很平静。“可能性不大。”他把信封推到她面前，用手指点了点他的名字和地址。

“是啊，可是——”

“没有可是，只有我。我们欠石油公司的钱，要想给他们付钱，我们得先往你的万事达信用卡里打钱，不然你的卡就会失效。”

“是的，可是——”

“一旦失去信用卡，你就会失去信用评级。”还是没有嚷，没有吼。平静，理智，以理服人。在彼得看来，那就像他父亲一直在发高烧，刚刚退烧。他甚至笑了，笑着触摸她的手。“恰逢我们家现在只剩下你的信用评级，所以我们必须保护它。再说，也许蒂娜说得对，也许我真有一位仙女教母。”

没有，彼得想，你只有一个充当仙女的儿子。

蒂娜说：“哦，等等！我知道它是哪里寄来的。”

三个人的目光全都转向了她。彼得突然神情紧张起来。她不可能知道，是吗？她怎么会知道呢？难道只是因为他说过埋藏的财宝之类的蠢话，她就——

“哪里来的，宝贝？”琳达问。

“那个应急基金什么的。肯定现在又有钱了，要发给大家。”

彼得悄悄长舒了一口气，只有在空气从他的双唇间穿过时，他才意识到自己一直在屏住呼吸。

汤姆挠了挠头道：“他们不会寄现金的，小南瓜。他们会寄支票，我们还得填一堆表格。”

彼得走到炉子旁。“我再泡一点热可可，有谁要吗？”

结果大家都要。

信封继续到来。

邮资虽然上涨了，但信封里的金额从来没有改变过。他们家差不多每年多了六千美元。数字不大，但不用交税，而且恰好足以让索伯斯家避免陷入欠债的泥淖中。

孩子们不得告诉任何人。

“蒂娜总是守不住秘密，”琳达有天晚上对汤姆说，“你知道这一点，对吗？她会告诉她那位白痴朋友，而埃伦·布里格斯会告诉她认识的每个人。”

但是蒂娜严守秘密，部分原因是她的偶像哥哥告诉她，如果她透露秘密，那她永远别想再进他的房间。但是，最主要的原因还是她没有忘记家里曾经爆发过的口水仗。

彼得把装有现金的那些信封藏在他衣橱一块松动的护壁板后面，那里有一个洞，布满了蜘蛛网。每隔四个星期左右，他会取出五百美元，和一个写好地址的信封一起装在他的双肩包里。他在学校商业课教室里，用一台电脑打印了几十个信封。那还是有天下午校内排球赛结束后，他看到屋里没有人时打印的。

他通过城里不同的邮箱把他们寄给梧桐街 23 号的托马斯·索伯斯先生，进行维系家庭的慈善之举时所用的技巧不亚于一位犯罪大师。他时刻担心母亲会发现他的所作所为，会强烈反对，然后家里的一切重新回到以前的状态。家里现在的状况虽然说不上完美，偶尔还有争吵，但他认为除了《尼克的晚间生活》中播出那些老电视情景喜剧外，任何家庭都不会是完美的。

他们现在可以观看《尼克的晚间生活》，可以看卡通频道、MTV频道，等等，因为女士们先生们，有线电视又回来了。

五月，他们家又有了好消息：老爸在一家新成立的房地产公司找到了一份非全职工作，担任什么“售前调查员”。彼得不懂那是什么职位，也不想知道。老爸只需在家打打电话、操作电脑，虽然收入不多，却很重要。

在开始收到钱之后的几个月里，还有两件重要的事情。老爸的腿好多了，这是一件事。2010年6月（所谓的市民中心惨案的肇事者终于落网），汤姆有时候开始不用拄着拐杖行走，也开始减少了粉红色药片的剂量。另一件事解释起来比较困难，但彼得知道它就在那里。蒂娜也知道。老爸和老妈感到……嗯……很幸福，他们现在即便争吵，也显得又是疯狂又是内疚，仿佛他们在任意挥霍从天而降的这笔神秘财富。他们常常会在争吵时突然转移话题，免得不可收拾。他们常谈的话题是那笔钱，以及是谁寄的。这些讨论毫无结果，而这是好事。

我不会被抓住的，彼得安慰自己，我不能被抓住，也不会被抓住。

那年8月份的一天，老爸和老妈带蒂娜和埃伦去了一个名叫“幸福谷农场”的宠物动物园。这正是彼得一直在耐心等待的机会，他们刚一出门，他就拎着两个手提箱回到了小溪旁。

确信周围安全后，他再次从堤岸上挖出了那只箱子，将笔记本装进手提箱内。他把箱子重新埋好后，带着战利品回了家。他在楼上过道内拉下梯子，将手提箱拎到了阁楼上。阁楼又小又矮，冬天寒冷，夏天闷热。家里人很少上去，而家里不用的东西都放在车库内。阁楼里的几样东西大概还是原先拥有梧桐街23号的那家人留下的，包括一辆只剩下一只轮子的脏童车、一盏灯罩上绘有热带鸟图案的落地灯、用细绳捆扎在一起的旧《红皮书》和《家政》杂志、一堆散发着刺鼻霉味的床单。

彼得把笔记本堆放在最里面的角落中，再用床单将它们盖上，不过他先随意拿了一本，坐在阁楼的一盏吊灯下，将它打开。里面的字迹很小，连写在一起，但是写得很仔细，很容易看清。里面没有划掉不要的语句，这让彼得觉得很是了不起。虽然他看的是这本笔记本的第一页，但顶上却有一个圆圈，里面写着482。他意识到它的前面还有不止一本笔记本，可能有五六本。至少五六本。

第27章

牲口贩子的密室还是老样子，与五年前一模一样。陈旧的啤酒味与牲畜围场的恶臭以及卡车停车场柴油的刺鼻气味混杂在一起，也与从前一样。这些停车场的对面便是内布拉斯加无边无际的荒野。斯图·洛根看上去也没有变化，还是围着原来的白色围裙，黑得令人生疑的头发也还是老样子，就连他那玫瑰色脖子周围系着的也还是同一条印有不同鹦鹉图案的领带。

“天哪，真没想到，是吉米·戈尔德。”他说，脸上的笑容依然是那种令人讨厌的样子，似乎在表明我们不喜欢对方，但我们还是应该逢场作戏。“你是来给我还债的吗？”

“是啊。”吉米说，伸手碰了一下屁股后面的口袋。那里装着手枪，摸上去很小，但实实在在。这玩意儿只要运用得当，只要他够勇敢，就能付清所有欠债。

“那就进来吧，”洛根说，“来一杯，你身上都是尘土。”

“可不嘛，”吉米说，“我还真想喝一杯呢。”

街上传来了汽车喇叭声。彼得吓了一跳，内疚地环顾四周，仿佛他不是在阅读，而是在打飞机。万一那个愚蠢的埃伦晕车或者什么的，他们提前回家了呢？万一他们发现他在阁楼上，还有这么多笔记本，那会怎么样？一切都会土崩瓦解。

他把手中的笔记本塞到旧床单下（呸，真臭），爬到活板门旁，都没有看一眼手提箱。来不及了。他赶紧下了梯子，从阁楼上酷热的温度回到楼下八月正常的温度中，他不禁打了个寒战。他把梯子折叠好，推到上面。锈迹斑斑的弹簧猛地把活板门关上，发出的嘎吱声和砰的一声吓得他后退了一步。

他走进自己的卧室，向车道望去。

那里没有人。虚惊一场。

谢天谢地。

他回到阁楼，取回手提箱，把它们放回到楼下橱柜里，然后冲了个澡（没有忘记洗完澡后把浴缸清理干净），换上干净衣服，躺到了床上。

他想，那是一部小说。那么多页，肯定是部小说。可能不止一部小说，因为没有一部小说长到写满那么多笔记本。就连《圣经》也没有那么长。

而且……还很有意思。他很想在那些笔记本中翻找一下，找到小说开头的那一本，看看它是不是真的不错。因为你无法仅凭一页就断定一部小说是不是写得很好，对吗？

彼得合上眼睛，开始睡午觉。他平常白天不睡觉，但是忙碌了一个上午，再加上家里没有人，很安静，于是他决定睡个午觉。为什么不呢？一切都很正常，至少到目前为止很正常，而且全是他的功劳。他有权睡个午觉。

不过那个名字——吉米·戈尔德。

彼得可以发誓自己以前听到过那个名字。是在课堂上吗？是斯维德洛夫斯基太太给他们介绍阅读材料中某位作家的背景时提到的？也许吧。她喜欢那样做。

也许我可以在谷歌上查一查，他想，我可以做到的。我可以……

他睡着了。

1978年

莫里斯坐在钢制床铺上，低着头，双手垂在大腿之间，呼吸着充满尿骚味、呕吐物和消毒剂气味的有毒空气。他穿了条橙色裤子，脑袋疼痛欲裂，胃像一个大铅球，从腹股沟一直膨胀到喉结处。他的眼睛在眼窝里一阵阵刺痛，嘴里的感觉像垃圾箱。他的肠子在痛，脸在痛，鼻子堵塞着。不知什么地方，一个沙哑、令人绝望的声音在哼唱着："我要一个不会把我逼疯的爱人，我要一个不会把我逼疯的爱人，我要一个不会把我逼疯的爱人……"

"闭嘴！"有人吼道，"你把我逼疯了，你这浑蛋。"

安静了片刻之后，又是：

"我要一个不会把我逼疯的爱人！"

莫里斯胃里的铅球融化后发出了咕咕声。他从床铺滑到地上，膝盖着地（脑袋再次剧烈疼痛），将张开的大嘴凑到钢制抽水马桶前。起初没有反应，随即一切紧缩，他喷出了两加仑看似黄色牙膏的东西。他的脑袋一阵剧痛，他以为脑袋会炸开。他在那一刻真希望脑袋能炸裂。只要能结束这种疼痛，什么都可以。

他没有死，反而再次呕吐。这次虽然只吐了一品托，却如同火烧一般。接下来是一次干呕。等着，不完全是干呕，一串串浓稠的黏液像蜘蛛网一样挂在他的下巴下，来回晃动。他要将它们擦掉。

"有人感受到了！"一个声音大喊道。

这句俏皮话博得了一片叫声和笑声。对于莫里斯而言，这听上去就像他被关在了动物园中，他揣摩自己确实是被关在动物园中，只是这里的铁笼是用来关人的。他身上穿着的橙色连衣裤证明了这一点。

他怎么到这儿的？

他想不起来了，也想不起来自己如何进入蜜糖高地那家酒吧，然后在里面喝醉。他只记得自己家在梧桐街上。还有那只箱子。把箱子埋了。他口袋里有钱，两百块，是约翰·罗思坦的钱。他去佐尼便利店买两瓶啤酒，因为他头痛，感到孤单。他还和店员聊了聊，这一点他可以肯定，但是他不记得他们聊了什么。棒球？可能不是。他戴了一顶土拨鼠队的棒球帽，可那根本不是他的兴趣所在。后来呢？他几乎什么都不记得了。他唯一能确定的是，什么地方出了大错。当你醒来后发现自己身穿橙色连衣裤时，你很容易推导出发生了什么事。

他爬回到床铺上，缩起身子，膝盖顶着胸口，双手抱膝。监牢里很冷，他开始发抖。

我大概问了那位收银员他最喜欢的是哪家酒吧，我可以坐公交车到达的酒吧。然后我去了，是不是？去了那里，喝醉了，尽管我知道自己喝醉了之后是什么德性。不是一般的醉酒，是那种一起身就直接摔倒的醉态。

是啊，无疑是这样，尽管他什么都不记得。这是很糟糕的，但是他不记得后来发生的疯狂事，而那是更糟糕的。喝了第三杯（有时候是第二杯）之后，他掉进了一个黑洞，一直到醒来，清醒但依然难受。大家称这为丧失意志的饮酒。每当他丧失意志时，他就会干出……怎么说呢，寻欢作乐的事。寻欢作乐曾让他身陷河景少管所，并最终到了这个地方，不管它是哪里。

寻欢作乐。

该死的寻欢作乐。

莫里斯希望那只是一般的酒吧斗殴，没有破门闯入私人住宅。换句话说，没有重复他上次在蜜糖高地的历险。因为他现在早已过了青少年期，这次肯定不会是什么少年管教所。然而，如果他真的犯了罪，他肯定得服刑。只要他的罪行与谋杀某位美国天才作家无关就好，求你了，上帝。如果真是那样，他一辈子都不会再呼吸到新鲜空气，也许永远不会。因为那不只是罗思坦，对吗？他现在的确想起了一件事：柯蒂斯·罗杰斯问过他新罕布什尔州是不是有死刑。

莫里斯躺在床铺上，浑身颤抖，心中在思考。我不会是因为那件事在这里吧？不会的。

难道不会吗？

他不得不承认有这种可能性，不只是因为警方会将他与服务区那两个死者联系在一起。他可以看到自己在酒吧或某个脱衣舞夜总会里。莫里斯·贝拉米，大学辍学生，自封的美国文学学者，一喝波本威士忌酒就会吐，有灵魂出窍的体验。有人谈起了约翰·罗思坦遇害的事，那位大作家，那位避世隐居的美国天才，而莫里斯·贝拉米——已经醉得不知天南地北，而且内心充满了一直被压抑着的怒火，那怒火就像黄眼睛的黑色野兽——转身冲着那位说话者说，我把他的脑袋打飞时，他看上去并不像个天才。

“我永远不会，”他低声说，他的脑袋痛得更厉害，左脸也有什么不对劲，火辣辣的，“我永远不会。”

只是他如何知道？他只要喝酒，任何一天都会变成“什么都会发生的那一天”。那头黑色野兽就会出来。年少的时候，那头野兽在蜜糖高地那栋房子里横冲直撞，将那浑蛋地方撕成了碎片，而当警察对无声警报做出反应时，他与他们打斗在一起，一个警察最后只好用警棍把他打昏过去。警察搜身时，发现他口袋里塞满了珠宝，其中大多是戏装上用的，有一些却是无意之中从女主人的保险箱里拿出来的，非常值钱。然后便是：你好，我们去河景少管所，让我们这位温柔过头的年轻人结交一些新朋友，并且被这些朋友肛交一下。

他想，能够出那种洋相的人，完全会在喝醉时吹嘘自己杀害了吉米·戈尔德的作者，这你懂的。

不过，也有可能是警察把案子给破了，如果他们辨别出了他的身份，发出全国通缉令。那完全有可能。

“我要一个不会把我逼疯的爱人！”

“闭嘴！”这次是莫里斯本人。他想吼一声，结果却是沙哑的咕哝，喉咙塞满了呕吐物。啊，他的脑袋真痛。还有他的脸，真痛。他用手摸了一下左脸颊，呆呆地盯着手掌中的血痂碎片。他又仔细摸了一下，感觉到那里有划痕，至少有三道。是指甲划出的，很深。同学们，这说明什么呢？一般来说——虽然每条法则都有例外——男人用拳头，女人用指甲。女人们这样做，是因为她们大多都有又长又漂亮的指甲，可以用来挠伤他人。

难道是我向某个女人求欢，而她用指甲拒绝了我？

莫里斯试图回忆当时的情形，但想不起来。他记得天在下雨，记得雨披，记得手电筒的亮光照在了树根上。他记得铁镐，依稀记得自己想听喧闹的快节奏音乐，记得在佐尼便利店和店员聊了几句。然后呢？一片黑暗。

他想，也许是那辆车，那辆该死的比斯坎。也许有人看到它驶出92号公路服务区时，前保险杠右边有血迹。也许我把什么东西落在仪表板旁的手套箱里了，上面还有我的名字。

但是这种可能性不大。弗雷迪在一家琳恩连锁酒吧从一个醉醺醺的酒吧女手里买下了这辆车，付的钱是他们三个人凑的。她签字把粉色车转让给了哈罗德·法恩曼，这恰好是吉米·戈尔德在《逃亡者》中最好的朋友。她从未见过莫里斯·贝拉米，因为他知道这种事，双方交易时他没有到现场。而且，他把车留在购物中心时，除了用肥皂在挡风玻璃上写上**请把我偷走**外，该做的他都做了。不会，这辆比斯坎现在肯定正停在某块空地上，要么在城南，要么在湖边，除了轮毂，什么都被人卸走了。

那么我是怎么进到这里来的？重新回到这个问题上，就像轮子里奔跑的老鼠，总是回到原点。如果有女人用指甲在我脸上留下伤痕，那么我是不是揍了她？也许打烂了她的下巴？

在意识丧失这道帷幕背后依稀有这么回事。如果真是这样，那么他大概会被指控人身侵犯，或许会因此被关押在韦恩斯维尔。坐着绿色大巴去那里，车窗上还有铁丝网。关押在韦恩斯维尔很糟糕，但如果必须坐牢，他宁愿以人身侵犯的罪名坐几年牢。人身侵犯毕竟不是谋杀。

千万别是罗思坦的案子，他想。我还有一大堆东西要看，全都安全地藏在某个地方，等待着我。最美妙的是，我看这些东西时，还有钱维持我的生计，总共两万多美元，全是二十和五十面值，没有记号。只要我节衣缩食，那笔钱够我用一阵子了。求求你，千万不要是谋杀案。

“我要一个不会把我逼疯的爱人！”

“你再唱一遍，你这混账东西！”有人喊叫道，“你再唱一遍，我就把你的肛门从你的嘴巴里扯出来！”

莫里斯合上了眼睛。

中午，他感觉好一点，却不愿意碰充当午餐的泔脚水：鲜血般通红的酱汁中漂着一些面条。两点钟左右，四个警卫沿着囚室间的过道走了过来，其中一人拿着个写字板，大声念着名字。

“贝拉米！霍洛威！麦吉福！莱利！罗斯福！蒂特加登！站出来！”

“是蒂加登，长官。”莫里斯隔壁牢房里的黑人大汉说。

“就算是该死的约翰・Q[①]，我也不在乎。如果你想和法院指定的律师谈谈，那就站出来。如果不想，就坐在哪儿熬日子吧。”

念到名字的六个人走了出来。他们是最后一批，至少在这个关押区是最后一批。前一天晚上带进来的其他人（包括一直在糟蹋约翰・麦伦坎普[②]金曲的那个家伙）要么释放了，要么被带到法庭接受上午的传讯。他们都是无足轻重的人。莫里斯知道，下午传讯的人罪

① 美国电影《愤怒的父亲》中的男主人公，因为要给儿子治疗心脏病而绑架了医护人员，最终以自己的牢狱之灾换回了儿子的性命，并赢得了人们的尊重。

② 约翰・麦伦坎普（John Mellencamp，1951— ），美国摇滚歌星，曾十三次获格莱美奖提名，1982 年获格莱美奖。

行都比较严重。当初在蜜糖高地那次小小的历险发生之后，他就被安排在了下午接受传讯。布考斯基法官，那个荡妇。

禁闭室门关上的时候，莫里斯虽然不相信上帝，却依然向上帝祈祷。上帝，是人身侵犯，好吗？简单，不用辩解。千万别是谋杀。上帝，别让他们知道新罕布什尔州发生的事，也不要让他们知道纽约州北部某个服务区发生的事，好吗？可以吗？

“出来，”手持写字板的警卫说，“出来，面向右。挺起胸膛，与前面的人保持距离。不许拉别人的裤子，也不许勾肩搭背[①]。只要不跟我们作对，我们也不会为难大家。”

他们下了楼，硕大的电梯足以容纳下一小群牛。然后，又是一条过道，再然后——天知道为什么，他们脚上穿着便鞋，连体衣服上也没有口袋——他们得穿过一道安检门，接受金属探测器的检查。再往前便是探视室，里面有八个隔间，很像图书馆里的小阅读间。手持写字板的警卫将莫里斯带到 3 号隔间。莫里斯坐了下来，对面是法庭给他指派的律师，中间隔着的有机玻璃脏兮兮的，很少有人擦拭。自由世界一侧的家伙是个书呆子，发型难看，还有头皮屑问题。一个鼻孔下方有一颗唇疱疹，膝盖上放着一只磨损的公文包。他看上去可能最多十九岁。

这就是分配给我的，莫里斯心想，哦，上帝，这就是我得到的。

律师指了指莫里斯隔间墙壁上的电话，然后打开自己的公文包。他从里面取出一张纸，又取出必不可少的黄色标准拍纸簿。他把这些放到面前的台子上后，又把公文包放到地上，然后拿起了自己一侧的电话。他的声音不是那种年轻人常见的犹豫不决的男高音，而是充满自信、沙哑的男中音，似乎远远超出了隐藏在他那条紫色破领带后面的瘦小的胸腔。

① 作者此处所说均为同性恋举动。

“你遇上大麻烦了，贝——”他看了一眼放在拍纸簿上面的那张纸，“贝拉米先生。依我看，你得准备在州监狱待很长时间，当然，除非你有什么立功表现。”

莫里斯想，他是在说用那些笔记本作为交换。

寒冷像邪恶精灵的脚一样顺着他的胳膊向上蔓延。如果他们抓住他是因为罗思坦，那么他们抓住他也是因为柯蒂斯和弗雷迪。那就意味着终身监禁，根本不可能假释。他将永远无法取出那只箱子，永远无法得知吉米·戈尔德最终的命运。

“说话呀。”律师说，那口吻像是在对狗说话。

“你得告诉我在和谁说话。”

“埃尔默·卡弗蒂，临时为你效劳。你将在……”他看了一眼手表，那块天美时表比他身上的西装还要便宜，“三十分钟后提审。布考斯基法官向来很准时。”

莫里斯的脑袋突然一阵剧痛，却与他昨天喝的威士忌的后劲没有关系。“不！不会是她吧！不可能！那婊子是坐诺亚方舟来的！”

卡弗蒂的脸上露出了笑容：“我推测你已经与那了不起的布考斯基打过交道。”

“你查一下卷宗，”莫里斯无精打采地说，虽然卷宗里可能没有记录。他告诉过安迪，蜜糖高地的案子不会对外公布。

该死的安迪·哈利迪。这是我的过错，但更是他的过错。

“死基佬。”

卡弗蒂皱起了眉头：“你说什么？”

“没什么，请继续说下去。”

“我的卷宗里只有昨晚的拘留报告。好消息是正式审讯时，会有别的法官决定你的命运。对我来说，更好的消息是到那时会换个人给你当律师。我和我妻子马上要搬到丹佛去了，而你，贝拉米先生，将成为我的一个记忆。”

是去丹佛还是去地狱，对莫里斯而言没有区别。“告诉我，指控我的罪名是什么？”

“你不记得了？”

“我什么都想不起来。”

“是吗？”

“是真的。”莫里斯说。

也许他可以拿那些笔记本做交易，只是一想到这个点子，他就感到心痛。可即便他提出这一点——或者说让卡弗蒂提出这一点——公诉人会意识到那些笔记本里的内容有多么重要吗？可能性不大。律师可不是学者。公诉人心目中的文学杰作可能是厄尔·斯坦利·加德纳[①]。即便那些笔记本——所有那些精美的魔力斯奇笔记本——真的在这个州的法定代表眼里很重要，那么他莫里斯将它们上交后能得到什么？一次终身监禁，而不是三次？天哪。

不管怎么样，我都不能那么做。我也不会。

安迪·哈利迪或许是一个穿皮衣的英式同性恋，可他对莫里斯动机的分析没有错。柯蒂斯和弗雷迪参与进来是为了钱，当莫里斯向他们保证那老家伙或许藏了十万美元时，他们相信了他。罗思坦的文字？在那两个榆木疙瘩的眼里，罗思坦1960年之后所写作品的价值是难以确定的，就像一座失去的金矿。真正关心那些文字的是莫里斯。如果当时的情况不是那样，他会提出用自己那份钱来交换罗思坦的手稿，他相信他们会接受的。如果他现在将笔记本交出去——尤其是在得知它们包含吉米·戈尔德系列的后续作品之后——一切努力就都付之东流了。

卡弗蒂用手中的电话轻轻敲了敲有机玻璃，然后将电话凑到耳旁：“卡弗蒂呼叫贝拉米，卡弗蒂呼叫贝拉米，说话呀，贝拉米。”

“对不起，我在想事情。”

---

① 厄尔·斯坦利·加德纳（Erle Stanley Gardner，1889—1970），美国侦探小说家，创造了律师梅森这一断案高手，代表作有《假眼》《愤怒的证人》等。

“你不觉得为时已晚了吗？请听我说。提审你时，对你有三项指控。你的任务，如果你选择接受的话，是逐一不服罪。进入监狱之后，如果对你有利，你可以再改为认罪。假释的事你想都不用想，因为布考斯基法官冷酷无情，还会口若悬河。”

莫里斯想，这可是最可怖的案子。罗思坦、道尔和罗杰斯，三起一级谋杀罪。

“贝拉米先生？时间不多了，我的耐心有限。”

电话从他耳旁落了下来，莫里斯打起精神，将它重新拿起来。现在一切都已无所谓，但这位长着厚道的里奇·卡宁汉[①]的脸，却有着怪异的中年人男中音嗓音的律师，不停地冲着他的耳朵喋喋不休。不知在什么时候，莫里斯终于听明白他在说什么了。

“贝拉米先生，他们会逐步升级，从第一宗罪到最严重的罪行。第一项，拒捕。传讯时，你要不服罪。第二项，严重袭击罪——不只是攻击那个女人，你还在被铐上手铐之前攻击了第一个赶到现场的警察。你对此要不服罪。第三项，严重强奸罪。他们在后面可能还会加入谋杀未遂罪，但目前只是强奸罪……依我看，强奸罪都可以被称作任何罪。对此，你要——”

“等一等，”莫里斯说。他摸了摸脸颊上的划痕，感觉到了……希望。“我强奸了什么人？”

“确实是，”卡弗蒂说，听上去很高兴，大概是因为他的委托人终于肯听他说话了，“科拉·安·胡珀小姐……”他从公文包里取出一份文件，瞄了一眼。“事情发生在她离开小饭店之后，她是那里的服务员。她当时正朝南马尔伯勒街的公共汽车站走去。她说你缠住她，把她拖进了‘枪手’酒馆隔壁的巷子里。你在这家酒馆待了几个小时，一直在喝杰克丹尼威士忌，用脚踢了自动点唱机后被人请了出去。胡珀小姐的钱包里有一个电池驱动的报警器，她设法按动了报警

① 美国情景喜剧《快乐时光》中的人物。

器，还在你的脸上抓了几下。你打断了她的鼻梁，把她按倒在地，捂住她的嘴，强暴了她。菲利普·埃伦顿警官把你拉开时，你还在进行中。”

“强奸。我干吗……”

愚蠢的问题。他当初为什么花三个小时破坏蜜糖高地那栋住宅，仅仅是为了小憩片刻、在奥布松[①]地毯上撒泡尿？

“我不知道，”卡弗蒂说，“我这辈子从来没有这种经历。”

我也没有，莫里斯心想。正常情况下，没有。可是我当时在喝杰克丹尼威士忌，然后想寻欢作乐。

“他们会给我判几年？”

“公诉方将建议判终身监禁。如果你在审判时认罪，请求法庭宽大处理，可能只会被判入狱二十五年。”

莫里斯在审判时认罪。他说他为自己的所作所为感到后悔，并且将责任推到酒身上。他请求法庭对他宽大处理。

结果他被判终身监禁。

---

① 法国城市，以盛产花毯著称。

2013—2014年

上高二时，彼得·索伯斯已经规划好了下一步：去新英格兰一所好大学读书，在那里，被奉为神圣的是文学，而不是卫生。他开始在网上查询，并且开始收集不同大学的宣传册。爱默生学院或者波士顿学院似乎最理想，但布朗大学似乎也不是遥不可及。虽然父母要他别寄希望太高，但彼得根本不听。他感到如果年少时没有希望和雄心，长大后很可能一事无成。

他毫无疑问将主修英语，部分原因是约翰·罗思坦和吉米·戈尔德小说系列。就彼得而言，全世界只有他一人读过该系列的最后两部小说，而这些小说改变了他的人生。

他高二时的英语课老师霍华德·里克也改变了他的人生。许多孩子都取笑里克先生，称他为嬉皮士里基，因为他喜欢穿大花衬衫和喇叭裤。（彼得的女朋友格劳丽亚·摩尔称他为里基牧师，因为他一激动就会手舞足蹈。）不过，里克先生的课几乎没有人逃课。他妙趣横生，激情四射，而且——与许多其他老师不同——似乎真心喜欢孩子，总是称他们“我年轻的女士们、先生们”。他们对他的复古衣着和刺耳的笑声不以为然……但那些衣服有着某种特殊的个人标志，而他那刺耳的笑声亲切怪异，会让你情不自禁地随之而笑。

高二第一天英语课上，他像一阵清风般进来，欢迎大家，然后在黑板上写了几个字，让彼得·索伯斯终生难忘。

这很蠢！

“女士们，先生们，大家怎么理解这句话？”他问，“它究竟是什么意思？”

全班鸦雀无声。

“那么我告诉你们。这恰恰是你们这样的少男少女最爱挂在嘴边上的批评话，批评的对象就是从《贝奥武甫》[1]选段开始并且以雷蒙德·卡佛[2]结尾的我们这门课。老师们私下里将这类概况课程称作GTTG——走马观花课。”

他开心地放声大笑，笑声刺耳，并且将双手举到肩膀位置，摆出一副震惊的姿势。大多数孩子跟着他放声大笑，包括彼得。

“全班对乔纳森·斯威夫特[3]《一个温和的建议》的判决？这是愚蠢之作！纳撒尼尔·霍桑[4]的《小伙子布朗》？愚蠢之作！罗伯特·弗罗斯特的《补墙》？不算太愚蠢！必读的《白鲸》[5]选段？极其愚蠢！”

笑声更大。虽然班上没有人读过《白鲸》，但大家都知道那本书晦涩无聊，换言之，愚蠢。

“有时候！”里克先生大声说，伸出一根手指，夸张地指着黑板上的几个单词，“有时候，我年轻的女士们先生们，批评意见恰到好处。我傻乎乎地站在这里，承认这一点。按要求，我得教大家一些我真不想教的老古董。我在你们的眼睛里看到兴趣顿失，我的心在呻吟。是的！在呻吟！但我知难而进，因为我知道我所讲的许多内容都不愚蠢。就连一些你们觉得现在与己无关或者永远与己无关的老古董，也有一些早晚终将引起你们共鸣的东西。我要不要告诉大家如何

---

① 英国古代英雄史诗，约公元五世纪口头流传，公元八世纪成书。

② 雷蒙德·卡佛（Raymond Carver，1938—1988），美国作家，以短篇小说著称，被誉为“美国的契科夫”，代表作有《大教堂》《请你安静些，好吗？》等。

③ 乔纳森·斯威夫特（Jonathan Swift，1667—1745），爱尔兰作家，讽刺文学大师，代表作有寓言小说《格列佛游记》。

④ 纳撒尼尔·霍桑（Nathaniel Hawthorne，1804—1864），美国小说家，擅长心理描写和揭示人物的内心冲突，代表作为《红字》。

⑤ 《白鲸》，美国小说家赫尔曼·梅尔维尔（Herman Melwille，1819—1891）的代表作。

从那些愚蠢之作中评判出非愚蠢之作？我要不要将其中的秘诀告诉你们？既然我们这节课还剩下四十分钟，而且目前尚没有折磨我们智力的东西，我相信我会的。”

他身子前倾，双手撑着桌子，领带像钟摆一样左右摇晃。彼得感到里克先生正直勾勾地望着自己，仿佛他知道——或者至少凭直觉知道——彼得在家中阁楼那堆床单下面隐藏的巨大阴谋。比金钱重要得多的东西。

“这门课上到一定时候，也许就在今晚，你们将阅读有难度的材料，你们会似懂非懂，而你们的判决将会是：*这是愚蠢之作*。如果你们明天在课堂上提出那样的观点，我会同意吗？我为何要做这种无用的事？我和你们在一起的时间很短，只有三十四周课，因而我不会浪费时间来和你们争论这篇小说或者那首诗作的优点。既然所有观点都有其主观性，永远无法达成最终决议，我为什么要和你们争论呢？”

有些孩子——包括格劳丽亚——显得很茫然，但是彼得听懂了里克先生，也就是嬉皮士里基，所说的话，因为他从开始阅读那些笔记本以来，已经看过了几十篇关于约翰·罗思坦的评论文章，其中许多评论都认为罗思坦是二十世纪最伟大的美国作家之一，与菲茨杰拉德、海明威、福克纳和罗斯齐名。也有其他评论家——虽然是少数，却很强势——认为他的作品空洞无力，属于二流平庸之作。彼得看到了《沙龙》杂志上的一篇文章，作者称罗思坦为“俏皮话之王，傻瓜的守护神”。

“时间就是答案。”里克先生在彼得读高二的第一天说。他来回踱步，古董式的喇叭裤发出沙沙声，他还时不时地挥舞手臂。“对！时间无情地将愚蠢之作从非愚蠢之作中剔除了出去。这是一个达尔文式的自然过程。所以，每一家好书店都能买到格拉厄姆·格林的小说，却买不到萨默塞特·毛姆的作品——这些书当然还有，但你必须订购，而且只有在你了解这些书之后才会订购。大多数现代读者都不会去订购。如果有人听说过萨默塞特·毛姆，请举手。我就把他的名字给你们写出来。”

没有人举手。

里克先生点点头。彼得觉得他脸色似乎非常严峻。“时间已经判定，格林先生不是庸才，而毛姆先生……嗯，并非真的是庸才，却属于可以被遗忘之列。依我看，他写过一些非常出色的小说——《月亮和六便士》很精彩，我年轻的女士们、先生们，很精彩——他也写过许多优秀的短篇小说，可你们的课本却一篇都没有选。

“我要为此哭泣吗？我要为此发怒、挥舞拳头、要求正义吗？不，我不会的。这种选择是个自然过程。年轻的女士们、先生们，你们也会经历这一过程，只是等到那一天，我只能远远地望着你们了。我要不要告诉你们那如何发生？你们将阅读——或许是威尔弗雷德·欧文的《为国捐躯》。我们要不要把它用做例子？为什么不呢？”

于是，里克先生用低沉的声音大声念了起来，让彼得浑身起鸡皮疙瘩，喘不上气来。“‘弯着腰，像年迈的乞丐背负麻袋 / 双腿内弯，像巫婆一样咳喘，我们咒骂着穿过泥泞……’等等，等等。你们当中有人会说，这很愚蠢。我要不要打破承诺，与他争论一番，即便我认为欧文先生的诗作是一战中诞生的最伟大的作品？不！大家看，这只是我的一家之言，观点就像屁眼，每个人都有一个。”

大家顿时哄堂大笑，不管是年轻的女士还是先生。

里克先生控制住了自己。“如果有人打断我的课，我可能会让他放学后留校。我在执行校纪校规时绝不含糊，但我也绝不会不尊重大家的意见。然而！然而！”

他抬高了嗓门。

“时光会流逝！光阴似箭！欧文的这首诗可能终将被你们遗忘，那么你们判决它为愚蠢之作就是正确观点。至少对你们而言是的。可是对你们当中的某些人，这首诗会反复出现，一再出现，再三出现。它每次出现时，你的稳步成长经历将加深你对它的共鸣。那首诗每次悄悄浮现在你脑海中的时候，你都会觉得它又少了一份愚蠢，多了一点意义，也更重要了一点。直到最后，这首诗成为*光辉之作*，年轻的女士们、先生们。直到它成为*光辉之作*。我的首日开场白就此结束，我请大家翻到《语言与文学》那本最出色的鸿篇巨制的第十六页。”

里克先生那一年布置大家阅读的短篇小说之一是 D.H. 劳伦斯的《木马赢家》，果不其然，里克先生年轻的女士们、先生们（包括格劳丽亚·摩尔——彼得越来越烦她，尽管她有着迷人的乳房）大多认为它是愚蠢之作。彼得不那么认为，这在很大程度上是因为他生活中发生的一些事已经让他早熟。随着 2013 年变成 2014 年——著名的“极地旋涡”发生的那一年，美国中西部、北部所有壁炉全都超负荷运转，大把大把地烧钱——那篇小说经常出现在他的脑海里，在他心中产生的共鸣也越来越强烈。反复出现。

这个短篇小说中的家庭似乎拥有一切，但其实没有。家里总是捉襟见肘，而作品的主人公，名叫保罗的男孩，总是听到家里的房子在低声念叨“一定要有更多的钱！一定要有更多的钱！”彼得·索伯斯猜测有些孩子认为这个短篇很愚蠢。他们属于幸运儿，从来没有在晚上被迫聆听为支付哪些账单而吼吼吼，或者为香烟的价格争吵。

劳伦斯这个短篇中的小主人公发现了一个神奇的办法来挣钱。保罗只需骑上玩具木马，冲向想象中的幸运之乡，就能在现实世界里选中哪匹马在赛马中获胜。他因此挣了数千美元，但房子仍然在低声念叨：“一定要有更多的钱！”

最后一次骑上木马，并且最后一次赢得巨款之后，保罗死于脑出血之类的疾病。彼得在找到埋藏的箱子之后倒是没有患上头疼病，但那依然是他的摇晃木马，不是吗？是的。他自己的摇晃木马。可是到了 2013 年，也就是他遇到里克先生的那一年，这匹摇晃木马放慢了速度。箱子里的钱快用完了。

那些钱帮助他父母度过了一段艰难、恐怖的岁月，避免了婚姻的破裂。彼得知道这一点，因而从来没有为自己扮演守护天使的角色后悔过。按照那首老歌中的歌词[①]，箱子里的钱构成了浑水河上的金桥，如今情况已经大有好转。经济衰退最糟糕的时间已经过去。老妈重新当上了全职老师，薪水每年比以前多三千美元。老爸现在开办了自己的小企业，不完全是房地产，却是什么房地产搜寻行业。城里已经有几家房地产代理商成为了他的客户。彼得没有完全弄明白它如何运作，但是知道它真的开始挣一些小钱了。只要住宅市场继续转好，老爸未来可以挣更多的钱。他还有自己的代理房产。最为重要的是，他已经不再服药，而且已经行走自如。拐杖已经在壁橱里待了一年多，他只有在下雨或下雪天，骨骼和关节疼痛时才会用一下拐杖。事实上，一切都很好。

然而，正如里克先生在每节课上至少说一次那样，然而！

现在要考虑的是蒂娜，而且是个大问题。他们家以前住在西城时，老邻居中她的许多朋友，包括她极其崇拜的芭芭拉·罗宾逊都将就读于教堂岭高中。这所私立学校有着出色的升学率，孩子们毕业时都能上好学校。老妈告诉蒂娜，她和老爸不知如何能在她初中毕业时直接送她进那所高中。如果他们的经济状况继续改善，她或许可以在高二时转学过去。

“可到那时，我谁也不会认识。”蒂娜哭了起来。

“你认识芭芭拉·罗宾逊。”老妈说，彼得（在隔壁偷听）可以从母亲说话的声音中听出，老妈自己都快要哭了。“还有希尔达和贝茨。”

可是蒂娜年纪比那几个女孩略小一点，彼得知道当初住在西城的时候，她妹妹其实只有芭芭拉一个朋友。希尔达·卡佛和贝茨·德维特甚至都不记得她了。再过一两年，芭芭拉也不会再记得她。老妈似乎忘记了高中多么重要，也忘记了一旦进了高中，你就会将儿时的朋友忘得一干二净。

---

① 作者这里指美国歌星西蒙和加芬克尔的代表作之一《浑水河上的金桥》。

蒂娜的回答将彼得的这些想法言简意赅地总结了起来："是啊，可她们不会再记得我。"

"蒂娜——"

"你们有那笔钱！"蒂娜哭着说，"那笔神秘的钱，每个月都会寄来！为什么我就不能用其中的一部分钱上教堂岭高中？"

"因为我们家还没有完全恢复元气，宝贝。"

蒂娜对此无言以答，因为这是实情。

他自己的大学计划是另一个*然而*。彼得知道，对他的一些朋友而言，可能对他们当中的大多数人而言，上大学似乎和太阳系的外行星一样遥远。但如果他想上一所好大学（他心中有个声音在说，*布朗大学，布朗大学的英国文学专业*），那意味着他读高三第一学期后就得早早申请。申请本身就很费钱，如果他想在SAT考试的数学部分取得至少670分，那他夏天还要上补习班，而这又得花钱。他在加纳街图书馆有份兼职工作，可是每周三十五美元不顶用。

老爸的生意已经有所起色，有望在市中心设一个事务所，那是家里的第三个*然而*。只需某个低房租场所的二楼，离交易近一些必然会带来盈利，可那意味着每个月得多存些钱，而且彼得知道——尽管谁也没有公开说过——老爸还在指望那神秘的汇款能够帮他渡过这关键期。他们已经全都到了依赖那些神秘汇款的地步，只有彼得知道那笔钱会在2014年年底前告罄。

好吧，他也在自己身上花了点钱，不太多，否则会引起怀疑。可那也是这里一百，那里一百。班级集体去华盛顿时，他给自己买了一件颜色鲜艳的运动衣，外加一双休闲鞋。买了几张CD，还有书。自从阅读那些笔记本并且喜欢上约翰·罗思坦之后，他已经变成了一个书痴。他开始购买与罗思坦同时代的犹太作家的作品，比如菲利普·罗斯、索尔·贝娄和欧文·肖（他认为《幼狮》非常了不起，因而无法理解为什么它没有成为经典），然后开始了自己的图书收藏。

他总是买平装版，可现在就连这些书每本也需要十二到十五美元，除非你能找到旧书。

《木马赢家》确实引起了他的共鸣，而且是强烈的共鸣，因为彼得可以听到自己家的房子在低声念叨*一定要有更多的钱*……而要不了多久，钱就会变得更少。然而，箱子里除了钱还有别的东西，不是吗？

那又是一个*然而*，一个彼得·索伯斯随着时间流逝想得越来越多的*然而*。

作为里克先生“走马观花课”的年终研究论文，彼得写了整整十六页，分析吉米·戈尔德三部曲，并且引用了不同的书评，补充了罗思坦在新罕布什尔州自家农场隐居并完全销声匿迹之前接受的几次采访中的内容。他在论文结尾处探讨了罗思坦作为《纽约先驱报》记者参观德国死亡集中营的经历——远在他出版第一本吉米·戈尔德小说之前。

“我认为那是罗思坦先生一生当中最重要的事件，”彼得写道，“肯定是他作为一名作家生活中最重要的事件。吉米对意义的探寻总是回归到罗思坦先生在那些集中营里的所见所闻上，因此当吉米尝试过普通美国公民的生活时，他总是感到很空虚。在我看来，这一点在《逃亡者放慢脚步》中，在他将烟灰缸砸向电视机时，表达得最为清楚。当时CBS电视台正在播出介绍犹太人大屠杀的新闻特别节目。”

里克先生把学生的论文还给大家时，彼得论文的封面上写着一个大大的A+。彼得为论文封面选用了一张罗思坦年轻时的电脑扫描照片，与海明威一起坐在萨迪餐馆。里克先生在A+下面写了*课后找我*几个字。

其他同学走了之后，里克先生目不转睛地盯着彼得，害得彼得一时害怕他最喜欢的老师会说他剽窃了别人的文章。里克先生的脸上随即露出了笑容：“我当老师二十八年了，还从来没有看到过写得这么好的论文。因为它充满了自信，感人肺腑。”

彼得兴奋得满脸通红：“谢谢。真的，非常感谢。”

“不过，我对你的结论有不同看法。”里克先生说，身子往后一仰，双手手指在脖子后交叉在一起，“你将吉米这个人物说成‘一位哈克·芬式高尚的美国英雄’，但那三部曲的最后一部却无法支持这一论点。不错，他是将烟灰缸砸向了电视屏幕，可那并不是什么英雄行为。你也知道，CBS 电视台的图标是一只眼睛，吉米的行为只是一个仪式，要让他内心的眼睛视而不见，因为他那只眼睛能看到真相。这并不是我的一家之言，而是直接引用了约翰·克劳·兰森在《逃亡者转向》一文中的原话。莱斯利·费德勒在《美国小说中的生与死》中也表达了类似观点。”

“可是——”

“彼得，我不是在挑你的刺。我只是说，你需要密切注意每一本书中的证据，不管这种证据将你带向何方。也就是说，不能省略那些与你论点相悖的关键情节。吉米将烟灰缸砸向电视机之后，以及他妻子说出那句经典的‘你这浑蛋，孩子们现在怎么看米老鼠？’之后，吉米会干什么？”

“他出去买台新的电视机，可是——”

“不只是一般的电视机，而是整个街区第一台彩色电视机。然后呢？”

“他成功地为‘达自都’家庭清洁剂搞了一场大型广告活动。可是——”

里克先生扬起了眉头，等待着彼得“可是”后面的下文。彼得怎么能告诉他呢？一年后，吉米有天晚上带着火柴和一罐煤油悄悄进了广告公司。他怎么能告诉里克先生，罗思坦让吉米放火，几乎将被称为广告圣殿的那座建筑化为灰烬，以此来预示反越战和要民权的抗议示威活动？还有他头也不回地搭便车离开了纽约市，抛家舍业，就像哈克和吉姆①那样去开拓新的领地？这些他都不能说，因为这些是《逃

---

① 美国作家马克·吐温所作《哈克贝里·芬历险记》中的人物。

亡者西行》中的情节，而这部小说还只存在于十七本写得密密麻麻的笔记本中，并且在一只旧箱子里埋了三十多年。

“说下去，用你的‘可是’来反驳我的‘可是’，”里克先生平静地说，“我最喜欢与人讨论一本好书，尤其是对方能够坚持他的观点。我估计你已经错过公交车了，不过我很高兴顺路捎你回去。”他轻轻拍了拍彼得论文的封面，约翰·罗思坦和欧内斯特·海明威这两位美国文坛的巨匠，正高举超大的马丁尼酒杯祝酒。“除了结论缺乏论据外——我将这归咎于你想在最后一部极其阴暗的小说中看到一丝光明的动人愿望——这篇论文非常出色。非常出色。所以继续下去，给我说说你的那些‘可是’。”

“已经没有‘可是’了，”彼得说，“你可能是对的。”

只是里克先生并不对。如果有人怀疑吉米·戈尔德是否会出售他在《逃亡者西行》中剩下的那点财产，那么这种怀疑都会在该系列最后一部也是最长的一部小说《逃亡者举旗》中一扫而光。那才是彼得读过的最棒的书，也是内容最令人唏嘘的一部。

“你在论文中没有详细研究罗思坦的死因。”

“没有。”

“我能问问为什么没有吗？”

“因为与论文主题不符，而且论文会因此变得很长。还有……嗯……死于一场愚蠢的入室盗窃案，这种死法对他来说是令人恶心的经历。”

“他不该将现金放在家里，”里克先生轻声说，“可他恰恰这样做了，而且许多人都知道。不要因此对他苛刻。许多作家在钱方面都很愚蠢，毫无远见。查尔斯·狄更斯必须养活一大家子的懒虫，其中包括他父亲。塞缪尔·克莱门斯[①]因为房地产投资失败而破产。亚瑟·柯南·道尔被虚假媒体骗走了数千美元，又在所谓的仙女照片上

① 即马克·吐温。

花费了数千美元。至少罗思坦的主要作品已经完成，除非你像有些人那样相信——”

彼得看了一眼手表：“嗯，里克先生，我还来得及赶公交车。”

里克先生的双手又可笑地摆出了震惊的姿势：“那你去吧。我只是想感谢你写出这样一篇出色的论文……并且给你一个善意的忠告：你明年再接触这类东西时——当然是在大学里——不要让善良的天性迷住你那双挑剔的眼睛。挑剔的眼睛应该时刻冷静、清澈。”

“我不会的。”彼得说着便匆匆走了出去。

他最不愿意与里克先生讨论那些夺去约翰·罗思坦生命的窃贼是否在抢走钱财后也偷走了一批尚未发表的手稿，然后在认定手稿毫无价值后将其销毁。彼得有一两次想把那些笔记本交给警察，即便那样一来他父母肯定会知道那些神秘汇款的来历。那些笔记本毕竟是文学珍宝，也是犯罪证据。可那是陈年旧案，早已是过往历史。最好不要无事生非。

对吗？

公交车当然早已开走，这意味着他得步行两英里到家。彼得并不在乎。里克先生的表扬仍然让他兴奋不已，再说他还有许多事情要思考，主要是罗思坦未发表的那些作品。他认为其中的短篇小说良莠不齐，只有几篇确实不错，而罗思坦尝试创作的那些诗作依照彼得的愚见也很蹩脚。但吉米·戈尔德系列的最后两部……真是杰作。凭着书中零星的线索，彼得估计最后一部——吉米在华盛顿和平示威中点燃了一面旗帜——应该完成于1973年，因为小说结尾处尼克松仍然是总统。罗思坦从未发表戈尔德系列中的最后两部（外加另一部关于美国南北战争的小说），彼得百思不得其解。那几部小说写得真棒！

彼得每次只从阁楼拿一本笔记本，如果家里还有人，他会关上房门阅读，同时竖起耳朵，以防突然有人闯进来。他的手边总是放着另一本书，一旦听到有脚步声逼近，他就会将笔记本塞到床垫下，拿起备用的那本书。只有蒂娜发现过他一次，她有只穿袜子转悠的坏习惯。

“那是什么？”她站在门口问。

“不关你的事，”他一面回答一面将笔记本塞到枕头下，“要是你告诉爸爸妈妈，你在我这里就有大麻烦了。”

“是色情的吗？”

“不是！”尽管罗思坦本可以写出一些猥亵的场面，尤其是像他那样的老家伙。比如吉米和那两个嬉皮小妞在一起的场面——

“那你为什么不想让我看看？”

“因为这是隐私。”

她眼睛一亮：“那是你的吗？你在写书？”

“也许吧。就算是在写书，那又怎么样？”

“我觉得很酷！什么内容？”

“臭虫在月亮上做爱。”

她咯咯咯地笑了：“我记得你说那不是色情。你写完后我可以看看吗？”

“到时候再说吧。只是你给我把嘴闭紧一点，好吗？”

她同意了。蒂娜有一个优点，很少违背诺言。那还是两年前的事，彼得相信她已经把这件事忘得一干二净了。

比利·韦伯骑着一辆锃亮的十速自行车过来了。“嗨，骚伯斯！”比利像所有人（里克先生除外）那样将索伯斯念成骚伯斯，可那又怎么样呢？无论怎么念，这个名字都蠢得要死。“你今年夏天干什么？”

“在加纳街图书馆上班。”

“还在那里干呢？”

“我每周要干二十小时呢。”

“妈的，伙计，你还太小，不该这么卖命！”

“我不在乎。”彼得说，这也是实话。除了其他特权外，在图书馆还能免费上网，而且没有人在你背后偷看。“你呢？”

“去我们家在缅因州的避暑地。中国湖。哥儿们，那里有许多穿比基尼的美女，从马萨诸塞州过来的那些女孩知道该干什么。”

彼得刻薄地心想，那也许她们可以教教你。可是当比利伸出手掌时，彼得还是合击上去，带着几分嫉妒目送他骑远。屁股下骑着十速自行车，脚上穿着耐克鞋，去缅因州避暑。看样子有些人已经从艰难时运中恢复过来了。也许艰难日子完全绕开了他们。索伯斯家就没有这样幸运。他们日子过得还可以，但是——

劳伦斯短篇小说中的屋子在轻声念叨，一定要有更多的钱。一定要有更多的钱。宝贝，那就是共鸣。

那些笔记本能变成钱吗？有没有什么办法？彼得不愿意去想与它们分手的事，但同时也意识到将它们藏在阁楼里是多大的错误。罗思坦的作品，尤其是吉米·戈尔德系列的最后两部小说，值得与世界分享。彼得可以肯定，它们会让罗思坦再次声名鹊起，可他的名声现在也不坏啊，而且那还不是重要的事。重要的是人们会喜欢它们。如果大家也像彼得，就会对它们爱不释手。

只是，手稿不像没有标识的二十美元和五十美元。彼得会被抓住，甚至有可能进监狱。他不清楚自己会面临什么罪名——当然不是窝赃，因为他并没有接受它，而是发现了它——但是他可以肯定，出售不属于自己的东西肯定是犯罪。将这些笔记本捐赠给罗思坦的母校好像是个不错的选择，只是他得采用匿名的方式，否则真相会大白于天下，他父母会发现自己的儿子在用某位遇害者被偷走的钱支持他们。再说，一旦匿名捐赠，你什么都得不到。

尽管他在学期论文中没有写罗思坦遇害的事，但彼得查阅过所有报道，主要是在图书馆的电脑室里。他知道罗思坦是被人以“枪决”的方式射杀的。他知道警察在前院发现了许多脚印，足以认定两三个人，甚至四个人涉及其中。他还知道，那些脚印的大小表明所有案犯可能都是男人。警方还认为其中两人不久之后在纽约州的某个服务区被杀。

罗思坦遇害后不久，他的第一任妻子玛格丽特·布伦南在巴黎接受了采访。“每个人都在谈论他住在那个偏僻小镇中，”她说，“他们还有什么别的可谈？奶牛吗？某个农夫的新型撒粪机？在那些乡下人眼里，约翰是个大人物。他们错误地认为作家挣的和银行家一样多，并且相信他在那破农场里藏匿了几十万美元。镇外有人听到了那些信口开河的话，仅此而已。什么嘴紧的北方佬，我的爱尔兰浑蛋！我既怪罪那些罪犯，也怪罪那些当地人。”

当问及罗思坦除了现金之外是否还藏匿了手稿时，佩吉·布伦南的回答被采访者形容为“一声轻笑，因为抽烟，声音沙哑”。

“又是谣传，宝贝，强尼[①]远离尘世只有一个原因，他已经江郎才尽，而且心气太高，不愿意承认。”

你知道的真不少，彼得心想，他与你离婚或许就是因为你那被香烟熏哑的笑声。

彼得查阅的报刊文章对此有许多推测，但是彼得本人喜欢里克先生所称的“奥卡姆剃刀原则”。按照这条原则，最简单、最明显的答案通常是最正确的答案。三个人入室行窃，其中一人杀死了同谋，以便一人独吞赃物。彼得不明白那家伙后来为什么来到这座城市，也不明白他为什么把箱子埋起来，但是有一点他可以肯定：幸存的那名抢劫犯永远不会再回来取它了。

彼得的数学成绩不太好，所以需要上暑期班补习，可是你并不需要变成爱因斯坦才会做简单计算、判定某些概率。如果那家伙 1978 年三十五岁（彼得觉得这是比较合理的估量），那么在彼得发现箱子的 2010 年，他就已经六十七岁，如今应该是七十岁左右。七十岁是古稀之龄。如果他现身寻找自己当年的赃物，他可能得拄着拐杖过来了。

彼得拐进梧桐街时脸上露出了笑容。

---

① 佩吉是玛格丽特的昵称；强尼是约翰的昵称。

他认为那家伙一直没有回来取箱子有三种可能性，每种可能性的概率相同。一，他因为其他罪行一直被关在某个监狱里。二，他死了。三,一和二的结合：他死在了监狱里。不管是哪种情况，彼得认为自己都不必再担心那家伙。不过，那些笔记本就不同了。对于那些笔记本，他有许多担心。坐在它们身旁就如同坐在一批偷来后却无法出售的美丽画作旁。

或者装满炸药的板条箱旁。

2013 年 9 月——几乎恰逢约翰・罗思坦遇害三十五年整——彼得将箱子里的最后一笔钱装进信封，收信人是他父亲。最后一笔钱总共为三百四十美元。他觉得，任何永远无法实现的希望都是件残忍的事，于是他又加了一行文字：

这是最后一笔钱。我很抱歉以后没有了。

他乘坐驶往城里的公交车，来到了桦树山购物中心，那里的折价电子城与酸奶店之间有一个邮筒。他环顾四周，确定没有人注意他之后，亲吻了一下信封。然后，他将信封塞进槽里，离开。他采用的是吉米・戈尔德的方式：头也不回。

元旦过后一两个星期，彼得正在厨房做一个花生酱果冻三明治，恰好听到父母在客厅和蒂娜的对话，内容还是教堂岭高中。

“我当时以为我们或许能够供你念那所学校，”他父亲说，“如果说是我让你空欢喜一场，那我只能说声对不起。”

“是因为那神秘的钱不再来了，”蒂娜说，“对吗？”

老妈说：“一部分是，但不完全是。爸爸想申请银行贷款，可是他们不给他。他们审查了他的营业记录，做了一份——”

“一份两年利润预算，”老爸说，声音里又出现了原先那种惨案发生之后的怨恨，“恭维话说了一大堆，因为恭维话不花钱。他们说如果营业额增长百分之五，他们或许能在 2016 年提供贷款。在这期间，那该死的极地旋涡……我们的取暖费已经远远超出了你妈妈的预算。从缅因州到明尼苏达州，大家都一样。我知道这算不上安慰，但这是实情。”

“宝贝，我们真的非常抱歉。”老妈说。

彼得以为蒂娜会歇斯底里地大发脾气——她快到叛逆的十三岁时常常发脾气——可这一次没有。她说她理解，反正教堂岭高中大概是一所目中无人的学校。然后，她走进厨房，问彼得能否给她做个三明治，因为他那个看上去不错。他给她做了一个，然后两个人一起走进客厅，全家四口一起看电视，被《生活大爆炸》电视剧逗得哈哈大笑。

不过，那天晚上，蒂娜关上房门后，他听到里面传出了她的哭声。这让他感到很难受。他走进自己的房间，从床垫下抽出一本魔力斯奇笔记本，开始重新阅读《逃亡者西行》。

他那个学期还上了戴维斯太太的创意写作课，虽然他写的短篇小说都得了 A，他到 2 月份时就已经意识到自己永远成不了小说家。他的遣词造句能力很强，这一点不需要戴维斯太太告诉他（尽管她常常对他说），但他不具备那种创作灵感。他的主要兴趣是阅读小说，然后从更宏大的角度尝试分析所读的内容。他在撰写分析罗思坦的论文时已经喜欢上了这种推理型模式。他在加纳街图书馆找到了里克先生提到的一本书，费德勒的《美国小说中的生与死》，对它爱不释手，甚至自己另外买了一本，为的是划出其中的某些段落，并且在空白处写上自己的感想。他比以往任何时候都想攻读英语，然后像里克先生那样上课（当然不是在某个高中，而是在某所大学），有朝一日写出费德勒先生那样的著作，直言面对比较传统的评论家，质疑那些传统评论家看待问题的约定俗成的方法。

然而！

一定要有更多的钱。辅导员费尔德曼先生告诉他，申请到某所常青藤大学的全额奖学金“可能性很低”，彼得知道就连这也是客气话。他只是中西部某某学校的一名白人中产阶级家庭的高中生，一个在某家图书馆兼职的孩子，外加几项没有亮点的课外活动，比如校报和学校年鉴等。即便他成功上了船，他还得考虑蒂娜。她在学业上举步维艰，成绩大多是 B 和 C，这些日子更感兴趣的似乎是化妆、鞋子和流行音乐。她需要一个改变，需要与过去一刀两断。虽然还不到十七岁，他已经聪明地意识到教堂岭高中或许无法改变他妹妹……但也有可能。尤其是她还没有一蹶不振，至少目前还没有。

我需要一个计划，他想。只是他真正需要的并非一个计划，他真正需要的是一个故事。尽管他永远成不了罗思坦先生或者劳伦斯先生那样伟大的小说家，但是他有构思的能力。那才是他现在需要做的事。只是每个构思都建立在点子之上，而他在这方面一直没有任何结果。

他开始将大量时间花在沃特街书店中，那里的咖啡很便宜，就连刚出版的平装书也有七折优惠。3 月份的一个下午，他在放学后去图书馆上班的路上经过那家书店，想进去找一本约瑟夫·康拉德[①]的作品。罗思坦偶尔接受采访时曾经称康拉德为“二十世纪第一位伟大的作家，尽管他最出色的作品创作于 1900 年之前”。

书店门外搭了个遮阳篷，里面摆放着一张桌子。牌子上写着**春季大甩卖，此桌上的所有书籍三折！**下面还有一句**天知道你会发现什么宝藏！**这句话的两侧画着黄色大笑脸，表明这是个玩笑，但彼得却没有感到好笑。

他终于有了一个点子。

---

① 约瑟夫·康拉德（Joseph Conrad，1857—1924），英国小说家，作品大多描写他本人的航海生活经历，代表作有《水仙号上的黑家伙》《黑暗的心》等。

一周后，他放学后留在了学校，有话要问里克先生。

“见到你很高兴，彼得。”里克先生这天穿了一件涡纹图案的衬衣，衣袖宽松，外加一条容易让别人晕眩的领带。彼得认为这种组合很好地说明了为什么追求爱情与和平的这代人会衰落。“戴维斯太太对你赞赏有加。”

“她很棒，”彼得说，“我学到了很多。”他其实并没有从她那里学到多少，而且他认为班上其他同学也没有。她和蔼可亲，课堂气氛也常常很活跃，但是彼得逐渐意识到，创意写作是教不会的，只能学会。

“找我有事吗？”

“还记得你说过莎士比亚的手稿多么值钱吗？”

里克先生咧嘴一笑，说：“我总是在周三的课堂上聊这种事，因为大家此时都会犯困。让大家振作起来的最佳办法就是让大家贪心。怎么了？你发现一页对开手稿，马伏里奥[①]？”

彼得出于礼貌笑了笑，说：“没有，可是我们2月份放假去克利夫兰看我叔叔菲尔时，我在他的车库里发现了一大堆旧书，大多是关于汤姆·斯威夫特的，那个神童发明家。”

“我还记得汤姆和他朋友内德·牛顿，”里克先生说，“《汤姆·斯威夫特和他的摩托车》《汤姆·斯威夫特和他的神奇相机》……我小时候，我们经常拿《汤姆·斯威夫特和他的电器奶奶》开玩笑。”

彼得再次礼貌地笑了笑，说：“还有十来本讲的是一个女孩神探，名叫特丽克茜·贝尔登，另一个名叫南希·德鲁。”

“我明白你想说什么了。我真不愿意让你失望，可我必须这样做。汤姆·斯威夫特、南希·德鲁、哈迪男孩、特丽克茜·贝尔登……都

① 马伏里奥是莎士比亚名剧《第十二夜》中奥利维亚家中的管家，里克先生在调侃彼得。

是以前一些非常有意思的古董，也是一个很好的标尺，可以被用来衡量所谓的‘少儿小说’在过去八十年里发生了什么样的变化，但是那些书籍即便品相很好也没有什么货币价值。”

“我知道，”彼得说，“我后来在‘好书网’上查了一下，那里有一篇博客。可是，正当我在翻看那些书时，菲尔叔叔来到车库，说他有一样别的东西，可能会让我更感兴趣，因为我告诉过他我非常喜欢约翰·罗思坦的作品。那是一本精装版的《逃亡者》，上面有作者签名。没有题词对象，只有一个签名。菲尔叔叔说有个名叫艾尔的家伙把书给了他，因为他打扑克时欠了我叔叔十块钱。菲尔叔叔说那本书在他手中已经快五十年了。我看了版权页，那是第一版。”

里克先生刚才一直仰坐在椅子中，但现在砰的一声坐直了身子。“哇！你大概知道，罗思坦签名的书并不多，是吗？”

“是的，”彼得说，“他说签名‘有损一本好书的外观’。”

“嗯，他在这方面很像雷蒙德·钱德勒。你知道吗？签过名的书如果只有签名，要比有题词的书更值钱。”

“是的，好书网上是这样说的。”

“一本带签名的罗思坦最著名小说的初版大概能值点钱。”里克先生说，“转念一想，随便问一句，书的品相如何？”

“很好，”彼得立刻说，“只是内封面和扉页有一点泛黄。”

“你在这方面查了很多资料嘛。”

“大多是在我叔叔给我看了那本罗思坦的书之后。”

“我估计这么神奇的书应该不在你手中吧？”

我手头的东西远比这好多了，彼得心想，只是你不知道而已。

他有时觉得内心的秘密沉重地压在他的心头，而今天说谎时这种感觉尤其强烈。

他提醒自己，这是迫不得已的谎言。

“不在我手里，不过我叔叔说，要是我想要，他可以给我。我说我得考虑考虑，因为他不……你知道的……”

“他不知道那本书真正值多少钱。”

“是啊。然后我开始想……”

“想什么？”

彼得从屁股后面的兜里掏出一张折起来的纸，递给里克先生。“我上网查了一下城里买卖初版书的书商，结果找到了这三家。我知道你自己也收藏书——”

“不多，就我这点薪水，想正儿八经地搞收藏也没有财力。不过我有一本西奥多·罗特克①签名的书，打算传给我的孩子。《警醒》，都是些好诗。还有一本冯内古特②签名的书，但不太值钱。老库尔特和罗思坦不同，他什么书都签名。”

“总之，我不知道你是否知道这三个书商，如果你知道他们，那其中哪一位最好？要是我决定让我叔叔把书给我……然后，怎么说呢，把它卖了。”

里克先生打开那张纸，瞄了一眼后再次望着彼得。他的目光敏锐且充满了同情，让彼得感到局促不安。这或许是个坏点子，他真的不善于虚构情节，可是既然已经到了这一步，他只能硬着头皮坚持到底。

“这三个人我碰巧都认识。可是孩子，我也知道罗思坦对你多么重要，不只是因为你去年的那篇论文。安妮·戴维斯说你在她的创意写作课上经常提及罗思坦，还说戈尔德三部曲是你的《圣经》。”

彼得认为此话不假，但他直到此刻才意识到自己多么口无遮拦。他下定决心，以后不再总是把罗思坦挂在嘴边上，那可能会很危险。大家只要一回忆就会想起来的，假如——

假如。

---

① 西奥多·罗特克（Theodore Roethke，1908—1963），美国诗人，诗作富有机智和抒情性，带有超现实和非理性倾向，代表作有诗集《警醒》《为风说话》等。

② 库尔特·冯内古特（Kurt Vonnegut，1922—2007），美国黑色幽默作家，代表作有《五号屠宰场》《猫的摇篮》等。

“彼得，能有自己心目中的文学英雄是件好事，特别是你打算进大学攻读英语专业的话。罗思坦是你的英雄——至少目前是——而那本书可以成为你自己图书收藏的一个开始。你真的想把它卖了？”

对于这个问题，彼得可以回答得很诚实，即便他聊到的并不是一本签名书。“是的，真的想。家里的状况有点艰难——”

“我知道你父亲在市民中心的遭遇，我很难过。至少他们抓住了那个疯子，免得他再为非作歹。”

“我爸爸现在好多了，他和我妈妈都有了工作。只是我可能需要钱读大学，看看……”

“我明白。”

“可这还不是最大的问题，至少目前不是。我妹妹想进教堂岭高中，而我父母说无法送她去那里就读，至少今年不行。他们也没有办法，现在离完全摆脱困境只有一步之遥。我认为我妹妹需要上那样一所高中。怎么说呢，她的成绩有点拖后腿。”

里克先生显然对许多成绩落后的学生的处境深有体会，他严肃地点点头。

“可是，如果蒂娜能与几个勤奋的学生交往，尤其是这个名叫芭芭拉·罗宾逊的女孩，情况有可能会好转。我们住在西城的时候，芭芭拉就是她的朋友。”

“彼得，你能为她的前途着想真是太好了，甚至可以说很高尚。”

彼得从来没有想过自己会高尚，这个说法让他颇感意外。

或许是看到他有点不好意思，里克先生将注意力转回到那份名单上，说：“好吧，如果泰迪·格里索姆还活着的话，格里索姆书店应该是你的首选，可是这家书店如今由他儿子经营，这家伙有点吝啬。人很诚实，只是把钱看得比较重。他会说现在不景气，可这也是他的天性。”

“好吧……”

“我估计你已经在网上查过一本带签名且品相很好的初版《逃亡

者》值多少钱吧？”

“查过，两三千美元。虽然还不够教堂岭高中一年的学费，但至少是个开端，可以充当我老爸所说的保证金。”

里克先生点点头：“差不多。小泰迪一开始会给你出价八百美元，最终可能会出到一千美元。但如果你继续逼他，他会发火，要你滚蛋。下面一家，‘买书卖书’的店主是巴迪·弗兰克林。他也还不错——我是说人还算诚实——但巴迪对二十世纪小说兴趣不大。他的主要业务是把旧地图和十七世纪地图册卖给布兰森公园和蜜糖高地的有钱人。不过，要是你能够说服巴迪给书估个价，然后再去找格里索姆的小泰迪，你或许能得到一千二百美元。我不是说你一定能成功，我只是说有这种可能性。”

“安德鲁·哈利迪善本书店呢？”

里克先生皱起了眉头，道：“我会远离哈利迪。他在花边女工巷有家小书店，就在南主大街旁的步行街上，比美国铁路公司的一辆客车宽不了多少，却有近一个街区长。生意似乎不错，但他的名声不大好。我听说他对某些物品的来历不太挑剔。你知道这是什么意思吗？”

“物件的主人呗。”

“对。最终会出具一份文件，说你合法拥有准备出售的东西。有一件事我可以肯定，大约十五年前，哈利迪售出了一份詹姆斯·艾吉[①]《让我们歌颂名人吧》的清样，结果发现那是从布鲁克·艾斯特的家里偷出来的。她是纽约的一个老富婆，手下的业务经理喜欢偷鸡摸狗。哈利迪出具了一张收据，对于自己如何买到这份清样的说法也比较可信，于是整个调查不了了之。但是你知道，收据是可以伪造的。我不会跟这种人打交道。”

---

① 詹姆斯·艾吉（James Agee，1909—1955），美国小说家、电影评论家和诗人，代表作有诗集《让我们航行吧》、长篇小说《家庭中的一次死亡事件》和电影《非洲皇后》。

“谢谢你，里克先生。”彼得说，心想如果自己一定要干这事，那么首先要找的就是安德鲁·哈利迪善本书店。但是他得非常、非常小心，只要哈利迪先生不愿意用现金进行交易，那就不能和他成交。而且，无论如何都不能让他知道彼得的名字。他或许应该乔装打扮一番，只是不要太过头。

“不用客气，但我不想骗你，我对这件事的感觉不好。”

彼得也认同。他自己对这件事的感觉也不好。

一个月后，他还在仔细考虑自己的选择，几乎认定哪怕是出售一本笔记本，也风险太大，回报太小。如果出售给私人收藏家——比如他有时候在新闻中看到的那些人，买下价值连城的画作后挂在密室里，只有他们自己可以观看——那样可以。但是他无法确定自己会遇到那种好事。他越来越倾向于将它们匿名捐赠出去，也许将它们邮寄给纽约大学图书馆。那种地方的馆长肯定会懂得它们的价值。可是那样做比较容易暴露身份，这是彼得不愿意去想的事，根本不像把钱装进信封，然后把信封投进某个街头邮筒。万一邮局有人记住他的长相怎么办？

接着，2014 年 4 月下旬的一个晚上，天在下雨，蒂娜又走进了他的房间。比斯利夫人早就不用再陪伴她了，一件超大号的克利夫兰布朗橄榄球队的球衫取代了原先的廉价睡衣，但是在彼得眼里，她还是当初父母出现感情危机时那个忧心忡忡的女孩，她当时曾经问他老爸老妈会不会离婚。她的头发扎成了几个辫子，老妈平常允许她脸上略施粉黛（彼得觉得让她到学校后会再化妆），现在脸上洗干净后，她看上去只有十岁，根本不像快十三岁的人。他想，蒂娜都快成为一个少女了，简直不敢相信。

“我能进来一下吗？”

“当然可以。”

他正躺在床上看小说，是菲利普·罗斯的《她是好女人的时候》。

蒂娜坐到书桌旁的椅子上，把运动衫向下拉到小腿处，将额前几根松散头发吹到一旁，露出几个隐约可见的粉刺。

“心里有事?”彼得问。

“嗯……是的。”可是她没有往下说。

他冲她做了个鬼脸：“说吧。是不是你迷上的哪个男孩要你离他远一点?”

“那钱是你寄的，”她说，“是不是?”

彼得目瞪口呆地望着她。他想说话，可说不出来。他试图说服自己她没有说刚才那句话，但他做不到。

她点点头，仿佛他已经承认一样。“是的，是你寄的。都在你脸上写着呢。”

“蒂娜，钱不是我寄的，你只是吓了我一跳而已。我从哪里弄到那么多钱?”

“我不知道，但是我记得那天晚上你问过我，如果我发现埋藏的宝藏后会怎么做。”

“是吗?”彼得心想，你当时都快睡着了呀，不可能记得。

“你当时说金币，古时候的金币。我说我会把它交给老爸老妈，让他们不再争吵。这正是你所做的。只是那不是海盗的财宝，而是钞票。”

彼得把书放到一旁，说：“你可别跟老爸老妈这么说，他们会真的相信你的话。”

她板起脸来望着他：“我永远不会告诉他们。可是我要问你……真的一点都没有了?”

“最后一个信封里的条子上是这么说的，”彼得小心翼翼地说，“后来再也没有钱寄来，所以我估计是没有了。”

她叹了口气，道：“是啊。跟我想的一样，但我还是得问一问。”她起身要走。

“蒂娜?”

“什么事？”

“我真的为教堂岭高中的事感到难过。我真希望那笔钱还有。”

她重新坐下来：“只要你保守我和老妈的一个秘密，我就保守你的秘密，行吗？”

“行。”

“她去年 11 月份带我去了教堂岭——女孩子们都这么叫它——参加他们的开放日活动。她不想让老爸知道，因为她认为老爸会气疯的，可是在那个时候她以为能付得起学费，特别是如果我得到一笔助学金的话。你知道什么是助学金吗？”

彼得点点头。

“只是那时候每个月还能收到那笔钱，而且 12 月和 1 月份的大雪和这怪异的寒冷天气还没有出现。我们参观了几间教室和科学实验室。那里的电脑多得数不清。我们还看到了体育馆，大得惊人，还带淋浴间。那里还有专用更衣室，一点也不像北地那些牲口棚一样的更衣室。至少女生这边是这样的。你猜谁带我们参观的？”

“芭芭拉·罗宾逊？”

她笑了。“再次见到她真高兴。”笑容随即消逝，“她向我问好，拥抱了我，然后问大家好不好，但我能够看得出，她几乎把我忘了。她干吗还要记得我，对吗？你知道吗？她和希尔达、贝茨和其他几个我以前认识的女孩就在‘此时此地’演唱会现场。也就是开车撞了老爸的那个家伙想炸掉的那场演唱会。”

“记得。”彼得还知道芭芭拉·罗宾逊的哥哥参与了营救行动，救出了芭芭拉和她的朋友，可能还救了数千其他观众。他为此赢得了一枚勋章还是城市钥匙什么的。那才是顶天立地的英勇行为，而不是偷偷摸摸地把别人偷来的钱寄给你的父母。

“你知道她们那天晚上邀请我一起去吗？”

“什么？不知道！”

蒂娜点点头：“我说我去不了，因为我不舒服，但我说的是假话，因为妈妈说没钱给我买票。我们几个月后就搬家了。”

“天哪，怎么会是这样呢?”

“是啊，我错过了一场好戏。”

“那么，那天参观学校怎么样?”

“还好，但不是那么好。我在北地会很好的。嗨，大家一旦知道我是你妹妹，大概会免费让我搭顺风车的。你毕竟是优等生。”

彼得突然感到一阵伤心，真想哭一场，因为蒂娜天性中具有的那份可爱如今与额头上零零星星的丑陋粉刺结合在了一起。他不知道是否会有人拿这取笑她。即便现在没有，将来也一定会有的。

他张开双臂：“过来。”她走了过来，他使劲拥抱了她一下，然后抓住她的肩膀，严肃地望着她：“可是那钱……不是我。”

“好吧好吧。你在看的那个笔记本是不是和那些钱在一起的?我敢打赌是的。”她咯咯咯地笑着说，“我突然闯进来时，你显得那么不自然。”

他翻了个白眼：“去睡觉吧，你这小浑蛋。”

“好吧。”她到了门口又转过身来，“不过，我真的喜欢那些独立的更衣间。还有一点，想知道吗?你会觉得有点怪。”

“说呀，不妨添油加醋一番。”

“那里的孩子都穿校服，女孩穿灰裙子、白衬衣和白色长筒袜。如果你想买，那里还有毛衣，有些像裙子一样是灰色的，有些是那种漂亮的深红色——芭芭拉说那叫猎人红。”

“校服，”彼得被逗乐了，“你喜欢穿校服。”

“我就知道你会觉得那有点怪，因为男孩不懂女孩子的心思。如果你穿错了衣服，或者穿得过于正经，女孩子们会很刻薄。你可以在星期二和星期四穿不同衬衣，穿不同运动鞋，还可以换个发型，可是用不了多久，那些刻薄的女孩就会猜到你只有三件套衫和六条可以穿到学校去的像样裙子。然后她们就会在背后嘀咕你。可是，如果每个人每天都穿同样的衣服……除了毛衣颜色不同外……”她又将几缕松散的头发吹到脑后，“男孩子就不会有这种问题。”

“明白你的意思。”彼得说。

“反正老妈打算教我自己做衣服，然后我的衣服就会多起来。可以是简约风格的，也可以是巴特里克品牌的。还有，我已经结交了朋友，很多朋友。”

“比如说埃伦。”

“埃伦还好。”

毕业后大概只能当个服务员或者汽车餐厅女招待，挣一份工资，彼得心想，但是没有说出来。前提是她没有在十六岁怀孕。

“我只是想告诉你别担心，如果你担心过的话。”

“我不担心，”彼得说，“我知道你会没事的。再说，那钱不是我寄来的，这是实话。”

她冲他一笑，笑容里夹杂着一丝忧伤，也夹杂着心知肚明的意思，这让她怎么看都不像个小姑娘。“好吧，明白了。”

她走了出去，随手轻轻关上房门。

彼得那天晚上久久无法入睡。不久之后，他犯下了人生最大的错误。

1979—2014年

1979年1月11日，莫里斯·兰道夫·贝拉米被判终身监禁。起初，一切发生得很快，但不久便慢了下来，变得很慢、很慢。他于判刑当日下午六点前办完了在韦恩斯维尔州立监狱的入狱手续，与他同牢房的是个杀人犯，名叫罗伊·奥尔古德。熄灯后四十五分钟，罗伊就强奸了莫里斯。

“小子，别动，不准在我的鸡巴上拉屎，”他在莫里斯的耳朵旁轻声说，“你只要敢，我就把你鼻子割了，让你看上去像头被鳄鱼咬过的猪。”

莫里斯以前被人强奸过，这会儿只能一动不动，嘴巴咬住前臂，免得叫出声来。他想起了吉米·戈尔德，开始追逐金钱之前的吉米·戈尔德，在他还是一个货真价实的英雄的时候。他想起了吉米的高中朋友（莫里斯自己从来没有高中朋友）哈罗德·法恩曼说过的话：一切美好的事情必须终止。这意味着反过来也是同样的道理：一切坏事也必须终止。

这种特别坏的事情持续了很长时间，莫里斯在这期间只能在心中默念吉米在《逃亡者》中的那句咒语：*狗屎并非就是狗屎，狗屎并非就是狗屎，狗屎并非就是狗屎。*这还真管用。

有一点管用。

此后数周，他有些晚上被奥尔古德鸡奸，有些晚上被迫口交。总的来说，他宁愿被鸡奸，至少鸡奸不涉及味蕾。不管是鸡奸还是口交，那位在他喝得不省人事时被他愚蠢地攻击的女人科拉·安·胡珀正在得到她心目中的正义伸张，而她其实只忍受了一个强暴者一次。

韦恩斯维尔监狱有家附属的制衣厂，生产牛仔裤和蓝领工人们穿的那种衬衣。他在染布车间干活的第五天，奥尔古德的一位朋友抓住他的手腕，领着他绕到三号蓝色染缸后面，让他解开裤子。“你不要动，其他的事我来做。”他说。他完事后说：“我不是什么同性恋，但我得活下去，像大家一样。要是你告诉任何人我是同性恋，我他妈的杀了你。”

“我不会的。”莫里斯说。狗屎并非就是狗屎，他安慰自己。狗屎并非就是狗屎。

1979 年 3 月中旬的一天，一个地狱天使般的家伙在运动场走到莫里斯跟前，厚实的肌肉外面文着图案。“你会写字吗？”他说，明显带着南方腹地[①]的口音——你为写几吗？“我听说你会写字。”

“我会。”莫里斯说。他看到奥尔古德走了过来。奥尔古德看到和莫里斯走在一起的是谁后，转身朝运动场最远处的篮球场走去。

“我叫沃伦·达克沃斯，大家都叫我达克。”

“我叫莫里斯·贝拉——”

“我知道你是谁。你很会写，是不是？”

“是的。”莫里斯毫不犹豫地说，也没有假惺惺地说谦虚话。罗伊·奥尔古德突然躲到别处没有能逃过莫里斯的眼睛。

“要是我告诉你内容，你能给我妻子写封信吗？就是，文字漂亮一些？”

“我可以做到，而且很愿意，可是我有一个小麻烦。”

“我知道你的麻烦是什么，”新认识的家伙说，“只要你给我妻子写封信，让她高兴，或许让她不再扯什么离婚的事，跟你同屋的那个皮包骨头的屁精就不会再找你的麻烦。”

莫里斯心想，我才是屋里那个皮包骨头的屁精，但是他感到有了

---

① 南方腹地，美国最具有南方特点、最保守的一片地方，尤其指南卡罗来纳、佐治亚、阿拉巴马和密西西比等州。

一丝希望。“先生，我会给你太太写一封她这辈子都没有看过的最美的信。”

他望着达克沃斯粗壮的胳膊，想起了他在一档自然节目中看到过的东西。有种鸟生活在鳄鱼的嘴巴中，每天啄食鳄鱼牙缝中的食物残渣，以此为生。莫里斯觉得那种鸟大概谈成了一笔不错的交易。

“我需要纸。”他想起了少管所，你最多只有五张恶心的蓝马牌书写纸，上面还有大团的纸浆块，活像尚未癌变的痣。

“我会给你纸的。你想要什么都有。你只管把信写好，在结尾处写上每个词都是从我嘴里出来的，你只是把它记下来。”

“好的。告诉我，什么事能让她最高兴。”

达克想了想，眼睛一亮。“她的床上功夫一流。”

“肯定会让她知道的。”现在轮到莫里斯思考了，“如果可能的话，她说她想改变身上哪个部位？”

达克皱起了眉头，说：“我不知道。她总是说她屁股太大。但是你不能那么说，那样只会把事情搞砸。”

“不会的，我只会写你多么喜欢把手放在上面，捏它一下。”

达克现在露出了笑容：“你最好小心点，不然的话我也会搞你的。”

“她最喜欢哪件衣服？她有没有？”

“有，一件绿色的衣服，是绸的。她老妈去年给她的，就在我进来之前。我们出去跳舞时，她就穿着那件衣服。”他低头望着脚下，“她现在最好别再跳舞，可是她或许会的。我知道。也许除了我自己的名字外，我什么都不会写，但我不蠢。”

“我可以写她穿那件绿衣服时，你多么喜欢捏她的屁股，怎么样？我可以写一想到这儿你就亢奋。”

达克望着莫里斯，脸上的表情是莫里斯在韦恩斯维尔从未见到过的。那是尊重的表情。“我说，真不赖。”

莫里斯还没有完。女人想男人时不全是想做爱；做爱不是浪漫。

“她头发什么颜色?”

“嗯，现在的颜色我不知道。她不染发时，属于那种你们所称的棕发女郎。”

棕色不够浪漫，至少在莫里斯的眼里不浪漫，但是总有办法绕过这种内容。他突然想到，这很像在某家广告公司兜售产品。他立刻将这想法抛之脑后。生存就是生存。他说:“我就写你多么喜欢看到太阳照在她头发上的样子，特别是在早晨。”

达克没有吭声。他目不转睛地望着莫里斯，浓密的眉毛皱到了一起。

“怎么，不好吗?”

达克一把抓住莫里斯的胳膊，莫里斯顿时相信达克会像折断一根枯枝那样拧断他的胳膊。这个彪形大汉几根手指的指关节处文着**仇恨**。“这简直就像诗歌。我明天就给你把纸拿来，图书馆里有的是。”

莫里斯那天从下午三点干到晚上九点，一直在忙着把布匹染成蓝色。他晚上回到囚室时，看到里面没有人。隔壁囚室的罗尔夫·文齐亚诺告诉他，罗伊·奥尔古德被人送到医务室去了。奥尔古德第二天回来时，两只眼睛一片青黑，鼻子上了夹板。他躺在床铺上，看了莫里斯一眼，翻过身，面向墙壁。

沃伦·达克沃斯是莫里斯的第一个主顾，在此后的三十六年中，他还会有许多主顾。

有时候，莫里斯仰面朝天地躺在囚室里(到二十世纪九十年代初，他有了单人囚室，还有一个书架，上面摆放着他经常翻阅的书籍)，辗转反侧，难以入眠。他便会回忆自己发现吉米·戈尔德的过程，以此来安慰自己。那就像一道明亮的阳光，照进了他那迷茫、反叛、黑暗的青少年期。

那个时候，他父母时刻在争吵。他虽然在内心深处非常讨厌这两个人，但他母亲对付这个世界的办法更胜一筹，于是他便照搬照抄了母亲歪着嘴巴的讥讽笑容，还有伴随着这种笑容的高人一等、揭穿他人面具的态度。除了英语课得到A外（当他想拿A时），他所有其他课程的成绩一律是C。安妮塔·贝拉米为此会挥舞成绩报告单，大发雷霆。他没有朋友，却有许多敌人。他被人殴打过三次，有两次，打他的几个男孩只是不喜欢他的态度，但有一个男孩打他却有更具体的缘由。这个家伙叫皮特·沃麦克，身材高大，是高三橄榄球队队员。他不喜欢莫里斯有天中午在学校餐厅望着他女朋友的样子。

“你在看什么，你这卑鄙小人？”沃麦克问。莫里斯独自坐在那里，周围几张餐桌顿时变得鸦雀无声。

“看她。”莫里斯说。他很害怕，当他头脑清醒时，胆怯通常会让他稍稍收敛自己的行为，但是出风头的事他也从来不会拒绝。

“那么你最好别看。”沃麦克说，有些无聊。给他一个机会吧。也许皮特·沃麦克意识到自己身高一米八八，体重将近一百公斤，而独自坐在那里的高一浑蛋皮包骨头，嘴唇发红，身高只有一米七，体重撑死了大概不到六十四公斤。他可能还意识到，那些观望的人——包括他那位明显感到很尴尬的女朋友——会注意到两个人之间的这种差距。

“如果她不想别人看她，”莫里斯说，“她干吗要穿成那样？”

莫里斯认为这是恭维话（当然是另类的恭维话），但是沃麦克的感受截然不同。他举起拳头，绕过餐桌向莫里斯冲了过去。莫里斯仅仅给了对方一拳，但这一拳正中要害，沃麦克的一只眼睛立刻肿了起来。当然，他随后遭到了一顿暴打，而且是罪有应得，但他挥出的那一拳却让他明白了一件事：他会出手。他很高兴知道这一点。

两个人受到了停课的处罚。当天晚上，母亲就“被动抵抗”这个话题给莫里斯上了二十分钟的课，外加刻薄的评价：一流大学在审查未来学生的申请表时，通常不会把在学校餐厅里打架视为课外实践活动。

在她身后，他父亲举起手中的马丁尼酒杯，向他使了个眼色。那就是说，即便乔治·贝拉米大多生活在妻子的强势和虚情假意之中，他在某些情况下也会出手。但是逃避依然是亲爱的老爸默认的立场，莫里斯在北地读高一下学期时，乔治逃离了这段婚姻，顺带着把贝拉米家银行账户里的一切席卷而空。他所吹嘘的投资项目要么子虚乌有，要么早已寿终正寝。他留给安妮塔·贝拉米的是一叠账单，外加一个叛逆的十四岁儿子。

丈夫销声匿迹后，家里只剩下两个资产。一个是她的著作荣获普利策提名奖的证书，已经装裱过。另一个是莫里斯从小到大居住的房子，位于北城比较好的地段。房子没有抵押，因为她坚定地拒绝在她丈夫拿回家的银行文件上联署。这是她唯一一次对他吹嘘的决不能错过的投资机会无动于衷。丈夫走后，她把房子卖了，搬到了梧桐街。

“败落了，”莫里斯上高二前那个夏天，她向他承认道，“但是我们家的小金库会重新满上的。至少周围邻居都是白人。”她停了一下，思忖着刚才那句话，然后补充了一句：“我并没有偏见。”

“没有，妈，”莫里斯说，“有谁会相信呢？”

她平常最讨厌莫里斯称呼她“妈”，而且会直截了当地说明这一点，但是她那一天没有反驳，因而莫里斯那一天很开心。他只要能戳到她的痛处就会很开心，只是这种机会少得可怜。

二十世纪七十年代初，北地的高二英语课仍然要求写读书报告。学生们会拿到一份油印单，上面列着老师同意阅读的书名，供大家挑选。大多数书籍在莫里斯的眼里都是垃圾，而且他像往常一样对此直言不讳。“看哪！”坐在后排的他大声说道，“四十种口味的美国燕麦片！”

有几个同学放声大笑。他可以逗大家发笑。虽然他无法让大家喜欢他，但他根本不在乎。他们只是一些毫无前途的家伙，将来会有一段毫无前途的婚姻，外加一份毫无前途的工作。他们会抚养一群毫无前途的儿女，逗弄一群毫无前途的孙儿女，然后在毫无前途的医院和养老院走到人生的尽头，冲进黑暗中，相信自己实现了美国梦，相信耶稣会带着迎宾车在天国门口迎接他们。莫里斯注定要享受更好的东西，只是他不知道那会是什么。

托德小姐——年龄大约与带着同谋闯进约翰·罗思坦家时的莫里斯相仿——要他下课后留下来。其他同学离开教室时，莫里斯坐在课桌旁，懒洋洋地跷着二郎腿，等待着托德给他写一张留校通知。他之前也曾因为在课堂上顶嘴而留过校，但这在英语课还是第一次，他为此多少有点感到遗憾。他的心中闪过一个模糊的想法，而且是以他父亲的声音说出来的——莫里，你堵死的退路太多了——那声音随即像一缕蒸汽般消失得无影无踪。

托德小姐（脸蛋虽然说不上漂亮，却有着魔鬼般的身材）非但没有要他留校，反而伸手从鼓鼓囊囊的书包里掏出来一本平装书。红色封面上用黄色画着一个男孩，懒洋洋地靠着一堵砖墙，抽着烟。他的上方是书名：《逃亡者》。

“你从来不错过任何自作聪明的机会，是吗？”托德小姐问。她在他身旁坐下来。她的裙子很短，大腿很长，长筒袜微微发亮。

莫里斯没有吭声。

“就今天的事，我早就料到了，所以我带来了这本书。我的万事通朋友，这对你来说既是好消息也是坏消息。我不会让你留校，但你也别无选择，你只能读这本书。虽然学校董事会批准的书单上没有这本书，把它给你我也有可能遇到麻烦，但我还是把宝押在你人性高尚善良的一面上。尽管你的这一面微不足道，我还是愿意相信你身上尚存。”

莫里斯瞥了一眼那本书，然后越过它望着托德小姐的大腿，毫不掩饰自己的兴趣。

她看到他目光的方向后笑了。莫里斯一时以为自己瞥见了他们两人之间的整个未来，大多数时候都是在床上度过的。他听说这种事情真的发生过。性感老师寻找少男，给予性教育方面的额外辅导。

他的幻想像气球一样大概只持续了两秒钟，戳破它的是托德小姐，脸上依然挂着笑容。“你和吉米·戈尔德会相处融洽的。他是一个刻薄、自怨自艾的小痞子，很像你。”她站起身，裙子垂落下来，停留在了膝盖上方两英寸处。“祝你写出一篇精彩的读书报告。你下次偷看女人的裙子时，不妨记住马克·吐温说过的一句话：‘每一个需要剪头的游手好闲之徒都会瞥上一眼。’”

莫里斯脸发烧，偷偷溜出了教室，第一次不仅被打回了原形，而且结结实实地被打扁在地。他真想在梧桐街和榆树街角一下车就把那本平装书扔进下水道，但他紧紧抓住了它，不是因为他害怕留校或者被停课。既然审批过的书目中没有这本书，她又能对他怎么样？他紧紧抓住那本书是因为封面上画着的那个男孩。那男孩正带着一种令人厌倦的傲慢，透过一层烟雾望着他。

他是一个刻薄、自怨自艾的小痞子，很像你。

他母亲不在家，要到晚上十点之后才会到家。她在市立大学上成人教育课，额外挣些钱。莫里斯知道她痛恨那些课程，认为那些课程对她而言是大材小用。他对此无所谓。别那么早回来，妈，他想，别他妈的那么早回来。

冰箱里装满了冷冻快餐。他随意选了一样，塞进烤箱，心想他可以边等边看一会书。晚饭后，他可以上楼，从床底下拿一本他父亲的《花花公子》杂志（他有时候想，*这是我从父亲那里继承的传统*），打一会儿飞机。

他忘了设定烤箱定时器，整整一个半小时后，炖牛肉烤焦的臭味才将他从那本书中唤醒。他已经看完了前一百页，思绪早已飞到了战后这片街道以树名命名的劣等小地带之外，正和吉米·戈尔德一起漫步在纽约市的街头。他像尚未睡醒的孩子，走进厨房，戴上隔热手套，从烤箱里取出已经烧焦成块的晚餐，将它扔进垃圾桶，然后接着看《逃亡者》。

他想，我要再看一遍。他感觉自己仿佛在发着低烧。还要拿一支记号笔。书中需要划线做记号和记住的东西太多。太多。

对于读者来说，人生最令人振奋的发现之一就是意识到自己是读者——不只是能够读它（莫里斯早已知道这一点），而且喜欢它。无可救药地喜欢它。完完全全地喜欢它。第一本能够做到这一点的书会让人终生难忘，每一页似乎都带给你全新的启示，那种让你热血沸腾、赞颂不已的启示：对！就是这样！对！我也看到过！还有，当然，我也是这样想的！我也有**这种感觉！**

莫里斯写了一篇长达十页的读书报告，内容就是《逃亡者》。报告发下来时，托德小姐给了他一个 A+，还有一句评语：我知道你会看懂它的。

他想告诉她不是看懂，而是喜爱，真正的喜爱。真爱永远不会死亡。

《逃亡者在行动》与《逃亡者》一样出色，只是吉米不再是纽约的一位外乡人，而是变成了欧洲的外乡人，在德国各地英勇作战，望着他的朋友一个个死去，最终隔着铁丝网凝视着一个集中营，心中没有恐惧，只有茫然。罗思坦写道，那些漫游徘徊、骨瘦如柴的幸存者证实了吉米多年来的怀疑。这一切就是个错误。

莫里斯借助设计模板，用罗马哥特式字体抄下了这行字，然后用图钉将它钉在房门上——多年后，一个名叫彼得·索伯斯的男孩将住在这个房间。

他母亲看到那行字贴在那里后，嘴角一翘，露出一个讥讽的微笑，但什么也没有说。至少当时没有。母子俩为戈尔德三部曲争论是两年后的事，在她亲自浏览了那三本书之后。那次争论的结果是莫里斯喝醉了酒；喝醉了酒的结果是强行入侵他人住宅和普通人身侵犯；这些罪行的结果是在河景少管所待了九个月。

不过在那之前还有一本《逃亡者放慢脚步》，让莫里斯看得越来越心惊肉跳。吉米娶了一个好姑娘。吉米有了一份广告工作。吉米开始发福。吉米的妻子怀上了三个小戈尔德中的老大，然后他们搬到了郊区。吉米在那里结交了朋友。他的妻子在后院举办烧烤聚会。吉米在烤架旁亲自负责，身上的围裙上写着**大厨永远不会错**。吉米对妻子不忠，他妻子以牙还牙。吉米服用碱性养胃泡腾片来治疗胃酸过多性消化不良症，酒醉后服用名为眠尔通[①]的东西。尤其是，吉米开始追求金钱。

这些可怕的情节让莫里斯越来越灰心，越来越愤怒。他估计自己的心情与母亲发现真相的心情一样——她一直相信丈夫完全听她摆布，却没有料到他会在东躲西藏的过程中把家里的钱财席卷而空；向来对她唯命是从，从来不敢挥手扇她一个耳光，却让她那讥讽的笑容永远从她那张受过太多教育的脸上消失。

莫里斯一直希望吉米能够醒悟过来，希望他会记得自己是谁——至少记得他以前是谁——抛弃他现在这种愚蠢、空虚的生活。非但如此，在《逃亡者放慢脚步》的结尾处，吉米却在庆祝自己最成功的广告活动——看在上帝的分上，"达自都"家庭清洁剂——而且在喊叫：*只等来年！*

莫里斯在少管所时，按要求每周要见一次心理医生。医生名叫柯蒂斯·拉尔森，但男孩们都叫他"癞蛤蟆柯德"。每次谈话结束时，"癞蛤蟆柯德"总是问莫里斯同一个问题："莫里斯，你进到这里来是谁的错？"

大多数男孩，就连那些愚蠢到无可救药地步的孩子，都知道这个问题的正确答案。莫里斯也知道，但拒绝将它说出来。"我母亲的错。"每次被问到这个问题时，他都这样回答。

莫里斯的刑期快结束前，在他们最后一次谈话过程中，"癞蛤蟆柯德"双手交叠，放在桌上，久久地盯着莫里斯，不说话。莫里斯知道对方在等待他垂下眼睛。他拒绝了。

"在我的游戏中，"癞蛤蟆柯德终于开口道，"有一个术语形容你

---

① 眠尔通，一种安眠药。

的回答，叫做逃避责任。如果你继续逃避责任，你会回到这里来吗？几乎肯定不会。再过几个月你就十八岁了，所以你下次背运——肯定会有下一次——你会作为成人出庭受审。当然，除非你洗心革面。因此，我最后一次问你：你进到这里来是谁的错？"

"我母亲的错。"莫里斯没有丝毫犹豫，因为这不是逃避责任，而是事实，其中的逻辑无可争辩。

从十五岁到十七岁，莫里斯如饥似渴地读着戈尔德三部曲中的前两部，做着标注，写着注记。他又读了一遍《逃亡者放慢脚步》，强迫自己把它看完。他每次把书拿起来，肠胃里就会压着一个铅球，因为他知道接下来会发生什么事。他越来越憎恨吉米·戈尔德的作者，憎恨罗思坦以这种方式摧毁了吉米！甚至都不让他在辉煌的火光中消失，而是让他活下去！让他妥协，让他走捷径，让他相信与街头卖安利产品的荡妇睡觉意味着他仍然是个叛逆者！

莫里斯想给罗思坦写封信，请他——不，*要求他*——作出说明，但他从《时代》周刊封面报道文章中得知，那狗杂种根本不看书迷们给他写来的信件，更不用说答复了。

正如嬉皮士里基多年后将向彼得·索伯斯建议的那样，大多数喜欢某位作家作品的少年少女，比如冯内古特迷、黑塞[①]迷、布劳提根[②]迷和托尔金迷们，最终都找到了新的偶像。既然莫里斯已经对《逃亡者放慢脚步》不再抱有幻想，他也是有可能找到新偶像的。但在那之前，他和那臭婊子争吵了一番；因为再也无法把毁了她一生的那个男人弄到手，她便打定主意要毁掉莫里斯的生活。这个臭婊子就是安妮塔·贝拉米，与普利策奖失之交臂，染成的金发盘成喷射圆丘状，嘴角一翘，带着讥讽的微笑。

---

① 赫尔曼·黑塞（Hermann Hesse，1877—1962），德国作家、诗人，1946年诺贝尔文学奖得主，代表作有《在轮下》《荒原狼》《东方之旅》等。

② 理查德·布劳提根（Richard Brautigan，1935—1984），美国小说家、诗人，代表作包括长篇小说《在美国钓鳟鱼》和《在西瓜糖中》等。

1973年2月假期期间，她仅仅用了一天就一目十行地看完了所有三本吉米·戈尔德系列小说。那些都是他的书，只属于他自己的书，从他卧室书架上偷走的。他到家时，那三本书被乱扔在咖啡桌上，《逃亡者在行动》正在吸收她的葡萄酒杯留下的一圈酒印。莫里斯顿时瞠目结舌，这是他少年生活中为数不多的几次之一。

但是安妮塔却口若悬河："这几本书你念叨了一年多，所以我终于决定要看看你如此兴奋是什么原因。"她喝了一口酒。"既然我有一周的假期，我就想读一读。我以为需要一天多才能看完，可这些书真的没有太多内容，对吗？"

"你……"他一时气得说不出话来，"你进了我的房间！"

"我进去给你换床单，或者把你的衣服洗好叠好后送进去，你从来没有反对过。也许你认为这些家务事都是洗衣仙女干的？"

"那些书是我的！一直放在我专门的书架上！你无权把它们拿走。"

"我很高兴把它们还回去。别担心，我没有碰你床底下那些杂志。我知道男孩子们需要……乐子。"

他走上前，收拾那几本书。他的双腿感觉像高跷，双手感觉像钩子。《逃亡者在行动》的封底已经被她那该死的酒杯弄湿了。他想，如果这三部曲中有一本必须弄湿，为什么不能是《逃亡者放慢脚步》呢？

"我承认它们是非常有意思的物件，"她的声音如她在教学楼里讲课时一样清晰，"就算一文不值，它们至少展示了一位才华有限的作家的成长过程。当然，前两部枯燥乏味，令人痛苦，正如与哈克贝里·芬相比，汤姆·索亚显得索然无味一样。不过最后一部，虽然无法与哈克·芬作比较，却显示了作者的成长。"

"最后一本烂透了！"莫里斯嚷道。

"有理不在声高，莫里斯，你没有必要嚷嚷。心平气和时也能为你的看法辩护。"随后便是他痛恨的那种笑容，虚假，刺激人。"我们是在讨论。”

“我可不想进行什么该死的讨论！”

“但是我们应该讨论一下！”安妮塔提高了嗓门，脸上仍然挂着笑容，“因为我花了一整天——我不愿意说浪费了一天时间——试图弄明白我那以自我为中心、自以为是的儿子，为什么现在的平均成绩只是C。”

她等着他回答，可是他没有。到处都是陷阱。她只要愿意，随时可以勒紧套在他脖子上的绳索，而她这一刻正巴不得呢。

“我注意到前两本小说已经很破旧，装订都快散架了，几乎翻烂了。很多地方都划了线，还有许多感想。有些感想显示出一位敏锐的评论家正崭露头角——我没有说才华横溢，因为那算不上是才华横溢，至少目前还不是。但是第三部几乎像新的一样，没有任何句子下面划过线。你不喜欢他后来的经历，对吗？一旦你的那位吉米——按照逻辑推理，还有它的作者——成长起来，你就不再关心他。”

“他背叛了我们！”莫里斯捏紧了拳头。他满脸通红，头上的青筋在跳动，就像那天沃麦克在众目睽睽之下出现在他面前一样。莫里斯挥出了那记重拳，现在也想如法炮制。他需要这样做。“罗思坦让他背叛了我们！如果你看不到这一点，那只说明你愚蠢！”

“不，”她说，脸上的笑容已荡然无存，她向前倾过身子，把酒杯放到咖啡桌上，目不转睛地望着他，“那是你误区的核心所在。优秀作家不会去引导他的人物，而是跟随他们。一位优秀作家不会杜撰情节，只会看着情节发生，然后将他的所见所闻写下来。一位优秀作家会意识到自己只是个秘书，不是上帝。”

“那不是吉米的性格！该死的罗思坦改变了他！他把吉米变成了一个笑话！他把吉米变成了……一个普通人！”

莫里斯不愿意看到自己的论点多么站不住脚。他痛恨母亲给他下套，让他去辩护一个根本不需要辩护的观点，因为每一个稍微有点头脑和情感的人都能一眼看得出来。

“莫里斯，”声音很轻柔，“就像你现在想成为吉米一样，我也曾经想成为女人版的吉米。吉米·戈尔德，或者某个他那样的人，是大多数青少年长大成人之前的流放之岛。你需要看到的——罗思坦最终看到的，虽然他写了三本书后才明白——是我们大多数人都会变成普通人。我当然会，”她环顾四周，“否则我们怎么会住在梧桐街这个地方？”

“因为你愚蠢，让老爸把我们的钱偷走了！”

她听后脸上的肌肉抽搐起来（一语击中要害，莫里斯暗暗窃喜），但那讥讽的笑容重新浮上她的脸，宛如一张纸在烟灰缸里化为灰烬。“我承认你的话有一点道理，但你把这怪罪到我头上有失公道。你有没有自问他为什么偷偷打劫我们？”

莫里斯没有吭声。

“因为他不愿意长大。你父亲是个大腹便便的小飞侠，找了个年龄只有他一半大的姑娘，在床上玩过家家的游戏。”

“把书给我还回去，要么扔垃圾桶里，”莫里斯说话的声音连他自己都差一点没有认出来，他惊恐地发现，那很像他父亲的声音，“我不在乎。我要离开这里，不会再回来了。”

“哦，我想你会回来的。”她说。她的话没有错，但那是近一年之后，而到那时她已经不了解他了——如果说她曾经了解过他的话。“我认为你应该把第三部再看几遍。”

余下的话她是提高嗓门说的，因为他已经头也不回地顺着过道走了，心中充满了强烈的情感，几乎什么都听不进。“找一点怜悯！罗思坦先生找到了，这正是最后一部的可取之处！”

大门砰的一声关上了，也打断了她的话。

莫里斯低着头，一路走到人行道上，然后开始奔跑。三个街区外有一个沿街商业区，里面有一家卖酒的店铺。他赶到那里后，坐在“超级爱好”店铺外的自行车停放架上，等待着。前两个人拒绝了他的请求（第二个人脸上挂着笑容，莫里斯真想给他的脸来一拳），第三个人穿着旧货店买来的衣服，走路明显不稳，他同意给莫里斯买酒，两美元一品脱，或者五美元一夸脱。莫里斯选择了夸脱，然后在穿过梧桐街和桦树街之间那片荒地的小溪旁喝了起来。此时太阳已经落山。他不记得自己怎么偷了辆车，到了蜜糖高地，但是有一点可以肯定：他一到那里就陷入了癞蛤蟆柯德所称的“超级乐透彩”中。

你进到这里来是谁的错？

他认为给未成年人购买了一夸脱威士忌的那个酒鬼有一点责任，但主要是他母亲的错。这件事倒也带来了一个好处：他被判刑时，那讥讽的笑容已经无影无踪。他终于将它从她脸上抹掉了。

在监狱里的禁闭期间（每个月至少一次），莫里斯会躺在铺位上，双手交叉放在脑后，思考着吉米·戈尔德系列的第四部，想知道里面是否包含他在《逃亡者放慢脚步》结束之后渴望见到的救赎。吉米是否还有可能重燃昔日的希望和梦想？他昔日的激情？要是他和它多待两天就好了！甚至一天！

不过，他怀疑约翰·罗思坦本人是否有能力让读者相信那样的事。根据莫里斯自己的观察（他父母是他最主要的观察对象），激情一旦消失，通常会永远消失。可有些人确实改变了。他记得有一次和安迪·哈利迪一起吃午饭时，他向安迪提起过这种可能性。那是在快乐酒杯咖啡馆，就在安迪上班的格里索姆书店那条街上。莫里斯当时刚刚从城市学院辍学，认定在那里接受高等教育他妈的没有任何意义。

“尼克松变了，”莫里斯说，“这位昔日的反共分子居然恢复了与中国的贸易关系。林顿·约翰逊逼迫国会通过了《民权法案》。既然像他那种种族主义强硬分子都能改变立场，我认为万事皆有可能。”

“政客。”安迪嗤之以鼻，仿佛那是什么臭味。他很瘦，留着平头，只比莫里斯大几岁。“他们完全是为了权宜之计而改变，不是为了理想。普通人不会那样做。他们无法那样做。如果他们拒绝服从，就会受到惩罚。接着，他们在受到惩罚后会说‘好吧，长官’，然后像雄峰一样跟上潮流。看看那些抗议越战的人都怎么样了。他们大多现在都过着中产阶级生活，肥胖、幸福、把票投给共和党。那些拒绝让步的还在监狱里，或者像凯瑟琳·安·鲍尔①那样在逃。”

“你怎么能把吉米·戈尔德称作普通人呢？”莫里斯提高了嗓门。

安迪屈尊俯就地看了他一眼。“哦，行了。他的人生故事就是摆脱例外主义的一次史诗般的旅程。莫里斯，美国文化的目的就是创造一种规范，也就是说特别的人必须除掉，这就是吉米所碰到的。他最终进入了广告界，看在上帝的分上，说到规范，这个该死的国家还有比这更大的机构吗？这才是罗思坦的主题。”他摇摇头，“要是你想寻找乐观主义，那就买一本丑角公司②出的言情小说。”

莫里斯认为安迪基本上是为辩论而辩论。他那副书呆子气的角质框架眼镜背后有一双狂热者的眼睛在燃烧，但莫里斯甚至在那时就摸清了他的底细。他对书的激情在于将书视为物品，而不是为了书中的情节和观点。

他们每周共同吃两三次午饭，通常是在快乐酒杯咖啡馆，有时也会在格里索姆书店对面市民广场的长凳上。也就在有次一起吃午饭时，安德鲁·哈利迪第一次提到一直有谣传罗思坦并没有辍笔，但他在遗嘱中明确说明死后要将所有作品付之一炬。

“不！”莫里斯嚷了起来，真心实意地受到了伤害，“这种事永远不会发生，对吗？”

安迪耸耸肩，说：“如果他的遗嘱里有这一条，那么他隐居后所写的一切都等于是灰烬。”

“都是你编造的。”

---

① 凯瑟琳·安·鲍尔（Katherine Ann Power，1949— ），美国女激进分子，1970年在马萨诸塞州布莱顿开枪打死一名警察后抢劫了一家银行，企图用抢劫到手的钱资助人们推翻美国政府，遭通缉二十三年后于1993年向警方自首，1998年获释。

② 总部设在加拿大多伦多的出版商，以出版言情小说和女性小说著称。

“遗嘱的事可能是谣传，我可以担保，但是开书店的人都知道罗思坦从未辍笔。”

“开书店的人……”莫里斯有点怀疑。

“莫里斯，我们有自己的消息来源。罗思坦的管家替他采购物品时，不光购买生活用品。她每隔一个月或六个星期，就会去柏林的怀特河书店，取回他电话订购的书籍。柏林是离他家最近的镇子。管家告诉书店里的员工，他每天从早晨六点写到下午两点。书店老板在波士顿书展上告诉了其他一些书商，结果就传开了。”

“天哪。”莫里斯说。这段对话发生在1976年6月。罗思坦的最后一个短篇小说《完美的香蕉馅饼》发表于1960年。如果安迪所言属实，那意味着约翰·罗思坦已经积累了十六年间创作的新小说。就算每天只写八百个单词，加在一起也有……莫里斯心算不过来，但知道数字很大。

“天哪，没错。”安迪说。

“如果他真的想死后把那些都烧了，那他疯了！”

“大多数作家都是疯子。”安迪向前探过身，微笑着，仿佛他接下来要说的是个笑话。也许真是个笑话，至少在他看来是个笑话。“我是这样想的，得有人展开一场营救活动。可以是你，莫里斯，毕竟你是他的头号书迷。”

“不是我，”莫里斯说，“在他给吉米·戈尔德安排那样的情节之后，我就不是他的头号书迷了。”

“冷静一点，伙计。如果有人追随自己的缪斯女神，你是不能怪他的。”

“我当然会怪他。”

“那就把它们偷过来，”安迪说，脸上仍然挂着笑容，“就把这偷窃行为称作代表英语文学界进行的抗议吧。把它们拿来交给我。我先保留一段时间，然后再把它们卖了。只要不是老年人的胡言乱语，它们就可以卖出一百万美元。我和你对半开，五五分成。”

“我们会被抓的。”

“我觉得不会，”安迪·哈利迪说，“总会有办法的。”

“要等多久才能把它们卖了？”

“几年吧，”安迪挥了挥手，仿佛在说几个小时，“也许五年吧。”

一个月后，莫里斯真心厌倦了梧桐街的生活，而且所有那些手稿的想法时刻萦绕在他的心头，于是他收拾好东西，装进他那辆破旧的沃尔沃车，一路开到波士顿。有位建筑承包商雇用了他，在郊区修建几个楼盘。这份活起初差一点把他累死，但他的肌肉慢慢鼓起来了一点（尽管他永远成不了达克沃斯），此后就容易了。他甚至结交了两个朋友：弗雷迪·道尔和柯蒂斯·罗杰斯。

他给安迪打过一次电话：“你真能出售罗思坦未发表小说的手稿吗？”

“没问题，”安迪·哈利迪说，“我记得我说过，现在不行，可那又怎么样？我们还年轻，他却已经到了黄昏。时间对我们有利。”

是的，还可以阅读罗思坦自《完美的香蕉馅饼》以来写的所有作品。利润——即便是五十万美元——也只是顺带的。我不是雇佣军，莫里斯告诉自己，我对金钱不感兴趣。狗屎并非就是狗屎。只需给我足够的生活费——比如奖学金之类的——我就心满意足了。

我是位学者。

到了周末，他开始驱车去新罕布什尔州的塔尔博特角。1977 年，他开始带上柯蒂斯和弗雷迪。他逐渐有了一个计划。一个简单的计划，那种最佳的计划，也就是初级的砸窗抢劫。

哲学家们数世纪以来一直就生命的意义争论不休，却很少得出一致结论。莫里斯在监狱里时也研究了这个话题，但是他的探究与其说涉及宇宙，还不如说与可操作性相关。他想知道法律意义上的生命含义。他的结论具有精神分裂症意味。在有些州，生命的含义正如此。你要在监狱里一直待到死，根本不可能假释。在有些州，仅仅两年就可以考虑假释。在另外一些州，必须五年、七年、十年或者十五年后才会考虑假释。在内华达州，是否给予假释取决于非常复杂的积分制度。

到 2001 年，美国监狱系统中终身监禁的平均刑期为三十年零四个月。

在莫里斯服刑的这个州，立法者制定了自己对终身监禁的晦涩定义，依据的是人口统计数据。在莫里斯被判入狱的 1979 年，美国男性公民的平均寿命为七十岁。莫里斯当时二十三岁，因此他可以认定自己对社会欠下的债需要在四十七年里付清。

当然，除非他得到假释。

他在 1990 年第一次可以申请假释。科拉·安·胡珀出现在了听证会上。她身穿整洁的蓝色正装，灰白的头发往后梳成一个圆髻，紧紧地箍在脑后。她的手搁在膝盖上，紧紧抓着一个黑色大钱包。她重新讲述了自己遭性侵的过程：她正好从枪手酒馆旁的小巷经过，莫里斯·贝拉米一把抓住她，告诉她他想“咬一口”。她告诉五人假释裁决委员会，他挥拳揍她，打断了她的鼻子，她成功触发了钱包里的报警器。她告诉委员会，他嘴里酒气熏天，扯掉她的内裤之后用指甲在她肚子上乱抓。她告诉他们，埃伦顿警官赶到现场把他拉开后，莫里斯“还在捂着我的嘴，用他的器官伤害我”。她说她 1980 年曾企图自杀，目前仍在接受心理医生的治疗。她告诉委员会，自从接受耶稣基督为她个人的救世主以来，她感觉好多了，但仍然做噩梦。不，她告诉委员会，她一直没有结婚。她一想到性生活就会无比恐惧。

假释申请遭到了否决。那天晚上，隔着栅栏递给他的绿纸上面给出了几条理由，但是假释裁决委员会考虑的显然是最上面一条：受害者自称目前仍在经历痛苦。

臭婊子。

胡珀分别于 1995 年和 2000 年再次出现在听证会上。1995 年，她穿了同一套蓝色正装。千禧年——她此时体重至少增加了四十磅——她穿了一件棕色上装。2005年，她的上装是灰色，越来越大的乳房前挂着一个白色大十字。她每次到来时膝盖上都放着同一个黑色大钱包，估计里面装着她那个报警器，也许还有一罐梅西公司生产的辣椒喷雾器。没有人请她出席这些听证会，她是主动来的。

而且讲述她的经历。

假释申请未能获准。绿纸列出的主要原因是：*受害者自称目前仍在经历痛苦*。

狗屎并非就是狗屎，莫里斯安慰自己，狗屎并非就是狗屎。

也许不算，可是上帝，他真希望当时杀了她。

* * *

到第三次申请假释遭拒时，莫里斯给大家写东西的活已应接不暇——在韦恩斯维尔这个小世界里，他是畅销作家。他给妻子和女朋友们写情书，给服刑人员的孩子写信，其中几封以感人的散文形式证明世上确实有圣诞老人。他为即将出狱的人写求职信。他为那些读网络大学课程或者为得到一般同等文凭而发奋的狱友写主题论文。虽然不是监狱律师[①]，他却时不时地代表服刑人员给真正的律师写信，中肯地解释手头的每个案子，列举上诉的依据。在一些案子中，有些律师会被这些信件打动，主动加入进来，同时也会考虑成功纠正冤假错案后能挣到多少钱。随着DNA在上诉程序中变得至关重要，他经常给“昭雪计划”发起人巴利·谢克和彼得·诺伊费尔德写信。其中一封信最终导致一位名叫查尔斯·罗伯逊的汽车修理工兼业余小偷被释放。罗伯逊已经在韦恩斯维尔服刑了二十七年，最终获得自由。除了罗伯逊永久的感激外，莫里斯什么也没有得到……除非你把他本人与日俱增的名声算在内。当然还有别的好处：他遭人强奸已经是很久远

① 指老爱谈论自己或监狱犯人法律权益的囚犯。

的事了。

2004 年，莫里斯写出了最出色的一封信，费尽心血写了四稿后才表达正确。这封信是写给科拉·安·胡珀的。他在信中告诉她，他为当时侵害她一事悔恨不已，承诺如果他获得假释，他会用余生为自己当初的暴行赎罪——那毕竟是在醉酒失去意识时干的荒唐事。

“我每周在这里参加四次嗜酒者互诫协会的会议，”他写道，“现在赞助六名康复中的酒鬼和毒品瘾君子。如果我有幸出去，我会继续这项工作，在北城的圣帕特里克教堂为刑满释放人员安排的过渡住所中。胡珀女士，我在精神上已经醒悟，生活中已经有了耶稣。你会知道这多么重要，因为我知道你也已经接受基督为您的救世主。‘原谅我们的罪过，’他说，‘正如我们原谅那些伤害过我们的人一样。’您愿不愿意原谅我对您的伤害？我已经改过自新，不再是那天晚上伤害您的那个人。我的心灵已经改变。我向上帝祈祷您看了我的信后会回复。”

十天后，他的祈祷有了回应。信封上没有回信地址，但是背面工整地打印着 C.A. 胡珀的字样。莫里斯不需要把它撕开；管理部门负责检查服刑人员的邮件，有人已经扯开了信封。里面有一张带毛边的信笺，右上角和左下角分别印着毛茸茸的小猫在玩几个灰色毛线球。信中没有称呼，正中间有一行字：

我希望你烂在那里。

一年后，这个臭婊子再次出现在听证会上，腿上现在穿着护腿长筒袜，脚踝鼓胀在便鞋之上。她就像一只过于肥胖、充满复仇之意的燕子，回到扮演监狱版的卡皮斯特拉诺[①]。她再次讲述了自己的遭遇，假释申请再次遭到否决。莫里斯如今已经是模范囚犯，给囚犯的绿单子上如今只有一条理由：受害人自称仍在经历痛苦。

---

① 卡皮斯特拉诺，即圣卡皮斯特拉诺的约翰（1386—1456），意大利天主教神父，以言辞激烈、好斗好战著称，也被称作“战士圣徒”。

莫里斯安慰自己，狗屎并非就是狗屎，然后回到了自己的囚室。虽说不是什么顶层公寓，只有一米八乘两米四，但至少里面有书。书可以让他逃避现实。书就是自由。他躺在床铺上，想象着自己独自与科拉·安·胡珀和一把电动打钉枪一起待十五分钟会是多么愉快。

莫里斯这时已经到图书室干活，这对他而言是一个转好的奇妙变化。警卫们不太在乎他如何使用少得可怜的经费预算，因此他很容易就订到了《美国书目编制人通讯》。他还从全国各地的善本经销商那里拿到了一些免费目录。约翰·罗思坦的书籍经常出现在出售书目单上，价格越来越高。莫里斯自己像一些囚犯支持球队一样支持这一点。大多数作家去世后都会逐渐变得一文不值，但有几位幸运儿的情况恰好相反，当中就包括罗思坦。每隔一段时间，其中一份目录中就会出现一本罗思坦签名的书籍。2007 年鲍曼书店的圣诞版书目中就有一本《逃亡者》，罗思坦签名题献给了哈珀·李。这便是所谓的留念本，标价为一万七千美元。

莫里斯在服刑期间也留意着城市报，后来随着二十一世纪带来的技术变化，他开始留意市里不同的网站。梧桐街和桦树街之间的土地由于无休止的法律纠纷依然闲置，这正是莫里斯乐意看到的。他最终会出狱，他的箱子还会在那里，上面那棵树的树根会把它包裹得严严实实。那些笔记本如今肯定价值连城，可价值对他已越来越不重要。

年轻时，他也曾想过自己会享受男青年们追逐的一切，只要他们的双腿坚强有力：旅行和女人，汽车和女人，蜜糖高地那里的大房子和女人。他如今很少梦想这些东西，最后一次与他发生性关系的女人一直是让他继续被关在牢里的主要原因，其中的讽刺意味他心知肚明。这个世界的各种东西掉落在路旁，你放慢车速，失去视力，失去你该死的机械舞，但文学是永恒的，而且在一直等着他：一片失落的天地，除了作者外，谁也没有看到过。如果他一直要到七十岁之后才能看到那片新大陆，那么好吧。还有钱——所有那些装着现金的信封。虽说不是什么巨款，却是一笔不错的小积蓄。

他安慰自己，我有活下去的动力。这里有多少人可以这么说？尤其是一旦他们的大腿软弱无力，他们的鸡巴只有在撒尿时才能挺起来？

莫里斯给安迪·哈利迪写过几封信。安迪如今有了自己的书店——莫里斯是从《美国书目编制人通讯》上得知的。他还知道自己的老伙计至少遇到过一次麻烦，因为他试图出售一本被盗的詹姆斯·艾吉最著名的书籍，但是侥幸脱身了。太遗憾了。莫里斯巴不得在韦恩斯维尔欢迎那位喷古龙香水的同性恋。这里有许多坏小子巴不得为了莫里·贝拉米揍他一次。可那是白日做梦。就算安迪被判有罪，大概也只是罚款而已。即便出现最坏的结果，他也只会被送进州西端的乡村俱乐部，所有白领窃贼都被送往那里。

安迪没有给莫里斯回过一封信。

2010年，他的煞星如约而至，再次扮演卡皮斯特拉诺的角色。她身穿黑色正装，仿佛是为了出席自己葬礼而穿的。莫里斯忿忿地想，如果她不减肥的话，恐怕离葬礼不远了。科拉·安·胡珀的面颊如今像肉乎乎的大煎饼，从脖子两侧垂下来，她的眼睛深陷在一团团脂肪中，皮肤呈灰黄色。原来的黑色钱包换成了蓝色钱包，但其他一成不变。噩梦！没完没了的心理治疗！都是因为那天晚上从小巷里冲出来的这个可怕的畜生，她的一生都毁了！等等，等等。

那次被强奸的事你还那么纠结吗？莫里斯想，你永远不打算向前看吗？

莫里斯回到囚室时心想，狗屎并非就是狗屎，并非就是他妈的狗屎。

他那一年五十五岁。

2014 年 3 月的一天，一位狱警到图书室来带莫里斯。他当时正坐在办公桌后，第三遍看《美国牧歌》(在莫里斯的眼中，这是菲利普·罗斯最棒的小说)。狱警让他去监狱办公室。

“什么事?”莫里斯站起来问。去监狱办公室通常不是什么好消息。一般是警察想让你告密某个人，如果你拒绝合作，他们就会用各种脏话威胁你。

“假释裁决听证会。”

“不会吧，”莫里斯说，“肯定是弄错了。委员会要到明年才会给我听证机会。”

“我只是执行命令，”狱警说，“如果你不想要我给你记一笔，那就找个人顶替你一下，赶紧的。”

假释裁定委员会——现在由三男三女组成——已经聚集在会议室。委员会的法律顾问菲利普·道恩斯是第七人，也是主席。他宣布了科拉·安·胡珀写来的一封信，信的内容令人震惊。那婊子得了癌症。这倒是好消息，但接下来的消息更好。她将放弃针对莫里斯·贝拉米假释裁定的所有异议。她说她为拖了这么久感到抱歉。道恩斯随即宣读了美国中西部文化艺术中心（当地人称它为文艺馆）的一封信。他们过去雇用了许多韦恩斯维尔的假释犯，如果莫里斯·贝拉米获得假释，他们愿意从 5 月份开始雇用他为兼职文书和电脑操作员。

“鉴于你过去三十五年中无不良记录，也鉴于胡珀女士的信函，”道恩斯说，“我认为提前一年与委员会讨论你的假释问题是正确之举。胡珀女士告诉我们，她所剩时间不多，我相信她希望了结这件事。”他转身望着委员会成员：“女士们、先生们，大家怎么看?”

莫里斯早已知道女士们、先生们会怎么说，不然就不会把他带到这里。投票结果为 6∶0，同意假释。

“莫里斯，你有何感想?”道恩斯问。

莫里斯平常能说会道，此刻却惊讶得说不出话来。不过他也用不着开口，他放声大哭。

两个月后，接受过强制性的出狱前咨询之后，他在开始去中西部文化艺术中心上班前不久走出了A号大门，回到了自由世界。他的口袋里装着他三十五年来在染坊、家具厂和图书室干活的薪水，总共两千七百多美元。

罗思坦的笔记本终于近在咫尺了。

第二部　老伙计

1

科密特·威廉·霍奇斯——朋友们叫他老比尔——正行驶在机场路上。车窗开着，收音机音量很大，正在播放鲍勃·迪伦的《欢笑很难，哭泣更难》，他也跟着一起哼唱。他今年六十六岁，已不再年轻，但他气色不错，不像心脏病发作的幸存者。接受蒸气浴治疗以来，他已经减掉了四十磅，那些每吃一小口都会要他命的垃圾食品，他也已经告别。

心脏病专家曾经问他，你想活到七十五岁吗？那还是他第一次接受全面体检时候的事，他刚刚装了起搏器两个星期。如果你想活到七十五岁，那就别再吃猪皮和甜甜圈，多吃沙拉。

这种建议虽然无法与“爱邻如己”这样的忠告相提并论，霍奇斯却依然深信不疑。他旁边的座位上有一个白色纸袋，里面装着沙拉。如果奥利弗·马登的飞机正点到达，他将有足够的时间把它吃完，再喝一瓶达萨尼[①]。当然，前提是马登会来。霍莉·吉伯尼向他确认，马登已经在路上了——她从名叫“航空跟踪”的网站上得知了他的飞行计划——但是马登仍然会有所察觉，改变方向。他在那里干坏事已经不是一天两天了，这样的家伙手下自然会有一些训练有素的嗅探犬。

霍奇斯沿专用线驶过主航站楼和临时停车场，然后继续向前，追随着上面写有**航空货运**、**个性化航空集团**和**托马斯·赞恩航空服务**的标志牌。他在写有**托马斯·赞恩航空服务**标志牌的地方拐了下去。这家航空公司有独立的固定基地，几乎被隔壁大得多的个性化航空公司

---

① 一种无糖、无卡路里的健康饮料。

固定运营基地的阴影所笼罩。小小的停机坪上，沥青已经破裂，杂草从中生长了出来。周围空无一人，只有前面预留处停着六七辆租来的汽车。中型廉价车中间有一辆黑色林肯“领航员”鹤立鸡群，车窗为雾化玻璃。霍奇斯将这视为好兆头。他的对手喜欢摆阔，这也是人渣们的一个共性。他的对手虽然穿着价值上千美元的西装，却依然是个人渣。

霍奇斯绕过停车场，驶进前方出去的回车道，将车停在一块牌子前，上面写着**仅供装卸货物之用**。

霍奇斯希望是装货。

他看了看表，十点三刻。他想起了母亲的话：比利，重要场合你一定要提前赶到。想到这里时，他的脸上露出了笑容。他从皮带上取下苹果手机，给办公室打电话，电话铃声只响了一下。

“先到先得公司。”霍莉说。不管是谁打来电话，她总是先报出公司名称。这是她不自觉的习惯行为之一，而她有许多这种小习惯。“比尔，你到了吗？你到机场了吗？到了吗？”

习惯行为暂且不说，这位霍莉·吉伯尼与他四年前第一次见到时相比，像是换了一个人。她当时来这里参加姨妈的葬礼，而她身上的这种变化完全是转好的方向。只是她有时又会偷偷抽支香烟，他从她嘴里闻到过烟味。

“我到了，”他说，“祝我好运吧。”

“这跟运气无关，”她说，“航空跟踪网站非常棒。告诉你吧，美国领空此时此刻有六千四百一十二架飞机。是不是很有意思？”

“真令人不敢相信。马登的预计到达时间还是十一点三十分吗？”

“十一点三十分整。你把脱脂牛奶落在桌上了。我已经把它放进了冰箱。脱脂牛奶在这么热的天里很容易变质，即便是在我们这种有空调的环境中。就像现在。”她总是念叨，最终迫使霍奇斯装了空调。霍莉只要上心，很会游说。

“你把它一饮而尽吧，霍莉，”他说，“我有达萨尼。”

“不用，谢谢你，我在喝无糖可乐。芭芭拉·罗宾逊打过电话。她有事找你，好像是大事。我要她今天下午晚些时候再打你电话。你也可以打给她。”她说话的声音里有一丝忧郁。“这样行吗？我还以为你希望目前不要占用你的电话呢。”

“没关系的，霍莉。她有没有说什么大事？”

“没有。”

“你给她回个电话，就说我这边的事一完就和她联系。”

“你会小心的，是吗？”

“我向来很小心。”不过霍莉知道这并非完全是实话；他四年前差一点让他自己、芭芭拉的哥哥杰罗姆和霍莉本人炸成碎片……霍莉的表妹被炸身亡，但那是之前发生的事。霍奇斯当时已经爱上了简妮·帕特森，如今仍然为她哀伤不已，仍然在责怪自己。他这些日子为自己照顾自己，但他这样做也是因为他相信那是简妮的愿望。

他让霍莉在办公室留守，然后将苹果手机放回到腰带上。从警探位置上退休之前，那里一直装着他的格洛克手枪。他刚退休时总是忘记带手机，但那样的日子已经一去不复返了。他现在所干的事与他当警察时不尽相同，但也不错。事实上，相当不错。“先到先得公司”网到的大多是小鱼小虾，但今天将是一条蓝鳍金枪鱼，霍奇斯爽透了。报酬很丰厚，但这不是主要问题。他现在有事做，这才是大事。他天生就是要抓住奥利弗·马登这样的恶棍，而且他打算只要能够，就一直干下去。如果运气好，那可能会是八九年，而他打算珍惜每一天。他相信简妮也希望他这样。

是哦，他可以听到她在说，滑稽地冲他皱着鼻子。

芭芭拉·罗宾逊四年前也差一点丧命；她和母亲以及几个朋友去了那场致命的音乐会。芭芭拉当时还是个快乐幸福的孩子，如今是一个快乐幸福的少女——他偶尔去罗宾逊家吃饭时会看到她，但杰罗姆去外地读书后，他去的次数就少了。也许杰罗姆会回来过暑假。他给芭芭拉打电话时可以问问她。霍奇斯希望她没有遇到什么难事。好像可能性不大。她本质上是个好孩子，那种会帮助街对面老太太的好孩子。

霍奇斯打开沙拉，把低热量法式沙拉酱泼在上面，开始狼吞虎咽地吃起来。他饿了。饥饿是件好事，证明身体健康。

2

莫里斯·贝拉米一点也不饿。他午饭最多只吃得下一个加了奶油干酪的百吉饼，而就连这个他也常常吃不完。他刚出来时可谓暴饮暴食——麦当劳巨无霸、油炸饼、大块的比萨饼，都是他在监狱里梦寐以求的美食——但那都是在他听从别人的坏建议，去下城区的“卷饼先生”墨西哥餐厅回来整整吐了一夜之前的事。他年轻时吃墨西哥餐从来没有任何问题，而青春似乎只是数小时前的事，但是跪在地上冲着陶瓷抽水马桶折腾了一夜让他明白了一个事实：莫里斯·贝拉米已经五十九岁，即将进入老年期。他一生最美好的时光都花在了几件事上：给牛仔衣服染色，给桌椅打蜡，以便在韦恩斯维尔直销店出售，以及身穿监狱工装为数不清的绝望之中的囚犯写信。

他几乎认不出来现在身处的世界。在这个世界里，放电影的穹形银幕被称作IMAX，街头每个人不是戴着耳机接电话就是眼睛盯着手机屏幕。每家商店都有监控摄像，而且大多数普通商品——比如面包，他进去的时候每一条只要五十美分——现在已经贵到了离奇的地步。一切都变了，他感到头昏眼花。他远远落后于形势，而且他知道自己以监狱为导向的大脑永远赶不上了。他的身体也赶不上。他早晨起床时身体僵硬，晚上睡觉时腰酸腿疼，他估计是关节炎的缘故。呕吐的那天晚上（他要么呕吐要么拉稀），他的胃口完全没有了。

至少他对食物的胃口没有了。他还会想到女人——怎么不会呢？周围到处都是女人，年轻女子在初夏的热浪中几乎没穿衣服。可是在他这个年龄，他得花钱才能找一个三十岁以下的，而如果他去那种进行此类交易的场所，就会违反假释规定。一旦被发现，他会被送回韦恩斯维尔。罗思坦的那些笔记本仍然会埋藏在那片荒地中，除了作者本人外，没有人看过。

他知道那些笔记本还在那里，所以感觉更糟。他真想把它们挖出来，然后终于拥有它们。这种欲望时刻让他发疯，就像进入你的头脑却不愿意离去的一段音乐（我要一个不会把我逼疯的恋人），不过到目前为止他一直严格遵守规定，等待假释官慢慢放松警惕。这是沃伦·“达克”·达克沃斯的宝典，是莫里斯第一次可以申请假释时传给他的。

“一开始要特别小心谨慎，”达克说，这还是莫里斯第一次接受委员会的听证、科拉·安·胡珀第一次出庭报复他之前，“要表现得如履薄冰，因为那杂种会在你最意想不到时突然露面。你可以记下我说的话。他们会把各种可疑行为分门别类，登记在册，如果你想做什么事，就要等到假释官突然造访之后。然后你或许会没事的。听明白了？”

莫里斯听明白了。

达克没有说错。

3

成为自由人（其实是半个自由人）后不到一百个小时，莫里斯回到现在居住的旧公寓楼时，看到自己的假释官正坐在门廊上抽烟。住在那里的人把这堆到处涂鸦的水泥煤渣砖垃圾称作臭虫屎公馆。这其实是州政府补贴的大杂院，里面住着改邪归正的吸毒人员、酒鬼和像他这样的假释人员。莫里斯那天中午已经见过自己的假释官，问了几个常规问题，说了一句下周见之后就被打发了。这还不是“下周”，甚至都不是“第二天”，可他来了。

埃里斯·麦克法兰是个黑人，大块头，挺着圆鼓鼓的肚子，光秃秃的脑袋闪光发亮。他今晚穿了一条肥大的牛仔裤，外加一件特大号的哈雷-戴维森T恤衫。他的身旁放着一个破烂的旧背包。“嗨，莫里，”他说，拍拍他那熊腰旁的水泥地，“坐吧。”

“你好，麦克法兰先生。”

莫里斯坐了下来，心怦怦直跳，几乎到了痛苦的地步。求求你了，只是一个**可疑行为**，他想，即便他想不起来自己干了什么可疑的事。求求你不要把我送回去，不要在我如此接近那些笔记本的时候。

“去哪儿了，哥儿们？你四点就下班了，现在已经过了六点。”

“我……我半路上吃了一个三明治，是在快乐酒杯咖啡馆吃的。我简直不敢相信它还在老地方。”喋喋不休，无法住嘴，尽管他知道人们为某件事兴奋时会喋喋不休。

“吃一个三明治需要两个小时？那三明治肯定有三英尺长。”

“没有，只是个普通的火腿奶酪三明治。我在市民广场的一张长凳上把它吃了，还把面包屑喂了鸽子。我以前常常和一位朋友那样做。我只是……怎么说呢，忘记了时间。”

千真万确，但听上去那么站不住脚。

“享受空气，”麦克法兰暗示道，“发现自由，仅此而已吗？”

“是的。”

“嗯，你知道吗？我认为我们应该上楼，我认为你应该接受尿检。我得确信你没有去发现错误种类的自由。”他拍了拍背包，“我的小工具箱就在这儿。如果尿样没有变蓝，我就不打扰了，让你继续享受这夜晚。你对此没有反对意见吧？”

“没有。”莫里斯几乎是如释重负。

“我还要看着你把尿撒在塑料小杯里，你不反对吧？”

“不反对，”莫里斯在过去三十五年中经常当着别人的面撒尿，已经习惯了，“不反对，没关系的，麦克法兰先生。”

麦克法兰将烟蒂扔进阴沟，抓起背包，站起身来：“既然是这样，我相信我们不用检测了。”

莫里斯目瞪口呆。

麦克法兰笑着说：“你没事的，莫里，至少目前没事。你怎么说？”

莫里斯一时想不出自己该说什么，然后回过神来说：“谢谢你，麦克法兰先生。”

麦克法兰捋了捋自己看管对象的头发，尽管这个人比他自己大二十岁，然后说：“好孩子。下周见。”

回到自己的房间后，莫里斯反复思考着那一声屈尊纡贵、盛气凌人的好孩子。他望着几件廉价家具，以及他获准从监狱带出来的几本书，聆听着邻居们在这动物之屋里的叫喊声、吵闹声和打嗝声。他琢磨着麦克法兰是否知道自己多么恨他，但估计麦克法兰知道。

说我是好孩子。我都快六十了，可我却是埃里斯·麦克法兰的好孩子。

他在床上躺了一会儿，然后起身踱步，回想着达克给他的忠告：他们会把各种可疑行为分门别类，登记在册，如果你想做什么事，就要等到假释官突然造访之后。然后你或许会没事的。

莫里斯做出了决定。他披上牛仔外套，乘坐充满尿骚味的电梯到了一楼大厅，步行两个街区来到最近的公交站，等待着目的地显示窗口上标有**北地**的那辆车。他的心跳再次快了一倍，他情不自禁地想象着麦克法兰先生就在附近某个地方。麦克法兰心想，啊哈，他上钩了。我又回来了，看这坏小子要干什么。当然，不大可能。麦克法兰此刻大概在家，与身材和他相仿的妻子以及三个孩子一起吃晚饭。可是，莫里斯还是不由自主地想象着。

万一他折返回来，问我去了哪里呢？我可以告诉他我想看看我的老家，仅此而已。那个街区没有酒馆，没有色情酒吧，只有两家便利店，几百栋朝鲜战争之后建起来的房屋，还有几条以树木命名的街道。北地的那个街区只有过了壮年的郊区居民，外加一片大小如一个街区的杂草丛生的荒地，一直深陷无穷无尽的法律诉讼中，颇似狄更斯小说中的情节。

他在加纳街下了车，附近是图书馆，儿时的他经常在那里消磨时光。图书馆一直是他的安全避难所，因为那些想揍他的大孩子会像超人躲避氪星石那样避开图书馆。他步行九个街区来到梧桐街，然后真的经过了自己家的老宅子。它看上去依然很败落，城里这个部分所有房屋看上去都很败落，但是草坪有人修剪过，房子的油漆也很新。他望着车库，三十六年前，他就将那辆比斯坎藏在那里，避开穆勒太太窥视的眼睛。他记得用塑料铺垫在那只二手箱子里，免得笔记本受潮。想到它们居然要在那里面待这么久，当初还真是个好点子。

23号屋里亮着灯；住在里面的人在家。他在监狱图书室的电脑上查询过，这家人姓索伯斯。他望着右边楼上的窗户，也就是可以俯视车道的那扇窗户，想知道自己以前的房间里住着谁。很可能是个孩子，在这样一个颓废堕落的时代，大概对玩手机游戏的兴趣远甚于看书的兴趣。

莫里斯继续往前走，拐弯进了榆树街，再步行来到桦树街。走到桦树街娱乐中心时（由于预算减少，已经关闭了两年，这也是他在电脑上搜索后知道的），他环顾四周，看到两边人行道空无一人，便匆匆绕到娱乐中心侧面的砖墙背后，小跑起来，穿过室外篮球场——虽然破旧，但看样子还在使用——以及杂草丛生的棒球场。

月亮出来了，又圆又亮，足以在他身旁投下他的身影。前面是杂乱无章的灌木和矮树，树枝缠绕在一起，相互争抢着空间。小径在哪里？他以为自己来对了地方，却看不到小径。他就像一条试图捕捉神出鬼没的气味的狗，开始在原来棒球场右边场地的地方来回寻找。他的心再次怦怦直跳，口干舌燥。回原来的住处看看是一码事，可是来到废弃的娱乐中心后面却是另一码事。这肯定是**可疑行为**。

他正准备放弃，突然看到灌木丛里有一只薯片包装袋在飞舞。他扒开灌木，果不其然，小径就在那里，但只是它以前的一个影子。莫里斯觉得这解释得通。有些孩子大概还在使用这条小径，但是娱乐中心关闭之后，使用的人数量减少了。这是件好事。不过，他提醒自己，他被关在韦恩斯维尔的这些年，娱乐中心绝大多数时间都在开放。他埋藏的箱子附近会有无数双小脚经过。

他沿着小径往前走，脚步很慢。月亮每次躲到云朵之后，他便会完全停下脚步，等到月亮重新出来后，再继续往前走。五分钟后，他听到了小溪轻柔的潺潺声。那条小溪也还在。

莫里斯走到岸边。小溪袒露在天空下，明月高悬，水面宛如黑色绸缎般波光粼粼。他轻而易举地在对面河岸上找到了那棵树，他把箱子就埋在它的下面。树已经长大，向小溪倾斜。他可以看到一些粗糙的树根从树下钻出来，然后再钻回到土里，其他看似没有任何变化。

莫里斯以当年的方式过了小溪，从一块石头跳到另一块石头上，鞋子都没有弄湿。他再次环顾四周——他知道周围没有人，如果有人的话，他肯定会听到的，昔日在监狱里养成的窥视习惯已经成了他的第二天性——然后跪到树下。他一手抓住树根，保持身体平衡，另一只手拔着杂草。他可以听到呼吸穿过喉咙时发出的刺耳响声。

他清理出一小块圆形土地，然后开始挖，把卵石和小石块扔到一旁。挖到胳膊肘一半深的时候，他的手指碰到了又硬又光滑的东西。他将滚烫的前额贴在一根凸出的树根上，闭上了眼睛。

还在这里。

他的箱子还在这里。

谢谢你，上帝。

这就够了，至少现在够了。他已经无力再挖下去，但是上帝啊，你让他如释重负。他捧起泥土，重新填进挖出的洞里，然后将小溪岸上去年秋天的落叶撒落在上面。用不了多久，杂草就会重新长回来——杂草长得很快，尤其是在温暖的天气中——就会替他完成剩下的工作。

如果时间更宽裕，他会继续沿着小径走到梧桐街，因为从那里走离公交站更近，可是现在不行，小径那头的后院属于索伯斯家。如果他们家有人看到他并且拨打 911，他明天就会回到韦恩斯维尔，如果运气好的话，大概在原来的刑期上再增加五年。

他顺原路回到桦树街，确定两边的人行道依然无人后，步行来到加纳街的公交站。他双腿疲惫无力，刚才挖土的那只手布满划痕，很疼，但是他却感到轻松了一百磅。还在那里！虽然他一直相信箱子还在那里，但是得到确认依然是那么美好。

他回到臭虫屎公馆后，洗去手上的泥土，脱了衣服，躺到床上。虽然这地方此刻比任何时候都吵闹，却无法与韦恩斯维尔的 D 区相比，尤其是在今晚这样的夜晚。天上挂着硕大的明月。莫里斯几乎头一挨枕头就睡着了。

既然已经确认箱子还在，他必须非常小心——这是他临睡前最后的想法。

比以往更小心。

4

差不多整整一个月，他一直很小心，每天早晨准时上班，每天晚上早早赶回臭虫屎公馆。他唯一见到的狱友是查理[①]·罗伯逊，当年在莫里斯的帮助下依靠DNA技术获释。查理算不上惯犯，因为查理一直很冤枉，至少在他被判刑入狱的这个案子上是冤枉的。

莫里斯在中西部文化艺术中心的老板是个自以为是的浑蛋，很胖，对电脑几乎一窍不通，年薪却高达六万美元。至少六万。而莫里斯呢？每小时十一美元。他得靠食品救济券过日子，住在九楼的一个房间里，比他度过所谓的“一生中最美好岁月”的囚室大不了多少。莫里斯吃不准自己的办公桌是否装有窃听器，但即便装了他也不会感到意外。在他看来，美国的一切现在似乎都装了窃听器。

这种生活糟糕透顶，可这是谁的错呢？他一再毫不犹豫地告诉假释裁决委员会，都是他的错；他已经从与“癞蛤蟆柯德”的交谈中学会了如何玩追责游戏。他必须抓住坏的选项。如果你不向他们表白你错了，你永远别想出去，无论某个癌症缠身的婊子为了拍耶稣的马屁在信中写了什么。莫里斯并不需要达克告诉他这一点。正如老话所说，他可能在黑夜来到这个世上，但是他不傻。

可这真是他的错吗？

还是那边那个浑蛋的错？

莫里斯坐在长凳上，手中的百吉饼没有吃完，他也不想吃。街道对面再过去四个店门，一个秃头胖子快步走出安德鲁·哈利迪善本书店，并将门上的牌子从**营业中**翻转为**休息**。这是莫里斯第三次严守午

---

① 查理是查尔斯的昵称。

饭时间的老套路，因为他每星期二要到下午才会去中西部文化艺术中心上班。他会在一点钟赶到那里，一直忙到四点钟，升级老掉牙的档案管理系统。（莫里斯相信那里的负责人非常熟悉艺术、音乐和戏剧，但是压根儿不懂如何去当中西部文化艺术中心的办公室主任。）四点钟，他会坐穿城公交车回到九楼破旧不堪的房间。

此刻，他就在这里。

监视着他的老朋友。

假如今天的情况和另外两个星期二中午的情况一样——莫里斯没有理由认为会不一样，他的老朋友向来严格遵守习惯——安迪·哈利迪会沿着花边女工巷步行（确切地说是**蹒跚**）来到名叫“永远永远”的咖啡馆。愚蠢的店名，没有任何意义，听上去却很自命不凡。啊，可安迪浑身都透着自命不凡的味道，不是吗？

莫里斯当初与这位老朋友在休息时间和随便吃点午餐时，经常讨论加缪、金斯堡[①]和约翰·罗思坦。这位老朋友的体重至少增加了一百磅，原先的角质框架眼镜换成了价格不菲的设计师品牌眼镜，脚上那双鞋子看上去莫里斯在监狱里辛劳了三十五年也买不起，但是莫里斯可以肯定，他的老朋友内心没有任何改变。老话说过，从小看到老，一旦变成自命不凡的浑蛋，那就一辈子都是自命不凡的浑蛋。

安德鲁·哈利迪善本书店的老板非但没有朝他走来，反而离他越来越远，但莫里斯根本不在乎安迪是否会穿过街道向他走来。毕竟，他会看到什么呢？一个上了年纪的男子，肩膀消瘦，眼睛下有眼袋，灰白的头发十分稀疏，身上穿着一件普通运动衫和更加廉价的灰色裤子，都是在“11 章”廉价店买的。他的老朋友看都不会看他一眼就会挺着大肚子从他身旁经过，更不用说再多看他一眼了。

我告诉了假释裁决委员会他们想听到的话，莫里斯想，我只能那

---

① 艾伦·金斯堡（Allen Ginsberg，1926—1997），美国诗人，以擅长吟诵著称，其诗集《嚎叫及其他》是美国“垮掉的一代”的代表作之一。

么做，但失去那么多年真的是你的错，你这自负的鸡奸犯。如果我是因为罗思坦和搭档的事被捕，那完全不一样，可情况不是这样的。从来没有人询问过我罗思坦、道尔和罗杰斯先生。我失去了那么多年，完全是因为被迫进行了一次不愉快的性交行为，连我自己都不记得。为什么会发生那种事？那有点像《热闹的杰克小屋》[1]。胡珀那婊子过来时，我在小巷里，不是在酒馆里。我被人从酒馆踢了出来，因为我踢了自动唱片播放机。我之所以踢那玩意儿，原因与我去酒馆相同：因为我被你惹怒了。

等到二十一世纪到来时，如果笔记本还在你手中，你或许可以让我试试。

莫里斯目送安迪摇摇晃晃地走远，握紧拳头，心想，你那天就像个姑娘。坐在你汽车后座上的那个小骚婆满嘴都是好啊，宝贝，好啊，哦，好啊，我那么爱你。那是，直到你把她的裙子撩到腰部。然后她紧紧夹住双膝，差一点折断你的手腕，连声不，哦，不，放开我，你把我当成什么姑娘了？

莫里斯心想，你至少可以要点手腕，那完全可以挽救虚度的这么多年。可是你无法给我一点手段，是吗？连一声好啊都没有，因为那肯定需要勇气。我得到的只是你不要把这件事栽到我的头上！

他的老朋友穿着那双昂贵的鞋子走进了“永远永远”咖啡馆，领班一定会亲吻他那越来越肥大的屁股。莫里斯望着手中的百吉饼，觉得应该把它吃完，或者至少用牙齿把奶油干酪啃进嘴里，但是他的胃已经缩成一团，什么也吃不进去。他准备去中西部文化艺术中心，一下午都用来给他们那愚蠢透顶、完全落伍的数字档案管理系统强加一些指令。他知道自己不应该回到花边女工巷来——这里已经不再是一条街道，而是一条卖高价商品的步行街，车辆不许进入——知道自己下星期二大概还会坐在同一条长凳上。还有下下个周二。除非他拿到

---

① 美国儿童读物，讲述了在圣诞节发生的一个奇妙故事。

那些笔记本。那会破除魔咒，不必再去打搅他的老伙计。

他起身，把百吉饼扔进附近的垃圾桶。他朝“永远永远”咖啡馆望去，低声说：“你这恶心的老伙计，你真恶心，为了一点——”

可是不。

不。

现在重要的只有那些笔记本。如果查理·罗伯逊愿意帮他一把，他打算明天晚上就去取。查理会帮他的。他欠莫里斯一个大人情，莫里斯打算要他还回来。他知道自己应该再等一等，一直等到埃里斯·麦克法兰完全相信莫里斯是个好人并将注意力转到别处之后，但是那只箱子以及里面的东西吸引力实在太强了。他真想让那个只知道用美食把脸养肥的胖崽子付出一点代价，但是复仇的重要性远远比不上吉米·戈尔德系列的第四部。那里面甚至还有第五部！莫里斯知道这种可能性不大，但可能性毕竟存在。那些笔记本里有大量文字，相当多的文字。他向公交站走去，回头冲着“永远永远”怨恨地看了一眼，心想：你永远不知道自己运气多好。

老伙计。

5

就在莫里斯·贝拉米把百吉饼扔进垃圾箱后朝公交站走去时，霍奇斯也快要吃完了带来的沙拉，心想自己可以再吃两份这样的沙拉。他把泡沫塑料餐盒和塑料叉勺装进外卖袋里，扔进副驾驶的脚坑中，提醒自己过一会把垃圾扔掉。他喜欢这辆新车，这辆普锐斯跑了还不到一万英里，所以要尽量让它保持干净、整洁。这辆车是霍莉挑的。"耗油量少，对环境友好。"她告诉他。这个女人以前都不敢迈出家门，现在却管起了他生活的多个方面。她如果有了男朋友，可能会对他管得少一点，但霍奇斯知道那不太可能。他在她的心目中接近于男朋友。

他想，霍莉，我爱你是件好事，否则我得杀了你。

他听到有飞机逼近的嗡嗡声，看了看表，十一点三十四分。奥利弗·马登似乎正点到达，这太好了。霍奇斯本人向来准时。他从后座上拿起运动衫，下了车。衣服穿在身上有点不对劲，因为前面的口袋里装着个沉重的东西。

一个三角形装饰物悬挂在大门上方，阴凉处的气温至少低十度。霍奇斯从外套内口袋里掏出新墨镜，瞄了一眼西面的天空。飞机终于进场了，从一个小黑点变成一个大斑点，再变成一个可辨认的形状，与霍莉打印出来的照片完全相符：一架2008比奇空中霸王350，红色机身上绘有黑色条纹。正好十二点，正好已经有八百零五架飞机降落。他的监视对象将是第八百零六架降落的飞机。它的售价估计为四百多万美元。

一个身穿连衣裤工装的男人从正门走了出来。他看了看霍奇斯的车，然后又看了看霍奇斯。他说："这里不能停车。"

“你们今天好像不太忙嘛。”霍奇斯和气地说。

“先生，规定就是规定。”

“我马上就走。”

“马上不等于现在。只有接人和送货的车可以停在正门。你得把车停到停车场去。”

空中霸王悬浮在跑道尽头的上空，离地面只有几英尺。霍奇斯冲它翘起一根拇指。“先生，你看到那架飞机了没有？那架飞机上坐着一个极其下流卑鄙的小人。许多人都找了他多年，现在他到了这里。”

穿工装的家伙还在思索，而那极其下流卑鄙的小人所驾驶的飞机已经着陆，只有橡胶轮胎留下的一缕青烟。两个人望着它消失在赞恩航空公司大楼背后，然后那家伙——大概是个机械师——转身问霍奇斯：“你是警察？”

“不是，”霍奇斯说，“但跟警察差不多。再有，我认识几位总统。”他伸出手，手掌朝下，手指略微弯曲，指关节间露出一张五十美元的钞票。

机械师伸手去拿，但又停下手来：“会有麻烦吗？”

“不会。”霍奇斯说。

穿工装的男子接过了那张钞票：“我应该替他把那辆‘领航员’开过去，停在你停车的地方。我对你的不满只有这一点。”

霍奇斯想了一下，觉得那是个不错的点子。“你干吗不继续把车停在那里呢？就停在我的车后，挨紧一点。然后，你或许还有别的事要忙，离开十五分钟左右。”

“A 号机库总有忙不完的事，”穿工装的家伙说，“嗨，你没带枪吧？”

“没有。”

“空中霸王上的那个家伙呢？”

“他也不会带枪。”情况确实如此，但万一马登真的带了枪，那也只会装在他的旅行袋中。即便他把枪带在身上，他也不会有机会拔枪，更不用说开枪了。霍奇斯希望自己的年纪永远不要太大，免得失去乐趣，不过他对什么拔枪对射的事也绝对没有兴趣。

他现在可以听到那架空中霸王向建筑物滑行时，螺旋桨发出的坚定的、越来越响亮的拍打声。“最好把那辆‘领航员’开过来，然后……”

“然后去A号机库，好。祝你好运。”

霍奇斯点头致谢：“祝你愉快，先生。”

6

霍奇斯站在大门左边，右手插在运动衫口袋里，享受着这里的阴凉和怡人的夏风。他的心跳略快于平常，但是没有问题。应该是这样。奥利弗·马登这种盗贼用计算机而不是枪作案（霍莉发现这个喜欢社交的浑蛋在脸谱上有八个不同的页面，每一个都用了不同的名字），但也不能想当然地这样认为。那是受伤的好办法。他仔细听着马登关闭空中霸王的响声，想象着他走进这个几乎没有雷达的固定运营基地的小航站楼。不，不只是走进，是大踏步迈进，步履轻快而有弹性。走向柜台，在那里安排人将他这架昂贵的涡轮螺旋桨飞机停进机库。会加油吗？可能今天不会。他在城里有计划。他这周打算购买赌场经营许可证。至少他是这样想的。

“领航员”驶了过来，镀铬的车身在阳光下闪光，黑帮式的烟色玻璃反射出大楼的正面……还有霍奇斯本人。哎呀！他又向左边挪了挪。穿工装的男子下了车，朝霍奇斯一挥手，向A号机库走去。

霍奇斯等待着，心中在琢磨芭芭拉可能想要什么，一个有着许多朋友的漂亮女孩可能会把什么视为如此重要，以至于让她向一个年纪大到足以当她爷爷的男人求救？不管她需要什么，他都会竭尽全力提供给她。为什么不呢？他对她的爱不亚于他对杰罗姆和霍莉的爱。他们四个人曾一起浴血奋战过。

那是过一会儿的事，他告诉自己，现在首先要考虑的是马登。眼睛紧盯着奖品。

门开了，奥利弗·马登走了出来。他吹着口哨，是的，他的步履中有着那种成功先生的弹性。霍奇斯身高一米八八，已经非常扎眼，但马登至少比霍奇斯还要高出十厘米。宽阔的肩膀上套着夏季穿的西装，衬衣领子没有系扣子，领带松松地荡在胸前。英俊、轮廓鲜明的相貌介于乔治·克鲁尼和迈克尔·道格拉斯[1]之间。他右手拎着一个公文箱，左肩上挂着一个旅行袋，发型属于那种你得提前一周预约的场所的杰作。

霍奇斯走向前去。他无法确定现在是上午还是下午，所以只好祝马登日安。

马登转过身，笑着说："也祝你日安，先生。我认识你吗？"

"根本不认识，马登先生，"霍奇斯也冲他一笑，"我是为那架飞机来的。"

嘴角少了一丝笑容，马登那精心修剪过的双眉之间露出了一条皱纹。"你说什么？"

"那架飞机，"霍奇斯说，"比奇空中霸王 350？十座？尾翼号是 N114DK？它真正的主人是德州厄尔巴索的德怀特·克拉姆？"

马登的脸上仍然挂着笑容，可是天哪，那笑容很勉强。"朋友，你认错人了。我叫马隆，不叫马登。詹姆斯·马隆。至于那架飞机嘛，我的飞机确实是架空中霸王，但尾翼号是 N426LL，它的主人就是我这小老头。你大概想找隔壁的个性化航空公司。"

霍奇斯点点头，仿佛马登说得对。然后他掏出手机，一手打开滑盖，这样可以把右手继续插在口袋里。"要不我这就给克拉姆先生打个电话，把事情弄清楚？我相信你上周就在他的牧场，给他一张二十万美元的支票，在里诺的第一银行承兑？"

"我不知道你在说什么。"脸上的笑容已荡然无存。

"你猜怎么着？他知道你。不是作为什么奥利弗·马登，而是作为詹姆斯·马隆，可是当我一组六个人的相片传真给他，让他辨认时，他一眼就圈定了你。"

马登的脸上此刻已经毫无表情，霍奇斯看出他根本算不上英俊，

---

① 克鲁尼和道格拉斯均为好莱坞男明星。

也算不上丑。不管身高是否出众，他只是个无名鼠辈，所以才能够混到这一步，接二连三地诈骗得手，甚至骗过了德怀特·克拉姆这种老奸巨猾的高手。他只是个无名鼠辈，因而让霍奇斯想起了布莱迪·哈茨费尔德，这家伙不久前差一点炸毁一个礼堂，里面还都是孩子。一想到这儿，他顿时感到后背发凉。

“你是警察？”马登上下打量着霍奇斯，“我看不像，你年纪太大了。如果你真是警察，请出示你的证件。”

霍奇斯把他对那位穿工装的家伙所说的话重复了一遍：“我不是警察，但与警察差不多。”

“那就只能祝你好运了，差不多先生。我还有约会，已经有点晚了。”

他向“领航员”走去，算不上奔跑，但脚步很快。

“你的时间确实有点紧。”霍奇斯紧跟在他身后，和气地说。他从警界退休后，要想跟上马登的步伐本来会有点困难。刚退休那阵子，他完全靠“瘦吉姆”[①]和玉米薄饼片过日子，跑了十几步后就会喘不过气来。可他现在每天坚持三英里，不是步行就是在跑步机上。

“别惹我，”马登说，“不然我就把真警察叫来了。”

“就几句话。”霍奇斯说，心想：浑蛋，我这说话的语气像耶和华见证人[②]。马登正要绕过“领航员”的车尾，肩上的旅行包像钟摆一样前后摇摆。

“我不听，”马登说，“你是个疯子。”

“你知道他们说什么，”眼看马登伸手去拉驾驶侧的车门，霍奇斯说道，“你有时感觉像个疯子，有时感觉不像。”

马登拉开车门。快要成功了，霍奇斯边想边从外套口袋里抽出了他的“简易警棍”。这是一只打了结的袜子，结的下面，也就是脚的

---

① 美国康尼格拉食品公司生产的一种牛肉干。

② 耶和华见证人，十九世纪后期查尔斯·罗素在美国创立的一个基督教教派，认为“世界末日”在即，主张个人与上帝感应交流。

地方装着几个轴承钢珠。霍奇斯挥着它，打到了奥利弗·马登的左太阳穴。这几下打得刚刚好，不太重，不太轻，恰到好处。

马登摇晃了一下，手中的公文箱掉到了地上。他的膝盖一弯，但是没有完全弯曲。霍奇斯紧紧抓住他的上臂，是那种紧绳夹式的手法，还是他在这座城市的警察局任职期间完善的技巧，然后把马登架到了“领航员”的驾驶座上。马登的双眼流露出了那种被人穷追猛打的拳击手脸上的恍惚神情，似乎只希望这一轮尽快结束，免得他的对手紧跟上来，永远了结他。

“好了，好了。”霍奇斯说。马登的屁股落到斗式座椅的真皮椅垫上后，霍奇斯把马登拖在地上的左腿提起来，塞进车里。他从运动衫的左口袋里掏出手铐，转眼之间就把马登铐在了方向盘上。“领航员”的车钥匙套在一个黄色的赫兹租车行钥匙环上，放在其中一个杯坑中。霍奇斯拿上钥匙，砰的一声关上驾驶座一侧的车门，一把抓住掉在地上的公文箱，快步走到副驾驶一侧。他在上车之前先把车钥匙扔到了路旁的草地上，旁边就是**仅供装卸货物之用**的标志牌。好主意，因为马登已经稍微回过神来，正一遍遍反复捶打着这辆SUV车的启动按钮。他每捶打一次，仪表板上就会闪出**未检测到车钥匙**的字样。

霍奇斯关上副驾驶一侧的车门，开心地望着马登：“就我们俩，奥利弗，像地毯上的两只臭虫一样舒服。”

“你不能这样做，”马登说，对于一个此刻仍然眼冒金星的人来说，他听上去还不错，“你袭击了我，我可以起诉你。我的公文箱呢？”

霍奇斯举起公文箱：“安然无恙，我替你捡起来了。”

马登伸出那只没有被铐住的手：“把它给我。”

霍奇斯把它放在脚坑里，踩住它：“它目前处于保护性拘留状态。”

“你想干什么，你这浑蛋？”这种咆哮与他身上昂贵的礼服与发型形成了强烈对比。

“好了，奥利弗，我刚才下手没那么重。那架飞机，克拉姆的飞机。”

“他卖给我了，我有凭据。”

“买主是詹姆斯·马隆。”

“那是我的名字，我四年前合法改了名字。”

“奥利弗，你和法律八竿子打不到一起，但这有点跑题。你那张支票比爱荷华州八月份的玉米还要更加空头。”

“这不可能，”他猛拉手铐铐着的手腕，“把它取掉！”

“我们谈完支票的事后再谈手铐的事。伙计，真是够聪明的。里诺第一银行是家货真价实的银行，克拉姆打电话验证你那张支票时，来电显示上确实显示他拨打的是里诺第一银行。他接通的是通常所见的那种自动接听电话服务，欢迎您致电里诺第一银行，顾客在这里就是国王，等等。当他按下正确数字时，对方声称自己是客户经理。我认为那是你妹夫彼得·杰米森，今天上午早些时候已经在弗吉尼亚州的菲尔兹被捕。”

马登眨着眼睛，畏缩起来，仿佛霍奇斯突然将手伸到了他的面前。杰米森确实是马登的妹夫，但是尚未被捕。至少据霍奇斯所知还没有被捕。

“杰米森自称叫弗雷德·道林斯，并且向克拉姆先生保证你在里诺第一银行的几个不同账户中有一千两百多万美元。我相信他一定能说会道，但是来电显示露出了马脚。这是一个伴有高度非法电脑程序的改号软件。我的助手是电脑高手，她破解了那一部分。仅仅是使用非法程序这一条就可以让你在某个联邦监狱里待上十六到二十个月。可是情况远不止这些。五年前，你和杰米森以黑客身份闯入了审计总署的电脑系统，成功盗走了近四百万美元。”

“你疯了。”

“对于大多数人而言，两个人将四百万对分也应该足够了，可是你不甘心躺在以往的功劳簿上。你就是想寻找刺激，是不是，奥利弗？”

“我不和你说话。你袭击了我，将为此进监狱。”

“把你的钱包给我。”

马登瞪大了眼睛望着他，确实惊呆了。好像他本人没有偷过他人的钱包，没有盗窃过天知道多少人的银行账户。如今落到自己头上了就不喜欢，是吗？霍奇斯心想，难道这不是他妈的不要脸吗？

他伸出手去：“给我。”

“你浑蛋。”

霍奇斯亮出了简易警棍，袜子的脚趾部分因为装了重物低垂在那里，像一滴邪恶的泪水。“把它给我，你这浑蛋，不然的话，我就让你眼前发黑，然后自己动手。你自己选择。”

马登望着霍奇斯的眼睛，看看他是否真有那意思。然后，他把手伸进礼服的内口袋，慢慢地，极不情愿地，掏出了一个鼓鼓囊囊的钱包。

“哇，”霍奇斯说，“是鸵鸟皮的吗？”

“的确是的。”

霍奇斯知道马登想让他伸手去拿。他本想让马登把钱包放在座位之间的控制台上，但是没说话。马登似乎是个笨鸟，需要上堂补习课才会明白谁在掌控局面。于是他伸手去接钱包，马登立刻抓住霍奇斯的手，力量之大足以把指关节捏碎。霍奇斯随即将简易警棍挥向了马登的手背。握着他的手立刻松开了。

“噢！噢！浑蛋！”

马登把手背凑到嘴边，嘴巴上边那双半信半疑的眼睛里噙满了痛苦的泪水。

“抓不住的东西就不应该去抓。”霍奇斯说。他捡起钱包，心中琢磨着鸵鸟是不是濒危物种。不管是不是，这个蠢货才不管呢。

他转过脸去望着这个蠢货。

“这是给你的第二下，免费，我最多只给人两下免费的。这可不是警察与犯罪嫌疑人的情况。你只要再动我一下，我就会像租来的骡子那样揍你，管你是不是铐在方向盘上。你听明白了吗？”

“明白。”他依然疼得咬紧了双唇。

“你因为审计总署的事上了FBI的通缉名单，这你知道吗？”

马登久久没有吭声，眼睛望着简易警棍。然后，他说了声知道。

“加利福尼亚州通缉你，因为你在那里偷了一辆劳斯莱斯银色幻影；亚利桑那州通缉你，因为你偷走了价值五十万美元的建筑设备，然后倒卖到了墨西哥。你知道这些事情吗？”

“你带了窃听器吗？”

“没有。”

马登决定相信霍奇斯的话：“好吧，我知道。那些前端装卸机和推土机卖得三文不值一文，是个赔钱买卖。”

“你这种人倒是懂什么是赔钱买卖。”

霍奇斯打开钱包，里面几乎没有现金，总共大概只有八十美元。但是马登根本不需要现金，他至少有二十多张信用卡，用了至少六个不同的名字。霍奇斯十分好奇地望着马登：“你是如何不把它们弄错的？”

马登没有作声。

霍奇斯依然好奇地问：“你从来没有感到过惭愧吗？”

马登仍然目不转睛地望着正前方：“厄尔巴索那个老杂种有一亿五千万资产，大多是通过出售一文不值的石油租赁协议得来的。好吧，我是把他的飞机开走了，只给他留下了他的塞斯纳172和他的李尔35。可怜的家伙。”

霍奇斯心想，如果这家伙有个道德指南针的话，那它会时刻指向正南方。语言不管用……可什么时候又管过用呢？

他在钱包里翻找着，发现了一张与空中霸王相关的明细单：二十万定金，其余依据协议由里诺第一银行代为保管，等试飞满意后再支付。这份明细单从实用的角度来说一文不值——飞机购买时使用了假名字，钱也子虚乌有——但是霍奇斯并非总是讲究实用，而且他还没有那么老，依然能一出手就获胜。

“你把它锁起来了，还是把钥匙留在了柜台，好让他们把飞机停进机库后能够行事？”

“留在了柜台。”

“那好，”霍奇斯真诚地望着马登，“奥利弗，接下来将是我们这次谈话的重要部分，所以你听好了。有人请我找到并控制这架飞机，仅此而已。我不是FBI，不是警察，甚至都不是私家侦探。不过，我消息灵通，知道你即将成交，购买湖边两家赌场的控股权，一家是‘美丽之心岛大赌场’，另一家是‘大核心小赌场’。”他用脚轻轻拍了拍那只公文箱：“我相信所有文件都在这里面，我也相信如果你想继续保持自由之身，就永远别在上面签字。”

“哦，等一等！”

“你给我住嘴。达美航空公司的航站楼有一张机票，乘客名叫詹姆斯·马隆。那是一张去洛杉矶的单程机票，大约——”他看了看手表，“九十分钟后起飞，刚好让你有足够时间办理登机手续，过安检。你要么上那架飞机，要么今晚进监狱。你听明白了吗？”

“我不能——”

“你听明白了吗？”

马登——他的化名还有马隆、莫顿、梅森、迪隆、加伦以及天知道还有多少——思考了一下自己的选项，认定自己别无选择后，气鼓鼓地点了点头。

“太好了！我这就给你打开手铐，取走我的手铐后下车。如果你在这个过程中有什么动作，我会让你下星期再醒过来。你听清楚了？”

“听清楚了。”

“你的车钥匙在草坪上，上面有黄色赫兹汽车租赁公司的大钥匙环，不会看不到。现在把双手放在方向盘上，像你老爸教你的那样，放在十点钟和两点钟的位置上。”

马登把双手放在方向盘上。霍奇斯打开手铐，将它们装进左口袋，然后下了“领航员”。马登没有动。

“祝你一天愉快。”霍奇斯说着便关上了车门。

7

他上了自己的普锐斯，把车开到赞恩航空公司回车道的尽头，停好车，注视着马登从草地上找到“领航员”的钥匙。马登的车从他身旁经过时，他挥了一下手，但是马登没有理睬他。霍奇斯对此不以为意。他沿着机场专用线跟着那辆“领航员”，不能算尾随，但是很近。马登转向主航站楼时，霍奇斯闪了一下车灯，算是告别。

往前开了半英里后，他拐进了中西航空公司的停车场，给他以前的搭档彼得·亨特利打电话。对方很客气：“嗨，比利，最近还好吗？”但绝对称不上热情洋溢。自从霍奇斯在所谓的梅赛德斯杀手事件上固执己见（并因此逃脱了严重的法律纠纷），他与彼得的关系就进入了冰霜期。也许这件事能稍微冰释一点。那个蠢货现在正向达美航空公司的航站楼奔去，霍奇斯当然不会为自己骗他而感到懊悔。如果有什么家伙需要以其人之道还治其人之身，那就是奥利弗·马登。

“彼得，你想抓一只极其美味的火鸡吗？”

“美味到什么程度？”依然冷淡，但已经有了一点兴趣。

“联邦调查局十大通缉犯之一，够美味的吧？此刻正在达美航空公司航站楼值机，下午一点四十五分119航班飞往洛杉矶。化名为詹姆斯·马隆，真名是奥利弗·马登。他五年前以奥利弗·梅森的名字从联邦政府盗窃了一点钱，你也知道山姆大叔对于有人从他口袋里偷钱是什么感受。”他又补充了马登履历中几件更富有色彩的细节。

“你怎么知道他在达美公司的航站楼？”

“因为那机票是我买的。我现在正要离开机场。我没收了他的飞机。其实那飞机也不是他的，因为他用空头支票付了定金。霍莉会给赞恩航空公司打电话，把详情告诉他们。她喜欢干那部分的活。”

对方沉默了良久，然后说："比利，你永远不打算退休吗？"

这多少刺痛了他。"你可以说声谢谢，不会要你的命。"

彼得叹了口气。"我就给机场安保部打电话，然后亲自去那里。"停顿了一下，"谢谢你，科密特。"

霍奇斯咧嘴一笑。虽然不够，但或许是个开端，可以修补他们之间不算断绝但已经严重受损的关系。"谢谢霍莉。是她查出那家伙的。她和陌生人在一起时仍然会神经质，可一旦坐到电脑前，便所向披靡。"

"我肯定会感谢她的。"

"向伊兹问好。"霍奇斯离职后，伊莎贝尔·杰恩斯一直是彼得的搭档。她是个不错的红发女郎，很聪明。霍奇斯突然惊讶地想到，要不了多久，她也会有一个新搭档，因为彼得本人不久也将退休。

"我也会转告的。想给我描述一下这家伙的长相吗？我好告诉机场的安保人员。"

"不会错过他的。身高一米九五，淡棕色西装，现在看上去有点虚弱。"

"你揍他了？"

"我安慰了他。"

彼得放声大笑，听到他的笑声真好。霍奇斯挂断电话，向城里驶去。即将到手两万美元，要感谢名叫德怀特·克拉姆的暴脾气德州人。等他了解清楚芭芭拉有什么事后，再打电话把这好消息告诉克拉姆。

8

德鲁·哈利迪（他现在更愿意小圈子里的朋友叫他德鲁）坐在“永远永远”咖啡馆自己常坐的角落餐桌旁，享用着火腿蛋松饼。他细嚼慢咽，不紧不慢，尽管他四大口就能把一切全都吞进肚子，然后拿起盘子，像狗舔盘子那样把美味的黄色酱料舔得干干净净。他没有至亲，爱情生活成为陈年旧事已经超过了十五年，而且——面对现实吧——他的小朋友圈其实只是熟人。他现在只关心书和美食。

哦，不。

他这些天还关心第三样东西。

约翰·罗思坦的笔记本终于在他的有生之年再次现身。

服务员很年轻，身穿白色衬衣、黑色紧身长裤。他迈着轻快的步子走了过来。深褐色长发很干净，往后梳，在颈背处系在一起，露出他优雅的颧骨。德鲁加入一个小剧团已经三十年了（真滑稽，时间就这样飞逝而去……只是并非真的如此），他总是觉得威廉会演戏，完全可以成为完美的罗密欧。优秀服务员总是会表演，一点。

“哈利迪先生，还要点别的吗？”

要！他想。再来两份一样的，外加两份焦糖布丁和一份草莓酥饼。

“再来一杯咖啡吧。”

威廉笑了，露出满嘴精心呵护的牙齿：“我马上就回来。”

德鲁带着遗憾把盘子推到一旁，盘子中留下了最后一点蛋黄和荷兰酱。他掏出记事簿。那当然是魔力斯奇牌的，袖珍型的。他翻过四个月来的记录——地址、提醒自己的事项、他已经或者将要为不同客户预定的书籍价格。笔记本的最后有单独一个空白页，上面写着两个名字。第一个名字是詹姆斯·霍金斯。他想知道这纯粹是巧合还是那个男孩故意取了这个名字。男孩子们现在还看罗伯特·路易斯·史蒂文森的作品吗？德鲁倾向于认为这个孩子会看；说到底，他毕竟声称自己主修文学，而詹姆斯·霍金斯正是《金银岛》的主角兼叙述人。

詹姆斯·霍金斯的名字下面写着彼得·索伯斯。

9

索伯斯——又姓霍金斯——两周前第一次走进他的书店，嘴唇上的少年胡子荒唐可笑，根本都没有长出来太多，却被他用来掩饰自己。他戴着一副黑色角质框架眼镜，就像德鲁（当时叫安迪）在吉米·卡特当总统时喜欢戴的一样。青少年通常不进他的书店，德鲁对此无所谓。虽然他仍然会被偶尔见到的青年所吸引——比如服务员威廉——但青少年通常不太爱惜贵重书籍，不会轻拿轻放，经常在把书放回到架子上时放倒了，甚至书还常常掉在地上。还有一点令人遗憾，他们喜欢在店里小偷小摸。

这一位看上去好像德鲁只要冲他嘘一声，他就会立马转身朝门冲过去。他穿了件城市学院的外套，尽管现在天气太热，根本穿不了。德鲁读过《福尔摩斯》，把这与胡子和学究气的角质框架眼镜联系在一起，推导出这个少年想装得老成一点，仿佛他想进入市中心某家舞厅，而不是一家专门经营善本的书店。

你希望我把你当做至少二十一岁，德鲁想，但是如果你的年龄超过十七岁，我就把帽子吞下去。你来这里也不是看书的，对吗？我相信你来这里有任务。

这孩子的胳膊下夹着一本大书，还有一个牛皮纸信封。德鲁的第一个念头是这个孩子希望评估他在阁楼上找到的什么霉迹斑斑的旧书，可是当这位胡子先生犹豫不决地走近时，德鲁看到书脊上有一个紫色标签，他一眼就认出了。

德鲁的第一个冲动是说“你好，孩子”，但他压制了这种冲动。让这个孩子继续装扮成大学生吧。有什么害处呢？

“早上好，先生。能为你效劳吗？”

这位年轻的胡子先生起初没有吭声。深棕色的新胡子与白皙的双颊形成了强烈对比。德鲁意识到对方正在决定是留下来还是说“算了，我还是走吧”。一句话大概就足以把他赶跑，但是德鲁有着古文物收藏家们常见的强烈好奇心。于是，他给了那孩子一个最天真无邪的愉快笑容，交叉着双手，保持着沉默。

“嗯……”男孩终于开口道，“也许吧。”

德鲁扬起了眉头。

“您买卖善本，对吗？您的网站上是这么说的。”

“不错，条件是我要觉得我卖出去时有利可图。这一行的性质就是这样。”

男孩鼓起勇气——德鲁几乎可以看到他在鼓起勇气——径直走到办公桌前，一盏老式的可任意调换位置的灯投下的圆形光圈聚光在了一堆收拾了一半的文件上。德鲁伸出手，说：“我叫安德鲁·哈利迪。”

男孩稍稍握了一下便把手缩了回去，仿佛害怕被抓住一样。“我叫詹姆斯·霍金斯。”

“很高兴见到你。”

“呃，我想……我有样东西，你或许会感兴趣，或许有收藏家会付很多钱，只要选对了收藏家。”

“不是你拿来的那本书吧？”德鲁现在可以看清书名了：《来自天国的急件》。书籍上没有副标题，但是德鲁多年前就有了一本，因而很清楚它的副标题：二十位美国大作家的亲笔信。

“哦，不是，不是这一本，”詹姆斯·霍金斯局促不安地笑了笑，“这本只是拿来作比较的。”

“很好，说下去。”

“詹姆斯·霍金斯”好像一时不知如何开口，他把牛皮纸信封更加牢牢地夹在胳膊下，开始快速翻阅《来自天国的急件》，越过了福克纳训斥密西西比州牛津市一家饲料公司搞错订单的便条，越过了尤多拉·韦尔蒂[①]写给欧内斯特·海明威的一封真情流露的信函，越过了舍伍德·安德森[②]字迹潦草的关于谁知道什么的便笺，还有一张杂货购物单，罗伯特·佩恩·沃伦[③]在上面信手画了两只跳舞的企鹅，其中一只叼着香烟。

他终于找到了他想要的那一页，然后把书放到办公桌上，转过头去望着德鲁。"这儿，"他说，"你看这个。"

德鲁看到标题后心怦怦直跳：约翰·罗思坦致弗兰纳里·奥康纳[④]。这张精心拍摄出来的便条写在横格纸上，左边破损，明显是从廉价店出售的笔记本上撕下来的。罗思坦工整的小巧字迹与许多作家潦草的字迹截然不同，让人不会弄错。

1953年2月19日

我亲爱的弗兰纳里·奥康纳：

已经收到您拨冗签名的奇书《智慧血统》。我称之为奇书，因为它刚一出版我就买了一本，并且立刻将它看完。我很高兴能有一本签名版，我相信你也很高兴多卖了一本后，版税又多了一点！我非常喜欢书中形形色色的人物，尤其是黑兹尔·莫茨和伊诺克·埃默里，我相信我自己的吉米·戈尔德也会非常喜欢他们，与他们为友。奥康纳小姐，大家称你为"对怪诞之事情有独钟"，但评论家们真正怀念的——或许是因为他们自己缺乏——是你那不择手段的、精神错乱的幽默感。我知道你身体

① 尤多拉·韦尔蒂（Eudora Welty，1909—2001），美国女作家，作品大多描写密西西比河流域小城镇的生活，代表作有长篇小说《德尔塔婚礼》《乐观者的女儿》和短篇小说集《金苹果》。

② 舍伍德·安德森（Sherwood Anderson，1876—1941），美国小说家，美国文学中现代文体风格的开创者之一，代表作为短篇小说集《俄亥俄州瓦恩斯堡镇》。

③ 罗伯特·佩恩·沃伦（Robert Penn Warren，1905—1989），美国诗人、小说家，代表作为诗集《诗选》和长篇小说《国王的全班人马》。

④ 弗兰纳里·奥康纳（Flannery O'Connor，1925—1964），美国女小说家，代表作为长篇小说《智慧血统》和短篇小说集《好人难寻》。

欠佳，但我希望你能不顾疾病继续创作。这是重要工作！再次感谢！

约翰·罗思坦

又及：那只名扬天下的鸡仍让我开怀大笑！！！

德鲁久久地看着那封信，让自己平静一下心情，然后抬头望着那个自称詹姆斯·霍金斯的男孩。“你明白那只大名鼎鼎的鸡指什么吗？如果你想听，我可以解释。那是罗思坦所称的她那精神错乱的幽默感的一个好例子。”

“我已经查过了。奥康纳小姐六七岁时，养了一只——或者说声称她养了一只——倒着走路的鸡。有些新闻片记者过来拍了那只鸡，于是那只鸡便出现在了电影中。她说那是她人生最风光的时刻，此后的一切都是高潮过后的平淡。”

“完全正确。我们既然已经讨论过了那只大名鼎鼎的鸡，我能为你做什么？”

男孩深吸一口气，打开紧握着的牛皮纸信封，从中取出一张复印件，放到《来自天国的急件》中罗思坦的那封信旁边。德鲁·哈利迪来回看着那份复印件和罗思坦的信函，脸上没有流露出太大的兴趣，但是在办公桌底下，他的手指紧紧交错在一起，修剪过的指甲深深扎进了手背中。他立刻明白了自己看到的是什么。字母 y 尾巴上的曲线，永远孤零零的字母 b，高高在上的字母 h，以及向下低沉的字母 g。现在的问题是这位“詹姆斯·霍金斯”知道多少。也许不太多，但几乎可以肯定不止一点，否则他不必用新留起来的胡子和眼镜来装扮自己——他那副眼镜很像在杂货店或服饰店就能买到的玻璃眼镜。

复印的那一页最上方画有一个圆圈，里面写了个数字 44，下面是一首诗的片段：

自杀是圆形的，至少我认为；
你可以有自己的看法。
同时，好好思考一下这个。

日出后的广场，
你可以说是在墨西哥。
或者危地马拉，只要你愿意。
哪里都成，只要那里的房间里
仍然有木质吊扇。

总之，蓝天上白茫茫一片
只有烂拖把似的棕榈树以及
玫瑰，咖啡馆外的男孩
在洗着鹅卵石，昏昏欲睡。
角落里，等待着第一个

这一页只写了这么多。德鲁抬头望着男孩。

“下面描写的是头班公交车，”詹姆斯·霍金斯说，“那种有电线的公交车。他称它为‘trolebus’，是西班牙语中的有轨电车。叙事男人的妻子，也许是他的女朋友，坐在房间角落里，死了。她开枪自杀。他刚刚发现她。”

“我在这首诗中闻到了死亡的气息。”德鲁说。在目前这种瞠目结舌的状态中，他能够想到的只有这句话。不管这首诗的质量如何，它是半个多世纪以来出现的约翰·罗思坦的第一首新作。只有作者、这个男孩和德鲁本人见到过它。除非莫里斯·贝拉米碰巧瞥了一眼，但这种可能性不大，因为他声称自己偷到了一大堆笔记本。

一大堆。

我的上帝，那一大堆笔记本。

“不，这肯定不是威尔弗雷德·欧文或者T.S.艾略特，但是我认为这不是问题的关键。你觉得呢？”

德鲁突然意识到这位“詹姆斯·霍金斯”正目不转睛地注视着他。看到了什么？大概看到了太多。德鲁习惯于做事小心谨慎——你只能这样，因为在这一行中，向卖主虚报低价与向买主虚报高价同样重要——可是这就像“泰坦尼克号”突然浮到了大西洋水面上，千疮百孔，锈迹斑斑，但实实在在的*就在那里*。

那么好吧，承认吧。

“不，很可能不是。”复印件和致奥康纳的信仍然并排放在一起，德鲁不由自主地用他那短而粗的手指来回对比着两者之间的相似点。“如果是伪造的，那这几乎可以以假乱真。”

“绝对不是伪造的。”男孩信心十足。

“你从哪里弄来的？”

男孩编造的一番谎话德鲁根本没有听进去，什么他在克利夫兰的菲尔叔叔去世了，遗嘱规定要将自己收藏的书籍留给小詹姆斯，那些平装书和“每月一书俱乐部”书籍当中有六本笔记本，结果天哪，他发现这些笔记本写满了各种有趣的内容——大多是诗歌，还有一些随笔和几个短篇小说的片段——居然是约翰·罗思坦的作品。

“你怎么知道那是罗思坦的作品？”

“我认出了他的风格，甚至是在诗歌中，”霍金斯说，他显然为这个问题做好了准备，“我在城市学院主修美国文学，读过他的大部分作品。但是还有一点，比如，这首诗写的是墨西哥，罗思坦退伍后在墨西哥四处转悠了六个月。”

“和十几位其他美国知名作家，包括欧内斯特·海明威和那位神秘的B.特拉文[①]。”

① B.特拉文（B.Traven，1882？—1969），一位真实身份和身世引起大量争议的作家，大多数学者认为他的真实身份为德国无政府主义者雷特·玛鲁特，代表作为长篇小说《死亡之船》和《碧血金沙》。

“是啊，可是你看这个。”男孩从信封里取出第二份复印件。德鲁告诫自己不要贪婪地伸手去取它……却还是贪婪地伸出了手。他现在表现得不是在这一行干了三十多年，而是只干了三年的新手，可是谁能怪他呢？这可是大事，特大的事。难就难在“詹姆斯·霍金斯”似乎也知道这一点。

啊，可是他不知道我知道的事，其中包括这些笔记本的来历。除非莫里在利用他，可是莫里如今被关在韦恩斯维尔州监狱里，这种可能性有多大？第二份复印件上的字迹显然出于同一人之手，但不那么工整。诗歌片段那一页上没有划掉的地方，边上也没有注释，但是第二份复印件上却有许多。

“我估计他可能是在喝醉酒的情况下写的，”男孩说，“你也知道，他原先嗜酒如命，后来戒了，完全戒了。你看一看，就能明白它的内容。”

这一页最上方圆圈中的数字是77，以下的文字从句子中间开始：

从未料到。好的评论短期内总是像可口的甜点，但是从长远的角度来看，却会跟人患上消化不良一样——失眠、噩梦，乃至那些让人下午不得不服用越来越重要的鬼东西的疾病。这种愚蠢在好评中远比在坏评中明显。将吉米·戈尔德视作某种标准，甚至英雄，就像把比利小子[①]（或者二十世纪与他最接近的化身查尔斯·斯塔克韦瑟[②]）这样的人称作美国偶像一样。吉米就是吉米，如同我是我你是你一样。他所模仿的不是哈克·芬，而是十九世纪小说中最伟大的人物埃蒂安·兰迪尔！如果说我远离公众的视线，那是因为公众的视线已经受到了感染，没有理由再把更多资料放在它的面前。正如吉米本人所说，“狗屎并非

---

① 比利小子（Billy the Kid），十九世纪美国西部的著名枪手。

② 查尔斯·斯塔克韦瑟（Charles Starkweather，1938—1959），美国连环杀人犯，电影《天生杀人狂》的原型。

这一页就写到这里，但是德鲁知道后面写着什么，他相信霍金斯也知道。那是吉米脍炙人口的格言，这么多年来有时仍然会出现在T恤衫上。

“他把愚蠢一词拼写错了。”德鲁只想到了这句话。

“嗯，还有资料这个词。是真的拼写错误，没有被某个文字编辑修改过。”男孩的眼睛在放光。德鲁经常看到这种放光的眼神，但从未出现在这么年轻的人身上。“它有生命，我是这样想的。有生命，在呼吸。你看到他是如何评价埃蒂安·兰迪尔的吗？那是埃米尔·左拉的小说《萌芽》中的主要人物。这是新东西！你明白吗？这是对一个大家都熟悉的人物的全新解读，而且是作者本人！我敢打赌，有些收藏家会为这样的原件付大笔钱，还有我手头的所有其他东西。”

“你说你手头有六本笔记本？”

“嗯哼。”

六本，不是一百多本。如果这孩子只有六本笔记本，那么他绝对不是在替贝拉米出面，除非莫里斯有原因把他偷到的东西拆分开来。德鲁不相信他的老朋友会这样做。

“这些笔记本不太厚，每本八十页，总共四百八十页。里面有许多空白——诗歌旁边总会有空白——但里面不全是诗歌，还有短篇小说，其中有一篇写的是儿童时代的吉米·戈尔德。”

可是有一个问题：他，德鲁，真的相信只有六本吗？有没有可能这个孩子隐瞒了好东西？如果是这样，他隐瞒是因为他想以后再出售它们，还是因为他根本不想出售那些？在德鲁看来，孩子眼中的光芒说明是后一种可能性，只是这个孩子可能尚未清醒地认识到这一点。

“先生？哈利迪先生？”

“对不起。我只是得习惯这确实有可能是罗思坦新资料这个想法。”

“当然是的，”男孩说，声音里没有丝毫怀疑，“那么多少钱？”

“我愿意出多少钱？”德鲁觉得现在可以用“孩子”来称呼对方了，因为他们即将开始讨价还价，“孩子，我不是印钞机。我也没有完全相信这些不是赝品，不是个恶作剧。我得看到原物。”

德鲁可以看到霍金斯新长出的胡子背后在咬着嘴唇。“我不是说你愿意付多少钱，我是说那些私人收藏家愿意付多少钱。你肯定认识一些收藏家，愿意花大钱购买特殊的东西。”

“不错，我认识几位，”他认识十几位，“但是我不会仅仅依据两张复印纸就给他们写信。至于请笔迹专家进行鉴定嘛……那可能风险很大。你也知道，罗思坦是被人谋杀的，所以这些有可能是被盗的财物。”

“如果是他生前送人的，就不是。”男孩立刻反驳道。德鲁只好再次提醒自己，这个孩子有备而来。但是我有经验，他想，经验和手段。

“孩子，现在没有办法证明你说的话。”

“也没有办法证明我说的不是实话。”

所以：僵局。

男孩突然抓起那两份复印件，把它们装进牛皮纸信封中。

“等等，”德鲁顿时慌了神，“咳，等等。”

“不，我看来这儿是个错误。堪萨斯城有家书店，加勒特精美初版和善本书店。那是全国最大的书店之一，我去那里试试。”

“如果你推迟一星期，我就打几个电话，”德鲁说，“但是你得把复印件留下。”

男孩有些犹豫。他迟疑了片刻后问：“你觉得你能卖出什么价？”

“差不多五百页未发表的——嗯，未发现的——罗思坦的资料？买主大概至少需要进行电脑笔迹分析，现在有几个不错的电脑程序可以做这种事，但是假定结果证明是真迹，或许……”他计算了一下在不显得荒唐的情况下自己能够给出的最低价，“或许五万美元。”

詹姆斯·霍金斯要么接受了这个价格，要么显得愿意接受："你的中介费呢？"

德鲁客气地笑了："孩子……詹姆斯……任何中间商都不会为这种交易收取中介费。尤其是在作者——按照法律术语，所有人——被害，资料可能被盗窃的情况下。我们对半分。"

"不行，"男孩立刻说道，他或许还没有长出他在梦中见到的小胡子，但是他很聪明，也有勇气，"七三开，我七。"

德鲁可以立刻答应，那六个笔记本大概能卖到二十五万，他只需给那孩子五万美元的百分之七十，但是那位"詹姆斯·霍金斯"不是指望他讨价还价吗，至少得要一点吗？如果他不还价，对方会不会起疑心？

"六四开，这是我的底价，当然还得取决于找到买家。那可是三万美元，你只是在一个纸板箱里，发现了与《大白鲨》和《廊桥遗梦》这样的旧书塞在一起的东西。我得说，不错的回报。"

男孩显得局促不安，嘴上什么也没有说，心里显然很矛盾。

德鲁重新换上那副天真无邪的笑容："把复印件留在我这里，一星期后过来，我把具体情况告诉你。我再给你一点建议——远离那家加勒特书店，那家伙会把你口袋里的钱掏空。"

"我要现金。"

德鲁想，谁不想要现金呢？

"你想得太远了，孩子。"

男孩打定了主意，把牛皮纸信封放到杂乱的办公桌上："好吧，我会回来的。"

德鲁想，我相信你会回来的。我相信等你回来时，我讨价还价的资本会强得多。

他伸出手。男孩再次握了一下，在礼貌的同时尽可能短促，仿佛他害怕会留下指纹，而他其实早就留下了指纹。

德鲁坐在那里没有动，直到"霍金斯"出去后，他才一屁股坐到办公椅上（椅子发出了呻吟声），激活休眠状态中的苹果电脑。正门上方装有两个监控摄像头，分别对着花边女工巷的两个方向。他注视着男孩拐弯进入十字路口大街，消失在视线之外。

《来自天国的急件》书脊上的紫色标签，那是关键，它表明那是图书馆的书。德鲁熟悉城里的每个图书馆，紫色指加纳街图书馆的参考书，而参考书是不应该外借的。如果这个孩子想把这本书藏在他的校服里面偷偷带出去，他通过安全门时，安全门肯定会报警，因为那紫色标签也是防盗装置。一旦再联想到这个孩子明显比较有学问，德鲁又得出了一个福尔摩斯式的推理结论。

德鲁进入加纳街图书馆的网站，那上面显示出各种选项：**夏季开馆时间**、**青少年部**、**活动预告**、**经典电影系列**，以及最后一项（同样重要）：**工作人员**。

德鲁·哈利迪点击了这一项，无需再点击下去，至少刚开始不需要。员工简历的上方有全体工作人员（总共约二十四人）聚集在图书馆草坪上拍的一张照片，耸立在他们身后的是贺拉斯·加纳的塑像，手持打开的书籍。他们人人脸上洋溢着笑容，包括这个男孩，只是男孩的脸上没有胡子，也没有那副伪造的眼镜。第二排，左起第三人。简介上说，年轻的彼得·索伯斯先生是北地高中的学生，目前是兼职员工。他希望在大学里主修英语，辅修图书馆学。

德鲁继续搜索，加上了这个少见的姓氏。他在微微出汗，为什么不呢？六个笔记本只是个零头，只是个挑逗。所有笔记本——如果他那位精神不正常的朋友多年前没有弄错的话，其中一些含有吉米·戈尔德系列的第四部小说——如果拆散了，分别卖给不同收藏家，有可能价值五千万美元。光是吉米·戈尔德系列的第四部小说就可能带来两千万。由于莫里·贝拉米被安全地关在监牢里，唯一挡他道的只有一个胡子都没有长出来的少年。

10

服务员威廉拿着德鲁的账单回来了，德鲁把自己的运通信用卡塞进真皮账单夹里。这张卡不会被拒的，他对此有足够信心。虽然他对另外两张卡不是太放心，但他始终保持这张卡相对比较干净，因为他用它进行交易。

过去几年生意不太好，尽管上帝知道本应该不错的。生意本该相当不错，尤其是在 2008 至 2012 年间，当时美国经济掉进排水口，似乎再也爬不上来。在这种时候，贵重商品——货真价实的商品，不是纽约证券交易所网站上的电脑波浪纹和字节——的价格总是持续上涨。黄金和钻石，是的，但是还有艺术品、古玩和善本书籍。堪萨斯城那该死的迈克尔·加勒特现在就开了一辆保时捷。德鲁在他的脸书页面上看到过。

他的思绪回到了与彼得·索伯斯的第一次见面上。他希望这个孩子还没有查出他的第三份抵押，那是一个转折点。也许就是那个转折点。

德鲁的财务灾难一直追溯到那本该死的詹姆斯·艾吉书籍上——《让我们歌颂名人吧》。华丽的版本，崭新的品相，有艾吉和沃克·埃文斯[①]的亲笔签名，后者就是拍照之人。德鲁怎么会知道那是被盗的赃物呢?

好吧，他或许确实知道。确实，所有危险信号都在快速闪烁，他应该碰都不碰，可是卖家对它的真实价值一无所知，德鲁因而放松了警惕。虽说既没有被罚款也没有被关进监狱，他为此得感谢基督，但

---

① 沃克·埃文斯（Walker Evans，1903—1975），美国著名摄影师。

这件事的后果却是长期的。从1999年起，他每出席一个会议、研讨会或者书籍拍卖会，身上总是带着一个标签。信誉良好的交易商和买家对他敬而远之，除非——这便是讽刺所在——他们得到了某件来源可疑的东西，想出手赚个暴利。有时候，德鲁无法入眠时也会想，他们在把我推向黑暗面。这不是我的错。真的，我在这件事情上是受害者。

所有这一切使彼得·索伯斯变得更加重要。

威廉板着脸走了回来，手中拿着真皮账单夹。德鲁不喜欢他那表情。也许那张卡终于被拒了。接着，他最喜欢的服务员露出了笑容，德鲁一直憋着的那口气才化作轻声叹息。

“谢谢，哈利迪先生，见到你总是令人高兴。”

“我也一样，威廉，见到你我同样很高兴。”他龙飞凤舞地签了字，将信用卡——有一点弯曲，但是还没有断——重新装进钱包。

他在街上朝自己的书店走去时（他从未想过自己走路时一摇一晃），思绪重新回到了那个男孩第二次来到店里的情形。虽然进展顺利，却根本不像德鲁所希望和所期待的那样。他们第一次见面时，男孩心神不定，德鲁甚至担心他会忍不住毁掉这些意外碰到的无价之宝。但是他眼睛里的光芒否定了德鲁的担心，尤其是当他谈到第二份复印件时，也就是罗思坦酒后关于评论家们的信口之词。

它有生命，索伯斯当时说，我是这样想的。

那男孩会扼杀这生命吗？德鲁自问，然后走进店铺，把门上的牌子从**关门**转为**营业中**。我认为不会。德鲁虽然嘴巴上威胁过他，但他也不会愿意让当局将那些财宝全部拿走。

明天就是星期五。男孩已经答应一放学就过来，完成这笔交易。那男孩以为是来谈判的，以为自己手中还有一些牌。也许真的有吧……可是德鲁手中的牌更好。

录音电话机上的灯在闪烁，大概又是什么人想卖保险给他，或者要他为那辆迷你车购买延长保修（一想到加勒特开着一辆保时捷在堪萨斯城里转悠，他的自尊就受到了伤害），但是只有听过之后才会知道内容。数百万美元唾手可得，但是在真正到手之前，日常生意还是得做。

德鲁过去看看他吃午饭期间有谁来过电话，刚听了第一个词就认出了索伯斯的声音。

他边听边捏紧了拳头。

11

当这位以前自称为霍金斯的艺术家星期五再次到来时，胡子比前一次稍微浓密了一点，但是他的步伐仍然小心谨慎——一只胆怯的动物在接近一点美味的诱饵。德鲁此时已经对他和他的家庭有了深入了解，还有那两张带页码的笔记本复印件。三个不同的电脑应用程序都证实致弗兰纳里·奥康纳的信与复印件上的字迹属于同一人。其中两个应用程序比较了笔迹，第三个应用程序——鉴于扫描样本数量太小，因而程序并不完全可靠——指出了某些风格上的相同之处，其中大多数这个男孩早已看到了。这些结果都是德鲁开始接触潜在买主时的备用工具。他本人对此确信无疑，因为三十六年前在快乐酒杯咖啡馆外的餐桌旁，他亲眼见过其中一本笔记本。

“你好。”德鲁说，他这次没有主动伸出手去。

“你好。”

“你没有把笔记本带来。”

“我需要你先给我一个数字。你说过你会打几个电话的。”

德鲁一个电话都没有打，因为现在还为时过早。“如果你没有忘记，我给过你一个数字。我说你最终将拿到三万美元。”

男孩摇摇头：“不够。六四开也不行，必须是七三开。我不笨，我知道我手头有什么。”

“我也知道一些事：你的真名叫彼得·索伯斯。你不是城市学院的学生，而是在读北地高中，在加纳街图书馆兼职。”

男孩惊讶得瞪大了眼睛。他嘴巴张开，双脚真的摇晃了一下，德鲁一时以为他会晕过去。

“你怎么——”

“你带来的那本书，《来自天国的急件》，我认出了参考书阅览室的防盗标签，其余的事就容易了。我甚至知道你住在哪里——梧桐街。”这完全说明了一切。莫里斯·贝拉米也曾住在梧桐街，就在同一栋房子里。德鲁从来没有去过那里，他怀疑这是因为莫里斯不想让他见到他那位吸血鬼似的母亲，但是市民档案证明了这一点。那些笔记本是藏在地下室的墙壁背后呢，还是埋藏在车库地板下？德鲁敢打赌肯定是其中之一。

他向前探过身，一直侧到他那大肚子不再允许为止，然后盯着那男孩惊愕的眼睛。

“还有呢。你父亲在2009年市民中心惨案中受了重伤。他去那里是因为2008年经济衰退后他失业了。几年前，星期日版的报纸上曾登过一篇专题报道，介绍一些幸存者的近况。我查到了那篇文章，读起来有点意思。你父亲受伤后，你们家搬到了北城，家庭肯定衰败得比较厉害，但是你们索伯斯一家熬了过来。这里省一点，那里省一点，因为只有你母亲一人工作，不过，许多人的情况更糟。美国成功故事。被打倒在地？爬起来，掸掉身上的尘土，继续比赛！只是那篇报道从来没有真正说明你们家是如何做到的，是吗？”

男孩舔了舔嘴唇，想说话，但是说不出来。他清了清嗓子，又试了一次：“我这就走，来这里是个大错误。”

他转身离开德鲁的办公桌。

“彼得，只要你走出那扇门，我可以保证你今晚就会进监狱。那将多么可惜，你的前途那么美好。”

索伯斯转过身来，睁大了眼睛，嘴巴张开着，嘴唇在颤抖。

“我也搜索了罗思坦遇害的事。警方认为杀死他的那些盗贼拿走笔记本是因为那些笔记本和他的钱一起存放在保险箱里。按照理论推定，他们破门而入是为了盗贼们通常入室盗窃的目标，也就是现金。镇上许多人都知道那老家伙家里存有现金，也许数额不小。那些传说在塔尔博特角流传了多年。最后，有几个不干好事的家伙决定去验证一下大家的说法是否属实。结果，果然属实，对吗？”

索伯斯慢慢地，一步一步地回到了办公桌前。

“你发现了他被盗的笔记本，但是你也发现了一些被盗的现金，我是这样想的。足够让你们家支撑到你父亲重新站起来。确实是站起来了，因为报道中说他伤得不轻。彼得，你们家里的人知道吗？他们是同谋吗？现在钱花完了，是你老爸老妈派你来这里出售那些笔记本的吗？”

这一切大多是猜测——即使莫里斯那天在快乐酒杯咖啡馆还提到过钱，德鲁也不记得了——但是他观察到自己的猜测像一记记重拳般击中了男孩的脸和腹部。德鲁感受到了每一位侦探看到自己跟踪跟对了时的那种喜悦之情。

“我不知道你在说什么。”男孩的声音更像电话应答机。

“至于只有六本笔记本，数字根本不对。罗思坦 1960 年隐居，刚好在《纽约客》上发表了最后一个短篇。他 1978 年遇害。很难相信他在十八年里只写了六本八十页厚的笔记本。我敢打赌不止这些，远不止这些。”

“你什么也证明不了。”依然是那种机器人式的单调腔调。索伯斯已经摇摇欲坠，再给他两三拳，他就会倒下。这太令人兴奋了。

“我年轻的朋友，万一警察带着搜查证去你家，他们会发现什么？”

索伯斯非但没有倒下，反而鼓起了勇气。如果没有让德鲁感到讨厌的话，索伯斯的反击应该会令他佩服。“那么你呢，哈利迪先生？你早已因为出售不是你的东西陷入过一次麻烦。”

好的，这是一记重拳……可惜打歪了。德鲁开心地点点头。

“所以你就来找我了，对吗？你查到了艾吉那件事，便以为我有可能帮你干非法的事。只是我的双手当时很干净，现在也很干净。”他摊开双手让他看，“我得说，我花了点时间来确定你想出售的东西不是赝品，一旦确定后，我便尽了公民义务，报了警。”

“可这不是真的！不是真的，你知道的！”

欢迎回到真实世界中来，彼得，德鲁心想。他什么也没有说，只是让那孩子自己盲目地去揣摩。

“我可以把它们烧了，”索伯斯似乎在自言自语，看看这个点子是否可行，“我可以去……那里，把它们烧了。”

“总共有多少本？八十本？一百二十本？一百四十本？他们会发现残渣的，孩子。灰烬。即便他们没有发现，我还有复印件呢。他们会开始问各种问题，比如你们家是如何顺利熬过经济大衰退的，尤其是你父亲受伤，医药费很高时。我认为一位合格的会计就能发现你们家的支出大大超过了你们家的收入。”

德鲁不知道这是不是真的，但那孩子也不知道。他已经快惊慌失措了，而这是好事。人一旦惊慌就永远无法清晰思考。

“没有证据，”索伯斯声音低得像在耳语，“钱已经花光了。”

“我相信是的，否则你不会在这里。可是财务方面会留有痕迹。除了警察外，还有谁会跟踪呢？国税局！谁说得准呢，彼得，也许你老爸老妈也会因为逃税进监狱。那会让你妹妹——我相信是叫蒂娜吧？——变成孤身一人。也许她有个姨妈，可以和她生活在一起，直到你们出来。”

“你想要什么？”

“别那么笨。我想要那些笔记本，所有的。”

“如果我把它们给你，我得到什么？”

“你会知道自己清白自由，而这对于你现在的处境而言，是无价之宝。”

“你当真？”

“孩子——”

“别叫我孩子！”男孩握紧了拳头。

“彼得，好好想想吧。如果你拒绝把笔记本交给我，我就把你交给警察。可是一旦你把它们交给我，我对你的约束就会随之消失，因为我接受了盗窃的财物。你会安全的。”

德鲁说话的时候，右手食指一直在办公桌下方无声报警按钮旁舞动。他当然最不愿意按下那个按钮，可他也不喜欢那双紧握的拳头。索伯斯在惊慌失措中有可能会想到，还有一个办法让德鲁·哈利迪先生永远闭嘴。他们目前的一举一动都记录在了监控录像带中，但是索伯斯可能没有意识到。

“你就可以赚到成千上万块钱，”索伯斯的声音里充满了怨恨，“或许是上百万。”

“你帮你们全家度过了一段艰难时光。”德鲁说。他想接着说为什么还要如此贪婪，可是在目前这种情况下，那样说有可能显得有点……不对头。“我认为你应该对此感到满足了。”

男孩脸上的表情可谓一个沉默的答复：你这话说得太容易。

“我需要时间思考。”

德鲁点点头，却不太赞同：“我理解你现在的感觉，但是不行。如果你现在从这里走出去，我可以保证你到家就会有警车在等你。”

“那你一个子儿也别想拿到。”

德鲁耸耸肩：“这又不是第一次。”但从来没有过这么大的数额，这倒是真的。

“我老爸做房地产，这你知道吗？”

突然转变话题让德鲁有点措手不及：“是啊，我搜索的时候看到了。现在有他自己的小生意，对他是件好事。不过，我认为约翰·罗思坦的钱大概支付了一些起步费用。”

“我请他查了查城里的所有书店，”索伯斯说，“我告诉他我在写一篇论文，分析电子书对传统书店的影响。这还是在我第一次来找你之前的事，我当时还没有打定主意是否应该冒这个险。他查出你去年把这书店进行了第三次抵押贷款，并且说你抵押贷款成功仅仅是因为这家书店位置不错。花边女工巷算是高档地段。”

“我认为这与我们目前谈论的事没有关系——”

"你说得对，我们都经历过真正困难的时期，可是你知道吗？所以有人才会去探听那些遇到麻烦的人，哪怕你只是个孩子。也许正是因为你是个孩子。我认为你现在手头相当紧张。"

德鲁抬起一直搁在无声报警按钮旁边的那根手指，指着索伯斯："别给我玩花招，小崽子。"

索伯斯的脸上出现了一大块一大块的红晕，德鲁看到了他不喜欢而且完全出乎他意料的东西：他惹怒了这个男孩。

"我知道你想逼我就范，可是这不管用。是的，不错，他的笔记本在我手里，总共有一百六十五本，不是每一本都写满了文字，但大多数是。你猜怎么着？不只是戈尔德三部曲，而是戈尔德系列。笔记本里还有两部小说，都是初稿，但是改动不大。"

男孩的语速越来越快，猜测到了德鲁希望他在说话时由于过于害怕而无法看清的真相。

"它们都藏着呢，但是我猜你说得对，如果你报警，警察会发现的。只是我父母一直不知情，我认为警察会相信的。至于我……我还是未成年人，"他甚至露出了一丝笑容，仿佛刚刚意识到这一点，"他们不会把我怎么样，因为那些笔记本和钱本来就不是我偷的。当时还没有我。你是清白无辜，可这件事也没有什么好让你炫耀的。等到银行没收这个地方——我老爸说银行迟早会的——这里会变成一家欧邦盼法式蛋糕咖啡连锁店，我会来这里，吃一个羊角面包，向你致敬。"

"相当精彩。"德鲁说。

"我说完了，这就走。"

"我警告你，你在干蠢事。"

"我告诉过你，我需要时间思考。"

"多久？"

"一个星期。哈利迪先生，你也需要想一想。也许我们仍然可以想出一个办法来。"

“我希望是这样，孩子，”德鲁故意加上了“孩子”一词，“因为我们只要想不出办法来，我就报警。我不是吓唬你。”

男孩虚张声势的一套瞬间坍塌。他的双眼噙满了泪水。他忍着不让泪水留下来，转身走了出去。

12

然后便是这个语音留言。德鲁听后又是狂怒又是害怕，因为男孩的声音表面听上去冷淡、镇静，下面却透着绝望。

“我明天无法如约过来。我忘记了高二、高三班干部修养活动的事，我当选为明年高三年级的学生会副主席。我知道这听上去像是借口，但确实不是。就是因为你威胁要送我进监狱，我才把这件事忘记得一干二净。”

立刻把这消掉，德鲁想。他的指甲掐进了手掌中。

“地点是河湾度假村，就在胜利县。我们明天早晨八点坐大巴离开——明天是在职老师节，所以不上课——星期天晚上回来。我们总共二十人。我想不去，可我父母已经开始为我担心，我妹妹也是。如果这次修养活动再不去，他们会知道有什么事不对劲。我觉得我老妈会怀疑我让某个女孩怀孕了。”

男孩有些歇斯底里地笑了一声。德鲁觉得最令人恐惧的就是十七岁的男孩，你永远无法知道他们会做什么。

“我星期一下午再过来，”索伯斯接着说道，“如果你能等那么久，我们也许能想出一个办法来，一个折衷的办法。我有一个想法。如果你认为我在编造修养活动的事来骗你，你可以打电话给度假村，核查一下预定。北地高中学生会。我也许星期一见你。如果不见，那就不见。再——”

留言长度终于到头了，然后是嘟嘟的响声。德鲁的留言时间格外长，专门为下班后打来电话的客户准备的，通常来自西海岸。

德鲁坐到椅子上，像往常一样全然不顾椅子发出的令人绝望的尖叫声。他盯着录音电话看了足足一分钟。他觉得没有必要给河湾度假村打电话……有意思的是，那地方逆流而上六七英里便是那位最初盗窃笔记本的人目前服刑的监狱。德鲁相信索伯斯所说的修养活动的事是真的，因为这种事太容易核查了。至于他一定要去的理由，德鲁却吃不太准。也许索伯斯已经决定把德鲁威胁要报警的话当成了吓唬。可那不是吓唬。他决不允许索伯斯拥有他德鲁得不到的东西。无论如何，那小杂种必须交出那些笔记本。

我要等到星期一下午，德鲁想，我可以等那么久，然后这种局面必须想办法解决。我对他太宽容了。

他想到，这个姓索伯斯的男孩和他的老朋友莫里斯·贝拉米虽然在年龄方面处于两个极端，但是就罗思坦的笔记本而论，却非常相像。他们都渴望了解其中的内容，所以这个男孩只想卖给他六本，大概是他判定最没有意思的六本。在另一方面，德鲁根本不在乎约翰·罗思坦。他看过《逃亡者》，但只是因为莫里对这个话题如痴如醉。他从来没有把另外两部小说和那个短篇小说集看完。

那就是你的致命弱点，孩子，德鲁想，收藏家的欲望。而我只关心钱，钱可以让一切变得简单。那你就去吧，享受周末的虚构政治，等你回来后，我们再来玩真格的。

德鲁探身向前，消掉了这条留言。

13

霍奇斯在回城的路上闻到了自己身上的气味，决定先回趟家，吃一个蔬菜汉堡，再快速冲个澡，还要换身衣服。哈珀路并非完全不顺路，换条牛仔裤在身上要舒服得多。就他而言，穿牛仔裤是自己当老板的几大特权之一。

走出家门时，彼得·亨特利打来了电话，告诉自己的老搭档，已经拘留了奥利弗·马登。霍奇斯祝贺彼得抓到了人。刚刚坐到普锐斯方向盘后，电话又响了，这次是霍莉。

“比尔，你在哪儿？”

霍奇斯瞥了一眼手表，看到已经是下午三点一刻了。他想，人开心的时候，时间过得真快。

“在家，正要出门来办公室。”

“你在家干什么？”

“冲了个澡，因为不想冒犯你那娇嫩的嗅觉。我没有忘记芭芭拉，我这就给她打电话——”

“不必了，她就在这里，和一个叫蒂娜的闺蜜一起乘出租车过来的。”

“乘出租车？”小孩正常情况下甚至都不会想到乘出租车。也许芭芭拉想谈的事比他想象的要严重一点。

“是的。我让他们待在你的办公室，”霍莉压低了嗓子，“芭芭拉还只是担心，但另一个孩子害怕死了。我看她准是遇到了某种困难。比尔，你应该尽快赶过来。”

“明白了。”

“请快点，你知道我应付不了强烈的情感。我正与治疗师一起努力，可是我这会儿没有。”

“已经上路，二十分钟后赶到。”

“要我到街对面给她们买点可乐吗？”

“我不知道。”山脚下的交通灯变成了黄色。霍奇斯一踩油门，冲了过去。“运用你的判断力。”

“可是我缺乏判断力。”霍莉哀叹道，他还没有来得及说话，她又让他快点赶到，然后挂了机。

14

就在比尔·霍奇斯向头昏眼花的奥利弗·马登解释人生道理时，也就在安德鲁·哈利迪坐下来享用火腿蛋松饼时，彼得·索伯斯正在北地高中医务室里，说自己偏头痛，下午的课要请假。护士立刻给他写了假条，因为彼得是好学生：优等生，积极参加多项学校活动（虽然不是体育活动），几乎从不缺课。还有，他的样子也看似得了偏头痛。他的脸色过于苍白，眼睛下面有黑眼圈。她问他是否要送他回家。

“不用，”彼得说，“我坐公交车回家。”

她要给他几粒布洛芬——她只允许给头痛开布洛芬，但是他摇摇头，说他有治疗偏头痛的专用药，他那天忘记带了，一到家就会服一片。他对自己编造的这番话感觉良好，因为他的确感到头痛，只是并非身体意义上的头痛。他头痛的是安德鲁·哈利迪，就连母亲的一粒佐米格（家里只有她患偏头痛）也不管用。

彼得知道他得自己应付。

15

他并不打算坐公交车。下一班公交车半小时后才会到，而他跑步的话一刻钟就能到达梧桐街。他会跑步回家，因为他只剩下这个星期四下午。老爸和老妈在上班，至少下午四点之后才会到家。蒂娜根本不会在家。她说她受邀要和东树莓巷的老朋友芭芭拉·罗宾逊住几晚，但彼得认为她其实很可能是自己邀请自己。如果真是那样，那大概意味着他妹妹还没有完全放弃上教堂岭高中的希望。彼得认为自己或许仍然能够帮她一下，只要今天下午一切顺利。这个*只要*可能性很大，但是他得有所行动。如果他不采取行动，他会发疯的。

自从愚蠢地认识安德鲁·哈利迪以来，他已经瘦了，十二三岁时出现的粉刺重新出现在了他的脸上，当然还有眼睛下方的黑眼圈。他的睡眠很差，就算睡着的话，也是噩梦不断。从噩梦中醒来时——常常蜷缩着身子，摆出胎儿的姿势，睡衣完全被汗水浸湿——彼得会睁着眼睛躺在床上，努力思考如何从这个陷阱中脱身。

他确实忘记了班干部修养活动，因而当活动监护人吉布森太太昨天提醒他时，他大吃一惊，脑子立刻快速转动起来。那是第五节法语课后的事，下一节微积分在隔壁的隔壁教室里上。不过，在那之前，他脑子里已有了个大致的计划。它部分取决于一辆红色旧马车，更取决于一套钥匙。

彼得一出了校门就给安德鲁·哈利迪善本书店打了个电话，他真希望自己的快速拨号上根本没有存这个号码。对方是录音电话，至少替他省去了一场口水战。他的留言很长，快说完时，录音电话机把他掐断了，但是没有关系。

只要他能把那些笔记本搬出家门，不管警察有没有搜查证，他们也什么都找不到。他相信他父母会对那些神秘汇款保持沉默，正如他们一直以来所做的那样。彼得把手机装进卡其裤口袋里时，脑海里闪过高一时学过的一个拉丁文词语。这在任何语言中都令人胆战心惊，却非常适合目前这种局面：

Alea iacta est.

木已成舟。

16

彼得进屋前先钻进了车库，确保蒂娜那辆凯特勒公司制造的小拖车还在那里。他们从旧家搬过来之前在院子里搞了一场旧货出售会，当时家里的许多东西都卖掉了，但是蒂娜对有着老式木质侧板的小拖车大惊小怪，老妈只好让步。彼得起初没有找到，有些着急。然后，他看到它在角落里，松了口气。他记得蒂娜把所有的绒毛玩具装在里面（比斯利夫人当然占据最重要的位置），拖着它在草坪上来回奔跑，告诉它们准备去树林里野餐，表现好的孩子将得到魔鬼肉火腿做的三明治和姜饼。那是以前美好的时光，在那疯子驾驶那辆偷来的梅赛德斯奔驰改变一切之前。

从此再也没有野餐了。

彼得进了屋后直接去了父亲在家中的小办公室。他的心在剧烈跳动，因为这是整件事的关键。即便他找到了需要的钥匙，事情也有可能出错，但如果他不这样做，那么事情还没有开始就将结束。他没有B计划。虽然汤姆·索伯斯的生意主要集中在房地产搜索上——寻找正在出售或者有可能出售的房产，再把这些潜在的交易信息转给小公司和独立运营商——但他也已经开始重操旧业，直接推销房产，只是目前规模不大，而且仅限于北城。2012年虽然没有什么营业额，但过去几年中，他已经将几笔不错的佣金收入了囊中，并且在树名区附近的十多处房产有了独家销售权。其中一处房产——极具讽刺意味——是榆树街49号，房主是黛博拉·哈茨费尔德和她儿子布莱迪，也就是那位所谓的梅赛德斯杀手。

“我得过一阵子再卖那栋房子。”老爸有天晚上在饭桌上说，然后真的放声大笑。

老爸电脑左边的墙壁上装了一块软木板，他目前代理的不同房产的钥匙都用图钉钉在上面，每把钥匙都有自己的钥匙圈。彼得焦急地扫视着木板，看到了他想要的——他需要的——在空中挥了一拳。这个钥匙圈的标签上写着**桦树街娱乐中心**。

“我不大可能搬动那种砖结构的庞然大物，”全家人另一次共享晚餐时，汤姆·索伯斯说，“但是我一旦成功，就能和这地方拜拜，搬回到热浴缸和宝马车之乡。”他总是这样称呼西城。

彼得把娱乐中心的钥匙和手机一起装进口袋，蹭蹭蹭地跑到楼上，拿出上次把笔记本搬进屋时用过的箱子。他这次只想将它们用来进行短途运输。他拉下梯子，爬上阁楼，将笔记本装进去（即便现在很匆忙，他也小心对待它们）。他把箱子一个个拖到二楼，把里面的笔记本取出后堆在自己的床上，再把箱子放回父母的壁柜里，然后匆匆跑下楼，一路跑进地下室。这样忙活一番后，他汗流浃背，身上的气味大概与动物园猴馆内的味道差不多，但现在根本没有时间冲澡。不过，他必须换件衣服。他有一件志愿者小组的T恤衫，用在接下来的行动上再合适不过。志愿者小组向来喜欢干社区服务之类的事。

他母亲总喜欢在地下室里备一些空纸板箱。彼得拿起两个较大的纸板箱，来到楼上，但还是先再次拐进老爸的办公室，拿了一支记号笔。

他提醒自己，记得还钥匙的时候把记号笔放回去。记得把一切放回原处。

他把笔记本装进纸板箱——除了他仍然希望出售给安德鲁·哈利迪的那六本——再把纸板箱盖向下折好。他用记号笔在每个箱子上写了几个大字——**厨具**。他看了看表，时间来得及……也就是说，只要哈利迪不去听那段留言，不去告发他。彼得不相信会发生那种事，但那种可能性也不能完全排除。这是个未知数。走出卧室之前，他把剩下的六本笔记本藏到了壁橱一块松动的底板下。那里的空间正好，如果一切顺利，它们不会长久待在那里。

他把纸箱搬到车库，放到蒂娜的旧拖车中。他沿着车道往前走，突然想起来自己忘记换上志愿者小组的T恤衫了，便又匆匆跑回楼上。衣服套过脑袋时，他突然惊恐地意识到：他把那些笔记本落在了车道上。它们价值连城，就这么搁在那里，这大白天的，谁都可以过来把它们拿走。

白痴！他责骂自己，白痴，白痴，该死的白痴！

彼得快步跑下楼，新T恤衫早已湿透了粘在他后背上。小拖车当然还在那里，有谁会愿意去偷上面标有“厨具”字样的纸箱子呢？咄！这仍然是干了件蠢事。有些人什么东西都偷，只要能拿得走。这又带来了一个合理的问题：他还干了多少件其他愚蠢的事？

他想，我真不该卷进这件事中。当初刚发现时，我就应该报警，把钱和笔记本都交上去。

可是，由于他有着坦然面对自己（至少大多数时候）这一令人不舒服的习惯，他知道如果一切从头再来，他大概会以相同的方式重复大部分过程，因为他父母已经到了离婚的边缘，他深爱着他们，一定会至少尝试避免他们离婚。

而且成功了，他想。箭在弦上，不得不发。

可是。

现在为时已晚。

17

彼得的第一个念头是把笔记本放回到那只埋藏的木箱子里，但他几乎立刻否决了这个想法。万一警察真的带着哈利迪吓唬他时所说的搜查证到来，又没有在他家找到那些笔记本，那么他们接下来会去哪里寻找？他们只需走进厨房，就会看到后院外面那片荒地。完美的地方。他们只要沿着小径走过去，在小溪边看到一块刚刚挖掘过的地面，游戏就结束了。不，这样做要好得多。

但也更令人提心吊胆。

他拉着蒂娜的旧拖车，沿着人行道一路向前，向左拐进了榆树街。约翰·泰伊住在梧桐街和榆树街的拐角处，正在草坪上割草。他的儿子比尔在玩飞盘，抛出去后让自家的狗去接。飞盘越过狗脑袋，落在了拖车中，正好卡在两只纸箱之间。

“扔过来！”比尔·泰伊喊着从草坪跑过来。他的棕色头发在上下摆动。“使劲扔！”

彼得把飞盘使劲扔了回去，看到比尔还想朝他扔回来，赶紧挥了挥手。他拐进桦树街后，有人冲他按了汽车喇叭，把他吓了一跳，但那只是安德莉亚·凯洛格，每个月给琳达·索伯斯做一次头。彼得冲她翘起大拇指，并且给了她一个他希望是灿烂的微笑。至少她无意玩飞盘，他想。

这里就是娱乐中心，四四方方的三层砖结构，正面有块牌子，上面写着**待售**以及**请联系房地产代理托马斯·索伯斯**，后面是他老爸的电话号码。一楼窗户已经用夹板封死，以防孩子们闯进去，除此之外，外观还是很不错。砖墙上当然有一两处涂鸦，但是娱乐中心即便是开放时也是大家最喜欢涂鸦的地方。前面的草坪修剪过。彼得自豪地想，那是老爸的杰作。他可能出钱请了个孩子干的。如果他问我，我愿意免费为他修剪草坪。

他把拖车停在台阶下，一次搬一个纸箱到台阶顶上，正准备从口袋里掏出钥匙时，一辆破旧的达特桑汽车驶到了跟前。车上坐着埃文斯先生，以前这个城区还有一支联赛队伍时，他一直训练小联盟棒球队。埃文斯先生在佐尼便利店赞助的“斑马队”当教练时，彼得是他的球员。

“嗨，中场！”他探身摇下副驾驶一侧的车窗。

见鬼，彼得心想，见鬼，见鬼，见鬼。

“你好，埃文斯教练。”

“你在干什么？他们又开放娱乐中心了吗？”

“我看不像。”彼得为这种不可预测的情况准备了一套说辞，本来希望不必用到它，“下个星期有什么政治活动。女性选民联盟？也许是一场辩论？我也说不准。”

这至少貌似有理，因为今年是大选年，两周后就将举行总统预选，还有大量政民方面的议题。

“要辩论的事肯定很多。”埃文斯先生严重超重，人很友善，向来缺乏战术，但是擅于鼓舞士气，总是乐于在比赛和训练完之后给大家发汽水。他戴了一顶旧的佐尼便利店“斑马队”棒球帽，已经褪色，上面都是汗渍。“要帮忙吗？”

哦，不要，求求你了，不要。

“不用，我可以。”

“嗨，我很高兴帮你一把。”彼得的老教练关掉汽车发动机，开始将庞大的身躯从座位上挪开，准备下车。

“真的，教练，我没事。如果你帮我，我马上就会干完，还得回去上课。”

埃文斯哈哈笑着，重新挪回到方向盘后边。“我明白了。”他发动引擎，达特桑的车尾冒出一股蓝烟，“忙完后一定要记得把门锁好，听见了吗?”

“好的。”彼得说。娱乐中心的钥匙从他汗淋淋的手指间滑落到地上，他弯腰去捡钥匙。等他直起腰来时，埃文斯先生已经将车开走了。

谢谢你，上帝。求您不要让他给我老爸打电话，祝贺他有这样一个热心公益事业的儿子。

彼得试的第一把钥匙插不进锁孔。第二把钥匙插了进去，却转不动。汗水从他的额头淌下来，流进他的左眼，引起一阵刺痛，但他只顾来回转动着钥匙。没有用。正当他觉得只能把那木头箱子重新挖出来时——那意味着要回到车库去拿工具——那把倔强的旧锁终于决定合作了。他推开大门，把纸箱搬进去，然后回去取拖车。他不想有人猜测那辆拖车在台阶下干什么。

娱乐中心的一个个大房间几乎全清空了，因而显得面积更大。里面没有空调，很热，空气污浊，带有灰尘味。窗户封死后，里面也很暗。彼得搬着纸箱穿过偌大的主房间，脚步声在这孩子们常常下棋、看电视的房间里回荡。他进了厨房。通往地下室的门也上了锁，但是他在大门外试用的第一把钥匙打开了它。至少里面还有电，这倒是好事，因为他没有想到要带手电筒。

他把第一个纸箱搬到楼下，看到了让他高兴的东西：地下室里堆满了杂物。几十张牌桌摞在一起，靠墙放着；起码有一百张折叠椅一排靠一排地斜放着；里面还有旧音响设备和过时的电游操纵器。再好不过的是，这里还有几十个纸箱，外观很像他搬进来的纸箱。他打开几个看了看，里面装着旧的体育比赛奖杯、二十世纪八九十年代市内球队的全家福照片、一套破烂不堪的接球手装备、一堆乐高玩具。上帝啊，这里甚至还有几个标有**厨房**的纸箱！彼得把纸箱和它们放在一起，看上去完全相配。

已经竭尽全力了，他想，只要我可以离开这里，没有人过来问我在干什么，那就算不错了。

他把地下室锁好，走到大门口，听着脚步的回声，脑海里时刻浮现自己带蒂娜来这里时的情形，目的就是不让她听到父母间的争吵。兄妹俩都不必听到。

他朝外面的桦树街瞥了一眼，看到街上没有人，便拉着蒂娜的拖车下了台阶。然后，他返回大门口，把门锁好，再往家走，没有忘记向泰伊先生挥手。这次挥手容易多了；他甚至和比尔·泰伊来回扔了几下飞盘。那条狗叼住了第二投，逗得他们全都笑了起来。笔记本已经存放在了废弃的娱乐中心的地下室，藏在了那些正当合法的纸箱中，所以大笑也变得轻松起来。彼得感到自己轻了五十磅。

也许是一百磅。

18

霍奇斯的办公小套间位于南马尔伯勒街特纳大厦的七楼。他走进外面的办公室时，霍莉正心急火燎地在那里踱步，嘴里衔着一支笔。她看到他后停下了脚步："终于来了！"

"霍莉，我们十五分钟前刚刚通过电话。"他轻轻取下她嘴里衔着的笔，查看笔帽上咬出的牙齿印。

"好像不止十五分钟。她们就在里面。我相信芭芭拉的朋友一直在哭。我给她们端可乐进去时，她眼睛都红了。去吧，比尔。去去去。"

他不会去碰霍莉，尤其是她处在这种状态中时。她已经吓得灵魂出窍。不过，比起他刚见到她时的状况，她现在的表现已经好多了。在杰罗姆和芭芭拉的母亲塔尼亚·罗宾逊的耐心指导下，她已经养成了能够粗略估计局面的能力。

"我会的，"他说，"但是我不介意你先给我透个风。你知道是怎么回事吗？"可能性多种多样，因为好孩子也并非总是好孩子。也许是在商店里小偷小摸或者抽烟，也许是在学校里被人欺负，或者有某位喜欢到处乱摸的叔叔。至少他可以肯定一点（只能说比较肯定，因为什么样的事都有可能）芭芭拉的朋友没有杀人。

"跟蒂娜的哥哥有关。我告诉你了没有？芭芭拉的朋友叫蒂娜。"霍莉没有看到他点头，她正眼巴巴地盯着那支笔。见他没有反应，她只好咬住自己的下嘴唇："蒂娜认为他哥哥偷了一点钱。"

"他哥哥多大？"

"在上高中，我就知道这些。可以把笔还给我了吗？"

"不。你去外面抽支烟吧。"

“我已经戒了。”她抬起眼，将目光转向左边，霍奇斯在其警察生涯中多次见过这种口是心非的情况。现在回想起来，奥利弗·马登也有过一两次，而说到骗人，马登是职业高手。“我戒——”

“就抽一支，可以让你平静下来。你给她们买东西吃了吗？”

“好像没有。我很抱——”

“不，没关系。去街对面买点吃的东西，营养棒之类的。”

“营养棒是给狗吃的，比尔。”

他耐心地说道：“那就买能量棒。健康食品，不含巧克力。”

“好吧。”

她裙子一晃，低跟鞋一转，走了出去。霍奇斯深吸一口气，走进自己的办公室。

19

两个女孩坐在长沙发上。芭芭拉是黑人，她朋友蒂娜是白人。他的第一个顽皮的想法是把盐和胡椒装在配套的瓶子里，只是两个瓶子并不完全一样。不错，她们的头发都扎成几乎一模一样的马尾辫。不错，她们穿着相似的运动鞋，也就是今年对少女们来说最流行的款式。不错，两个人都从他的咖啡桌上拿了一本杂志：《追踪》，追踪躲债者的行当，绝对不是小姑娘们通常的阅读材料，但是没关系，因为她俩显然都没有在真正阅读。

芭芭拉穿着校服，显得比较淡定。另一个女孩穿着黑色长裤、蓝色T恤衫，胸前有一个蝴蝶贴花。她脸色苍白，眼睛周围红了一圈，看他的眼神里又是希望又是恐惧，让人看了于心不忍。

芭芭拉跳起来，给了他一个拥抱。要是换了以前，她会和他碰一下拳头，大声说好。“你好，比尔，见到你真高兴。”她说话的腔调多么像成年人，个子也长得好高啊。难道她还不到十四岁？这可能吗？

“我也很高兴见到你，芭芭拉。杰罗姆还好吗？他今年夏天回家吗？”杰罗姆已经在读哈佛大学，他身上的另一半自我——那个满嘴玩笑、自我感觉良好的泰隆·好心情·狂欢——似乎已经隐退。杰罗姆读高中时替霍奇斯干一些杂活，他身上的泰隆那一半自我经常会冒出来。霍奇斯不是太怀念泰隆那一半，因为泰隆总是太孩子气，但是他想念杰罗姆。

芭芭拉皱起了鼻子：“回来了一星期，现在又走了。他带女朋友去跳什么沙龙舞，她家在宾州什么地方。你觉得这有点种族歧视吗？我觉得有。”

霍奇斯不上她的当，问道：“干吗不把我介绍给你朋友？”

“这是蒂娜。她以前住在汉诺威街，一拐弯就是我们家。她想明年和我一起进教堂岭高中。蒂娜，这是比尔·霍奇斯。他可以帮你。”

霍奇斯微微弯下身子，为的是向依然坐在沙发上的白人女孩伸出手。她起初畏缩了一下，然后胆怯地握住了霍奇斯的手。她松开手后开始哭泣：“我不应该来，彼得会恨死我的。”

啊，麻烦，霍奇斯想。他从桌上的盒子里抽出几张面巾纸，但是还没有来得及给蒂娜，芭芭拉就接过去擦干了蒂娜的眼睛，然后重新坐到沙发上，拥抱了她。

“蒂娜，”芭芭拉非常严厉地说，“你来找我，说你需要帮助。这就是帮助。”霍奇斯非常惊讶，她说话的口气竟然那么像她母亲。“你只管把告诉我的那些事告诉他就行了。”

芭芭拉转过身来望着霍奇斯。

“比尔，不许你告诉我们家的人。霍莉也不许。要是你告诉我老爸，他就会告诉蒂娜的老爸，然后她哥哥就会真的陷入麻烦。”

“现在先不谈这些。”霍奇斯把自己的旋转椅从办公桌后移过来。椅子有点小，但还算凑合。他不希望他和芭芭拉那位胆战心惊的朋友之间隔着一张办公桌，那样会显得非常像个小学校长。他坐下来，双手紧握，放在两膝之间，然后给了蒂娜一个微笑。“我们从你的全名开始吧。”

“蒂娜·安妮特·索伯斯。”

索伯斯。这个名字听说过。某个旧案？也许吧。

“蒂娜，你遇到什么麻烦了？”

“我哥哥偷了一些钱，”声音很小，眼睛里再次噙满了泪水，“也许很多钱。他还不了，因为已经花光了。我告诉芭芭拉，因为我知道她哥哥出手阻止了那个疯子。那个疯子伤了我老爸，后来又想在文艺馆的演唱会上搞爆炸。我以为杰罗姆或许可以帮我，因为他的勇敢行为为他赢得了一枚特别勋章。他还上了电视。”

“是的。”霍奇斯说。霍莉本应该也上电视——她同样勇敢，他们肯定希望她一样上电视——可是在她人生那个阶段，霍莉·吉伯尼宁愿吞下污水清理液，也不愿意出现在电视摄像机前回答提问。

“只是芭芭拉说杰罗姆在宾州，我应该和你谈谈，因为你以前是警察。”她那噙满泪水的大眼睛望着他。

索伯斯，霍奇斯思索着。是的，对了，他忘记了这个人的名字，但是这个人的姓氏却很难忘，他知道为什么这个姓氏会有些耳熟了。哈茨费尔德开车撞向那些希望在招聘会上求职的人时，索伯斯是市民中心的重伤员之一。

“我原来打算单独告诉你的，”芭芭拉补充说，“我和蒂娜是这样商定的。怎么说呢，算是试探试探你，看看你是不是愿意帮忙。可是蒂娜今天来到了我的学校，她显得很不安——”

“因为他今天的状况*更加糟糕*！”蒂娜脱口而出，“我不知道发生了什么事，可自从他留起那愚蠢的胡子以来，他的情况越来越差！他夜里说梦话——我听到了——体重在下降，脸上又长出了痘痘。卫生课的老师说长痘痘可能是精神压力造成的，还有……还有……我觉得他有时候会哭。”说到这里，她显得很是惊讶，似乎她无法相信自己的哥哥会哭。“万一他自杀怎么办？我真的很害怕，因为青少年自杀是个*大问题*！”

卫生课的内容越来越有意思了，霍奇斯想，这个说法当然也没错。

“这不是她编造的，”芭芭拉说，“这是个惊人的故事。”

“那就说给我们听听，”霍奇斯说，“从头说起。”

蒂娜深吸一口气，开始从头讲起。

20

如果有人问起，霍奇斯肯定会说他怀疑一个十三岁孩子讲述的苦恼怎么会让他感到吃惊，更不用说让他感到惊诧了，但是他确实感到惊诧。简直是震惊。他相信她说的每句话，因为那太疯狂，不可能是幻想。

蒂娜讲完后平静了许多。霍奇斯以前见到过这种场面。说出心里话不管对心灵是否有好处，肯定对神经有安抚作用。

他打开通往外面办公室的门，看到霍莉坐在办公桌旁，在电脑上玩单人纸牌游戏。她的身旁有一个袋子，里面装着的能量棒之多，足以让他们四个人即便遭遇僵尸包围也能熬过去。“你进来一下，霍莉，”他说，“我需要你，把那些也带进来。”

霍莉试探着走了进来，偷偷看了一眼蒂娜·索伯斯，然后松了口气。两个女孩各拿了一根能量棒，让霍莉更感如释重负。霍奇斯自己拿了一根，他午饭吃的沙拉似乎一个月前就进了下水道，那个蔬菜汉堡好像也没有能留在他的肚子里。他有时候仍然梦想着去米奇D餐厅，把菜单上的所有东西都点一遍。

“很好吃，”芭芭拉用力咀嚼着，“我的是树莓味，你的呢，蒂娜？”

“柠檬味，”她说，“很好吃，谢谢你，霍奇斯先生。谢谢你，霍莉女士。”

“芭芭拉，”霍莉说，“你妈妈以为你这会儿在哪儿？”

“在看电影，”芭芭拉说，“又是《冰雪奇缘》，跟着一起唱的版本，每天下午七号电影院都放这个片子，好像永远没完。”她冲着蒂娜翻了个白眼，蒂娜也心领神会地冲她翻了个白眼。“老妈说我们可以坐公交车回家，但我们最晚六点必须到家。蒂娜今晚住我家。”

这样一来，我们还有一点时间，霍奇斯想。“蒂娜，我想让你再讲一遍，让霍莉也听听。她是我的助手，很聪明，而且绝对保守秘密。”

蒂娜又说了一遍。她现在比刚才平静，所以说得也比刚才更详细。霍莉仔细听着，她那艾斯伯格症候群般的表现已经基本消失——她每次全神贯注时都会这样。唯一剩下的只有她那时刻停不下来的手指，轻轻敲击着大腿，仿佛她在操作一个看不见的键盘。

蒂娜讲完后，霍莉问：“钱是2010年2月开始寄来的？”

“2月或3月，”蒂娜说，“我记得，因为我父母当时常常吵架。老爸丢了工作……腿很痛……老妈总是冲着他吼，说他抽烟，说香烟很费钱……”

“我不喜欢吼人，”霍莉实事求是地说，“那会让我感到胃不舒服。”

蒂娜感激地望了她一眼。

“关于金币的那次交谈，”霍奇斯插嘴道，“发生在汇款开始之前还是之后？”

“之前，但也不是太久之前。”她回答时没有丝毫迟疑。

“每个月五百美元。”霍莉说。

“有时候不到一个月，比如三个星期，有时候超过一个月。只要超过一个月，我老爸老妈就会认为已经结束了。有一次好像是隔了六个星期，我记得老爸对老妈说：‘呃，有钱持续到来真好。’”

“那是什么时候的事？”霍莉向前探过身，两眼放光，手指不再轻叩。霍奇斯喜欢她这副样子。

“嗯……”蒂娜皱起眉头，“肯定是我过生日前后。我十二岁。彼得没有参加我的生日聚会。当时正当春假，他朋友罗利邀请他和他们家一起去迪士尼乐园。那次的生日过得很不开心，因为我嫉妒他能去，而我……”

她停下来，先看了看芭芭拉，然后看了看霍奇斯，最后望着霍莉，她似乎把霍莉当成了这里的头儿。“所以那一次晚了！是不是？因为他在佛罗里达！”

霍莉瞥了霍奇斯一眼，嘴角露出一丝笑容，然后重新将注意力集中到蒂娜身上：“也许吧。每次都是二十或五十美元的钞票？”

“是的，我看到过许多次。”

“什么时候停止的？”

“去年9月份，学校开学前后。那次还有一张便条，上面写着：‘这是最后一笔钱。我很抱歉以后没有了。’”

“后来过了多久你告诉你哥哥说你认为钱是他寄的？”

“没过多久。他从来没有真正承认过，但我知道是他。也许这都是我的错，因为我总是跟他说教堂岭高中……他说他希望那些钱没有用完，这样我就可以……也许他干了什么蠢事，现在后悔了，结果太晚了！”

她又哭了起来。芭芭拉搂住她，不停地安慰她。霍莉重新开始轻叩手指，但除此之外没有显露任何其他苦恼迹象；她陷入了沉思。霍奇斯几乎可以看到她在转动脑筋。他也有问题想问，但是眼下他更愿意让霍莉开头。

蒂娜的哭泣转为抽噎后，霍莉开口道：“你说你有天晚上回来，他拿着一本笔记本，而且表现得很不自然。他把笔记本藏在了枕头下。”

“是的。”

“那是汇款快结束的时候吗？”

“我想是的。”

“那是他自己在学校里用的笔记本吗？”

“不是。那是个黑本子，看上去很贵重。还有，外面有一条松紧带。”

“杰罗姆有那样的笔记本，”芭芭拉说，“是魔力斯奇牌的。我能再吃一根能量棒吗？”

“自己动手，别客气。”霍奇斯对她说。他从办公桌上拿来一个便笺簿，在上面匆匆写上*魔力斯奇*。然后，重新将注意力集中到蒂娜身上：“会不会是账本？”

蒂娜手中的能量棒刚剥了一半，她皱起了眉头：“我没听懂。”

“也许他是在记录花掉了多少钱，还剩下多少钱。”

“也许吧，可是那看上去更像贵重的日记本。”

霍莉望着霍奇斯。他点头示意：*继续*。

“你表现得真好，蒂娜，是个了不起的证人。你觉得呢，比尔？”

他点点头。

“那么，好吧，他什么时候开始留胡子的？”

“上个月，也许是4月底。老爸老妈都说他那样子很傻，老爸还说他看上去像个二流子，不管那是什么意思。可他就是不愿意把胡子剃掉。我原来以为他只是在尝试什么事。”她转身对芭芭拉说：“你知道，就像我们小时候你试着自己把头发剪掉，要让发型像汉娜·蒙塔娜[①]。”

芭芭拉做了个鬼脸：“请别说那件事。”然后对霍奇斯说：“我老妈气疯了。”

“从那时起，他就一直心神不宁，”霍莉说，“从留胡子开始。”

“起初不太严重，但是我能够看出他当时就有点神经质。只是最近两星期，他才变得很害怕。而现在*我*很害怕！真的很害怕！”

霍奇斯回头看看霍莉是否还有问题，她给他的眼神在说*交给你了*。

“蒂娜，我愿意调查这件事，但首先必须先和你哥哥聊聊。这你懂的，对吗？”

“我懂。”她轻声说。第二根能量棒她才咬了一口，她小心地把它

① 美国华特迪斯尼公司出品的青少年情景喜剧中的人物。

放在沙发扶手上。“哦，我的上帝，他会对我发疯的。”

“你可能会感到惊讶，”霍莉说，“他或许会因为终于有人强行干涉这件事而如释重负。”

霍奇斯知道，霍莉在这方面可是经验之谈。

“你这样觉得吗？”蒂娜的声音很低。

“是的。”霍莉快速点点头。

“好吧，可是这个周末不行。他要去河湾度假村。是什么班干部活动，他刚刚当选下学年的学生会副主席。如果他明年还能上学的话。”蒂娜把手掌贴在额头上，这种悲痛的姿势完全属于成年人，霍奇斯不由得一阵心痛。“如果他明年没有因为盗窃坐牢的话。”

霍莉显得和霍奇斯一样难过，但她天生不会安慰人，而芭芭拉完全被这念头吓坏了，没有去安慰蒂娜。得由他出面了。他伸出手，把蒂娜的小手握在自己的大手中。

“我想不会发生那种事，但是我认为彼得可能需要一些帮助。他什么时候回城？”

“星……星期天晚上。”

“假如我星期一在他放学后找他呢，那样行吗？”

“应该行吧，”蒂娜显出一副筋疲力尽的神情，“他大多数时候坐公交车，但你或许可以在他离开学校的时候碰到他。”

“蒂娜，你这个周末没事吧？”

“我会确保她没事的。”芭芭拉说，轻轻拍了拍她朋友的脸颊。蒂娜淡淡地一笑，算是回答。

“你俩接下来准备干什么？”霍奇斯问，“现在可能没有时间去看电影了。”

“我们去我家，”芭芭拉打定了主意，“告诉老妈我们决定不看电影了。这不能算说谎，是吗？”

“不能算，”霍奇斯说，“你们还有钱乘出租车回去吗？”

“要是没钱，我可以开车送你们。”霍莉主动说。

“我们坐公交车，”芭芭拉说，“我们都有乘车证。我们乘出租车过来是因为当时很着急，对吗，蒂娜？”

“是的。”她望着霍奇斯，然后又望着霍莉，“我真为他担心，但是你们不能告诉我父母，至少现在不能。你们能保证吗？”

霍奇斯替他和霍莉做了保证。如果这个男孩和一些同学到城外去过周末，他看不出这会有什么危害。他问霍莉是否可以送两个女孩下楼，确保她们坐上驶往西城的公交车。

她同意了，还让她们把剩下的能量棒都带上。至少还有十二根。

21

霍莉回来时，拿来了她的平板电脑。“任务完成。她们已经坐上四路车去东树莓巷了。”

“那个索伯斯姑娘怎么样了？”

“好多了。我们在等公交车时，她和芭芭拉在练习从电视上学来的什么舞步。她们还想让我和她们一起跳呢。”

“那你跳了吗？”

“没有。宅女们不跳舞。”

虽然她说这句话的时候脸上没有笑容，但她仍然有可能是在开玩笑。他知道她这些天来有时候会这样，可此刻他很难说准。对于霍奇斯而言，霍莉·吉伯尼身上依然有太多的谜，而且她估计永远都会是这样。

“你觉得芭芭拉的老妈会让她们把心事说出来吗？她明察秋毫，而对于心中装着个大秘密的人来说，周末会显得非常漫长。”

“也许吧，但我想不会，”霍莉说，“蒂娜把事情说出来后轻松多了。”

霍奇斯笑了：“如果她能在公交站跳舞的话，我估计应该是的。那么你怎么看，霍莉？”

“哪一部分？”

“我们从钱开始吧。”

她轻轻点了一下手中的平板电脑，心不在焉地把头发拨到一边，免得挡住她的眼睛。“寄钱的事始于 2010 年 2 月，止于去年 9 月。总共四十四个月。如果那位哥哥——”

“彼得。”

“如果彼得在这期间每月给他父母寄五百美元，那么共计两万两千美元，可以有些小误差。不是一大笔钱，但是——”

“但是对一个孩子来说却是很多钱，”霍奇斯帮她把话说完，“尤其是他开始寄钱时只有蒂娜这么大。”

他们对视了一下。她有时候居然会这样面对他的目光，跟他初见她时简直脱胎换骨。沉默了大约五秒钟后，他们两个人同时开口。

“那么——”“怎么——”

“你先说。”霍奇斯笑着说。

霍莉看也没有看他就说（她有时会这样，即便是全神贯注于某个问题）：“他和蒂娜聊宝藏，也就是金银珠宝和金币的那段对话，我认为很重要。我认为那钱不是他偷的。我认为那是他找到的。”

“肯定是。很少有十三岁的孩子去抢银行，不管他们多么绝望。可是一个孩子是在什么地方意外发现这样的横财呢？”

“我不知道。我可以设计带时间跨度的电脑搜索程序，查出所有现金抢劫案。如果他在 2010 年 2 月发现那笔钱，我们可以肯定案子发生在 2010 年之前。两万两千美元是个大案，报纸上肯定会有报道，可是搜索协议是什么？参数又是什么？要追溯到什么时候？五年前？十年前？我敢说哪怕只是五年，搜索出来的信息都会非常大，因为我需要搜索整个三州地区。你不觉得吗？”

“即便你搜索整个美国中西部，也只能得到一鳞半爪的信息。”霍奇斯想起了奥利弗·马登，他在诈骗生涯中可能欺骗过数百号人和数十家机构。就虚构假银行账户而言，他可谓专家，但霍奇斯敢打赌，涉及他自己的钱财时，奥利弗不会太相信银行。不，他会想要一个便利的现金储备。

“为什么会是一鳞半爪？”

“你所想的是银行、支票承兑点、便捷的信贷网点，有点像土拨鼠球队比赛时的严密盯防或者欲擒故纵。但那或许不是公开的钱财。盗贼有可能碰到了一场高赌注的扑克游戏，或者在‘山里人天堂’的艾奇蒙大道洗劫了某个毒品贩子。就我们所知，这笔现金有可能来自亚特兰大或者圣迭戈或者这两座城市之间任何地方的一次入室抢劫。这种盗窃案所涉及的现金可能都不会见报。”

“尤其是最初就从来没有向国内税收部申报的话，”霍莉说，“对对对，那么我们还剩下什么办法？”

“需要和彼得·索伯斯聊聊，说实话，我都等不及了。我原以为什么样的事都见过呢，可我从未见过这种事。”

“你今晚就可以和他聊聊。他明天才去参加学校的活动呢。我记下了蒂娜的号码，我可以打电话给她，要到她哥哥的号码。”

“不，让他过他的周末吧。他可能已经出发了。也许这次出行能让他有时间思考，然后平静下来。也让蒂娜过她的周末吧。星期一下午一转眼就到了。”

“她看到的那个黑色笔记本呢？魔力斯奇牌的？你有什么看法吗？”

“也许跟那笔钱毫无关系。有可能是他的《五十度乐趣》[①]的快乐日记，描写了在年级教室里坐在他身后的姑娘。”

霍莉哼了一声，表明她对这种东西的看法，然后开始来回踱步。“你知道什么让我抓狂吗？滞后。”

“滞后？”

“去年9月份汇款停了，还有一张便条，上面说他很抱歉再也没有了。可是就我们所知，彼得直到今年4月或5月才开始表现得怪异。整整七个月他都没事，然后突然留起胡子，开始表现出焦虑症状。发生了什么事？你对此有什么看法？”

有一种可能性很明显。“他认定自己需要更多的钱，或许这样他妹妹就可以上芭芭拉的学校。他自以为有办法弄到钱，但是在这个过程中出了岔子。”

“对！我也是这样想的！”她交叉起双臂，胳膊肘窝成杯状，这

---

① 霍奇斯在这里套用了流行小说《五十度灰》的书名。

种自我安慰的姿势霍奇斯经常见到，“不过，我真希望蒂娜看到过那本笔记本里的内容。魔力斯奇笔记本。”

“这是一种预感呢，还是你在顺着某条我不明白的思路得出的结论？”

“我只是想知道他为什么不想让她看到那个笔记本。”她成功避开霍奇斯的问题后，向门口走去，“我去设计一个电脑搜索程序，搜索2001年至2009年间发生的抢劫案。我知道这算是莽打莽撞，但至少是个开头。你要干什么去？”

“回家，把这件事好好想想。我明天要没收几辆车，还要寻找一个名叫德雍·弗雷泽的保释期逃犯，他几乎肯定和他的继母或者前妻待在一起。还有，我要去看印第安人球队的比赛，或许再看场电影。”

霍莉面露喜色，道：“我可以和你一起去看电影吗？”

“只要你愿意。”

“我可以挑电影吗？”

“那你得答应绝对不会拉我去看什么詹妮弗·安妮斯顿主演的弱智浪漫喜剧。”

“詹妮弗·安妮斯顿是个相当不错的演员，也是一个被严重低估的喜剧演员。你知道吗？1993年拍的《小妖精》原片里就有她。”

“霍莉，你是一个信息库，可你在这里避重就轻。答应我不看浪漫喜剧片，不然我就自己去了。”

“我相信一定能找到双方都能接受的片子。”霍莉说，没有和他对视，“蒂娜的哥哥会没事吧？你不会认为他真的会自杀吧？”

“他的行为不像。为了家庭，他已经到了孤立无援的地步，这样的人有同情心，通常不会自杀。霍莉，你不觉得有点奇怪吗？那小姑娘猜到钱是彼得寄的，而他们的父母却似乎毫无头绪。”

霍莉眼睛里的光芒瞬间熄灭，一时间看上去很像从前的那个霍莉，少年期基本在自己的房间里度过，那种人被日本人称作蛰居族。

“父母有时会很愚蠢。”她说完便走了出去。

霍奇斯想，你父母确实很愚蠢，我认为我们在这一点上看法一致。

他走到窗户前，双手在背后握在一起，凝视着外面的南马尔伯勒街，晚高峰的车流即将到来。他想知道霍莉是否思考过那个男孩焦虑的另一种可能性：那些藏钱的歹徒回来后发现钱没有了。

并且想方设法得知是谁拿走了钱。

22

全州摩托和小发动机修理店根本沾不上整个州的边，甚至连全市范围都沾不上。它只是南城划区时的一个错误，用锈迹斑斑的波纹金属薄板搭建而成的破烂玩意儿，离土拨鼠球队比赛的小联盟体育馆一步之遥。店门前有一排摩托车待售，上方一段松垂的缆绳上挂着塑料三角旗，无精打采地飘舞着。大多数摩托车在莫里斯的眼里都显得缺胳膊少腿的。一个身着皮背心的胖子靠着店铺一侧坐着，正用一叠面巾纸擦拭着皮肉擦伤处。他抬头看了莫里斯一眼，没有说话。莫里斯也没有说话。他得从艾奇蒙大道一路走过来，在早晨炎热的阳光下步行一英里，因为土拨鼠队打比赛时公交车只开到那里。

他走进车库，查理·罗伯逊果然在里面，坐在一张污渍斑斑的汽车座椅上，面前有一辆拆了一半的哈雷摩托。他起初没有看到莫里斯；他正举起哈雷的电池仔细查看。莫里斯则在观察着他。罗伯逊仍然肌肉发达，脾气火爆，尽管他已年过七十，光秃秃的脑袋只剩下一圈白发。他身穿一件剪短的T恤衫，莫里斯仍然可以看到他二头肌上渐渐淡去的监狱文身：**白人权力永恒**。

这是我的一个成功故事，莫里斯想到这儿笑了。

罗伯逊被指控在布兰森公园的维兰德大道用棍棒将一位老富婆打死，被判在韦恩斯维尔终身监禁。据说她半夜醒来后，看到他正偷偷爬进她家。他还强奸了她，可能是在将她打死之前，也有可能是在击打她之后、她躺在楼上过道里奄奄一息之时。这个案子轰动一时。有人在抢劫案发生前看到罗伯逊在该地区出现过几次，案发前一天老富婆家外面的监控摄像头拍到了他，他还和他的几个狐朋狗友（公诉方给了他们足够的理由，让他们出庭作证，因为他们各自都有前科）谈过闯进那栋房子，抢劫那位老太太，而且他还有一连串抢劫和袭击记录。陪审团认定他有罪，法官判定他终身监禁，不得假释，罗伯逊因此从摩托车维修改行做起了缝制牛仔裤、给家具上漆的工作。

“我干过不少坏事，但是这一件我没有干，”他一再告诉莫里斯，“我是想干的，我有那该死的密码，但是有人抢先了一步。我也知道那是谁，因为那些数字我只告诉过一个人。出庭作证的人里面就有他，我只要能从这里出去，他就死定了。相信我。”

莫里斯既不相信他，也不怀疑他——他在韦恩斯维尔头两年的经历已经让他明白，那里面关着的人都声称自己清白无辜——但是当查理请他给巴利·谢克写信时，莫里斯很愿意。他写了，那是他真正的工作。

结果，那个盗贼、棒击者兼强奸犯在老太太的内裤里留下了精液，内裤仍然在城里的一个洞穴似的证据屋里，“昭雪计划”派去调查查理·罗伯逊案的律师找到了那条内裤。查理被判刑时还没有DNA检测，现在DNA的检测结果证明那精液不是他的。律师聘请了一名侦查员，找到了公诉方证人中的几位。其中一人已是肝癌晚期，他不仅撤销了自己的证词，而且承认了罪行，或许希望这样一来能让他赢得一张通过天国之门的门票。

“嗨，查理，”莫里斯说，“猜猜是谁。”

罗伯逊转过身，眯起眼睛看了一眼，站起身来。“是莫里？莫里·贝拉米？”

“正是本人。”

“我真没想到。”

或许真是没有想到，莫里斯心想。当罗伯逊把蓄电池放到哈雷座位上，张开双臂向他走来时，莫里斯接受了那必不可少的、拍打后背式的兄弟般拥抱，甚至竭尽全力拍打了几下对方的后背。罗伯逊身上脏兮兮的T恤衫下面的肌肉数量依然有些惊人。

罗伯逊后退一步，露出剩下的几颗牙齿，咧嘴一笑。“我的天哪！

假释?”

“假释。”

“老姑娘把她的脚从你脖子上挪开了?”

“是的。”

“我的天哪，太好了!到我办公室来，喝一杯!我这儿有波本威士忌。”

莫里斯摇摇头:“谢谢，但是我的身体接受不了酒。再说，那个人可能随时会过来，让我接受尿检。我今天上午打电话请了病假，这已经够冒险的。”

“你的假释官是谁?”

“麦克法兰。”

“那个大块头的黑鬼，是不是?”

“他是黑人，不错。”

“他还不是最坏的，但他们刚开始时把你盯得很紧，这是肯定的。进办公室来，我把你那杯一起喝了。嗨，你听说达克死了吗?”

莫里斯确实听说了，他的假释刚刚批下来不久就听说了。达克·达克沃斯是他的第一个保镖，正是他阻止了莫里斯被室友和室友的朋友强奸。莫里斯并没有感到特别伤心。有人来到这个世上，有人离开这个世界。狗屎并非就是狗屎。

罗伯逊摇摇头，从装满工具和配件的金属柜最上面一格取下一个瓶子。“好像是什么脑子问题。嗯，你知道他们说什么——在这该死的生活中我们都他妈的该死。”他把酒倒进杯子里，杯子的侧面印着**世界上最棒的拥抱者**，然后举起杯子。“为老达克干杯。”他喝了一口酒，咂了咂嘴，再次举起杯子，“现在为你干杯，莫里·贝拉米，为你重新回到街头漫步、唱歌干杯。他们给你找了什么活?我猜一定是什么文书工作。”

莫里斯把自己在中西部文化艺术中心的工作给他介绍了一番，然后和他随意聊着，罗伯逊又给自己倒了一杯酒。莫里斯并不羡慕查理可以开怀畅饮，他本人就是因为豪饮了一次而失去了生命中的那么多年，但是他感到罗伯逊喝高后会更容易答应他的请求。

等他判断时机成熟时，他说："你说过我出来后如果需要帮助尽管来找你。"

"是啊，是啊……可是我从来没有想到你会出来。只要你操过的那个臭婊子像匹该死的矮马一样不放过你，你就别想出来。"罗伯逊开心地笑着，又给自己倒了一杯酒。

"我需要你借我一辆车，查理。临时借用，不超过十二小时。"

"什么时候要？"

"今晚。嗯……今天傍晚。我今晚需要，用完后就会还回来。"

罗伯逊的笑声戛然而止，说道："莫里，这可比喝酒的风险大多了。"

"你没有风险；你没有参与进来，所以你是清白无辜的。"

"是啊，我没有风险，我最多只会被轻微处罚。可是无驾照开车是严重违反假释的事，你有可能重新进去。你别误会，我愿意帮你，只是想确定你明白这里面的风险。"

"我明白。"

罗伯逊加满酒杯，一边思考一边慢慢啜饮。莫里斯不想这次简短的谈话过后，自己成为查理正在修理的这辆摩托车的主人。

最终，罗伯逊开口道："你觉得卡车行吗？我想到的是一辆小型运货汽车，自动挡，车身上印有'琼斯花店'字样，但已经辨认不清。车就在后面。如果你想要，我这就带你去看看。"

莫里斯想要，而他只看了一眼便认定这辆黑色小型货车是上帝赐予他的礼物……假如它开起来没事的话。罗伯逊向他保证汽车没问题，尽管这是它二十四小时内跑第二趟。

"我星期五关门比较早，下午三点左右。我给车加点油，把车钥匙放在右前轮下。"

"太好了。"莫里斯说。他可以去中西部文化艺术中心，告诉他那肥胖的老板他肚子不舒服，但是已经好了。然后，像个表现良好的办公室小职员那样工作到下午四点，再回到这里来。“我说，土拨鼠队今晚有比赛，是吗？”

“是啊，他们今晚对阵代顿龙队。干吗？你想观看比赛？这个我可以陪你去。”

“也许下一次吧。我在想，我可以在十点左右把车还回来，停在原来的地方，然后坐体育馆公交车回城。”

“你还是原来的莫里，”罗伯逊说着轻轻拍了拍自己的太阳穴，他的眼睛已经明显布满了血丝，“你会想事。”

“记得把车钥匙放在车轮下。”莫里斯最怕罗伯逊喝得酩酊大醉后忘记了。

“我会的。欠你很多，伙计，欠你整个世界。”

冲着这份情感，两个人又得来一个兄弟般的拥抱，带着汗水、威士忌和廉价须后水的气味。罗伯逊把莫里斯抱得太紧，简直让他喘不过气来，但终于还是松开了。莫里斯陪着查理回到车库，心中想着今晚——也许再过不到十二小时——罗思坦的笔记本就会重新回到他的手中。有了如此令人陶醉的前景，谁还需要威士忌呢？

“查理，你不介意我问你为什么在这里干活吧？我还以为你会因为非法监禁从州政府那里拿到一大笔钱呢。”

“哦，伙计，他们威胁说要重审一些旧案。”罗伯逊坐回到哈雷摩托前的座椅中。他捡起一把扳手，在满是油污的裤腿上轻轻拍了拍。“包括密苏里州的一起大案，本可以让我在里面度过余生。什么三次输入错误就锁死账户的规定。① 于是我们便做了一笔交易。”

他那双充血的眼睛望着莫里斯。虽然他的二头肌仍然很结实（他显然从未放弃在监狱里养成的健身习惯），莫里斯还是可以看出他真

---

① 原为银行自动取款机三次输入密码出错就会锁死账户，此处指只要查出三起案子，查理·罗宾逊就得被判终身监禁。

的年纪大了，即便目前还没有，不久后也会疾病缠身。

“他们最终会搞你的蛋，伙计。彻底地搞你。要是你想捣蛋，他们搞你更厉害。所以认命吧。这就是我的命，对我来说已经够好的了。”

“狗屎并非就是狗屎。”莫里斯说。

罗伯逊放声大笑：“你总是把这句话挂在嘴边上！可这他妈的是真话！”

“别忘了把车钥匙放在那里。”

“我会放在那里的。”罗伯逊抬起一根被油渍弄黑的手指，指着莫里斯说，“别被人抓住，听你老哥的。”

我不会被抓住的，莫里斯想，我已经等待了这么久。

“还有一件事。”

罗伯逊等他说下去。

“估计弄不到枪吧？”莫里斯看到了查理脸上的表情，赶紧加上一句，“不是要用它，只是以防万一。”

罗伯逊摇摇头：“没有枪。不然的话，我得到的恐怕就不是轻微处罚了。”

“我永远不会说枪是从你这儿弄到的。”

那双充血的眼睛精明地望着莫里斯：“要我实话实说吗？你太无法无天，不能有枪。万一冲你的下身开枪呢？卡车，没问题，我欠你个人情。可是如果你想要枪，那就另外找个地方吧。”

23

星期五下午三点，莫里斯差一点把价值一千两百万美元的现代艺术品当做垃圾扔掉。

不，也不完全是，但是他的确差一点清除掉那些艺术品的记录，包括十多位富有捐赠人的来历和背景。他用了数周时间，设计出了一个全新的搜索协议，涵盖二十一世纪初以来艺术中心的所有藏品。这个协议本身就是件艺术品，而这天下午，他没有把最大的子文件拖进主文件中，而是把它和许多他需要删除的其他垃圾一起通过鼠标放进了回收站。文化艺术中心的电脑系统反应迟钝，早该淘汰了，超载了无用的垃圾，包括一吨甚至早就不在这栋大楼里的物品。这吨东西早在2005年就搬到了纽约市的大都会艺术博物馆。莫里斯正准备清空回收站，腾出空间来装载更多垃圾，他的手指已经搁在了鼠标键上，却突然意识到自己正要把一个非常宝贵的活动文件送进数据天堂。

一时间，他仿佛回到了韦恩斯维尔，正试图在谣传的囚室视察开始前把违禁物藏起来。那些违禁物大不了就是一小包奇宝饼干，但如果视察人员不高兴，却也足以给他扣分。他望着自己的手指，就在那该死的删除键上方不到八分之一英寸的高度，赶紧把手缩回到胸前。他可以感觉到自己的心脏怦怦跳得很快。他究竟在想什么？

他那肥仔老板恰好选择在这个时候探头过来看看莫里斯那壁柜大小的工作区。其他职员的小隔间贴满了男朋友、女朋友、家人，甚至家里该死的宠物狗的照片，但是莫里斯只贴了一张巴黎的明信片，因为他一直想去巴黎看看。好像随时能成行一样。

“莫里斯，一切正常吗？”肥仔问。

“很好。”莫里斯说，心中暗自祈祷老板不会进来看他的显示屏，尽管他可能根本不懂所看到的东西。这肥胖的杂种会发邮件，甚至模糊地知道谷歌的用途，但是再深奥一点，他便一窍不通。然而，他却和妻子儿子住在郊区，而不是住在臭虫屎公馆——那些疯子半夜会冲着虚幻的敌人大喊大叫。

“很好，继续。”

莫里斯心想，把你那团肥肉从这里挪出去。

那团肥肉果然离开了，大概是去了食堂，让他那张胖脸变得更胖。他出去后，莫里斯点击了一下回收站图标，找到他差一点删除掉的文件，把它移回到主文件中。这算不上什么行动，可是当他完成时，他长舒一口气，就像一个人刚刚拆除炸弹中的雷管一样。

你的脑子去哪儿了？他责备自己，你在想什么？

反问句。他在想罗思坦的笔记本，如今离他那么近。他也在想那辆小货车，在想那种感觉多么恐怖，在里面关了那么多年后重新开车，那种感觉多么恐怖。只要一场小车祸……一个认为他形迹可疑的警察……

我得再冷静一会儿，莫里斯想，必须。

但是他的大脑感觉在超负荷运转，已经出现赤字。他认为只要那些笔记本（还有那些钱，尽管钱的重要性远远比不上笔记本）到手，他就会没事。只要把那些宝贝藏在臭虫屎公馆九楼房间的壁柜背后，他就能放松下来，休息一会儿，但是现在这种精神压力在折磨着他。压力也来自他身处一个不同的世界，干着一份实实在在的工作，老板虽然不穿灰色制服，却仍然需要他毕恭毕敬。最大的压力在于今晚得在没有驾照的情况下驾驶一辆无牌照的小货车。

他想，到晚上十点，情况就会好很多。在那之前，老老实实干活吧。狗屎并非就是狗屎。

“对。”莫里斯低声说，擦掉了嘴巴与鼻子之间一滴刺痛皮肤的汗珠。

24

下午四点，他保存了自己干的活，关闭了运行的应用程序，关上电脑。他走进中西部文化艺术中心豪华的大厅，就像是噩梦成真，那里站着埃里斯·麦克法兰，两脚分开，双手交叉，放在背后。他的假释官正在观看爱德华·霍珀[①]的一幅画，那装模作样的神情仿佛让他看起来是个艺术爱好者。

麦克法兰头也不回地说（莫里斯意识到他一定从画作玻璃罩的倒影中看到了自己，但他仍然感到很怪异）："嗨，莫里，还好吗，哥儿们？"

他心知肚明，莫里斯想，不光知道那辆小货车，什么都知道。

不是真的，他知道这不是真的，但是他身上仍然在监狱并且将永远在监狱中的那部分却明确告诉他这是真的。在麦克法兰的眼里，莫里斯·贝拉米的额头就是一块玻璃。里面的一切，每一个运行的轮子，每一个旋转过热的齿轮，他都看得一清二楚。

"我很好，麦克法兰先生。"

麦克法兰今天穿了一件格子图案的运动衫，大小如客厅里的小地毯。他上下打量着莫里斯，目光最后回到莫里斯的脸上时，莫里斯只好与他对视。

"你看上去不太好。你脸色苍白，眼睛下有黑眼圈，像被人打了一样。是不是在用什么不该用的东西，莫里？"

"没有，先生。"

"是不是在干什么不该干的事？"

---

① 爱德华·霍珀（Edward Hopper，1882—1967），美国画家，作品有《夜鹰》《二层楼上的阳光》等。

“没有。”他想到了那辆小货车，车身上印有“琼斯花店”字样，正在南城等着他。车钥匙大概早已放在车轮下了。

“没有什么？”

“没有，先生。”

“嗯哼。也许是因为流感。因为，说实话，你看上去气色非常不好。”

“我差一点出差错，”莫里斯说，“可以纠正过来——或许吧——但需要请外面的电脑高手，或许还要把主服务器关了。我本来会遇到麻烦的。”

“欢迎来到上班族的世界。”麦克法兰说，没有丝毫的同情。

“嗯，对我来说截然不同！”莫里斯脱口而出，啊，上帝，说出来后竟然如此轻松，而且说的是比较安全的事。“如果有任何人应该知道，那就是你！要是换了别人，最多只是挨顿训斥，可是轮到我就不一样了。如果他们解雇我——仅仅因为一时疏忽，不是故意为之——我会重新回到里面去。”

“也许会，”麦克法兰说着转过身去望着那幅画，画中有一男一女，坐在房间里，显然竭力不去看对方，“也许不会。”

“我老板不喜欢我，”莫里斯说，他知道自己听上去像是在诉苦，也许他的确是在诉苦，“对于这地方电脑系统如何工作，我懂的比他多四倍，所以他很恼火。他巴不得我走。”

“你好像有点偏执。”麦克法兰说，双手重新搁在他那真正令人恐惧的臀部之上。莫里斯顿时明白了麦克法兰来这里的原因。麦克法兰跟踪他到了查理·罗伯逊的摩托车修理店，认定他肯定有事。莫里斯知道情况并非如此。他知道情况。

“他们究竟要干什么？让我这样的人处理他们的档案。我这样的假释犯。如果我做错什么事，今天就差一点，他们会因此损失许多钱。”

“你觉得你出来后应该干什么？”麦克法兰说，眼睛仍然望着那幅名为《16–A 公寓》的霍珀画作。他似乎很着迷，但是莫里斯没有上当。麦克法兰又在借助反射映像观察他。“你年纪太大，力气太小，无法当仓库搬运工，园艺的活也干不了。”

他转过身来。

“这叫回归主流，莫里斯，政策也不是我制定的。如果你想为此诉苦，那你得找一个愿意听的人。”

“对不起。”莫里斯说。

“对不起什么？”

“对不起，麦克法兰先生。”

“谢谢你，莫里斯，这样好多了。我们现在进男卫生间，你朝那小杯子里撒点尿，向我证明你这种焦躁不是毒品引起的。”

办公室最后几名晚走的员工也在离开。有几个瞥了一眼莫里斯和身穿醒目运动衫的大块头黑人，但立刻将目光转向了别处。莫里斯真想大喊：*没错，他是我的假释官，你们好好看看！*

他跟着麦克法兰进了男卫生间。谢天谢地，里面没有人。麦克法兰靠着墙，双臂交叉在胸前，望着莫里斯掏出他那年迈的家伙，准备好一份尿样。尿样三十秒后没有变蓝，麦克法兰把小塑料杯递给莫里斯。“祝贺你。把它扔了，伙计。”

莫里斯照办。麦克法兰有条不紊地洗手，肥皂沫一直打到手腕处。

“假如你担心我有艾滋病的话，那我告诉你，我没有。他们放我出来之前，我做过检查。”

麦克法兰仔细擦干他那双大手，又仔细照了一会儿镜子（也许希望自己有几根头发可以梳理一下），然后转身对着莫里斯。“你也许没有吸毒，但是我真的不喜欢你现在的样子，莫里。”

莫里斯不做声。

“我给你说一说我干这一行十八年所学到的东西。假释犯有两种，只有两种：狼和羔羊。你年纪太大，成不了狼，但是我并不完全相信你明白这一点。你就像精神病学家们所说的那样，可能还没有内在化。我不知道你心中会有什么样的鬼，也许最多只是想从库房偷几个回形针，但不管那是什么，你都需要忘掉它。你已经过了号叫的年纪，更是过了奔跑的年纪。”

他说完这番大道理后就走了。莫里斯也向门口走去，但是还没有走到那里，双腿就开始发软。他转过身，抓住一个洗脸池，免得摔倒，然后跌跌撞撞地进了一个小隔间。他坐下来，低下头，直到头几乎碰到膝盖。他闭上眼睛，深吸了几口气。脑袋里的吼叫声减弱后，他起身走了出去。

他还在这里，莫里斯想，双手在背后握在一起，凝视那幅该死的画作。

可是这一次，大厅里只剩下一名保安。莫里斯从他身旁经过时，他看了莫里斯一眼，眼神里带着怀疑。

25

土拨鼠队和龙队的球赛晚上七点才开始，但是终点站显示为**今晚棒球赛**的公交车下午五点就开始运行了。莫里斯坐公交车到公园，再步行返回全州摩托车修理店。他知道身旁有一辆辆车驶过，同时咒骂自己不该在麦克法兰离开后在男卫生间里浪费时间。如果他早一点出来，也许就能看到那狗杂种开什么车。可是他没有看到，而现在任何一辆都有可能是麦克法兰的车。麦克法兰块头那么大，很容易发现，但是莫里斯不敢盯着经过的车辆看。这里有两个原因。第一，他形迹可疑，不是吗？确实是，就像一个心中有鬼的人，不停地查看自己的周围。第二，即便麦克法兰不在那里，他也有可能看到他，因为他正越来越接近精神崩溃。这也不奇怪，毕竟一个人只能承受那么多压力。

你究竟多大？二十二岁？罗思坦曾经问过他，二十三岁？

对一个善于观察的人而言，那是一个不错的猜测。莫里斯当年二十三岁，今年即将步入六十岁，这之间的岁月就像微风中的轻烟一样化作了乌有。他听人们说六十岁是另一个四十岁，可那是一派胡言。如果你在监狱里度过了大部分人生，那么六十岁就是另一个七十五岁，或者八十岁。按照麦克法兰的说法，年纪太大，成不了狼。

那我们就走着瞧吧，好吗？

他拐进全州摩托车修理店的院子——卷帘门已经拉下，早晨摆在外面的摩托车锁到了别处——担心自己刚一闯入私人领地，身后就会传来关车门的响声。他以为会听到麦克法兰说，嗨，伙计，你在那里干什么？

但是唯一的响声是驶向体育馆的汽车发出的。当他来到店铺背后的停车场时，一直勒在他胸口的那条无形的带子松弛了一点。一道波纹金属板高墙将这里与外面的世界分隔开来，而墙壁对于莫里斯而言向来是个安慰。他不喜欢那样，知道它不自然，可是它就在那里。人的一生就是将这辈子所有经验加在一起。

他走到小货车前——车很小，落满尘土，没有任何特点——在右前轮下摸索着。车钥匙就在那里。他上了车，发动机一打就着，他很满意。收音机里传出了音量刺耳的摇滚乐，莫里斯赶紧把它关了。

“我能做到，”他说，先调整座位，然后紧握方向盘，“我能做到。”

他果然做到了。这就像骑自行车。唯一的难点在于与驶往体育馆的车流逆行，可就连这也不算糟。等了一分钟后，有辆显示**今晚棒球赛**的公交车停了下来，司机挥手让莫里斯过去。往北去的车道上几乎没有车，他驶入新建的绕城公路，这样就能避开市中心。他几乎喜爱上了再次驾车的快感。会喜爱的，如果不是时刻怀疑麦克法兰会跟踪他的话。现在还不是弄他的时候；他还得先看看自己的老朋友——他的老伙计——在忙什么。

莫里斯把车停在贝娄斯大道购物中心，走进了家得宝[①]店。头顶是刺眼的荧光灯，他慢悠悠地闲逛着，打发时间。他要等到天黑后才能动手，而6月的天要到八点半或者九点才会黑下来。他在园艺区买了一把铲子和一把小斧头，以备需要砍掉一些树根——岸边那棵大树看上去会把箱子紧紧缠住。他在标有**清仓货**的货架上拿了两个滚筒包，削价出售，每个二十美元。他把买好的东西放到车后，向驾驶一侧的车门走去。

“嗨！”身后有人喊道。

莫里斯僵在了那里，听着脚步声慢慢逼近，等待着麦克法兰抓住

---

① 美国家具连锁店。

他的肩膀。

“你知道这个购物中心有没有超市？”

说话的声音很年轻，而且是个白人。莫里斯重新喘过气来。“里面有家喜互惠[①]。”他头也不回地说。他压根儿不知道里面有没有超市。

“哦，好的，谢谢。”

莫里斯上了卡车，发动引擎。我能做到，他想。

我能做到，而且我会做到。

---

① 美国连锁超市。

26

莫里斯开车慢慢驶过北地一条条以树名命名的街道，这里是他昔日踏足的地方——不是他经常在这里踏足，因为他通常埋头看书。天色仍然太早，于是他在榆树街停了一会儿。仪表板上的贮物箱里有一张落满灰尘的旧地图，他便假装在看地图。大约过了二十分钟，他开车来到枫树街，停了车，继续看地图。然后再把车开到当地那家佐尼便利店，他小时候常在那里买零食，还替他父亲买过香烟。那是多年前的事了，当时一包香烟只要五十美分，小孩替父母买烟是理所当然的事。他买了一份冰沙，慢慢吃着。然后，他把车开到棕榈树街，继续假装看地图。树影慢慢变长，可是如此慢。

应该带一本书来的，他想。但是转念一想，不，男人看地图没事，但是一个男人坐在一辆旧卡车内看书可能会像一个潜在的娈童犯。

这是偏执还是聪明？他已经说不清了。他只知道那些笔记本现在离他很近，像声呐光点一样发出脉冲声。

6 月份的这个傍晚，天似乎总也黑不下来。终于，亮光一点点变成了黄昏。路边和房前草坪上玩耍的孩子已经进屋，要么看电视，要么玩电游，要么将一个本该学习的傍晚花在了给朋友发送各种充满拼写错误的短信和愚蠢的表情符号上。

确信麦克法兰不在附近后（虽然还不完全确信），莫里斯发动卡车的引擎，慢慢驶向他的最终目的地：桦树街娱乐中心，当初图书馆加纳街分馆关闭时，他经常去那里。瘦弱、书呆子气、令人遗憾地喜欢流口水。他很少被人选中去户外打球，少有几次上了球场，他也总是被人吼骂：嗨，笨蛋，嗨，傻瓜，嗨，蠢货。由于嘴唇红彤彤的，他便有了个绰号——露华浓[1]。他去娱乐中心时基本上总是待在室内，要么看书，要么玩拼图游戏。如今，面临预算削减，市政府关闭了这座旧的砖结构建筑，要将它出售。

娱乐中心后面的篮球场已经长出了杂草，几个男孩还在那里投上最后几个球，但是户外没有灯光，天黑得看不见后，他们就回家了，一路叫喊着，来回传着球。他们走了之后，莫里斯发动汽车，驶进了大楼旁的车道。他没有打开车的前灯，这辆小卡车的黑颜色正适合干这种活。他把车开到娱乐中心的后面，那里有一块褪了色的标志牌，上面写着**娱乐中心部门车辆专用**。他关掉引擎，下了车，呼吸着带着青草和苜蓿芳香的6月的空气。他可以听到蟋蟀的叫声、绕城公路上嗡嗡的车流声，但除此之外刚刚降临的黑夜属于他。

去你的，麦克法兰先生，他想，搞死你。

他从卡车后面取下工具和滚筒包，开始向篮球场再过去的那片荒地走去，小时候那么多容易抓住的高飞球他在那里都没有抓住。他突然有了一个点子，便折返回去。他一只手撑着旧砖头——晒了一天的砖头仍然很烫——身子慢慢蹲伏下来，扯掉几根杂草，向地下室的一个窗户里面望去。这些窗户没有封死。月亮已经升起，一轮橘黄色的明月，投下的亮光足以让他看清里面的折叠椅、牌桌和一堆堆纸箱子。

莫里斯原来计划把那些笔记本带回臭虫屎公馆他的房间里，但是那样风险太大；麦克法兰先生随时可以搜查他的房间，那是规定的一部分。娱乐中心离埋那些笔记本的地方近得多，而这个地下室里面早已堆满了各种无用的杂物，可以成为完美的藏匿处。他完全可以把大多数笔记本藏在这里，每次只拿几本到自己的房间，然后就可以阅读它们了。莫里斯很瘦，可以从窗户爬进去，但恐怕也得稍稍蠕动一下身子。他看到窗户里面有插销，把它砸开后再把窗户撬开，这难度有多大？大概只需一把螺丝刀就行了。他身边没有，但家得宝里面多得

[1] 美国化妆品品牌。

是。他在佐尼便利店里甚至还看到过一些展示的工具。

他凑近脏兮兮的窗户，仔细查看着。他知道要留意报警胶带（就破门入户的知识而言，州立监狱是个非常有教育成果的地方），但是他没有看到。也许这里采用的是接触点报警系统？他不会看到接触点，或许也听不到报警声。有些警报是无声的。

莫里斯又看了一会儿，然后极不情愿地站起身。他觉得这种老建筑不太可能安装报警器——值钱的东西肯定早就搬到别处去了——但是他不敢冒险。

最好坚持原来的计划。

他抓起工具和滚筒包，再次向灌木丛生的荒地走去，小心绕开球场。他不会去那里，绝对不会。只要走到灌木丛里，月亮就会帮他的忙，可是在开阔地带，整个世界宛如灯光明亮的舞台。

上次帮他找对地方的薯片包装袋不见了，他花了点时间才重新找到那条小径。莫里斯在右外场[①]（儿时几次受辱的地方）过去的灌木丛里来回找了几次后才重新发现小径，然后沿着它向前走去。当他听到小溪隐隐约约的欢快的流水声时，他克制着没有奔跑。

世事艰难哪，他想，这里可能会有人露宿，无家可归的人。如果他们当中有人看见我——

如果有人看见他，他就会用上那把斧头。毫不犹豫。麦克法兰先生可能认为他年纪太大，成不了狼，可是这位假释官不知道，莫里斯早已杀过三个人，驾轻就熟的事可不止开车这一件。

---

① 棒球场的一部分。

27

这里的树木比较矮小，在争夺空间和阳光的过程中相互抑制，但还是高到了足以遮挡月光的地步。莫里斯有两三次错过了小径，只好跌跌撞撞地重新寻找。他其实为此感到高兴。如果真的迷了路，他可以用流水声给他引路，而小径难以辨认这一情况证明与他小时候相比，现在很少有孩子走这条小径。莫里斯只希望自己不必穿过毒葛。

等他最后一次找到小径时，流水声已经离他很近，不到五分钟，他就站在了那棵地标树的对岸。他在月亮投下的斑驳阴影中站了片刻，看看有没有人露宿的痕迹：毯子，睡袋，购物车，树枝上搭着的一块塑料布，充当简易帐篷。什么都没有。只有溪水沿着布满石块的河床流淌的汩汩声，还有倾斜在溪流另一边上方的那棵树。那棵树这么多年来一直忠实地守护着他的财宝。

“真是棵老好树。”莫里斯低声说，然后越过了小溪。

他跪在地上，将工具和滚筒包放到一旁，沉思了片刻。“我来了。”他低声说着，把手掌按在地上，仿佛要感受到心跳。

他好像真的感觉到了心跳，那是约翰·罗思坦的天赋的心跳。那老家伙把吉米·戈尔德变成了一个背叛的笑话，但是谁能说罗思坦在独自创作的那些年里没有让吉米得到救赎呢？如果他真的那样写了……*如果*……那么莫里斯所经历的一切就值了。

“我来了，吉米。我终于来了。”

他操起铲子，开始挖掘。他没多久就再次挖到了箱子，但是树根已经牢牢抱住了它。好吧。莫里斯用了近一个小时才砍断树根，可以把它拉出来。他已经多年没有干体力活了，这会儿不免有些精疲力竭。他想起了他所认识的那些经常健身的狱友——比如查理·罗伯逊，他当初曾讥笑他们在他看来强迫症式的行为（至少在他心中；从来不挂在脸上）。他现在讥笑不起来了。他大腿酸痛，后背酸疼，最糟糕的是，他的脑袋像一颗受到感染的牙齿那样一抽一抽地搏动。一阵清风吹来，吹凉了皮肤上黏糊糊的汗水，但是也吹得树枝摇晃起来，投下了移动的阴影，让他害怕。他又想到了麦克法兰。麦克法兰正悄无声息地顺着小径走过来，一些身材高大的男人、士兵和当过运动员的人大多都能以这种怪异、无声的方式移动。

等他呼吸恢复正常，心跳放慢了一点后，莫里斯伸手去抓箱子一端的把手，却发现那里没有拉手。他双手撑在地上，侧身向前，朝洞内望去，后悔自己没有带手电筒。

把手还在，只是已经断成了两截。

这不对呀，莫里斯心想，是吗?

他将思绪倒回到那些年之前，竭力回想是否有一端的把手断了。他认为没有。事实上，他几乎可以肯定没有。但是他想起自己曾把箱子末端朝前地在车库里拖，顿时长舒了一口气，足以把脸颊吹破。肯定是他把箱子放在手推车上时弄断的，或者在沿着小径运到这里来的过程中一路颠簸撞断的。他匆匆忙忙挖了洞，尽快把箱子塞了进去，只想着离开这里，根本无暇注意把手断了这种小事。就是这样，肯定是这样，毕竟这箱子买下时就是旧的。

他抓住箱子两侧，箱子很容易就从洞里滑了出来，莫里斯顿时失去平衡，笨拙地仰面朝天摔在地上。他躺在那里，凝望着天上的一轮明月，竭力安慰自己一切正常。只是他心里很清楚。他或许可以在断了的把手上自欺欺人，但是这新的情况怎么也无法自圆其说。

箱子太轻了。

莫里斯爬起来，坐在地上，泥土粘在湿漉漉的皮肤上。他用颤抖的手把额前的头发扒到一旁，额头上留下一道痕迹。

箱子太轻了。

他伸手去拉箱子，又把手缩了回来。

我不能，他想，我不能。如果我打开箱子，里面没有笔记本，那我就……完了。

可是怎么会有人拿走一堆笔记本呢？钱，会拿走，可是笔记本呢？那些笔记本大多数甚至都没有空白处可以写字，已经被罗思坦差不多写满了。

万一有人拿走钱后再把笔记本烧了呢？不明白它们无法估量的价值，只是想处理掉一个小偷会视为证据的东西？

“不，”莫里斯低声说，“谁也不会那样做的。它们还在里面，肯定在里面。”

可是箱子太轻了。

他凝视着箱子，像个挖出来的小棺材，斜放在月光下的河岸上。它的后面就是那个洞，像刚刚吐出什么东西的嘴巴一样张着。莫里斯再次伸出手，迟疑了一下，然后突然向前，向上掰开搭扣，心中暗自向上帝祈祷，尽管他知道上帝不会垂怜他这样的人。

他向里面望去。

箱子里并非空无一物，他垫在里面的塑料布还在。他把塑料布拽出来，塑料布发出了刺啦刺啦的响声。他希望下面还留有几本笔记本——两三本，求求你了，上帝，哪怕是一本——可是只有夹在角落里的泥土像小细流一样淌下来。

莫里斯用脏手捂着脸——曾经年轻，如今布满皱纹——在月光下哭了起来。

28

他答应十点前把车还回去，可是等他把车停在全州摩托车修理店后面并把车钥匙放在右前轮下时，已经过了午夜。他没有管那些工具，也没有管那两个本来应该装满东西的空包。给查理·罗伯逊吧，如果他想要的话。

四个街区外，小联盟球场的灯光一个小时前就熄灭了。开往体育馆的公交车已经停运，但是酒吧——这个街区有许多酒吧——仍然很热闹，有现场乐队演奏，也有自动点唱机传出的音乐。酒吧门开着，男男女女身穿土拨鼠球队的T恤衫，头戴土拨鼠球帽，站在人行道上，抽着香烟，喝着塑料杯里的饮料。莫里斯缓缓从他们身旁经过，没有看他们一眼。有几个喝得醉醺醺的棒球迷在啤酒和主场获胜的作用下，友好地问他是否想喝一杯，但他充耳不闻。不一会儿，酒吧就落在了他的身后。

他已经不再一门心思地去想麦克法兰，脑子里也从来没有出现过步行三英里回臭虫屎公馆的想法。他也不在乎酸疼的双腿，仿佛它们属于别人。他感到自己像月光下的旧箱子一样空空荡荡。他在过去三十六年里活下去的一切意义已经像棚屋一样被洪水卷走了。

他来到市民广场，双腿终于坚持不下去了。他与其说坐到长凳上，还不如说是倒在上面。他无精打采地看了一眼空荡荡的水泥地面，意识到任何警察开着警车从这里经过，大概都会认为他非常可疑。反正他不应该这么晚了还在外面（他像少年一样有宵禁令在身），可那又怎么样呢？狗屎并非就是狗屎。让他们送他回韦恩斯维尔好了。为什么不呢？至少他在那里不必与那肥仔老板打交道，也不必当着埃里斯·麦克法兰的面撒尿。

街对面便是快乐酒杯咖啡馆，他曾在那里多次与安德鲁·哈利迪愉快地谈论书籍。更不用说他们最后一次交谈，尽管那次交谈一点也不愉快。离我远点，安迪当时说。最后一次交谈就那样结束了。

莫里斯的大脑刚才一直处于闲置状态，此刻突然忙碌起来，眩晕的眼神也开始清晰。离我远点，不然我会亲自报警，安迪当时是这样说的……但是他那天说的远不止这些。他的老伙计还给过他一些忠告。

把它们藏起来。埋起来！

安迪·哈利迪真的说过那样的话，或者这只是他的想象？

“他说过。”莫里斯低声说。他望着双手，看到双手已经握紧成了肮脏的拳头。“好吧，他说过。他说过，把它们藏起来。埋起来。”这就带来了几个问题。

比如这个世界上唯一知道罗思坦那些笔记本在他手中的人是谁？

比如唯一真正见过一本罗思坦笔记本的人是谁？

比如谁知道他以前住在哪里？

还有——这是个重要的问题——谁知道那片未开发的荒地？几英亩杂草丛生的荒地，涉及一起无休无止的官司，只有孩子们将它用作去桦树街娱乐中心的捷径。

这些问题的答案完全相同。

他的老伙计说过，也许我们可以十年后再返回去，也许二十年后。

嘿，这段时间可比十年或二十年长多了，不是吗？时光慢慢流逝，足以让他那位老朋友思索那些珍贵的笔记本。它们再也没有露面，无论是在莫里斯因为强奸被捕之际或者之后，还是在房子卖出之后都没有露面。

难道他的老朋友在某个时刻决定去莫里斯的老家周围看看？也许沿着梧桐街和桦树街之间的小径溜达过很多次？他溜达时是否带了金属探测器，希望它能够探测到箱子的金属配件，然后发出报警声？

莫里斯那天有没有提到过那只箱子?

也许没有，但还会是什么情况呢?还有什么能解释得通呢?就连一个大保险箱都会装不下。如果是纸袋或帆布包，那肯定早烂掉了。莫里斯想知道安迪在撞大运之前究竟挖了多少个洞。十多个?四五十个?四五十算很多了，但是在二十世纪七十年代，安迪还比较苗条，不是现在这种步履蹒跚的大胖子。而且动机也有。也许他根本就不必挖洞。也许发生过春汛之类的事，河岸被冲刷后露出了树根包裹着的箱子。难道不可能吗?

莫里斯起身，继续往前走，现在又想到了麦克法兰，于是他不时环顾四周，以确保假释官不在那里。这在现在又变得重要起来，因为他又有了活下去的动力。一个目标。有可能他那老伙计售出了那些笔记本，销售是他的生意，正如吉米·戈尔德在《逃亡者放慢脚步》中一样，但是同样有可能他仍然留下了一些或者留下了所有笔记本。只有一个可靠的办法得知真相，也只有一个办法得知他这匹老狼是否还剩下几颗利齿。他得去拜访一下自己的老哥们儿。

他的老伙计。

第三部　彼得和狼

1

星期六下午，市中心，霍奇斯正和霍莉一起看电影。他们在AMC城市中心7号放映厅的大厅里查看排片表时，进行了一番热烈的争论。他建议看《人类清除计划2：无政府状态》，但她说太恐怖，把它否了。她说她喜欢看恐怖片，但是只喜欢在电脑上看，这样就可以按一下暂停，起来走几分钟，把紧张心情释放掉。她建议看《星运里的错》，却遭到了霍奇斯的否决。他说那种片子太多愁善感，但真正的意思是太伤感。某个人英年早逝的情节会让他想起简妮·帕特森，她死于针对他的一起爆炸案。两个人最后决定看乔纳·希尔和查宁·塔图姆主演的喜剧片《龙虎少年队2》。片子相当不错，他们笑声不断，分享了一大桶爆米花，但是霍奇斯总是想起蒂娜那番话，想起帮助她父母度过艰难时光的那笔钱。彼得·索伯斯究竟从哪里弄到两万多美元的？

银幕上出现演职员表时，霍莉把手搁到霍奇斯的手上。看到她眼含泪水，他有点吃惊，便问她怎么了。

“没什么。有人陪着一起看电影真好。比尔，我很高兴有你这么个朋友。”

霍奇斯被深深打动了，说：“我也很高兴有你这个朋友。你星期六剩下的时间怎么打发？”

“我今晚会要一份中餐外卖，然后开开心心地看《女子监狱》，”她说，“不过今天下午我会上网查找更多盗窃案。我已经有了一份很长的名单。”

“有没有你觉得靠谱的？”

她摇摇头：“我会继续查找，但我认为应该是别的案子，只是我还没有头绪那会是什么。你认为蒂娜的哥哥会告诉你吗？”

他起初没有回答。他们正朝过道走去，不一会儿就会远离这片虚幻的绿洲，回到真实世界中。

“比尔？地球呼叫比尔。”

“我当然希望他能说出来，”他终于开口道，“为了他自己，因为凭空得到的钱几乎总是会带来麻烦。”

2

蒂娜、芭芭拉和芭芭拉的母亲在罗宾逊家的厨房里度过了星期六下午。她们一起做爆米花球，忙作一团，但是很愉快。她们玩得很开心，蒂娜来她们家后第一次不再显得心事重重。塔尼亚·罗宾逊认为这很好。她不知道蒂娜身上发生了什么事，但是十来件小事——比如一阵强风砰的一声把楼上的房门吹得关上时，那姑娘会吓得跳起来；再比如她那哭红了的眼睛，令人生疑——让塔尼亚相信肯定有什么事不对劲。她不知道那什么事是大是小，但她可以肯定一点：蒂娜·索伯斯此刻的生活中非常需要一点欢闹。

正当她们快要做完，而且用沾满糖浆的手相互威胁之时，一个愉快的声音说道："瞧瞧女人们在厨房里忙乱的样子。准没错。"

芭芭拉转过身，看到厨房门口斜倚着她哥哥时尖叫了一声"杰罗姆！"她跑到他跟前，跳起来。他抱起她转了两圈后才放下。

"我还以为你去参加沙龙舞了呢！"

杰罗姆笑了："唉，我的燕尾服穿都没有穿就还给了租衣店。全面公正地交换了看法后，我和普莉希拉同意分手。说来话长，也没有什么意思。总之，我决定开车回来，好好享受我娘的手艺。"

"别叫我娘，"塔尼亚说，"很土。"不过她看到杰罗姆还是非常开心。

他转身望着蒂娜，微微欠身致意："很高兴见到你，小女士。只要是芭芭拉的朋友，等等此类的话。"

"我叫蒂娜。"

她尽量用正常的语调，但是很困难。杰罗姆个子很高，杰罗姆身材魁梧，杰罗姆非常帅，蒂娜·索伯斯对他一见钟情。要不了多久，她将计算自己需要多大年纪，才能让他不再把她当做一个身穿超大围裙、双手因为做爆米花球而黏糊糊的小女士来看待。不过，她现在完全被他英俊的相貌震住了，没有去算数字。那天晚上，芭芭拉都没有怎么敦促她，蒂娜就把一切都告诉了杰罗姆，尽管他那双黑眼睛望着她时，她常常有些走神。

3

彼得的星期六下午却没有这么好。事实上，相当糟糕。

下午两点，三所高中现任和新当选的班干部挤在河湾度假村最大的会议室里，听该州两位联邦政府参议员之一作报告。报告又长又无聊，题目是《高中治理：政治与服务入门》。这家伙身穿三件套西装，一头浓密的银发往后梳（彼得将它视作“肥皂剧中的坏人发型”），好像准备一直讲到晚餐时间，或许还会更长。他的论点似乎是他们如何代表**下一代**，而成为班干部将使他们更好地应对污染、全球变暖、资源减少以及与来自比邻星的外星人接触等问题。在他喋喋不休地讲话的过程中，这个漫长的星期六下午的每一分钟都过得如此缓慢、如此煎熬。

彼得根本不在乎在即将到来的 9 月担任北地高中学生会副主席一职。就他而言，9 月还不如去比邻星跟外星人在一起。唯一重要的未来是下周一下午，他将面对安德鲁·哈利迪，一个他现在真心希望自己从来没有去见过的人。

但是我可以想办法摆脱，他想，也就是说，只要我保持镇定就行。然后牢记吉米·戈尔德那位上了年纪的姨妈在《逃亡者举旗》中所说的话。

彼得决定与哈利迪交谈时，一开始就引用那句话：*吉米，大家都说有半条面包总比没有面包强，但是在缺衣少食的世界中，就连一片面包也比没有面包强。*

彼得知道哈利迪想要什么，因而会给他几片面包，但不会给他半条，更不会把一切都给他。那种事不会发生。既然那些笔记本已经安全地藏在了桦树街娱乐中心的地下室里，他就有资本讨价还价。如果哈利迪想从中得到任何东西，他也必须跟自己谈判。

不能再有最后通牒。

我给你三十六本笔记本，彼得想象着自己对他说，里面有诗歌、散文和九篇完整的短篇小说。我甚至愿意与你五五开，从此与你一刀两断。

他还得坚决要钱。虽然没有办法证实哈利迪实际收了买主多少钱，但彼得认为自己肯定会被欺骗，得不到应得的钱，而且会被欺骗得很厉害。但是那没关系。重要的是一定要让哈利迪知道他是当真的，知道他不会像吉米·戈尔德那句尖刻的话所说的那样，任人宰割。更重要的是不能让哈利迪看出他害怕。

看出他多么恐惧。

参议员结束演讲时用了几个响亮的短语：**下一代最重要的工作**始于**美国高中**，他们这些精挑细选出来的精英必须把**民主的火炬**传递下去。掌声非常热烈，或许是因为演讲终于结束，他们可以走了。彼得真想离开这里，出去走一走，把自己的计划再核查几遍，看看有没有漏洞和绊脚石。

只是他们还走不了。精心安排了这天下午这场无休止唠叨的高中校长上前宣布，参议员同意再多待一个小时，回答大家的提问。“我相信大家有许多问题。”她说。立刻有手举了起来，都是马屁精和学霸——人群中似乎有许多这两类人。

彼得心想，狗屎并非就是狗屎。

他望着门，计算着偷偷溜出去的概率，然后在座位上往后一仰。一个星期后，这一切都将结束，他安慰自己。

想到这里，他安心了一些。

4

某个最近获得假释的人醒了过来，此时霍奇斯和霍莉正离开电影院，而蒂娜爱上了芭芭拉的哥哥。莫里斯焦躁不安，彻夜难眠，直到星期六早晨的第一缕亮光慢慢进入他的房间时才睡着，结果睡了整整一上午和小半个下午。噩梦一个比一个可怖，在把他惊醒的那个梦中，他打开箱子后发现里面装满了黑寡妇蜘蛛，成千上万只，相互缠绕在一起，浑身都是毒液，在月光下蠕动。它们蜂拥而出，倾泻在他的双手上，顺着他的胳膊往上爬。

莫里斯大口大口地喘着气，回到了真实世界中，紧紧抱着胸口，难以呼吸。

他把双腿搁到床外，低头坐在那里，与前一天下午麦克法兰出了中西部文化艺术中心的男卫生间后他坐在抽水马桶上的姿势完全一样。让他生不如死的是不知道情况，而这种不确定性无法很快消除。

肯定是安迪拿走了，他想，其他解释都说不通。最好还在你的手里，哥们儿。如果不在，你就听天由命吧。

他换了条干净的牛仔裤，坐穿城公交车来到了南城，因为他知道自己至少得拿上一样工具。他还要拿回那些滚筒包，因为凡事你都得往好里想。

查理·罗伯逊依然坐在那辆哈雷摩托车前，只是已经将它拆得根本不像摩托车了。看到帮他出狱的这个人再次出现在他面前，他并没有感到特别高兴。“昨晚怎么样？你要干的事干了吗？”

“一切顺利，”莫里斯说，脸上的笑容过于灿烂，缺乏可信度，“不错。”

罗伯逊没有给他笑脸。“但愿警察没有被牵扯进来。莫里，你气色不好。”

“怎么说呢，很少能一次解决所有事情，我还有几件事要摆平。”

“要是你还需要用那卡车——”

“不，不。我落了几样东西在上面，仅此而已。我把它们拿走没事吧？”

“不是什么会给我带来麻烦的东西吧？”

“绝对不是，只是两个滚筒包。”

还有斧头，但是他没有提及斧头。他可以买把刀，但是斧头比较吓人。莫里斯把斧头装进一只滚筒包里，和查理说了声再见，向公交车站走去。他的胳膊每摆动一次，斧头就在包里前后滑动一次。

别逼我用它，他会告诉安迪，我不想伤害你。

当然，他身上有一部分确实想用它。他身上有一部分确实想伤害他那老伙计。因为——除了那些笔记本——他欠莫里斯一笔账，欠账就必须偿还。

5

花边女工巷已经变成了步行街的一部分，这个星期六下午行人如织。几百家店铺都取了花哨店名，比如“黛碧与搭扣”和“永远21”。还有一家店叫“盖子”，却只卖帽子。莫里斯在那里买了一顶土拨鼠棒球队帽，帽檐特别长。离安德鲁·哈利迪善本书店更近时，他再次停下脚步，在太阳镜小屋售货亭买了一副墨镜。

老伙计店铺的招牌采用了弯曲的金叶字体。他看到那招牌时，心中闪过一个令人沮丧的念头：万一安迪星期六早早打烊呢？所有其他店铺似乎还都在营业，但有些善本书店关门比较早，难道那不是他的好运吗？

他经过书店时，滚筒包前后晃动，斧头在里面滑来滑去。戴上新墨镜后感觉很安全。他看到门上挂着“营业中”的牌子。他还看到了别的东西：监控摄像机对准了人行道的左右两边。里面大概还有更多监控摄像，但是没关系，莫里斯已经跟各路盗贼上了几十年的研究生课程。

他不慌不忙地走在街上，时而驻足观看面包店的厨房，时而浏览纪念品小贩货车上的物品（尽管莫里斯无法想象有谁愿意购买这座肮脏的湖边小城的纪念品）。他甚至停下脚步观看一位小丑的表演，这位小丑玩耍着彩色球，然后假装要爬上想象中的楼梯。莫里斯朝小丑的礼帽中扔了两枚二十五美分的硬币。为了好运，他告诉自己。街角的喇叭里播放着震耳欲聋的流行音乐。空气中弥漫着巧克力的香味。

他折返了回来，看到两个年轻人走出安迪的书店，沿着人行道而去。莫里斯这次停下来观看橱窗，里面的聚光灯照在三个架子上，上面各放着一本翻开的书：《杀死一只知更鸟》《麦田守望者》，以及——显然是个兆头——《逃亡者在行动》。橱窗里面的店铺很窄，天花板很高。他看到里面没有顾客，但的确看到他的老伙计，唯一的安迪·哈利迪，坐在书店中间的办公桌旁，看着一本平装书。

莫里斯假装系鞋带，拉开装有斧头的滚筒包上的拉链，然后站起身，毫不犹豫地推开安德鲁·哈利迪善本书店的店门。

他的老朋友抬起头，审视着墨镜、长檐棒球帽、滚筒包。他皱起眉头，但只是稍稍而已，因为这个地区每个人都拎着包，而且天也太热，阳光刺眼。莫里斯看到了谨慎，但是没有看到真正警觉的迹象，这是好事。

“请把包放在衣帽架下好吗？”安迪问，脸上挂着笑容，“这是店规。”

“好的。”莫里斯说。他放下滚筒包，摘下墨镜，折叠好镜脚，把它装进衬衣口袋。然后，他摘下新买的棒球帽，一只手在白发短簇的后颈擦拭了一下。他想，看到了吗？只是一个上了年纪的老头儿，进来躲避一下炎热的太阳，顺便翻翻书看看，没什么好担心的。“嗬！今天外面够热的。”他把帽子重新戴到头上。

“是啊，据说明天还要热。有没有什么特别的书要我帮你找吗？”

“只是随便翻翻。不过……我一直在找一本很偏的书，名叫《行刑者》，神秘小说作家约翰·D.麦克唐纳的作品。”麦克唐纳的书在监狱图书室里非常受欢迎。

“我很熟悉他！”安迪愉快地说，“写过所有那些以特拉维斯·麦克吉为主角的短篇小说，那些标题花里胡哨的作品。基本上属于平装书作家，是他吗？我一般不做平装书生意，平装书很少有收藏价值。”

笔记本怎么样？莫里斯想，再具体一点，魔力斯奇牌的笔记本。你买卖那些东西吗，你这偷东西的死胖子？

“《行刑者》是以精装版出版的，”他说着，仔细查看着店门附近书架上的书籍，他这会儿想离店门近一些，也离装有斧头的包近一些，“电影《恐怖角》就是根据它改编的。如果你碰巧有一本崭新的，我想把它买下来。我相信你们这行的人称这为如新。当然，价格还得合适。”

安迪好像来了兴趣，为什么不呢？他有鱼儿上钩了。“我可以肯定我的库存里没有，但是我可以替你在‘查书网’上查一查。那是一个数据库。如果那里面列有这本书，麦克唐纳精装书大概会有，特别是改编成电影的小说……如果是初版……我大概星期二可以替你拿到书，最迟星期三。要不要我替你查一查？”

“要，”莫里斯说，“但是价格必须合适。”

“那当然，那当然。”安迪满脸堆笑，将目光转到笔记本电脑的显示器上。他刚把目光转移到电脑上，莫里斯就把挂在门上的牌子从**营业中**翻转成**休息**。他弯腰从打开的滚筒包里取出斧头，顺着狭窄的中央过道向安迪走去，手中的斧头紧贴着大腿。他不必匆忙，也无需匆忙。安迪正在笔记本电脑上点击着，完全被他在显示器上看到的内容吸引住了。

“找到了！”他的老朋友大声说道，“詹姆斯·格拉厄姆有一本，崭新的，只需三百美——”

他不再说话，因为斧头的斧刃首先飘进了他的周边视角，然后进入他的前向视角和中央视觉。他抬起头，满脸惊愕。

“我要你把手放在我能看见的地方，”莫里斯说，“你那办公桌下面放膝盖的地方大概有个报警按钮。如果你想保留每根手指的话，就不要伸手去碰它。”

“你想干什么？你为什么——”

“不认识我了，是吗？”莫里斯不知道自己应该为此感到开心还是愤怒，“挨得这么近都没有认出来。”

“没有，我……我……”

“意料之中，我猜想。自打快乐酒杯咖啡馆到现在已经过了漫长的时光。”

哈利迪惊恐地凝视着莫里斯布满皱纹、憔悴的脸。莫里斯想，他就像一只鸟在望着一条蛇。这个想法逗得他开心地笑了起来。

“哦，我的上帝，”安迪说，他的脸变成了陈年奶酪的颜色，“不可能是你。你在监狱里呢。”

莫里斯摇摇头，脸上仍然挂着笑容。“除了书籍有数据库外，假释犯大概也有一个数据库，但我估计你从来没有查看过。对我来说是好事，对你来说不是好事。”

安迪的一只手偷偷离开了笔记本电脑的键盘。莫里斯晃动了一下斧头。

“安迪，不要干傻事。我想看到你的双手放在笔记本电脑两边，手掌朝下。也不要尝试用膝盖去碰按钮。你只要一碰按钮我就会知道，后果对你来说会是极其不愉快的。”

“你想要什么？”

这个问题激怒了莫里斯，但他脸上的笑容却更加灿烂。“好像你不知道似的。”

“我不知道，莫里，我的上帝！”安迪的嘴巴在说着谎，但他的眼睛却透露出真相，整个真相，而且只有真相。

“我们去你办公室吧，我相信你那里面有间办公室。”

“不！”

莫里斯再次晃动斧头。“你可以完好无缺地解决这件事，也可以在你的办公桌上留下几根手指。相信我的话，安迪。我已经不是你所熟悉的莫里斯了。”

安迪站起身，眼睛始终盯着莫里斯的脸，但是莫里斯吃不准他的老伙计是否真的还在看着他。他仿佛在随着无声的音乐摇摆，几乎到了昏厥的边缘。如果他晕过去，那就必须等他醒来才能问他问题。还有，莫里斯只好把他拖进办公室。他吃不准自己是否能做到；如果安迪的体重没有三百磅，他或许可以把他推进去。

“深吸一口气，”他说，“平静下来。我只想问几个问题，然后我就走。”

“你保证?”安迪的下嘴唇凸出在外，粘了唾液后亮闪闪的。他那样子活像一个在父亲那里失宠的胖小孩。

“我保证。现在吸口气。”

安迪吸了口气。

“再吸一口气。”

安迪巨大的胸口鼓了起来，将衬衣扣子绷得紧紧的，然后再落下去。他的脸色稍稍正常了一点。

“办公室。现在。过去。”

安迪转身，慢慢向店铺后面走去，带着一些胖男人所具有的过分讲究的优雅姿势在箱子和一摞摞书之间穿行。莫里斯跟在他身后。他的怒火越来越大，安迪那女里女气的动作和裹在灰色华达呢裤子里那左右摇摆的臀部更是火上浇油。

门旁边有个键盘，安迪按了四个数字——9118——绿灯闪烁了一下。他进去时，莫里斯透过他那光秃秃的后脑勺，一眼看穿了他的心思。

“你还没有快到可以把我关在门外。如果你敢试一下，你身上肯定会失去某个无法换上的东西。你尽管相信好了。”

安迪刚才有这企图时身体一阵紧张，肩膀耸了起来，此刻重新耷拉了下来。他走了进去。莫里斯跟着进去后，关上了房门。

办公室不大，沿墙摆放着书架，上面堆满了书籍，几个吊灯提供着光源。地上铺着一块土耳其小地毯。这里的办公桌比外面的好得多，用的是红木、柚木或其他什么昂贵木材。桌上有盏灯，灯罩看似货真价实的蒂芙尼玻璃。门左边有个餐具柜，上面放着四个沉重的水晶玻璃瓶。莫里斯不知道其中两个里面装着的无色液体是什么，但是他敢打赌另外两个瓶子里分别装着苏格兰威士忌和波本威士忌。也都是好东西，如果他了解他的老伙计。这些肯定是为庆祝大买卖准备的。

莫里斯记得自己在监牢里唯一能得到的酒只有李子干白兰地和葡

萄干白兰地，尽管他只在自己生日（还有约翰·罗思坦的生日，莫里斯总是喝上一大杯来纪念他）这种难得的场合喝点酒，他还是变得更加愤怒。美酒加美食——这就是安迪·哈利迪的生活，而他莫里斯在这期间忙着染牛仔裤，吸入油漆的废气，住的囚室比棺材大不了多少。不错，他是因为强奸罪进了监狱，可是如果这个家伙没有拒绝他、没有把他打发走，他永远不会喝得酩酊大醉出现在那条小巷中。*莫里斯，不应该让人看到我和你在一起*。这是他那天的原话。然后还称他是疯子。

“居住条件很奢华嘛，我的朋友。”

安迪环视四周，仿佛第一次注意到里面很奢华。“看上去是有一点，”他承认道，“但是外表具有欺骗性，莫里。真实情况是，我快要破产了。这个地方一直没有能从经济衰退中恢复元气，还有某些……不实的指控。你得相信这一点。”

莫里斯很少去想柯蒂斯·罗杰斯那天晚上在罗思坦的保险箱里与那些笔记本一起发现的装钱的信封，但是他现在考虑了。他的老伙计得到了笔记本，也得到了现钱。在莫里斯看来，那笔钱用来买了办公桌、地毯，还有那些装着名酒的水晶酒瓶。

一想到这里，愤怒的气球终于炸开了。莫里斯挥起斧头，帽子从头上滚落到地上。斧头斜着划出一道低弧线，砍破了华达呢灰裤，噗的一声埋进了裤子下面臃肿的臀部。安迪尖叫一声，蹒跚着向前倒去。他用前臂撑住桌子边缘，没有倒下，但还是跪倒在地上。鲜血从裤子六英寸长的口子中喷涌而出。他用手捂着那里，更多的鲜血从指缝间流了出来。他侧身倒在地上，然后滚到了土耳其地毯上。莫里斯带着一丝快意想，哥儿们，你永远别想把那块血斑弄干净。

安迪尖叫道：“你说过你不会伤害我的！”

莫里斯想了想，然后摇摇头：“我想我从未用那么多词说过这话，尽管我可能表达了这种意思。”他真诚地凝视着安迪扭曲的脸庞。“就把这当做自己动手的吸脂手术吧。你仍然能活着挺过去，只需要把那些笔记本给我。它们在哪儿?”

屁股像被火烤一样，鲜血不断从臀部一侧渗透出来，安迪这次没有再假装不明白莫里斯在说什么。“不在我手里!”

莫里斯单膝跪地，小心避开那摊越来越大的鲜血。“我不信。它们没有了踪影，只剩下一个空箱子，除了你之外没有人知道它们在我手里。所以我要再问你一遍，如果你不想近距离看到自己的内脏，看到你午餐吃了什么，那你回答问题时就给我小心点。那些笔记本在哪儿?”

“被一个孩子找到了！不是我，是一个孩子！他就住在你们家那老房子里，莫里！肯定是你把它们埋在地下室或者什么地方了，被他找到了!”

莫里斯死死地盯着老伙计那张脸。他想看看安迪是否说谎，但他也在试图应对这突如其来的新情况，与他原先认定的情况截然不同。这就像时速六十英里的车猛地来了一个左拐弯。

“求你了，莫里，求求你！他叫彼得·索伯斯!”

这足以证明一切，因为莫里斯知道如今住在他家老房子里那家人姓什么。再说，一个人要是屁股上有一道深深的伤口，根本不可能不假思索地编造出如此细节。

“你是怎么知道的?”

“因为他想把它们卖给我！莫里，我得赶紧看医生！我现在血流如注!”

你就是头猪，莫里斯心想，可是别担心，老伙计，你马上就能摆脱这痛苦了。我要把你送往天国中那个大型书店。但还不到时候，因为莫里斯看到了一道明亮的希望。

他想卖给我，安迪说，而不是他已经卖给我。

“把一切告诉我，”莫里斯说，“然后我就走。你自己叫救护车，我相信你能做到。”

“我如何知道你说的是实话?”

“因为，如果笔记本在那孩子手里，我对你就没有任何兴趣。当然，你得保证不告诉任何人是谁伤害了你。是个蒙面男子，对不对？或许是个吸毒人员。他想要钱，对吗？”

安迪急切地点点头。

“与那些笔记本无关，对吗？”

“无关！你以为我希望自己的名字卷入其中吗？”

“估计你不会。不过，如果你想编造故事——如果我的名字出现在那个故事中——我就不得不再回来一趟。”

“我不会的，莫里，不会的！”接下来的发誓与他那鼓在外面、油光发亮的下嘴唇一样孩子气：“真心实意地！”

“那就把一切都告诉我。”

安迪开始讲述。索伯斯第一次来到店里，拿着笔记本的复印件与《来自天国的急件》进行比较。男孩自称詹姆斯·霍金斯，但安迪根据《来自天国的急件》书脊上的标识查出了他的真实身份。男孩第二次来店里时，安迪对他施压。然后便是语音信息，周末学生会去河湾度假村，并且承诺星期一下午过来，也就是两天后。

“星期一什么时候？”

“他……他没有说。我估计放学后吧。他在北地高中读书。莫里，我还在流血。”

“是的，”莫里斯心不在焉地说，“我猜你是在流血。”他在愤怒地思考。那个男孩声称所有笔记本都在他手里。他或许在说谎，或许没有说谎。他告诉安迪的数字是对的，*而且他看了那些笔记本*。这点燃了莫里斯·贝拉米脑海里的嫉妒之毒药火花，点燃的烈火立刻传播到了他的心脏。这个叫索伯斯的男孩已经看过了本该由莫里斯、莫里斯一个人享受的东西。这是严重的不公，必须进行处理。

他凑近安迪说：“你是同性恋吗？你是，对不对？”

安迪的眼神飘忽不定：“我……这还有什么关系呢？莫里，我需要救护车！”

"你有伙伴吗?"

他的老伙计虽然受了伤,却并不蠢。他可以看出这个问题预示着什么。"有!"

没有,莫里斯想,然后挥起了斧头:噗。

安迪尖叫着,开始在血淋淋的地毯上扭动。莫里斯再次挥舞斧头,安迪再次尖叫。幸亏房间四周堆满了书籍,莫里斯心想,书籍很隔音。

"别动,你这浑蛋。"他说,可是安迪无法不动。莫里斯总共挥舞了四下。最后一下落在安迪的鼻梁上方,像切葡萄一样把他的两只眼睛砍爆,安迪终于不再扭动了。莫里斯把斧头拔出来,金属与骨头摩擦时发出了低低的刺耳声。斧头掉在地毯上,旁边就是安迪一只伸出的手。"好了,"他说,"一切都结束了。"

鲜血浸透了地毯,办公桌的前面也落满了血滴。一面墙上有,莫里斯的身上也有。里面的办公室就是你的初级屠宰场。莫里斯并没有为此惊慌失措,他很镇定。或许是震惊造成的,他想,可即便是又怎么样?他需要镇定,因为人在惊慌失措时容易忘事。

办公桌后面有两扇门,一扇门的背后是他老朋友的私人卫生间,另一扇的背后是个壁柜。壁柜里有大量衣服,包括两套看似价格不菲的礼服。不过,它们对莫里斯没有用,穿在他身上会像披了件斗篷。

他希望卫生间里有淋浴头,可惜并非所有愿望都能实现。他只好用洗脸池将就一下。他一面脱下沾满血迹的衬衣清洗身子,一面试着回想自己进店后碰过的所有东西。他相信自己碰过的东西不多。不过,他得记住把大门上挂着的那块牌子擦干净。还有壁柜和这个卫生间的门把手。

他擦干身子,回到办公室,把毛巾和沾满血迹的衬衣扔到尸体旁。他的牛仔裤上也溅了一些血迹,但是他在壁柜里找到的东西轻而易举地解决了这个问题。壁柜里至少有二十多件T恤衫,叠得整整齐齐,中间还隔着棉纸。他找到一件XL号的,一直垂到牛仔裤的臀部以下，刚好将血迹最多的地方遮住。他打开T恤衫，前面印着**安德鲁·哈利迪善本书店**的字样，还有电话号码、网址以及一本打开的书的图像。莫里斯心想，这大概是他送给土豪顾客的礼物。那些人接过T恤衫，说声谢谢，却从来不穿。

衣服刚穿到一半，他便决定自己真的不想穿着胸前印有凶杀案案发地信息的衣服到处走动，于是将衣服翻了过来。字迹还是有一点显露出来，但是谁也看不清写的是什么内容，书的图像则可以是任何长方形物体。

不过，他脚上那双鞋子是个问题。鞋面上溅满了鲜血，鞋底也是血迹斑斑。莫里斯仔细看了看他老伙计的双脚，明智地点点头，回到壁柜中。安迪的腰围可能是莫里斯的两倍，但是他们的鞋码好像差不多。他挑了一双乐福鞋，穿到脚上。鞋子有点挤脚，可能会让脚起一两个水泡，但是比起他得到的信息，比起他拖延了这么久才实现的复仇计划，起水泡这种代价微不足道。

而且，这双鞋子很漂亮。

他把自己那双鞋子扔到地毯上那堆黏稠的东西上，然后查看了一下帽子，上面一滴血都没有。这是个好兆头。他戴上帽子，在办公室里转了一圈，把他知道自己触碰过以及有可能触碰过的东西的表面全部擦拭干净。

他最后一次在尸体旁跪下来，在各个口袋里翻找着，知道自己的双手再次沾上了血迹，又得再洗一遍。好吧，就那么回事。

那是冯内古特写的句子，不是罗思坦，他想起来后哈哈大笑。文学典故总让他很开心。

安迪的钥匙在前面的口袋中，钱包夹在莫里斯没有用斧头砍中的半个屁股下；更多好兆头。不是以现金的形式出现，钱包里不到三十美元现金，但是省一文等于挣一文。莫里斯把钞票和钥匙一起装进口袋，重新洗了手，又把水龙头擦拭干净。

他在离开安迪的至圣所之前，看了斧头一眼。斧刃上沾满了淤血和头发，橡胶斧柄上显然有他的手掌印。他应该把它和衬衣鞋子一起装在一只滚筒包里带走，但是某种直觉——难以言表却非常强烈——告诉他应该把斧头留在那里，至少暂时留在那里。

莫里斯捡起斧头，擦去斧刃和斧柄上的指纹，然后把它轻轻放在贵重的办公桌上。像是一个警告，或者一张名片。

“麦克法兰先生，谁说我不是一匹狼？”他责问空荡荡的办公室，“谁说的？”

然后，他走了出去，用血迹斑斑的毛巾裹住门把手后又转动了一下。

6

回到店铺中之后，莫里斯把沾满鲜血的东西装进一个包里，再把拉链拉上，然后坐下来查看安迪的笔记本电脑。

这是一台苹果笔记本，比监狱图书室里的电脑好多了，但原理基本相同。由于没有进入屏保状态，他不必浪费时间去找密码。屏幕上有许多生意方面的文档，底下的菜单栏中有一个标为**安保**的应用程序。他得查看一下，而且要仔细查看，但是他首先打开了标有**詹姆斯·霍金斯**的文档，果然，里面有他需要的信息：彼得·索伯斯的地址（他已经知道），还有彼得·索伯斯的手机号码，大概是从他老伙计提到的录音电话中找到的。他父亲叫托马斯，母亲叫琳达，妹妹叫蒂娜。文档中甚至还有一张年轻的索伯斯先生，即詹姆斯·霍金斯的照片，与加纳街图书馆几位图书馆员站在一起，那地方莫里斯非常熟悉。这些信息可能非常有用，谁知道呢，谁知道呢。下面还有约翰·罗思坦的书目，莫里斯只瞥了一眼，因为他对罗思坦的作品烂熟于心。

当然，除了这位年轻的索伯斯先生手头拥有的作品。那可是他莫里斯从合法主人那里偷来的。

电脑旁有一个记事本。莫里斯把男孩的手机号记在上面后装进了自己的口袋。他接下来打开**安保**应用程序，点击了一下**监控摄像机**。屏幕上出现了六个视窗，其中两个显示熙熙攘攘的花边女工巷，两个俯视着店铺狭窄的内部景象。第五个显示这张办公桌，莫里斯穿着新T恤衫正坐在办公桌后。第六个显示安迪里面的办公室，尸体平躺在土耳其地毯上。在黑白画面中，飞溅后的血迹看似墨点。

莫里斯点击了一下这个图像，画面立刻占满了整个屏幕。最底下出现了几个箭头按钮。他点击了双箭头回放图标，等待着，然后点击播放。他全神贯注地把自己杀死老伙计的过程从头至尾看了一遍。令人着迷。不过，这可不是他希望每个人都观看的家庭电影，这也意味着他必须把笔记本电脑带走。

他拔下各种连线，包括那根从标有**监控系统**的闪亮盒子里出来的连线。监控摄像头直接连到笔记本电脑的硬盘上，因此没有自动刻录的 DVD。这说得通。那种系统对于安德鲁·哈利迪善本书店这种小店来说价格太高了一点。但是他拔出的一根连线连接着一个外挂刻盘机，因此他的老伙计只要愿意，就可以把储存的监控录像刻成 DVD。

莫里斯有条不紊地在办公桌里翻找着，寻找那些 DVD。总共有五个抽屉，他在前四个抽屉里没有发现任何有意思的东西，但是矮脚抽屉柜上了锁，莫里斯觉得这有些问题。他从安迪的钥匙中找出最小的那一把，打开抽屉后撞上了大运。里面有六到八张照片，他那位老朋友正在吸吮一个浑身文身的矮胖青年的阴茎。莫里斯对此毫无兴趣，但是里面还有一把手枪。这是一把女里女气、花里胡哨的西格·绍尔 P238，红黑相见，枪管上镶有金色的花朵纹路。莫里斯退出弹匣，看到里面是满的，甚至连枪管里也有一颗子弹。他把弹匣重新装进去，然后把枪放在桌上——又多了一样要带走的东西。他再往下搜寻，在抽屉最里面发现了一个无标记的白信封，但是封口没有封死，而是塞在信封里面。他打开信封，以为里面又是淫秽照片，结果高兴地看到了现金——至少有五百美元。他的好运还没有过去。他把信封放在手枪旁。

里面再也没有别的东西了，他也正准备认定如果有 DVD，安迪肯定将它们锁在某个保险箱里了。然而幸运女神还要垂怜莫里斯·贝拉米。他起身时，肩膀撞到了办公桌左边一个装满太多东西的书架。几本旧书掉落到地上，后面露出一小叠塑料 DVD 包装盒，用橡皮筋绑在一起。

“你好，”莫里斯柔声说，“你好。”

他坐下来，像洗牌一样快速翻看着这些。安迪在每一个包装盒上都用黑色记号笔写了一个名字。只有最后一张对莫里斯有意义，这也正是他在寻找的。光亮的塑料盒上写着**霍金斯**。

他这天下午有了多次突破性的收获（或许是为了弥补他昨晚经历的巨大失望），但凡事都应该见好就收。莫里斯拿起笔记本电脑、手枪、装有现金的信封、那张写有霍金斯字样的光盘，走到店铺前面。他把这些东西装进一个滚筒包，对店铺前来来往往的人视而不见。只要你显得与某个地方相配，那么大多数人就不会觉得你怪异。他迈着自信的步伐走了出去，并随手锁上门。写有**休息**字样的牌子晃动了一会儿后就不动了。莫里斯拉低帽檐，一走了之。

在动身回臭虫屎公馆之前，他还在一家名叫“字节与字符”的网吧停了一下。他花了安迪·哈利迪的十二美元，得到了一杯定价过高的劣质咖啡，以及在小阅读室里使用一台装有 DVD 播放器的电脑二十分钟的时间。他不到五分钟就确定了自己手中的东西：他的老伙计在和一个男孩说话，男孩像是戴了一副假眼镜，借用了他父亲的胡子。在第一段录像中，索伯斯手里有一本书（应该就是《来自天国的急件》），还有一个信封（里面应该装着安迪提到过的几份复印件）。在第二段录像中，索伯斯和安迪似乎在争吵。这两部黑白微电影都没有声音，但是这没有关系。那男孩什么样的话都有可能说出来。在第二段录像中，也就是争吵的那一段，他甚至会说“你这肥猪，我下次过来时会带把斧头”。

莫里斯离开网吧时笑了。柜台后面的男子冲他一笑，说：“估计你玩得很开心吧。”

“是的，”一生三分之二的时光都在监狱里度过的这个男人说，“但你这咖啡烂透了，讨厌鬼。我真应该把它泼在你那该死的脑袋上。”

对方的笑容顿时消失。来这里的人许多都是怪物，遇到这种人，最佳的办法就是保持沉默，希望他们永远不再回来。

7

霍奇斯告诉霍莉，他这个周末至少会花一部分时间躺在他的懒人沙发上看棒球赛。星期天下午，他确实观看了印第安人队比赛的头三局，可是一种不安感始终萦绕在他的心头，于是他决定去拜访一个人。不是一个老朋友，但确实是个老熟人。他每次探视回来后都对自己说，好吧，到此为止，这一切毫无意义。他也想说到做到。然后——四个星期后，或者八到十个星期后——他又会驾车过去。总有什么东西一直在唠叨，诱惑他去那里。再说，印第安人队已经输给了流浪者队五分，而这才是第三局。

他快速关上电视机，套上一件旧的警察运动联盟T恤衫（他以前体格魁梧时，总是不愿意穿T恤衫，但是他现在喜欢T恤衫直接垂下来的感觉，喜欢裤子腰部以上不会有肚子鼓起来的样子），锁好门。星期天路上车不多，二十分钟后，他的普锐斯驶进了来宾停车场第三层上的一个车位中，旁边就是占地面积巨大的约翰·M.凯纳医院，混凝土结构在不断改变着面貌。他向停车场电梯走去时，像往常一样祈祷，感谢上帝他来这里只是个探视者，而不是来花钱的病人。即便在他说出这个再恰当不过的“谢谢你”时，他也很清楚，大多数人早晚都会成为这里或者这座城市另外四家一流和非一流医院中的病人。谁也不会免费搭船，最终，就连最适合航海的船只也会沉入海底……在霍奇斯看来，唯一平衡这一切的办法就是尽量每一天都漂浮在水面上。

但如果那是真的，他在这里干什么？

这个想法让他回忆起了一首诗歌的片段，是他多年前听过或读过的，却因为其简单的韵律留在了他的脑袋里：*哦，不要问那是什么，我们只管去那里看看。*

8

在城市大医院里很容易迷路，但这条路霍奇斯已经走过很多次，如今已经不用问路，而是给别人指路了。停车场的电梯将他带到了一条有顶棚的走道中；走道又将他带到火车站台大小的一个大厅；A 号通道的电梯将他带到三楼；一段人行天桥再带着他穿过凯纳大道，抵达他的最终目的地。这里的墙壁粉刷成了具有安抚作用的粉红色，周围气氛安静。总服务台上方的指示牌上写着：

欢迎来到湖区
创伤性脑损伤诊所
请勿带入手机或其他通讯设备
有利于我们保持一个安静的环境
谢谢合作

霍奇斯走到服务台，他的探视胸卡已经在等着他。护士长认识他；四年了，他们已经成了老朋友。

“家人好吗，贝姬？”

她说还好。

“儿子摔断的胳膊快好了吧？”

她说快好了。石膏已经去掉，再过一周就不用吊起来了，最多两周。

“太好了。我的人在他的病房还是在理疗室？”

她说他在他的病房里。

霍奇斯顺着过道缓步走向 217 病房，住在里面的病人费用全部由州政府承担。霍奇斯还没有走到那里，就碰到了护士们称呼他为“图书馆艾尔”的护理员。他六十多岁，像往常一样，推着一辆手推车，上面堆满了平装书和报纸。他那小小的娱乐设施库最近又多了一样新东西：一个小塑料盆，里面放着手持电子阅读器。

“嗨，艾尔，”霍奇斯说，“你还好吗？”

艾尔平常特别爱唠叨，但今天下午似乎还没有睡醒，眼睛下面有黑眼圈。霍奇斯饶有兴趣地想，有人昨晚狂欢了一夜。他知道症状，因为他自己经历过几次厉害的。他原想在艾尔的眼前打个响指，有点像舞台催眠师，但随即觉得那样做不够厚道。让这个人平平静静地承受剩下的那点酒劲吧。如果到了下午还这样糟糕，霍奇斯不愿意去想早晨他会是什么样子。

但是艾尔清醒了过来，霍奇斯还没有来得及从他身边过去，他就冲霍奇斯一笑，说：“嗨，警探！有一阵子没有在这里见到你了。”

“艾尔，现在只是普普通通的老先生了。你感觉没事吧？”

“那当然。只是在想……”艾尔耸耸肩，“天哪，我都不知道自己在想什么，”他大笑起来，“胆小鬼就不应该变老。”

“你还不老，”霍奇斯说，“有人忘记告诉你了——六十岁又是一个四十岁。”

艾尔不屑地哼了一声：“又是那种胡说八道的话。”

霍奇斯完全同意。他指着手推车问：“我的宝贝没有要一本书看看吧？”

艾尔又不屑地哼了一声：“哈茨费尔德？他现在连《贝贝熊》都看不懂，”他郑重其事地轻轻拍了拍额头，“这上面只剩下了燕麦粥。不过，他有时的确伸出手想要一个这玩意儿，”他拿起一个赞普特电子阅读器，“这些小东西带游戏。”

“他玩游戏？”霍奇斯大吃一惊。

“哦，上帝，当然不，他的运动控制已经受损。但是如果我打开一个演示，比如‘芭比娃娃时装秀’或者‘热带鱼群’，他会盯着它看上几个小时。演示只是在一遍遍重复相同内容，可他知道吗？”

“我猜他不知道。”

“猜得对。我认为他也喜欢噪音——那种哔哔声、哗哗声、叽叽声。我两小时后回来，阅读器搁在他的床上或者窗台上，屏幕黑了，电池没电了。可是管它呢，没电又不会坏，连到充电器上三个小时，就又可以用了。不过他不会充电。也许是件好事。”艾尔皱起鼻子，仿佛闻到了什么臭味。

也许是，也许不是，霍奇斯想。只要他没有好转，他就得待在这里，待在一个不错的医院病房里。尽管景色说不上优美，但里面有空调、彩色电视机，时不时地还有一个鲜艳的粉色赞普特阅读器让你盯着看。如果他精神健全——如法律规定，能够为自己辩护——他必须为十多起犯罪活动受审，包括九起命案。如果地区检察官决定把被毒死的这个浑蛋的母亲算在内，那就是十起命案。然后他便是要在韦恩斯维尔州立监狱度过余生。

那里没有空调。

“悠着点，艾尔，你显得很疲倦。”

“没关系，我还好，哈钦森警探。去看你的病人吧。”

艾尔继续前进，霍奇斯目送他而去，眉头紧皱。哈钦森？这名字从何而来？霍奇斯来这里探视已经好几年了，艾尔完全知道他姓什么。或者说以前知道。天哪，他希望那家伙没有患上早发型失智症。

在最初四个月左右的时间里，217病房门口始终有两名警卫。后来改为一名警卫。现在那里没有警卫，因为看守布莱迪是件费时费钱的事。这家伙都无法独自走到卫生间，因而也就没有太大的逃跑危险。每年都有人提出把他转移到州北部某个便宜一点的机构去，但公诉人每年都提醒大家，不管这位先生的大脑是否受伤，从技术层面来说他仍然在等待审判。把他留在这里比较容易，因为医院承担了一大部分费用。神经科的医生——尤其是科主任菲利克斯·巴比纽大夫——认为布莱迪·哈茨费尔德是个极其有意思的病例。

他今天下午坐在窗户旁，身穿牛仔裤和一件格子衬衣。他的头发长长了，要剪一剪，但是清洗过，在阳光下闪着金光。霍奇斯相信，那是那种某个姑娘巴不得用手指梳理的头发，只要她不知道他是什么样的恶魔。

“你好，布莱迪。”

哈茨费尔德动也不动。他在望着窗外，是的，可他是在看停车场那堵砖墙吗？因为那是他唯一能看到的景色。他是否知道和他一起待在病房里的是霍奇斯？他是否知道病房里有人和他在一起？整个神经科都想得到这些问题的答案。霍奇斯也一样。他坐在病床一头，琢磨着这个人究竟以前是恶魔呢，还是现在仍然是恶魔。

“就像被困在陆地上的水手对合唱队中的姑娘所说的那样，好久不见。”

哈茨费尔德没有做声。

“我知道那是老掉牙的东西，可这种老东西我有的是，你可以问我女儿。你感觉怎么样？”

哈茨费尔德没有作声。他的双手放在大腿上，白皙的长手指松松地扣在一起。

2009 年 4 月，布莱迪·哈茨费尔德偷走了霍莉表姐的一辆梅赛德斯奔驰汽车，故意高速冲向市民中心前的一群求职者。他撞死了八人，严重撞伤了十二人，包括彼得和蒂娜的父亲托马斯·索伯斯。他居然还逃脱了。哈茨费尔德的错误在于给当时已经退休的霍奇斯写了一封信，嘲弄他。

第二年，布莱迪杀了霍莉的表妹简妮，霍奇斯当时已经爱上了她。正是再恰当不过，阻止布莱迪·哈茨费尔德继续作恶的正是霍莉本人。她用霍奇斯的简易警棍几乎把哈茨费尔德的脑浆打出来。哈茨费尔德因而未能引爆炸弹——那本来会炸死一场流行音乐会上的数千名孩子。

简易警棍的第一下造成了哈茨费尔德颅骨骨折，但是真正造成永久伤害的却是第二下。他被送进了创伤性脑损伤诊所，陷入了深度昏迷，巴比纽大夫说他可能永远不会苏醒。可是在2011年11月某个暴风雨呼啸的黑夜，哈茨费尔德睁开双眼，开口说话，要护士更换静脉注射袋。一想起那个时刻，霍奇斯总会想象弗兰肯斯坦大夫[①]在尖叫“它活着！它活着！”时的样子。哈茨费尔德说他头痛，要求见母亲。巴比纽大夫到来后，要他的病人盯着他的手指，以检查他的眼外肌运动，哈茨费尔德能够做到。

在此后的三十个月里，布莱迪·哈茨费尔德多次开口说话（但从未对霍奇斯说过话）。他大多数时候都是要见他母亲。如果有人告诉他他母亲已经死了，他有时会点点头，仿佛明白了……但过了一天或一个星期，他又会提出相同的要求。他在体育中心能够听懂简单指令，能够行走，但实际上更像护理员扶持下的蹒跚行走。情况好的时候，他会自己吃饭，却不会穿衣服。他被定为半紧张性精神病患者。他大多数时候坐在病房里，要么望着窗外的停车场，要么望着墙上的一幅鲜花照片。

但是在过去一年多的时间里，布莱迪·哈茨费尔德身上发生了一些怪事，因而成了脑损伤诊所的一个传奇，谣传和推测颇多。巴比纽大夫嘲笑这些无稽之谈，并且拒绝谈论这些事……但是有些护理员和护士愿意谈论，而某位退休警探多年来一直愿意倾听。

霍奇斯侧身向前，双手垂荡在膝盖之间，冲着哈茨费尔德微笑。

“你是在假装吧，布莱迪？”

布莱迪没有回答。

“干吗如此处心积虑？反正你会在监狱里度过余生。”

布莱迪没有回答，但是一只手慢慢从大腿上抬了起来。就在快要戳到眼睛时，他对准了要瞄准的目标，将一缕头发从额头拨开。

---

① 英国诗人雪莱的夫人玛丽·雪莱在1818年创作的科幻小说《弗兰肯斯坦》的主人公，从停尸房偷盗人体器官后拼合成人体，并用雷电让它拥有生命。

“想打听你母亲的事吗？”

布莱迪没有回答。

“她死了，在棺材里腐烂了。你给她喂了‘灭鼠强’，她肯定死得很痛苦。是不是很痛苦？你在场吗？你一直看着吗？”

没有回答。

“布莱迪，你在里面吗？敲门，敲门。喂？”

没有回答。

“我认为你在，也希望你在。嗨，告诉你吧，我以前酒量很大，你知道我对从前的日子记得最清楚的是什么吗？”

没有反应。

“酒的后劲。脑袋咚咚咚地像是锤子砸在铁砧上一样，却还要挣扎着起床。早晨撒了一大泡尿后，想知道前一天晚上都干了什么。有时候甚至都不知道自己是怎么到家的。查看汽车上有没有凹痕。那就像迷失在自己该死的脑海里，寻找出去的门，却一直要到大约中午才会找到。到那时，情况终于会恢复正常。”

他的思绪暂时飞到了图书馆艾尔身上。

“我希望你现在就处在这种状态中，布莱迪。在你坏了一半的脑海里转悠，寻找一条出路。只是对于你而言，那里没有出路。对于你而言，酒的后劲会永远继续下去。是不是这样的？伙计，我希望是的。”

他的手有点痛。他低头，看到指甲已经掐进了手掌的肉里。他松开手，望着指甲留下的白色新月形印痕慢慢变红。他重新换上笑脸。“只是说说，伙计。只是说说而已。你不想说点什么吗？”

哈茨费尔德什么也没有说。

霍奇斯站起身来。“没关系。你就坐在窗户那里，试着找那条出路吧。出路不在那里。你继续寻找，我要出去呼吸点新鲜空气。多么好的天哪。”

椅子与床之间有张桌子，上面有张照片。霍奇斯第一次看到它还是在哈茨菲尔德和他母亲居住的榆树街上的房子里。这张照片小一些，四周是普通银相框。照片中的布莱迪和他母亲在什么地方的海滩上，相互拥抱，脸颊贴在一起，不太像母子，更像是男朋友和女朋友。霍奇斯转身离去时，这张相片沉闷地啪的一声倒在了桌子上。

他望着相片，望着哈茨费尔德，然后再转过身去望着背朝上的相片。

“布莱迪？”

没有回答。永远没有。反正对他没有。

“布莱迪，那是你干的吗？”

没有反应。布莱迪低头盯着膝盖，手指又在那里松松地缠在一起。

“有几个护士说……”他的思绪没有中断，把相片放回到小小的底座上，“如果是你干的，那就再做一次。”

哈茨费尔德没有反应，相片那里也没有反应。快乐时候的母子俩。黛博拉·安·哈茨费尔德和她的宝贝儿子。

“好吧，布莱迪。再见了，短吻鳄。我要走了，豆豆糖。”

他走了，随手关上门。门刚一关上，布莱迪·哈茨费尔德短暂地抬头看了一眼，露出了笑容。

桌上的相片再次倒下。

啪。

9

埃伦·布兰（那些选修过北地高中英语系《幻想与恐怖》课的学生们都叫她布兰·斯托克[①]）站在停在河湾度假村接待区的校车车门旁，手中握着手机。现在是星期天下午四点，她正准备拨打911报警，说有个学生不见了。就在这时，彼得·索伯斯从大楼餐厅一侧跑了过来。他奔跑的速度太快，额前的头发飘在脑后。

埃伦向来对学生很严，总是维护老师一方的立场，从来不会迁就学生，但是她这一次却把礼仪抛到了一旁，近乎疯狂地把彼得紧紧搂在怀里，害得他差一点喘不上气来。校车内，北地高中现任和未来的学生会干部讥讽地鼓起掌来。

埃伦松开拥抱，抓住他的肩膀，干了一件她之前从未对学生干过的事：使劲摇晃着他。"你去哪里了？上午三堂讨论课你都没有去，午饭时也没有见到你的人影。我都准备报警了。"

"对不起，布兰夫人。我胃不舒服，以为呼吸一点新鲜空气就会好的。"

布兰夫人因为教美国历史和美国政治两门课，所以被定为这次周末之旅的监护人和顾问。她认为自己应该相信他的话，不只是因为彼得是她最好的学生之一，以前从来没有惹过麻烦，还因为这孩子看上去真像是生了病。

"嗯……你应该告诉我一声，"她说，"我以为你一时心血来潮，搭便车回城里了。如果你出了什么事，肯定要怪罪我。难道你没有意

---

① 这是对爱尔兰作家布拉姆·斯托克（Bram Stoker，1847—1912）名字的戏仿。斯托克最著名的作品是《德拉库拉伯爵》。世界恐怖作家协会设立的大奖以他的名字命名。

识到，你们这些孩子集体旅行时我要为你们负责？”

“我忘记时间了。我在呕吐，我不想吐在室内。我肯定是吃了什么东西，要么就是那些时刻咬人的臭虫。”

其实既不是吃了什么，也不是什么臭虫，不过呕吐倒是部分实情。关键是精神紧张，更确切地说，是纯粹的恐惧。他害怕明天面对安德鲁·哈利迪。事情可以正常运转，而且有机会正常运转，可是难度却相当于将线穿过一根移动的针。万一出了差错，他就会在父母那里以及警察那里遇到麻烦。还有大学奖学金呢？不管那是不是按需求评定。忘了奖学金吧，他甚至会进监狱。于是，他一整天都在度假村三十英亩土地上纵横交错的小径上转悠，脑海里一遍遍地过着即将到来的交锋。他将说什么；哈利迪将说什么；他又将说什么。是的，他忘记了时间。

彼得希望自己从来没有看到那只箱子。

他想，可是我只是想做正确的事。该死，我只是想做正确的事！

埃伦看到眼泪在彼得的眼睛里打转，第一次注意到他的脸有多瘦——或许是因为他剃掉了那傻乎乎的单身汉酒吧式的胡子——离消瘦真的只有半步之遥。她把手机装进包里，又掏出一包纸巾，递给他道：“擦擦脸吧。”

校车上传来了一个声音：“嗨，索伯斯！赚便宜了吗？”

“闭嘴，杰里米。”埃伦头也不回地说，然后转向彼得，“我应该为你这小小的违规行为让你课后留校一星期，但我准备放你一马。”

她确实是在放彼得一马，因为课后留校一周必然需要向北地高中副校长沃特斯进行口头汇报，而沃特斯在学校里负责纪律方面的事务，自然会过问埃伦自己的做法，自然想知道为什么她没有早点提醒他，尤其是她会被迫承认自己前一天晚上在餐厅用餐后就没有见过索伯斯。他已经脱离了她的视线和监管将近整整一天，而这对于一次学校组织的旅行而言太长了。

“谢谢您，布兰夫人。”

“你还会再呕吐吗？”

“不会，我已经吐空了。”

“那就上车吧，我们回家。”

彼得上车顺着过道向车后面走去时，车内又响起了讥讽的掌声。他挤出一丝笑容，仿佛一切正常。他只想回到梧桐街，躲在自己的房间里，等待着明天结束这场噩梦。

10

霍奇斯从医院回到家时，自家门口的台阶上坐着一个帅小伙，身穿印有哈佛大学字样的T恤衫，正在看一本厚厚的平装书，书的封面上有几个希腊人或罗马人在搏斗。他的旁边蹲坐着一条爱尔兰长毛猎犬，咧着嘴，这种随遇而安的神情似乎是在好人家长大的宠物犬的默认表情。霍奇斯将车开进充当车库的小披屋时，人和狗都站了起来。

年轻人走到草坪中央迎接他，同时伸出一只握成拳头的手。霍奇斯与他碰了一下拳头，表明自己认同杰罗姆的黑人身份，然后与他握手，以此表明自己的白人身份。

杰罗姆后退一步，抓住霍奇斯的前臂，上下打量着他。“瞧瞧你，”他惊呼道，“都瘦成皮包骨头了！”

“我散步，”霍奇斯说，“我还买了一台跑步机，雨天使用。”

“太棒了！你会长命百岁的！”

“希望吧。”霍奇斯说，然后弯下腰。长毛猎犬伸出一只爪子，霍奇斯握住它。“你还好吗，奥戴尔？”

奥戴尔轻轻吠叫了一声，大概表示它很好。

“进屋吧，”霍奇斯说，“我有可乐，除非你更愿意喝啤酒。”

“可乐就行了。我估计奥戴尔要喝点水，我们一路走过来的，奥戴尔的速度已经不如以前了。”

“它的盆子还在洗手池下面。”

他们进了屋，用加了冰块的可乐相互祝酒。奥戴尔舔完了水后，在电视机旁它的老地方躺了下来。霍奇斯退休后，第一个月完全是靠看电视打发掉的，但是现在除了CBS晚间新闻的斯科特·佩里以及偶尔一场印第安人队的球赛外，他家的电视机很少打开。

“比尔，心脏起搏器怎么样？”

“没有任何感觉，正是我喜欢的样子。你不是要和那谁谁谁去匹茨堡参加什么大型乡村俱乐部舞会的吗？怎么样了？”

“没有成功。从我父母的角度来看，我和那谁谁谁发现我们在学术和个人兴趣方面都不相配。”

霍奇斯扬起了眉头，说：“对于一个主修哲学、辅修古代文化的人来说，你这话听上去有点律师的味道。”

杰罗姆喝了口可乐，把他的长腿伸直，咧嘴一笑：“想知道真相吗？那谁谁谁——她叫普莉希拉——在利用我引起她高中男朋友的嫉妒，结果成功了。告诉我这样欺骗我去那里，她感到很是对不起，希望我们还可以做朋友，等等，等等。有点尴尬，但或许这样最好。”他停顿了一下。“她房间的书架上还放着她所有的芭比娃娃和贝兹娃娃，我得承认这让我犹豫不决。要是我父母得知我只是她用来搅拌她那锅爱情汤的棍子，我估计我不会在意，可要是你告诉芭芭拉，我的耳朵根就永远别想清静。”

“我不会说出去的，”霍奇斯说，“现在怎么办？回马萨诸塞州？”

“不，我要在这里过暑假。在码头找了份工作，起吊集装箱。”

“杰罗姆，哈佛大学的人不该干那种活。”

“是这样的，我去年冬天拿到了重型设备操作证，而且这份工作薪水很高，再说，即便拿到了部分奖学金，哈佛大学也不便宜。”他短暂客串了一把泰隆·好心情·狂欢，“霍奇斯先生，这个黑孩子负责那条驳船，把那个包吊起来！”然后再回到杰罗姆的角色上，“草坪谁给你修剪的？看上去不错。虽说达不到杰罗姆·罗宾逊的质量，但还可以。”

“街区那头的一个孩子，”霍奇斯说，“你这是礼节性拜访还是……”

“芭芭拉和她朋友蒂娜给我讲了件很恐怖的事，”杰罗姆说，“蒂娜起初不愿意把什么都说出来，但是芭芭拉说服了她。这是她擅长的。听我说，你知道蒂娜的父亲在市民中心惨案中受伤的事，对吗？”

“是的。”

“如果她哥哥真的就是那个寄钱的人，让他们家挺了过去，那他真是做了件好事……可是那钱从哪儿来的？我费劲脑子也没有能想出来。”

“我也想不出来。”

“蒂娜说你打算问他本人。”

“我计划明天在他放学后问他。”

“霍莉参与了吗？”

“部分参与，她在调查背景。”

“太棒了！”杰罗姆开心地笑了，“我明天和你一起去行吗？让大家重新聚在一起，伙计！好好地玩一次！”

霍奇斯想了想，说：“这不好说，杰罗姆。一个像我这样的老家伙可能不会让这位年轻的索伯斯先生感到不安。如果是两个人，而且其中一人还是个坏蛋类型的黑人公子哥，身高一米九三——”

“在拳击台上打了十五个回合后，仍然帅气十足！”杰罗姆双手在头顶上拍了一下。奥戴尔垂下了耳朵。“仍然很帅！那该死的老狗熊索尼·里斯顿根本都没有碰到我！我轻盈得像只蝴蝶，出手的时候像个……”他评估了一下霍奇斯的耐心表情，“好吧，对不起，我有时候会得意忘形。你打算在哪里等他？”

“计划是在大门外，就是孩子们放学后离开学校的地方。”

“并非所有孩子都从那里离开学校，他可能不会，尤其是如果蒂娜透露给他，说她把事情告诉了我们。”看到霍奇斯要开口，他举起了一只手。“她说她不会，但是做哥哥的了解妹妹，有妹妹的人对此深有体会。万一他知道有人想问他问题，他会从后门出去，穿过橄榄球场，抄近路去韦斯特菲尔德街。我可以把车停在那里，万一看到他就给你打电话。”

“你知道他的长相吗？”

“嗯哼，蒂娜钱包里有他的照片。比尔，让我参与吧。芭芭拉喜欢那个小妞，我也喜欢她。虽然有我妹妹在鼓励她，但她来找你还是需要勇气的。”

“我知道。”

“还有，我也很好奇。蒂娜说，第一笔钱寄来的时候，她哥哥只有十五岁。那么小的孩子接触到那么多钱……”杰罗姆摇摇头，“他现在遇到麻烦，我一点也不惊讶。”

“我也不感到惊讶。如果你想参与进来，那就算你一个。”

“太好了！”

为了这声惊呼，两个人又碰了一下拳头。

“杰罗姆，北地高中也是你的母校。除了正门和韦斯特菲尔德街的后门外，他还可以从别的地方出去吗？”

杰罗姆想一想：“如果他下到地下室，那里还有一扇门，可以走到校园一侧，以前是抽烟的地方。我猜他可以从那里出去，然后再穿过礼堂，来到加纳街。”

“我可以安排霍莉守在那里。”霍奇斯若有所思地说。

“好主意！”杰罗姆大声说，“把团队重新聚到一起！正是我说的！”

“但是如果你看到他，不得靠近，”霍奇斯说，“给我打电话就行了，由我接近他。我也会这样嘱咐霍莉的。估计她也不会。”

“只要我们能得知情况就行。”

“只要我了解到什么，肯定会告诉你们。”霍奇斯说，希望自己这个承诺不太轻率，“下午两点左右到特纳大厦我的办公室来，我们两点十五分动身，两点四十五分到位。”

“你肯定霍莉会没事吗？”

“我能肯定，她会没事的。让她感到不安的是正面交锋。”

“并非总是这样。”

“那倒是。”霍奇斯说。

他们都在想有一次正面交锋时霍莉处理得不错，那是在中西部文化艺术中心，对手是布莱迪·哈茨费尔德。

杰罗姆看了一眼手表：“我得走了。我答应带芭芭拉去购物中心的，她想要一块斯沃奇表。”他翻个白眼。

霍奇斯咧嘴一笑，道：“杰罗姆，我喜欢你妹妹。”

杰罗姆也冲他一笑，道：“说实话，我也喜欢她。好了，奥戴尔，我们走吧。”

奥戴尔起身向门口走去。杰罗姆握住门把手，又转过身来，脸上没有了笑容。“你去过那里了？”

“大概吧。”

“霍莉知道你去看他吗？”

“不知道。不许你告诉她，她会觉得非常不舒服。”

“是啊，她会的。他怎么样？”

“还是老样子。不过……”霍奇斯想起了相片倒下去的情景。啪的一声。

“不过什么？”

“没什么，他还是老样子。给我帮个忙，好吗？万一蒂娜打电话说她哥哥已经知道两个女孩星期五找过我，一定要芭芭拉给我打电话。”

“我会的。明天见。”

杰罗姆走了。霍奇斯打开电视，看到还在播放印第安人队的比赛时很高兴。双方打成平局，比赛已经进入加时赛。

11

星期六晚上，霍莉待在家中，想在电脑上看《教父 2》。要是换作平常，这应该是件开心的事，因为在她心中这是三两部最出色的电影之一，与《公民凯恩》和《光荣之路》齐肩，但是她今晚一再暂停，焦躁不安地在客厅里走动，转着圈子。可以走动的空间很大。虽说与她刚搬到城里时住了一段时间的湖滨公寓相比，这个公寓没有那么耀眼，但面积够大，周围环境也好。她还交得起房租；根据她表妹简妮的遗嘱，霍莉继承了五十万美元。当然，税后没有那么多，却依然是一大笔私房钱。多亏比尔·霍奇斯给了她这份工作，她可以不用动那笔钱，反而还稍有结余。

她边走边嘟哝着这部电影中她最喜欢的对白。

“我不必干掉所有人，只需干掉我的敌人。”

“香蕉代基里[①]用英语怎么说？”

“你的国家不是你的世家，记住这一点。”

当然，还有每个人都记得的那一句：“我就知道是你，弗雷多。你伤了我的心。”

如果是在看另一部电影，她会念叨另一套对白。这是她七岁看了《音乐之声》之后就一直使用的自我催眠方法。《音乐之声》中她最喜欢的对白是：“不知道青草是什么滋味。”

她其实是在思考蒂娜的哥哥迅速藏到枕头下面的那个魔力斯奇牌笔记本。比尔认为那与彼得寄给他父母的钱没有联系，但是霍莉吃不准。

---

① 一种鸡尾酒。

她一直有写日记的习惯，记录下自己看过的每一部电影、读过的每一本书、和她交谈过的每一个人，以及几点起床几点睡觉。当然还有她的排便情况，不过她用WP这个代码来代表解大便（毕竟在她死后会有人看她的日记的）。她知道这是一种强迫症行为——她和心理医生谈过强迫性列清单其实只是另一种奇幻思维形式——但是这又不会害人，而且如果她愿意将这些清单列在魔力斯奇笔记本中，除了她自己外，又关谁的事呢？重要的是她知道魔力斯奇这个牌子，因而知道它们不便宜。在沃尔格林[①]店里，一个螺旋装订的笔记本通常只需两美元五十美分，但一本同样页码的魔力斯奇笔记本却要十美元。一个孩子为什么想要如此昂贵的笔记本，尤其是他来自一个囊中羞涩的家庭？

"这说不通。"霍莉说。然后，仿佛是沿着这个思路继续说下去："放下枪，拿起奶油煎饼卷。"这句话出自《教父》第一部，却依然是经典台词。最佳的台词之一。

寄出钱。留下笔记本。

一个贵重的笔记本，妹妹突然出现在房间里时他立刻塞到了枕头下。霍莉越想越觉得这里面可能有问题。

她继续看电影，但是这个笔记本总是萦绕在她的脑海里，因而她无法跟上熟悉而又喜爱的电影情节。于是，她干了一件前所未有的事，至少在睡觉前从未干过：她关了电脑。她重新开始踱步，双手在背后握在一起。

寄出钱。留下笔记本。

"还有时间差！"她冲着空屋大声说道，"别忘记这一点！"

是的。从再也没有钱寄到索伯斯家，到这个男孩开始着慌，这中间相隔了七个月。难道是因为他用了七个月的时间来想办法弄到更多的钱？霍莉认为是的。霍莉认为他有了个主意，却不是个好主意。正

① 美国最大连锁药店。

是这个主意让他遇到了麻烦。

“涉及钱的时候，有什么会让人陷入麻烦呢？”霍莉问空屋，脚步越来越快，“盗窃会的，还有讹诈。”

会是这样吗？难道彼得·索伯斯想用魔力斯奇笔记本里的内容去讹诈某个人吗？也许是关于那笔盗窃来的钱？只是，如果彼得本人就是盗贼的话，他又怎么会去讹诈别人呢？

霍莉走到电话旁，伸出手又缩了回来。将近一分钟，她只是站在那里，咬着嘴唇。她不习惯主动出击。也许她应该先给比尔打个电话，问他是否可以这样做。

“可是比尔认为笔记本并不重要，”她冲着客厅说，“我的看法不同。如果我愿意，当然可以有不同看法。”

她趁着自己还没有失去勇气，从咖啡桌上拿起手机，拨通了蒂娜·索伯斯的电话。

“喂？”那头传来了蒂娜小心翼翼的声音，几乎是耳语，“你是谁？”

“霍莉·吉伯尼。你在手机上看不到我的号码，因为它没有进入系统。我对自己的号码非常小心，但如果你想要，我会很高兴给你的。我们随时可以联系，因为我们是朋友，而朋友就是这样的。你哥哥周末活动回来了吗？”

“回来了，六点左右回来的，我们正好快要吃完晚餐。妈妈说还有很多炖肉和土豆，如果他想吃，她可以给他热一下，但是他说他们回来时半道上在丹尼餐厅[①]吃过了。然后，他就上楼去了他的房间，连他最爱吃的草莓酥饼都不想吃。霍莉女士，我真的为他担心。”

“蒂娜，叫我霍莉就行了。”她讨厌女士，认为那听上去就像有只蚊子在你脑袋周围嗡嗡飞舞。

“好吧。”

“他有没有对你说什么？”

---

① 美国著名家庭式餐厅连锁店。

“只是说了声你好。”蒂娜低声说。

“你没有告诉他上星期五和芭芭拉一起来我们办公室吧？”

“当然没有！”

“他现在在哪儿？”

“还在房间里，在听黑键乐队的歌。我讨厌黑键乐队。”

“我也讨厌。”霍莉压根儿不知道什么是黑键乐队，尽管她可以把《冰血暴》① 中的所有演员报出来。（其中最佳的是史蒂夫·布西密说的那句台词：“抽着他妈的讲和的烟斗。”）

“蒂娜，彼得有没有什么特别好的朋友，可以把他的烦恼说给对方听一听？”

蒂娜要想一想。霍莉趁机从电脑旁打开的一包戒烟口香糖里拿了一块，扔进嘴里。

“我想没有，”蒂娜说，“我猜他在学校里有朋友，因为大家都很喜欢他，但是他唯一比较好的朋友是住在附近的鲍勃·皮尔森，他们去年搬到丹佛去了。”

“女朋友呢？”

“他以前常常和格劳丽亚·摩尔在一起，但是圣诞节后两个人分手了。彼得说她不喜欢看书，而他从来不愿意与不喜欢看书的姑娘在一起。”蒂娜又赶紧补充一句：“我喜欢格劳丽亚，她教我怎么画眼妆。”

“姑娘们要到三十多岁才需要画眼妆。”霍莉带着几分权威说，尽管她自己从来没有画过眼妆。她母亲说只有荡妇才画眼妆。

“真的吗？”蒂娜显得有些惊讶。

“老师们呢？他有没有特别喜欢的老师，可以和他交流？”霍莉怀疑有哪个做哥哥的会跟妹妹谈论自己最喜欢哪些老师，也怀疑即便他说了，做妹妹的是否会关心。她之所以这样问，是因为她只能想到

---

① 《冰血暴》（*Fargo*），美国流行的罪案电视迷你剧。

这一点。

但是蒂娜没有任何犹豫。“嬉皮士里基。”她咯咯咯地笑着说。

霍莉停下了脚步，问：“谁？”

“他的真名叫里克先生。彼得说有些学生叫他嬉皮士里基，因为他穿二十世纪六十年代的老式衬衣，还系领带。彼得高一时选过他的课，也许是高二，我不记得了。他说里克先生知道好书都讲些什么。霍莉女士……我是说霍莉，霍奇斯先生明天会和彼得谈谈吗？”

“会的，你别担心。”

可是蒂娜很担心。事实上，她听上去都快要哭了，这也让霍莉的胃收缩成了一个紧密的小球。“哦，天哪，我希望他不会恨我。”

“他不会的，”霍莉说，她快速地嚼着戒烟口香糖，“比尔会查明出了什么问题，然后把它解决好。你哥哥会为此更加爱你。”

“你保证？”

“我保证。哎呀！”

“怎么啦？”

“没什么，”她擦了一下嘴，看到手指上有血，“我咬到嘴唇了。我得走了，蒂娜。要是你想起来他有可能和什么人谈论那些钱，你会打电话给我吗？”

“一个也没有。”蒂娜可怜巴巴地说，然后开始哭泣。

“呃……好吧。”她觉得似乎还要说点什么，“不要去管什么眼妆，你现在的眼睛就很好看。再见。”

她没等蒂娜再说什么就挂了电话，然后继续踱步。她把嚼剩的戒烟口香糖吐进书桌旁的垃圾桶里，用纸巾沾了沾嘴唇，但是血早已不流了。

没有好朋友，也没有稳定的女朋友。除了那位老师外，没有任何人的名字。

霍莉坐下来，重新启动电脑。她打开火狐浏览器，找到北地高中的网站，点击了一下师资队伍，里面果然有霍华德·里克。他穿着鲜花图案的衬衣，衣袖鼓起，正如蒂娜所说，还系了一条可笑的领带。彼得·索伯斯难道真的不会对他最喜欢的英语课老师说点什么吗？尤其是牵涉他在魔力斯奇笔记本上所写的内容？

她又点击了几下，电脑屏幕上出现了霍华德·里克的电话号码。天色尚早，可是她实在没有勇气冷不防地给一个完全陌生的人打电话。给蒂娜打电话已经够难的了，而且那个电话还是在泪水中结束的。

她打定了主意，明天再告诉比尔。如果他认为值得一试，他可以给嬉皮士里基打电话。

她回到电脑巨大的电影文件夹中，不一会儿便再次沉浸在《教父2》中。

12

星期天晚上，莫里斯又去了一家网吧，进行快速搜索。找到想要的东西后，他掏出上面写有彼得·索伯斯手机号码的那张纸，记下了安德鲁·哈利迪家的地址。柯勒律治街在西城。在二十世纪七十年代，那里是中产阶级区，大多数是白人住宅，一座座房屋都竭力显得比实际价格更昂贵，结果看上去全都一个样。

莫里斯快速访问了当地几家房地产公司的网址，发现那里没有太大变化，只是建了一家高档购物中心：山谷广场。安迪的汽车大概还停在他那边的家中。当然，也有可能停在店铺后面的空地上，莫里斯没有查看（上帝啊，你不能什么都查看，他想），但是那种可能性不大。如果十美元就能买一张公交车月票，花五十美元就能买一张半年票，干吗还要每天在交通高峰期早晨开三英里进城、傍晚再开三英里回家呢？莫里斯有他老伙计家的钥匙，但他不打算用，因为那房子的报警装置肯定要比桦树街娱乐中心齐全。

可是他还有安迪的车钥匙，有了车就会方便多了。

他走回臭虫屎公馆，确信麦克法兰肯定会在那里等他，而且不会满足于让莫里斯冲着那小杯子撒尿。不会，这次不会的。他这次还想搜查他的房间，那他就会发现里面装有偷来的电脑、血迹斑斑的衣服和鞋子的滚筒包。更不用说里面装着钱的信封，是他从老伙计办公桌里拿走的。

我会杀了他，莫里斯想。他现在可是莫里斯狼（至少在他自己的心中是的）。

只是他不能用那把枪。臭虫屎公馆的许多人都知道枪声是什么样的，哪怕是他老伙计那把 P238 那种同性恋使用的枪发出的柔和响声，而斧头又留在了安迪的办公室。就算斧头在他手中，他可能也杀不了他。麦克法兰身材与安迪差不多，却不像安迪那样全是脂肪。麦克法兰看上去很壮实。

没关系，莫里斯安慰自己。狗屎并非就是狗屎。因为一匹老狼也是一匹狡猾的狼，这就是我现在的目标：狡猾。

台阶上并没有麦克法兰在等他，但是莫里斯还没有来得及松口气，便又确信他的假释官肯定在楼上等他。大厅里也没有。他或许有一把万能钥匙，可以进入这个散发着尿骚味的破地方的每个房间。

拿我试试看，他想，你拿我试试看，你这婊子养的东西。

但是房门锁着，屋里没有人，看上去也不像被人搜查过，尽管他猜想如果麦克法兰搜查时比较小心……比较狡猾——

莫里斯随即骂自己是个白痴。如果麦克法兰搜查过他的房间，那肯定会和两个警察一起等他，警察会拿着手铐。

尽管是这样，他还是猛地拉开壁柜门，确认滚筒包还在原来的地方。包是在那里。他取出钱数了数，六百四十美元。不太多，比罗思坦保险箱里的钱少多了，却仍是件好事。他把钱放回去，拉上滚筒包的拉链，然后坐到床上，抬起双手。手在颤抖。

我得把那些东西弄出去，他想，明天早晨。可是弄到哪里去呢？

莫里斯躺到床上，望着天花板，苦思冥想。他终于睡着了。

13

星期一天气晴朗，气温很高。太阳还没有完全升到地平线上，市民中心前面的温度计就已经显示二十一度。学校还有两个星期才会放假，但是今天将是夏季炎热天气的第一天。在这种日子里，人们会擦一擦脖子背后，眯起眼睛望一眼太阳，谈论全球变暖。

霍奇斯八点半到达办公室时，霍莉已经在那里了。她把昨晚与蒂娜在电话里聊过的事告诉了他，然后问霍奇斯，如果彼得不愿意把钱的来龙去脉告诉他，他是否可以和霍华德·里克（也就是嬉皮士里基）谈谈。霍奇斯同意了，并且告诉霍莉这个思路非常好（她听后异常兴奋），但是他在心里认为没有必要去找里克。如果他连一个十七岁的孩子都对付不了，而且这个孩子说不定急于把压在心头的事说给别人听，那他就需要告老还乡，去许多警察安度晚年的佛罗里达。

他问霍莉是否愿意当天下午放学时在加纳街守候索伯斯家的这个男孩，她同意了，条件是她不必亲自和他谈。

“你不需要，”霍奇斯向她保证，“如果你看到他，只需给我一个电话。我就赶过去堵住他，我们有他的相片吗？”

“我已经下载了六张到我的电脑里，五张来自学校的年刊，一张来自加纳街图书馆网站，他在那里当学生助理还是什么的。过来看看。”

最佳的那一张——彼得·索伯斯系了条领带，穿着深色运动外套——注明他为2015**级学生会副主席**。他一头黑发，相貌英俊，虽然与妹妹不是太像，但还是看得出来他们是兄妹。充满灵气的蓝眼睛直视着霍奇斯，眼睛中还带有一丝幽默。

“你能把这些发给杰罗姆吗？”

“已经发过去了。”霍莉笑着说，霍奇斯心想——像往常一样——她应该经常这样做。霍莉笑起来很好看，如果眼睛周围再用点睫毛膏，她或许称得上是个美人。“天哪，再次见到杰罗姆真开心。”

“霍莉，我今天上午有什么安排吗？”

“十点出庭，那起袭击事件。”

“哦，对了，就是殴打他小舅子的那个家伙，秃头打手贝尔森。”

“给别人起绰号可不太好。”霍莉说。

这或许是实话，但是出庭向来是件令人烦躁的事，今天出庭尤其折磨人，尽管可能不到一个小时，除非威金斯法官在霍奇斯离开警界后放慢了审理速度。彼得·亨特利一直把布伦达·威金斯称作“联邦快递”，因为她总是准时宣判。

这位秃头打手名叫詹姆斯·贝尔森，他的相片应该出现在词典中“穷苦白人”一词旁。他住在这座城市的艾奇蒙大道区，那里有时也被称作“山里人天堂”。作为他与这座城市某家汽车经销商所签合同的一部分，霍奇斯受雇收回贝尔森赊购的本田讴歌 MDX，因为贝尔森数月前就停止了付款。霍奇斯赶到贝尔森家时，那破破烂烂的房子里并没有贝尔森，也没有汽车。贝尔森太太——看似被凌辱后遭到了抛弃——告诉他那辆讴歌已经被她弟弟豪伊偷走了。她给了霍奇斯地址，也在“山里人天堂”。

“我对豪伊没有任何好感，”她告诉霍奇斯，“可是你得赶快过去，免得吉米[①]杀了他。吉米一旦疯狂起来，根本不相信别人说什么，他会直接动手。”

霍奇斯赶到那里时，詹姆斯·贝尔森果然在殴打豪伊。他手中握着一把耙子柄，光秃秃的脑袋上全是汗水，在阳光下亮闪闪的。贝尔森的小舅子躺在长满杂草的车道上，靠近讴歌的后保险杠，一面徒劳地用脚去踢贝尔森，一面试图用双手护住流血的脸庞和打断的鼻子。

① 吉米是詹姆斯的昵称。

霍奇斯从背后靠近贝尔森，用简易警棍让他安静了下来。讴歌中午就回到了汽车经销商的停车场中，秃头打手贝尔森现在起诉霍奇斯袭击他。

“他的律师会想方设法让你看上去像个坏人，”霍莉说，“他会问你如何制服贝尔森先生的，你得为此做好准备，比尔。”

“哦，天哪，”霍奇斯说，“我给他一下是免得他杀死自己的小舅子，仅此而已。用力适度，并且保持了克制。”

“可是你使用了武器，确切地说，是一只里面装有轴承钢珠的袜子。”

“不错，但是贝尔森不知道。他当时背对着我，另外一个家伙至少已经处于半昏迷状态。”

“好吧……”可是她仍然显得有些担心，用牙齿摩擦着给蒂娜打电话时咬破的那个地方，“我只是不希望你惹上麻烦。答应我别发火，不要吼叫，不要挥舞手臂，不要——”

“霍莉，”他轻轻地抓住她的肩膀，“出去抽支烟，放松一下。今天上午在法庭上会一切顺利，今天下午彼得·索伯斯的事也会一切顺利的。”

她睁大眼睛，抬头望着他说：“你答应我吗？”

“我答应你。”

“好吧，我只抽半支烟。”她边朝门口走去，边在包里翻找着，“今天会把我们忙死。”

“估计会吧。你出去之前还有一件事。”

她转过身来，疑惑地望着他。

“你应该多笑一笑，你笑起来很好看。”

霍莉顿时脸红到了脖子根，赶紧走了出去。不过她又笑了，这让霍奇斯很开心。

14

莫里斯这一天也很忙，忙就是好事。只要他动起来，怀疑和恐惧就没有机会进入他的心中。有一点对他来说是好事：他醒来时完全相信这是他真正变成一匹狼的日子。他已经为文化艺术中心陈旧的计算机档案管理系统打好了所有补丁，因此那死胖子上司可以向他的头儿交差。他也不会再在埃里斯·麦克法兰面前装羔羊。不必再低三下四地“是，先生”或者“不，先生”，不必麦克法兰每次露面都说上三大袋“先生”。假释结束了。他一拿到罗思坦的笔记本，就会立刻离开这尿盆一样的城市。他没有兴趣往北去加拿大，所以能选择的只有美国本土的四十八个州。他认为自己或许可以选择新英格兰。谁知道呢，甚至有可能去新罕布什尔州。在那里把笔记本看完，靠近罗思坦写作时肯定凝视过的那些群山。罗思坦写的东西有着小说家特有的完整性，不是吗？是的，完整性正是长篇小说了不起的地方。那种所有情节在结尾处总能保持平衡的方式。他应该想到，罗思坦不会丢下吉米在那该死的广告公司里虚度光阴，因为那样的结局只是一大勺令人厌恶的俗套东西，毫无完整性可言。也许，在他的内心深处，莫里斯早已知道这一点。也许这就是他这么多年保持神智正常的原因。

他这辈子从来没有像现在这样神智正常过。

如果他今天上午没有上班，他那死胖子上司或许会给麦克法兰打电话。在发生无故旷工的情况下他至少会那样做的。因此，莫里斯必须消失，避开雷达，销声匿迹。

好。

事实上，太好了。

今天上午八点，他坐上驶往主大街的公交车，一直坐到南主大街尽头的转向处，然后再向南步行到花边女工巷。莫里斯穿上了唯一一件运动衫，系上了唯一一条领带，这样一来他在这里就不会显得格格不入，尽管现在还太早，那些花里胡哨的店铺还都没有开门营业。他拐进安德鲁·哈利迪善本书店和隔壁那家“美丽鲜花”儿童服装专卖店之间的小巷。建筑物后面的小院子里有三个停车位，其中两个归儿童服装店，另一个归书店。“美丽鲜花”专卖店的车位上有一个停了一辆沃尔沃，另一个空着。安德鲁·哈利迪的车位也空着。

也很好。

莫里斯像进来时一样快速离开了院子，停下来满意地看了一眼书店门里面挂着的**休息**牌子，然后走回到南主大街，坐上驶往城北的公交车。换了两次车后，他在山谷广场购物中心前下了车，这里离已故的安德鲁·哈利迪家只有两个街区。

他再次加快步伐，不再是慢悠悠地闲逛，仿佛他知道自己在哪里，要去哪里，并且完全有权利来这里。柯勒律治街几乎空无一人，他对此并不感到惊讶。现在是九点一刻（他那死胖子上司此刻肯定在望着莫里斯的空桌大发雷霆），孩子们在学校；那些上班族老爸老妈们都已出门去挣钱，以支付信用卡所欠的款项；大多数送货和上门服务的人要到十点以后才会来到这个小区。唯一比这更好的时机是下午三点左右大家都在睡午觉时，可是他等不了那么久。要去的地方太多，要做的事也太多。今天是莫里斯·贝拉米的重要日子。他的人生已经拐了一个大弯，但是他快要回到主道上来了。

15

正当莫里斯走进德鲁·哈利迪家的车道，看到他老朋友的汽车停在车库里时，蒂娜开始感到不舒服。她昨晚几乎没有睡着，因为她担心彼得会如何接受她的背叛行为。早餐像一大团硬邦邦的东西压在她的肚子里，突然间，正当斯隆太太在表演《安娜贝尔·李》[①]（斯隆太太从来不单纯朗读）时，那团未消化的食物开始顺着她的喉咙往上爬，朝向出口。

她举起手，感觉手至少有十磅重，但她还是一直举着，直到斯隆太太抬头看到她。“蒂娜，什么事？”

她有点不高兴，但是蒂娜不在乎，她已经管不了那么多了。“我感到不舒服，要去卫生间。”

“那就去吧，但是快点回来。”

蒂娜快步走出教室。有几个女孩发出了咯咯的笑声——在十三岁这个年纪，突然要去卫生间总是很有意思——但是蒂娜的全部心思都在不断上涌的那团东西上，没有精力去感到难堪。她一进过道就跑了起来，拼命奔向过道中间的卫生间，但是那团东西比她还要快。她还没有跑到卫生间，就一弯腰把早餐吐在了鞋子上。

负责保洁的哈格蒂先生正好上楼，看到她摇晃着后退离开那摊冒着热气的脏东西时，赶紧朝她跑去，腰带上挂着的工具叮当作响。

蒂娜伸手去摸墙，却感觉胳膊像塑料做的。整个世界都漂浮了起来。一部分原因在于她吐得太厉害，眼睛里都是泪水，但这不是全部。她真心希望自己没有被芭芭拉说服去见霍奇斯先生，她应该让彼

① 美国作家爱伦·坡（Edgar Allan Poe，1809—1849）的诗作。

得独自解决问题。万一他再也不理她怎么办?

“我没事,”她说,“很抱歉把这里弄得——”

但是她还没有来得及说完,漂浮的感觉就变得越来越糟。她并没有真的晕过去,但是整个世界从她脚下抽走了,变成了她只能隔着一扇脏兮兮的窗户观看的东西,她不再是里面的一部分。她顺着墙壁滑下去,惊奇地看到自己裹着绿色紧身裤的膝盖在上来迎接她。原来哈格蒂先生已经抱起了她,正走向楼下的学校卫生室。

16

在莫里斯看来，安迪的绿色小斯巴鲁再好不过——不会有人看它一眼，更不用说看它第二眼。这种车至少有上千辆。他把车倒出车道，向北城驶去，一路上提防着警察，也严格遵守限速规定。

起初几乎像星期五晚上再现。他再次把车停在贝娄斯大道购物中心，再次去了那家家得宝店。他走到工具区，挑选了一把凿子和一把长齿螺丝刀。然后，他再次把车开到曾经是桦树街娱乐中心的方形砖结构建筑前，再次把车停在标有**娱乐中心部门车辆专用**的车位上。

这是个干坏事的好地方。一边有装货平台，另一边有一道高高的树篱。只有从背后——棒球场和破败的篮球场——才能看到他，而现在学校在上课，这些地方空无一人。莫里斯走到之前注意到的地下室窗户前，蹲下身，将螺丝刀刀口插进窗户顶上的开口中。螺丝刀很容易就插了进去，因为木头已经腐朽。他用凿子扩宽裂口。窗框中的玻璃嘎嘎作响，但是没有破，因为油灰很陈旧，弹性很大。这栋大建筑装有报警系统的可能性看来越来越小。

莫里斯再次改用螺丝刀。他把螺丝刀伸进已经挖出的缺口，碰到里面的插销后按了下去。他看了看四周，确保没有人注意他——这是个好地方，不错，但是光天化日之下强行入侵公共场所依然是个令人恐惧的罪名——结果只看到一只乌鸦停落在电话杆上。他把凿子插进窗户底部，用掌根把它拍进最深处，然后使劲压它。起初没有任何反应，随即窗户向上滑动，木头发出尖利的响声，一阵尘土落了下来。他擦去脸上的汗水，窥视着放在里面的椅子、牌桌和一箱箱垃圾，验证一下是否容易爬进去、落到地上。

但是还不行，万一里面某个地方装有无声报警器呢？只要存在一丝这种可能性，他就不能进去。

莫里斯拿着工具回到绿色小斯巴鲁中，开车走了。

17

琳达·索伯斯正在北地小学监督十点钟前后的课间活动，佩吉·莫兰突然进来告诉她，她女儿在三英里外的道顿中学病倒了。

“她在卫生室，”佩吉压低嗓音说，“他们告诉我她呕吐后晕过去几分钟。”

“哦，我的上帝，”琳达说，“她今天吃早饭时脸色就有点苍白，可是我问她是否有事时，她说没事。”

“他们都这样，”佩吉转动着眼睛，“不是小题大做，就是‘我没事，妈妈，别来烦我’。去接她回家吧，这里交给我，雅布伦斯基先生已经叫人顶替你了。”

“你真好。”琳达把自己的书收拾好，装进公文包。

“或许只是肚子不舒服，”佩吉坐到了琳达刚刚腾出来的座位上，“我估计你想带她去最近的医生那里，可是干吗要破费三十块钱？那种药哪里都能买到。”

“我知道。”琳达说……可是她真不知道。

她和汤姆一直在慢慢地但踏踏实实地努力从两个坑里跳出来：金钱坑和婚姻坑。汤姆出事后那一年，他们差一点离婚。但是那神秘的钱宛如一种奇迹般到来，情况开始慢慢好转。虽说还没有完全从这两个坑中出来，但琳达已经开始相信他们会的。

由于父母两人都把注意力集中在残酷的生存上（当然，汤姆还得额外面临康复的挑战），孩子们太多的时间都靠自动驾驶仪单飞。直到此时，当她觉得自己终于可以松口气、终于有时间可以观察一下周围时，琳达才明显感觉到彼得和蒂娜有点不对劲。他们都是好孩子，很聪明，她认为兄妹俩都没有陷入青少年常见的陷阱中——酗酒、吸毒、在商店里偷东西、发生性关系——但是肯定有什么事，她觉得自己知道那是什么事。她觉得汤姆也知道。

以色列人挨饿时，上帝从天上送来了吗哪[1]，但是现钱却来自更加平淡无奇的渠道：银行、朋友、遗产以及能够伸出援手的亲戚。那些神秘的钱不是来自任何这些渠道。肯定不是来自亲戚，在2010年时，他们的亲戚像汤姆和琳达一样捉襟见肘。而且只有孩子才是至亲，对吗？人们很容易忽视这一点，因为孩子们就在身边，但孩子确实是至亲。如果认为那些钱来自蒂娜就太荒唐了，因为刚开始收到那些信封时，蒂娜只有九岁，无法保守那样的秘密。

可是彼得……他会缄口不言。琳达记得彼得只有五岁大时她母亲说过的话："这个孩子守口如瓶。"

只是，一个十三岁的孩子从哪里弄到那么多钱呢？

在驱车去道顿中学接生病的女儿时，琳达想，我们从未问过任何问题，真的没有，因为我们害怕问问题，只要经历过汤姆出事后那几个月痛苦生活的人都能明白，我不会为此向任何人道歉。我们有理由做懦夫，很多理由，其中两条最主要的理由是有房子住，孩子们指望我们抚养他们。但现在是时候问一问究竟是谁在供养谁了。如果真的是彼得，如果蒂娜知道真相后为此感到不安，那我就不能再这样当懦夫。我需要睁开眼睛。

我需要一些答案。

---

① 吗哪是《圣经》中所说的古以色列人经过荒野时得到的天赐食物。

18

上午十点左右。

霍奇斯出庭，行为举止温文尔雅，霍莉会为此自豪的。他言简意赅地回答了秃头打手的辩护律师提出的问题。律师给了他大量机会，让他在法庭上争辩。虽然霍奇斯当初当警察时偶尔会落入这种圈套，但他现在避开了。

琳达·索伯斯开车带着蒂娜离开学校。蒂娜脸色苍白，默不作声。到家后，琳达让女儿喝了一杯姜汁汽水，让她的胃舒服一点，然后要她躺到床上。她准备问蒂娜对那些神秘的钱知道什么，但是那还得等蒂娜感觉好一点后再说。下午有足够的时间，而且彼得放学回家后，她还要让彼得一起参与那场谈话。谈话的人会只有他们三个，可能这样最好。汤姆远在城市以北五十英里处，正带着一群房产客户察看 IBM 最近腾出来的一处办公大楼，要到晚上七点才能到家。如果他们在回城的路上停下来吃晚餐的话，他回来的时间甚至会更晚。

彼得正在上第三节课——《高级物理》，诺顿先生滔滔不绝地讲解着希格斯玻色子和欧洲核子研究委员会设在瑞士的大型强子对撞机。彼得的眼睛虽然盯着诺顿先生，眼睛背后的心思却早已飞到了家中。他把为今天下午即将到来的见面而写的脚本又过了一遍，提醒自己不能因为有了一个脚本，哈利迪就会跟着他演下去。哈利迪是这一行的老手，大多数时候可能都在打法律的擦边球。彼得只是个孩子，如果忘记这一点，他就绝对没有取胜的把握。他必须小心，为自己缺乏经验留出余地。他必须每次想好后再开口。

尤为重要的是，他必须勇敢。

他要告诉哈利迪：大家都说有半条面包总比没有面包强，但是在缺衣少食的世界里，就连一片面包也比没有面包强。我要给你的可是三十多片面包。你得好好考虑考虑。

他要告诉哈利迪：我不会任人宰割，你最好也把这一点考虑一下。

他要告诉哈利迪：如果你认为我是在吓唬你，那你就试试看。只要你敢试一试，我们最终都将一无所得。

他想，我只要鼓足勇气，就能摆脱这困境。我会鼓足勇气的。我会的。我必须。

莫里斯·贝拉米把偷来的斯巴鲁停在离臭虫屎公馆两个街区处，步行回来。他在一家旧货店门口停留了片刻，确信埃里斯·麦克法兰不在附近后，疾步跑进这破烂不堪的大楼，吃力爬上九段台阶。两台电梯今天都坏了，这也是常有的事。他把衣服胡乱塞进一只滚筒包中，彻底离开了这破烂不堪的房间。一路来到第一个拐角，他的后背发烫，脖子僵硬得像块熨衣板。他一手拎着一只滚筒包，结果每一只似乎都重达百磅。他一直等待着麦克法兰喊他的名字，然后从某个遮阳篷下走出来，问他为什么不上班，问他打算去哪里，问他包里装着什么，然后告诉他要送他回监狱：不要有任何行动，不要行贿二百美元。莫里斯直到完全看不见臭虫屎公馆后才放松下来。

汤姆·索伯斯正陪同几位房地产经纪人察看空空荡荡的IBM大楼，指出各处的特色，鼓励大家拍照。大家都为有可能做成这笔交易兴奋不已。这一天结束时，他那经过外科手术修复的大腿和臀部会像地狱里所有的恶魔都出来折磨他一样疼痛，但是此刻他感觉良好。这座遗弃的办公和制造大楼对他来说可以成为一笔大交易。生活终于时来运转了。

杰罗姆匆匆走进霍奇斯的办公室，给霍莉一个惊喜。霍莉看到他后开心地尖叫着，可是当他抓住她的腰，像对待他妹妹那样把她举起来转圈时，她心惊肉跳。他们聊了一个多小时，相互通报近况，然后她给他说了自己对索伯斯一事的看法。看到杰罗姆也认为她应该认真对待那些魔力斯奇的笔记本，她非常高兴；而得知他也看过《龙虎少年队 2》时，她更加高兴。他们把彼得·索伯斯的话题搁到一旁，详细讨论起了这部电影，把它与乔纳·希尔演过的其他电影进行比较。然后，他们将话题转到了各种电脑应用程序上。

唯一不忙的只有安德鲁·哈利迪。无论是初版书籍还是身穿紧身黑裤的年轻服务员，对他来说都已不重要了。对于现在的他而言，水火不相容的东西已经和风与空气完全一样。他正长眠在一大摊已经凝固的鲜血中，吸引着苍蝇。

19

十一点。市区温度已经高达二十七度，广播里说气温将一直上升到三十二度才会缓解。大家相互都在说，肯定是全球变暖。

莫里斯开车经过桦树街娱乐中心两次，高兴地（但并非真的感到意外）看到那里依然空无一人，只有那四四方方的空建筑在阳光下暴晒。没有警察，没有警车，就连那只乌鸦也飞到阴凉处去了。他绕着街区转了一圈，看到他老家的车道上现在停了一辆漂亮的小福克斯。索伯斯先生或太太下班很早。见鬼，也许夫妇俩都在家。这对莫里斯来说算不了什么。他返回娱乐中心，这次把车开了进去，绕到后面，停在他现在开始认为属于他的地方。

他相信没有人注意他，但动作快点仍然不是坏事。他把包拎到强行撬开的窗户旁，丢到地下室地板上，然后把双脚先伸进窗户，滑了进去。

深深吸入第一口里面那清凉、带霉味的空气时，他感到一阵头晕。他摇晃了一下，伸出胳膊去保持平衡。是高温的缘故，他想，你一直忙得没有意识到，可是你一直在滴汗。还有，你没有吃早饭。

这两条理由都站得住脚，但主要的原因却简单得多，也不言而喻：他已经不再年轻，在染坊干强体力活已经是多年前的事情了。他得悠着点。火炉旁有几个大纸箱，侧面写着**厨具**。莫里斯坐到其中一只纸箱子上，直到心跳放慢速度，头昏眼花的症状过去为止。然后，他打开里面装着安迪那把自动小手枪的滚筒包，把枪插在背后的裤腰上，再把衬衣拉出来遮住它。他从安迪的钱里面取出一百美元，以备无法预料的支出之需，其余的钱留在那里以后再用。他今晚会回到这里，甚至会在这里过夜。这在某种程度上取决于偷了他笔记本的那个孩子，也取决于莫里斯需要采取什么措施将笔记本拿回来。

不管采取什么措施，你这浑蛋，他想，不管采取什么措施。

现在该行动了。他年轻时可以轻而易举地从地下室爬出去，但是现在做不到。他把一个标有**厨具**的纸箱子拖过来——箱子重得出奇，里面大概装了一些坏了的旧厨具——把它当作垫脚之物。五分钟后，他开车朝安德鲁·哈利迪善本书店驶去。他将把老伙计的车停在老伙计的车位上，然后将这一天剩下的时光用来享受空调，等待偷笔记本的年轻人到来。

真是个詹姆斯·霍金斯，他想。

20

两点一刻。

霍奇斯、霍莉和杰罗姆已经出发，奔向他们各自在北地高中的守候点：霍奇斯在正门，杰罗姆在韦斯特菲尔德街角，霍莉在高中礼堂再过去的加纳街上。各自到位后，他们会打电话通知霍奇斯。

在花边女工巷的书店里，莫里斯整理了一下领带，把挂着的牌子翻过来，从**休息**变成**营业中**，然后开了门。他走到办公桌后坐下来。万一有顾客进来翻书看——在一天当中顾客稀少的这个时间，可能性不大，但也不能完全排除——他会很高兴提供帮助。万一那孩子到来时店里有顾客，他得想别的招。随机应变。他的心跳得很厉害，但是他的手很稳，已经不再颤抖。我是狼，他告诉自己，如果有必要，我会咬人。

彼得在上创意写作课。课本是斯特伦克和怀特编写的《文体要素》，他们今天将讨论著名的第 13 条原则：*省略不需要的文字*。布置给他们的材料是海明威的短篇小说《杀手》，结果课堂讨论非常活跃。大家就海明威如何省略不需要的文字各抒己见。彼得几乎什么也没有听进去。他不停地看钟，上面的指针正一步步逼近他与安德鲁·哈利迪约定的时间。他也在心中把他的脚本过了一遍又一遍。

两点二十五分，贴着他大腿的手机振动了一下。他掏出来看着屏幕。

老妈：一放学就回家，我们需要谈谈。

他的胃一阵痉挛，心跳加速。可能只是一些要做的家务事，可是彼得相信绝非如此。我们需要谈谈相当于老妈在说休士顿，我们遇到麻烦了[①]。可能是那些钱的问题，事实上这在他看来可性能很大，因为老话说祸不单行。如果真是钱的问题，那么肯定是蒂娜透露出去的。

好吧。如果真是这样，那么好吧。他会回家的，他们也会谈谈，但是他需要先解决好哈利迪这件事。他父母不应该为他陷入的困境负责，他也不会要他们负责。他同样不会责怪自己。他只是做了该做的事。如果哈利迪拒绝达成交易，如果他不顾彼得给出的理由继续报警，那么他父母知道的越少越好。他不希望他们被指控为同案犯。

他考虑过是否把手机关了，但还是决定不关。万一她再给他发短信——或者蒂娜给他发短信——他还是知道为好。他抬头看了看钟，两点四十。过一会儿就会打铃，他就可以离开学校了。

彼得不知道自己是否还会回来。

① 1970年美国太空飞船阿波罗13号升空后，宇航员斯维吉特向休士顿指挥中心报告故障时所用语言，后成为电影《阿波罗13号》中的经典台词。

21

霍奇斯将普锐斯停在高中大门南面五十英尺左右。虽然停车处的路肩为黄色，但他仪表板上的贮物箱里有张旧的**警察执行任务**卡片，他留着就是为了解决这类停车问题。他把卡片放在仪表板上。下课铃响起时，他下了车，交叉双臂，靠着发动机罩站着，注视着那排大门。大门上方镌刻着校训：**教育为人生之灯**。霍奇斯握着手机，时刻准备根据谁出来或者谁没有出来而拨打或者接听电话。

他没有等太久，因为第一群进入六月阳光下的学生当中就有彼得·索伯斯，他们匆匆走下宽阔的花岗石台阶。大多数孩子都和朋友在一起，但索伯斯家的男孩孤身一人。当然，并非只有他一个人形单影只，只是他的脸上有一种坚定的表情，仿佛他生活在未来，而不是此时此刻。霍奇斯的视力与从前一样敏锐，他认为那种表情只有准备上战场的士兵才有。

或许他只是担心期末考试。

彼得没有走向停在学校左边的黄色校车，而是向右拐，朝霍奇斯停车的方向走来。霍奇斯缓步迎上去，边走边用快速拨号接通了霍莉。“我看到他了。告诉杰罗姆。”他不等她回答就挂了电话。

彼得斜着走，绕开街上的霍奇斯。霍奇斯快步站到他面前：“嗨，彼得，有空吗？”

彼得立刻正视着对方。他长得很帅，但是脸过于消瘦，额头上长着粉刺。他紧紧抿着嘴唇，让他几乎看不到他的嘴巴。“你是谁？”他问。不是“好的，先生”或者“你有事要我帮忙吗？”只是“你是谁”。说话的声音和他的脸一样紧绷绷的。

“我叫比尔·霍奇斯，想和你谈谈。”

其他孩子从他们身旁经过，有的在聊天、打闹，有的在吹牛、调整书包背带。有几个孩子瞥了一眼彼得和他身旁那位白发稀疏的男人，但是谁也没有表现出任何兴趣。他们都有地方要去，也都有事情要做。

“谈什么？”

“到我车上谈会更好，不会被别人打搅。”他指着普锐斯说。

彼得重复了一遍：“谈什么？”他没有挪动。

“你听我说，彼得。你妹妹蒂娜是芭芭拉·罗宾逊的朋友。我认识罗宾逊一家已经很多年了，芭芭拉说服蒂娜过来和我聊了聊。她很担心你。”

“为什么？”

“如果你是想问为什么芭芭拉建议她来找我，那是因为我以前是个警探。”

彼得的眼神中闪过一丝惊恐。

“如果你想问蒂娜为什么担心，我们真的最好不在街上探讨。”

惊恐的表情稍纵即逝，男孩的脸上再次毫无表情。那是扑克牌高手脸上的表情。霍奇斯以前也曾审讯过一些能够做到这一点的犯罪嫌疑人，他们通常最难对付。如果能对付得了的话。

“我不知道蒂娜对你说了什么，但是她没什么好担心的。”

“如果她对我说的话是真的，她当然会担心。”霍奇斯朝彼得挤出最灿烂的微笑，“走吧，彼得。我又不会绑架你。我向上帝发誓。”

彼得极不情愿地点点头。他们来到普锐斯车前时，他突然止住脚步。他看到了仪表板上那张黄色卡片。“你以前是警探，还是现在仍然是？”

“以前是，”霍奇斯说，“那张卡片……算是一个念想吧。有时候挺管用的。我离开警界拿养老金已经五年了。请上车，我们可以聊聊。我是以朋友身份来这里的。如果我们再在车外站一会儿，我会热化掉的。”

“要是我不上车呢？”

霍奇斯耸耸肩道：“那你可以走了。”

“好吧，但是就一分钟，”彼得说，“我今天得步行回家，我要去药店给我爸爸拿药。他在服用什么万络[①]，因为他几年前受过伤。”

霍奇斯点点头：“我知道；市民中心；当时是我的案子。”

“是吗？”

“是的。”

彼得拉开副驾驶一侧的车门，上了普锐斯。他倒是一点也不为坐到陌生人的车上担心。小心谨慎，但是并不紧张。霍奇斯这么多年来大约询问过一万名犯罪嫌疑人和证人，此刻很清楚这个孩子已经打定了主意，只是他现在还说不准彼得是准备敞开心扉还是严守秘密。不管是哪种情况，马上就能见分晓。

他走到汽车另一侧，上车后坐到方向盘后面。彼得对此没有反应，可是当霍奇斯发动引擎时，他顿时紧张起来，抓住了门把手。

“别紧张，我只是想打开空调。你没有注意到今天很热吗？特别是今年热得这么早，大概是全球变暖——”

“我们快点结束，我还要替老爸取药回家呢。我妹妹跟你说了什么？你知道她只有十三岁，对吗？我非常爱她，老妈叫她戏剧女王蒂娜。”然后，仿佛这说明了一切似的，“那个《美少女的谎言》，她和她朋友埃伦一集都没有错过。”

好吧，这么说最初的决定是不开口，并没有让人感到特别惊讶。现在要做的是让他改变主意。

“彼得，给我说说寄来的那些现金。”

没有丝毫紧张，孩子的脸上也没有闪过“糟了”的表情。他知道肯定会问他这件事，霍奇斯想。一提到他妹妹的名字，他就知道了。他甚至有可能事先收到了警告。蒂娜有可能改变主意，给他发了

---

① 一种抗炎症药物。

短信。

“你是指那笔神秘的钱？”彼得说，“我们是这样称呼它的。”

“是的，我就是这意思。”

“信不信由你，那些钱是四年前开始寄来的。我当时的年纪与蒂娜现在差不多。每个月左右会有一个信封，收信人是我老爸。里面没有信，只有钱。”

“五百美元。”

“有一两次多一点或少一点。并不是每次寄来的时候我都在家，头一两次过后，我爸爸妈妈就不太多谈这件事了。”

“就像谈多了会倒霉一样？”

“是啊，就像那样。也不知从什么时候开始，蒂娜以为那钱是我寄的，就像真的似的。我那时候连零花钱都没有。”

“如果不是你，那是谁寄的？”

“我不知道。”

似乎他准备说到这里就打住了，可是他继续说了下去。霍奇斯平静地听着，希望彼得会言多必失。这个孩子显然很聪明，但聪明的人有时也会言多必失。只要你给他们机会。

“你知道吗？每年圣诞节都有新闻，说某人在沃尔玛或者什么地方派送一百块钱的钞票。”

“知道。”

“我认为应该是这种情况。某个富翁决定从那天市民中心受伤的人当中挑选一个对象，然后扮演神秘圣诞老人的角色，结果随便挑中了我老爸。”他转过脸来望着霍奇斯。这是他们上车后第一次对视，他睁大了眼睛，真诚却又不可信赖。“就我所知，他也给其他人寄过钱，大概是那些伤势最重、无法工作的人。”

霍奇斯心想，说得好，孩子，这确实有一定道理。

“圣诞节期间随意向十到二十个顾客发放一千块钱是一回事，四年内给一个家庭两万多块钱是另一回事。如果再把其他家庭算在内，你说的可是一大笔钱哪。”

“也许他是某个对冲基金的花花公子，”彼得说，“你知道，就是那种别人贫穷时他发了大财的人，因而对此感到愧疚。”

他不再看霍奇斯，而是将目光转向了挡风玻璃正前方。他身上有一种气味，至少在霍奇斯看来是这样；不是汗味，而是宿命主义的气味。霍奇斯再次想起了准备走向战场的士兵，他们知道在战场上牺牲或受伤的概率至少是五十对五十。

“听我说，彼得，我不关心那些钱。”

“反正不是我寄的！”

霍奇斯继续给他施压，这是他最拿手的。“那是意外之财，你用它来帮助家人渡过难关。这是件好事，一件高尚的事。”

“许多人可能不会这样想，”彼得说，“我是说，如果真是这样的话。”

“你想错了，大多数人都会这样想的。我可以告诉你一点，你可以百分之百地相信，因为我的依据是我从警四十多年的经验。这座城市、这个国家不会有任何公诉人起诉一个用找到的钱来帮助家人的孩子，尤其是在这个孩子的父亲先是丢了工作，然后又被一个疯子轧断双腿之后。只要有人敢提起公诉，媒体会把他钉在十字架上。”

彼得没有做声，但是他的喉咙在动，仿佛他在克制着不让自己抽泣。他想说，但是有什么东西在阻止他。不是钱，但是与钱有关，肯定是。霍奇斯很好奇装在每个月寄来的信封里的那些钱究竟是哪里来的——谁都会对此感到好奇——但他更好奇的是这个孩子身上目前在发生什么事。

“你把钱寄给他们——”

“我再说最后一遍，不是我寄的！”

“——一切都很顺利，但是后来你遇到了某种麻烦。告诉我是什么麻烦，彼得。让我帮你搞定，让我帮你把它纠正过来。”

有那么片刻工夫，彼得浑身颤抖，准备说出实情。他把目光转向左边，霍奇斯顺着他的目光望去，看到了自己放在仪表板上的那张卡片。卡片是黄色的，黄色代表警示，代表危险。**警察执行任务**。他真心希望自己没有把它从贮物箱里取出来，也真心希望自己把车再往前开一百米后停在街道上。天哪，他每天走路，走一百米是很轻松的事。

“没有什么麻烦。”彼得说。他现在说话的腔调像霍奇斯仪表板上的GPS里传出的电脑生成声音一样呆板，但是他的太阳穴在搏动，搁在大腿上的双手紧紧握在一起，尽管车内开了空调，他的脸上还是有汗。“我没有寄钱。我得去取我老爸的药片了。”

“彼得，听着，就算我现在仍然是名警察，这次的谈话内容法庭也不会采纳。你是未成年人，身旁没有大人给你忠告。此外，我一直没有向你说出那番话，也就是米兰达法则——”

霍奇斯看到彼得的脸像银行金库大门一样砰的一声关上了，起因就是那几个字：*米兰达法则*。

“谢谢你的关心，”彼得依然是机器人般彬彬有礼的腔调，他打开车门，“但是没有什么不对劲的，真的。”

“确实有。”霍奇斯说。他从胸前的口袋里掏出一张名片递给彼得。“拿着，要是你改变主意，就给我打电话。不管是什么事，我都可以帮——”

车门关上了。霍奇斯目送彼得·索伯斯快步走远，把名片装回口袋，心想，我真该死，把事情搞砸了。要是换了六年前，甚至两年前，我会把他拿下的。

然而，把这怪罪到年龄上也太容易了。他内心深处更善于分析、更不带感情色彩的那部分知道自己其实离拿下他还远着呢。认为自己可能拿下他其实是个幻觉。彼得已经为投入战斗完全做好了准备，所以从心理层面来说他根本不会缴械投降。

这个孩子走到城市药店，从后兜掏出他父亲的处方，然后进店。霍奇斯快速拨通了杰罗姆的电话。

“比尔！情况如何？”

“不太好。你知道城市药店吗？”

“知道。”

“他要去那里买药。尽快绕过街区赶过去。他说他要回家，也许是真话，但如果不是，我想知道他要去哪里。你可以跟踪他吗？他认识我的车，但不认识你的车。”

“没问题，我这就出发。”

不到三分钟后，杰罗姆已经绕过街角。一位母亲来接两个孩子，只是那两个孩子太矮小，不像高中生。这位母亲把车开走后，杰罗姆把车停在了腾出来的空位上。霍奇斯倒车，朝杰罗姆挥了挥手，向霍莉在加纳街的位置驶去，边开车边拨打她的号码。他们可以一起等待杰罗姆的报告。

22

彼得的父亲确实服用万络，而且在他终于停止服用奥施康定后一直在服用，但是他目前备有足够的万络。彼得从后兜掏出一张折好的纸，在走进城市药店之前看了一下。那张纸其实是副校长起草的一份措辞严厉的通知，提醒高二学生“高二逃课日”只是个神话，办公室将在那一天特别严格地核查出勤率。

彼得并没有亮出这张通知；比尔虽然退休了，但他的脑子并不糊涂。不，彼得只是看了它一下，仿佛要确定自己手中的东西是否对，然后进了药店。他快步走到后面的处方药品柜，柜台后面的佩尔基先生客气地向他问好。

“哟，彼得，今天想买点什么？”

“不买什么，佩尔基先生，我们都很好，可是有两个孩子在跟踪我，因为我不让他们抄历史课开卷测试的答案。不知道你能不能帮我。”

佩尔基先生皱起眉头，向双开式弹簧门走去。他喜欢彼得，因为那孩子即便在家里过得特别艰难时也总是乐呵呵的。“你把他们指给我看，我让他们立刻走开。”

“不用，我可以解决，但要等到明天，等他们有机会冷静下来。只是，怎么说呢，如果我可以从后门……”

佩尔基先生意味深长地使了个眼色，表明他也曾年轻过。“可以。你先进这道门。”

他领着彼得穿过一排排货架，上面堆满了各种药膏和药片，然后进入后面的小办公室。这里有扇门，上面贴着一张红色大标志：**开门会报警**。佩尔基先生一只手遮住门旁的密码盒，另一只手按了一串数字。彼得听到了嘟的一声。

“你就从这里出去。”他告诉彼得。

彼得谢了谢他，飞快地跑到药店背后的装货平台上，再跳到开裂的水泥地上，顺着小巷来到了弗雷德里克街。他朝两边望了一眼，看看前警探的那辆普锐斯是否在附近，结果没有看到。于是，他立刻奔跑起来，二十分钟后就到了南主大街。虽然没有看见那辆蓝色的普锐斯，但是为了确保安全，他一路上还是突然拐了几个弯。就在他要转入花边女工巷那一刻，他的手机再次振动了，这次的短信是他妹妹发来的。

蒂娜：你和霍奇斯先生谈了吗？希望你和他聊过。老妈已经知道了。我没有说，但是她早就知道了。请不要生我的气。☹

好像我会生她的气一样，彼得想。如果兄妹俩年龄差距为两年，他们或许会有手足之间的争风吃醋，但如果真是那样，可能也不会有这种现象。他有时会对她恼火，但即便是在她淘气的时候，也从来没有生过她的气。

钱的真相已经大白于天下，但他或许可以说只找到那些钱，然后隐瞒出售一位被害人私人财产的事。他那样做仅仅为了让妹妹能够上一所学校，在那里不必和大家一起沐浴，她那笨蛋朋友埃伦会被远远抛在后面。

他知道摆脱这件事的概率几乎为零，但是在某个时刻——也许就在今天下午，当他望着挂钟内的指针慢慢走向三点钟时——这已经变成了次要的。他真正想做的是把那些笔记本，尤其是含有最后两部吉米·戈尔德小说的笔记本，寄给纽约大学。或者寄给《纽约客》，因为这家杂志在二十世纪五十年代发表了罗思坦几乎所有短篇小说。同时对安德鲁·哈利迪严厉一点。是的，严厉一点，自始至终。绝不允许哈利迪把罗思坦的任何晚期作品出售给某个土豪收藏家，因为这种收藏家只会把它和他收藏的雷诺阿、毕加索的作品或者他那珍贵的十五世纪版本《圣经》一起藏在恒温恒湿的密室里。

彼得小时候只是将那些笔记本当做埋藏的财宝，他的财宝。他现在明白事理，不只是因为他爱上了约翰·罗思坦那下流、妙趣横生、有时极其动人的文笔。那些笔记本从来不只属于他一个人，也不只属于罗思坦本人，不管他自己如何看待它们，把它们藏在新罕布什尔州的农场家中。它们值得让每一个人看到、读到。或许那个冬日暴露出那只箱子的小滑坡本身只是个意外事件，但是彼得不相信。他相信，就像亚伯的血，这些笔记本从地下发出了呼喊声。如果这样想会让他变成一个傻乎乎的空想家，那就是吧。有些狗屎确实就是狗屎。

走过半条花边女工巷后，他看到了书店装饰着涡卷纹的老式招牌。它有点像英国酒吧外面常见的那种招牌，只是上面写着的不是“农夫休憩”之类的名称，而是“安德鲁·哈利迪善本书店”。彼得望着它，最后一丝怀疑也如轻烟般消失。

他想，哈利迪先生，约翰·罗思坦也不是任由你宰割的，过去、现在、将来都不是。那些笔记本一本都不给你。大鸭蛋，宝贝，吉米·戈尔德会说。你只要报警，我就向警察和盘托出，经历过詹姆斯·艾吉书籍事件之后，我们倒要看看他们相信谁。

一个沉重的负担——无形但非常沉重——从他的肩膀上滑落了。他心中的某个东西长久以来第一次回归到了其真实的状态。彼得快步向哈利迪的书店走去，不知不觉地握紧了拳头。

23

三点刚过几分钟——就在彼得上了霍奇斯的普锐斯前后——一位顾客走进了书店。这是一个矮胖子，厚眼镜和花白的山羊胡子让他看上去很像埃尔默·法德[①]。

“需要帮忙吗？”莫里斯问，尽管他的第一个想法是呃呃，出什么事了，大夫？[②]

“我不知道，”埃尔默有点怀疑，“德鲁去哪儿了？”

“密歇根老家那边出了点急事。”莫里斯知道安迪的老家在密歇根，这样说没事，但是他得非常小心安迪老家这种说法。如果安迪曾经和他提到过自己的亲戚，莫里斯也早忘了。“我是他的老朋友，他请我今天下午替他看店。”

埃尔默在思索。莫里斯的左手悄悄伸到身后，摸到那把自动小手枪的轮廓后松了口气。他不想开枪杀了这家伙，不想冒险弄出枪声，但迫不得已时他会的。安迪的私人办公室里有的是地方，足以装得下埃尔默。

“他替我留了一本书，押金我已经交过了。是初版的《孤注一掷》，作者是——”

“贺拉斯·麦考伊。”莫里斯替他说了出来。办公桌左边书架上的书——也就是背后藏着监控 DVD 的那些书——上面夹着纸条，莫里斯今天进店后已经把它们全都仔细看了一遍。纸条是顾客的订单，其中就有麦考伊。“版本不错，带签名。只有签名，没有题词。书脊上有一点变色。”

---

① 美国动画片《兔八哥》中的经典人物形象。

② 美国动画片《兔八哥》中的经典台词。

埃尔默笑了："就是这一本。"

莫里斯把它从书架上取下来，同时偷偷看了一眼表。三点十三分。北地高中三点放学，也就是说那孩子最迟三点半就应该到这里。

他抽出纸条，看到上面写着：欧文·扬科维奇，七百五十美元。他微笑着把书递给埃尔默："我特别记得这本书。安迪——我猜他现在喜欢别人叫他德鲁——告诉我说这本书只收你五百块。他买进这本书时，价格低于他的预计，所以想把盈利部分让给你。"

想到自己能省下二百五十美元，埃尔默刚看到德鲁习惯坐着的地方出现一个陌生人时的那点怀疑顿时烟消云散。他掏出支票簿："这么一来……扣掉押金，总数应该是……"

莫里斯宽宏大量地一挥手，说："他忘记告诉我押金是多少，所以你把它扣除就行了。我相信他信任你。"

"这么多年了，他应该信任我。"埃尔默伏在柜台上，开始写支票，速度慢得令人痛苦。莫里斯看了看钟。三点十六分。"你看过《孤注一掷》吗？"

"没有，"莫里斯说，"我错过了这一本。"

万一这个装模作样留着山羊胡子的浑蛋还在颤抖着写支票时，那个孩子进来怎么办？他无法告诉索伯斯，说安迪在后面，至少在告诉埃尔默安迪去了密歇根后，他不能那样说。汗水从他的发际线流出来，顺着他的脸颊往下淌，他可以感觉到。他在监狱等着被人强奸时总是这样流汗。

"真是本好书，"埃尔默说，手中的笔停在写了一半的支票上，"真是本好小说，对社会的评论足以与《愤怒的葡萄》[①] 比肩。"他停下来，开始思考。现在是三点十八分。"嗯……或许比不上《愤怒的

① 1962年诺贝尔文学奖获得者、美国作家约翰·斯坦贝克（John Steinbeck，1902—1968）的代表作。

葡萄》，那或许把它抬得太高了，但是肯定可以与《胜负未决的战斗》[①]媲美。那本书与其说是小说，还不如说是社会主义宣传单，你同意吗？”

莫里斯说他同意。他双手发麻。要是这会儿必须拔枪的话，很可能会掉在地上，或者直接从屁股缝里射中自己。想到这里，他忍不住突然大笑起来，笑声在这狭窄、堆满书籍的地方特别惊人。

埃尔默抬起头，皱着眉头问：“有什么可笑的吗？或许是关于斯坦贝克？”

“绝对不是，”莫里斯说，“只是……我身体有些不适。”他伸手擦了一下湿漉漉的脸颊：“我会出汗，然后开始发笑。”看到埃尔默·法德脸上的表情后，他又大笑起来。他不知道安迪和埃尔默是否做爱，一想到上下抖动、相互拍击的那身肉，他笑得更加厉害。“对不起，扬科维奇先生，不是你的问题。顺便问一句……你与著名的流行音乐幽默家怪才艾尔·扬科维奇是亲戚吗？”

“不是，根本不是。”扬科维奇匆匆签字后，把支票撕下来，递给莫里斯。莫里斯脸上挂着笑容，心中却在想约翰·罗思坦完全可以写出这样一幕来。扬科维奇递过支票时，特别小心不碰到莫里斯的手指。

“对不起，这笑声吓着你了。”莫里斯说，笑得更加厉害。他想起了他们以前总是把这位著名的流行音乐幽默家称作怪才艾尔扯我的鸡巴。“我实在控制不住。”现在是三点二十一分，就连这也很好笑。

“我理解，”埃尔默把书贴在胸前，向后退去，“谢谢你。”

他快步向店门走去。莫里斯追喊道：“记得告诉安迪我给了你优惠。当你见到他的时候。”

莫里斯笑得更加厉害，因为这实在太好笑了。当你见到他的时候！听懂了吗？

---

① 斯坦贝克的作品。

这顿发作终于过去时，已经是三点二十五分。莫里斯第一次想到，自己或许毫无由头地把欧文·“埃尔默·法德”·扬科维奇先生匆匆赶了出去。也许那孩子改变了主意。也许他不来了，而这一点也不可笑。

好吧，莫里斯想，如果他不来这里，我就上门去。那么，被戏弄的反而会是他自己，不是吗?

24

三点四十分。

没有必要再把车停在黄色路肩旁，刚才挤在高中周围等着接孩子的父母已经全都走了。公交车也开走了。霍奇斯、霍莉和杰罗姆坐在梅赛德斯轿车内。这辆车原来属于霍莉的表妹奥莉薇亚，曾经在市民中心被用作杀人工具，但是他们此刻谁也没有在想这一点。他们在想别的事，主要是托马斯·索伯斯的儿子。

“这个孩子也许碰到了麻烦事，但是你得承认他脑子反应很快。”杰罗姆说。把车停在城市药店所在的街上十分钟后，他进了店，确信自己跟踪的男孩已经离开了。“职业高手也不过如此。”

“是啊。”霍奇斯说。这个男孩已经变成了一个挑战，显然比偷飞机的马登先生更具挑战性。霍奇斯没有询问店里的药剂师，也没有必要。彼得多年来一直在那里取药，认识那位药剂师，那位药剂师也认识他。那孩子编造了一段谎话，药剂师让他使用了后门，然后他溜之大吉。他们认为没有必要，所以没有在弗雷德里克街设防。

“现在怎么办？”杰罗姆问。

“我认为我们应该去索伯斯家。我们还有一线希望，可以按照蒂娜的请求，不让他父母牵涉进来，但是我认为这个希望已经落空。”

“他们肯定早已隐约猜到是他，”杰罗姆说，“我是说，他们毕竟是一家人。”

霍奇斯想说那些视而不见的人最盲目，但只是耸了耸肩。

霍莉到目前为止一直没有插嘴，只是坐在这辆小船般的豪车的方向盘后，双臂交叉在胸前，手指轻轻拍打着肩膀。她转身望着躺在后座上的霍奇斯：“你有没有问彼得那些笔记本？”

“一直没有机会。”霍奇斯说。霍莉念念不忘那些笔记本，所以他应该问一下彼得，哪怕只是为了满足她，可事实上，他脑子里根本没有闪过这个念头。“他决定要走，就扭着身子下车了，连我的名片都没有接。”

霍莉指着学校说：“我认为我们应该在离开这里之前去找一下嬉皮士里基。”见他们两个都不吭声，她又补充一句，“彼得家会一直在那里，又不会长翅膀飞了。”

“我觉得也没有什么坏处。”杰罗姆说。

霍奇斯叹了口气，说：“究竟告诉他什么？难道说他的一个学生发现或者偷了一大堆钞票，然后像发每个月的零花钱一样救济他父母？难道一位大概对此一无所知的老师会比做父母的先发现事情的真相吗？而且告诉父母的应该是彼得。至少这样可以让他妹妹摆脱困境。”

“可万一他陷入了某种困境却又不想让他们知道，而他仍然想找个人聊聊……怎么说呢，找一个成年人……”杰罗姆帮助霍奇斯处理布莱迪·哈茨费尔德事件是四年前，他现在虽然已经有选举权而且可以合法买酒，但依然很年轻，足以记得十七岁是什么样子，记得自己突然意识到心中有事是什么样子。发生那种情况时，你确实想找一个在周围出现过几次的人聊聊。

“杰罗姆说得对，”霍莉说，她回头望着霍奇斯，“我们去和那位老师聊聊吧，看看彼得是否有什么事征求过他的意见。如果他问起我们为什么想——”

“他当然想知道为什么，”霍奇斯说，“我无法保证我会严守秘密。我不是律师。”

“也不是牧师。”杰罗姆不客气地补上一句。

“你可以告诉他我们是他家的朋友，”霍莉坚定地说，“这也是事实。”她打开车门。

“你对此有预感，”霍奇斯说，“对吗？”

“对，”她说，“是霍莉式的预感。快点。”

25

正当他们走上校门前宽阔的台阶，穿过**教育为人生之灯**的校训时，安德鲁·哈利迪善本书店的门再次被人推开，彼得·索伯斯走了进来。他沿着主通道走过去，突然停住脚，皱起了眉头。办公桌后面坐着的不是哈利迪先生。这个人在许多方面正好与哈利迪先生完全相反，脸色苍白而不是红润（只有嘴唇红得有点古怪），满头白发而不是秃头，身材消瘦而不是肥胖，几乎是枯瘦。天哪。彼得料到自己准备好的脚本会泡汤，但没有想到会这么快。

“哈利迪先生在哪儿？我和他约好要见面的。”

陌生人笑了。“哦，是的，只是他没有把你的名字告诉我，只说是一个年轻人。他正在店后面的办公室里等你，”从某种意义上说，这句话倒也不算是说谎，“你敲门进去就行了。”

彼得稍稍放松了一点。这也很合理，哈利迪当然不愿意在外面进行这场至关重要的面谈，因为随时会有人进来寻找一本旧的《杀死一只知更鸟》，打断他们。他很仔细，深谋远虑。如果彼得不照着做，他想摆脱这件事的渺茫机会将要落空。

“谢谢。”他说，穿过高高的书柜，向店后面走去。

他刚经过办公桌，莫里斯就站起身，蹑手蹑脚地快步走到店门口，把门上的牌子从**营业中**翻转为**休息**。

接着，他把门拴上。

26

北地高中大办公室里的秘书好奇地打量着放学后来访的这三个人，但是没有问任何问题。她推测他们是家长，为某个考试不及格的学生求情来了。不管他们是谁，那是霍华德·里克的问题，不是她的问题。

她查看了一下上面贴着不同颜色标签的磁性书画板后说："他应该还在他的固定教室里。309 教室，在三楼，但是请先隔着窗户看一看是否有学生找他。他今天四点之前都会接待学生。由于这学期还有两周就要结束，许多孩子会去找他，就期末论文请求他的帮助，或者求他多宽限几天。"

霍奇斯谢过她后，三个人一起上楼，鞋后跟发出的声响在过道里回荡。楼下的什么地方，四个学音乐的学生正在演奏《绿袖子》。楼上的什么地方，一个爽朗的男声在快活地高喊："你真恶心，马龙！"

309 教室在三楼过道的中间，里克先生穿着一件很扎眼的涡纹图案的衬衣，衣领敞开，领带松开，正和一个女孩说着什么，女孩的手在夸张地比划着。里克抬头一瞥，看到有人来找他，然后将注意力重新集中到女孩身上。

三位客人靠墙站着，墙上的海报内容五花八门，有暑期补习班、暑期研修班、暑期度假目的地，还有学年结束舞会。两个女孩蹦蹦跳跳地顺着过道过来，身上穿着垒球运动衫，戴着帽子。其中一人将接球手套在两手之间抛来抛去，像握着烫手山芋一样。

霍莉的手机响了起来，铃声是电影《大白鲨》主题音乐中几个不祥的音符。其中一个女孩边走边说："你需要一艘大一点的船。"两个女孩放声大笑。

霍莉看了一眼手机后把它装进包里，说道："是蒂娜发来的短信。"

霍奇斯眉头一扬。

"她母亲已经知道了钱的事，她父亲一下班也会知道的，"她冲着里克先生关着门的教室一点头，"现在没有理由再隐瞒了。"

27

彼得推开幽暗的办公室时，首先感觉到的是迎面扑来的臭味。这是一种金属和有机物混合在一起的气味，就像钢屑与腐烂的包菜混合在一起。接着便是声音，一种轻微的嗡嗡声。是苍蝇，他想。虽然无法看到那里面的东西，但是气味和响声在他的脑海里结合在一起，就像一件沉重的家具倒下来后发出的重击声。他转身要逃。

红嘴唇的店员正站在照亮书店后半截的一盏吊灯下，手里握着一把装饰怪异的手枪，红黑相间，上面镶嵌着金色花纹。彼得的第一个念头是它看上去像假的。但是在电影中，这些枪从来都不像假的。

“冷静点，彼得，”店员说，“只要你不干傻事，就不会受到伤害。我只想和你聊聊。”

彼得的第二个念头是你在说谎，我从你的眼睛里可以看得出来。

“转过身，向前走一步，打开电灯。开关在门左边。然后进去，别想着可以把门关上，除非你想后背吃一颗子弹。”

彼得向前走去。他内心的一切，从胸口往下，都感觉不听使唤，在乱动。他希望自己不会像婴儿一样尿湿裤子。或许那没有什么了不得的——他肯定不是第一个在枪对准你时尿湿裤子的人——但那似乎是件了不得的事。他用左手摸索了一下，找到开关，啪的一声把它打开。看到湿透的地毯上躺着那玩意儿时，他想尖叫，但是隔膜上的肌肉不听使唤，他只发出了一声无力的呻吟。苍蝇在嗡嗡飞舞，亮光照在了哈利迪先生剩下那部分的脸上。剩下的并不多。

“我知道，”店员同情地说，“他这样子不太好看，对吗？实物教学课都这样，让人看了不舒服。彼得，他气死我了。你想气死我吗？”

“不,”彼得的声音又高又抖，听上去更像蒂娜的声音，“我不想。”

“那么你已经学到了东西。进去吧，动作要慢，请尽管避开那团脏东西。”

彼得走了进去，双腿几乎没有感觉。他沿着一个书柜慢慢向左移动，尽量让脚上的鞋子踩在没有被鲜血浸泡的那部分地毯。这部分地毯并不多。最初的惊慌已经被十足的恐惧所替代。他老是想着那些鲜红的嘴唇，老是想象着大灰狼在对小红帽说：亲吻你更好，亲爱的。

我得思考，他安慰自己，我必须思考，否则我会死在这个屋子里。很可能我无论如何都会死在这里，但是如果我不思考，那我就死定了。

他竭力避开那堆青紫色的东西，直到一个樱桃木餐具柜挡住了他的去路，他就在那里停下了脚步。再往前走就会踏上血迹斑斑的那部分地毯，可能还是湿的，踩在上面会发出嘎吱声。餐具柜上有几个水晶酒瓶，还有几个矮脚酒杯。他看到书桌上放着一把斧头，斧刃反射着头顶的灯光。那肯定就是红唇男子用来杀死哈利迪先生的武器，彼得觉得那本该让他感到更加害怕，却像一记耳光一样让他清醒了过来。

屋门咔嗒一声在他身后关上了。假店员靠着门，手中那把花哨的小手枪对着彼得。“好吧,”他笑着说，“我们现在可以聊聊了。”

“什——”他清了清嗓子，重新来过，这次听上去更像他自己的声音，“什么？聊什么？”

“别这么不老实。那些笔记本，你偷走的笔记本。”

彼得顿时明白了，他张开了嘴巴。

假店员笑了：“啊，我看到这下你明白了。告诉我它们在哪儿，你或许可以活着出去。”

彼得不这么认为。

他认为自己对于这件事已经知道得太多。

28

女孩从里克先生的教室里出来时脸上挂着笑容，说明她与老师的交谈肯定很顺利。她匆匆沿着过道离去时甚至玩弄起手指，做了个小波浪——或许是给他们三个人看的，但更可能只是给杰罗姆看的。

里克先生陪她走到门口，然后望着霍奇斯和他的同伴道："女士、先生们，有什么要我帮忙的吗？"

"可能性不大，"霍奇斯说，"但是值得一试。我们可以进来吗？"

"当然可以。"

三个人像全神贯注的学生一样坐在第一排。里克站在讲台边，这是他与找他的学生交谈时竭力避免的非正式形式。"我可以肯定你们不是家长，所以有什么事？"

"我们想了解你的一个学生，"霍奇斯说，"名叫彼得·索伯斯的男孩。我们认为他可能遇到了麻烦。"

里克皱起了眉头，说："彼得？这不大可能。他是我教过的最优秀的学生之一，对文学尤其是美国文学表现出了真正的热爱，每个学季他都上荣誉榜。你们认为他遇到了什么麻烦？"

"这就是关键所在——我们不知道。我问过他，但是碰了钉子。"

里克的眉头皱得更深："这可不像我熟悉的彼得·索伯斯。"

"似乎与他几年前得到的一些钱有关。我想把我们知道的先告诉你，时间不会太长。"

"希望不是什么毒品的事。"

"不是。"

里克看似松了口气："好。我见过太多那种事，聪明的孩子和愚蠢的孩子一样爱冒险，有时候甚至更爱冒险。说给我听听，只要可能，我会帮你们。”

霍奇斯从索伯斯家在最困难的时刻开始收到钱说起，然后告诉里克，每个月都寄来的这笔钱中断后七个月，彼得开始变得紧张、不开心。他最后说，蒂娜相信她哥哥想再弄到一点钱，或许是从得到那些神秘现金相同的渠道，结果陷入了目前的困境。

“他留起了胡子，”霍奇斯说完后，里克若有所思，“他现在选了戴维斯太太的创意写作课，但我有天在过道里看到过他，还跟他开过玩笑。”

“他对你的玩笑是怎么反应的？”杰罗姆问。

“我都吃不准他是否听到了。他好像置身在另一个星球上。我相信你们也知道，青少年常有这种情况，尤其是到了快放暑假时。”

霍莉问：“他有没有向你提到过一本笔记本？一个魔力斯奇的笔记本？”

里克在回想时，霍莉满怀希望地望着他。

“没有，”他过了一会儿说，“我想没有。”

她顿时泄了气。

“他有没有因为什么事找过你？”霍奇斯问，“有没有什么让他烦心的事，哪怕是小事？我自己有个女儿，所以知道孩子们有时候会用代码来谈论他们的问题。你大概也知道吧。”

里克笑了，说：“耳熟能详的‘我有个朋友’。”

“你说什么？”

“就像‘我有个朋友，可能把他女朋友肚子搞大了’或者‘我有个朋友，他知道是谁在男生更衣室的墙壁上喷绘了反对同性恋的标语’。在这一行干了几年后，每个老师都知道这个耳熟能详的‘我有个朋友’。”

杰罗姆问：“彼得·索伯斯有没有这种朋友？”

“我想不起来，很抱歉。如果我能够的话，肯定会帮你们。”

霍莉轻声问，并不抱太大希望：“从来没有写私人日记或者在某本笔记本中发现重要信息的朋友？”

里克摇摇头：“没有，我真的很抱歉。天哪，我真不愿意去想彼得会有麻烦。他写出过我收到的最出色的学期论文，内容是吉米·戈尔德三部曲。”

“约翰·罗思坦，”杰罗姆笑着说，“我以前有一件T恤衫，上面印着——”

“我知道，”里克说，“狗屎并非就是狗屎。”

“不是的，是那句什么不想任人……任人宰割。”

“啊，”里克笑着说，“是那一句啊。”

霍奇斯站了起来。“我更喜欢迈克尔·康奈利[①]的作品。谢谢你，占用你的时间了。”他伸出手，里克与他握手告别。杰罗姆也站了起来，霍莉却还坐着。

“约翰·罗思坦，”她说，“他写过一本书，是讲一个孩子受够了他父母，跑到纽约去了，对吗？”

“对，那是戈尔德三部曲的第一部。彼得以前对罗思坦如痴如醉，现在大概还是这样。他进了大学后可能会发现新的英雄，但是在上我的课时，他的心中只有罗思坦。你看过他的作品吗？”

“从来没有，”霍莉也站了起来，“但我是电影迷，所以总是浏览一个名叫‘截止日’的网站，看看好莱坞最新的消息。那上面有一篇文章说，所有制片人都想把《逃亡者》改编成电影，但无论他们开出什么价，他一律叫他们滚蛋。”

“这很像罗思坦，”里克说，“以坏脾气著称，讨厌电影，说电影是给白痴看的艺术，甚至嘲笑电影院一词。我记得他还为此写过一篇文章。”

霍莉一下子来了精神：“这么说来，他遇害后没有留下遗嘱，就

---

① 迈克尔·康奈利（Michael Connelly，1956— ），美国侦探和惊悚小说家，代表作有《黑色回声》《血色拼图》等。

因为这些法律问题，谁也无法把他的作品改编成电影。”

“霍莉，我们得走了。”霍奇斯说，他想赶到索伯斯家去。不管彼得这会儿在哪儿，他终究会回家。

“好吧……我想也是……”她叹了口气。虽然已是四十七八的人，甚至还在服用控制情绪的药物，霍莉仍然将太多的时间花在这种情感过山车上。此刻，她眼睛中的光芒已经淡去，显得非常沮丧。霍奇斯为她感到难过，很想告诉她，就算大多数预感都不奏效，你也不该不相信预感，因为少数几个确实奏效的预感贵如黄金。不能算什么至理名言，但是等他与她单独在一起时，他会告诉她的，帮她减轻一点痛苦。

“里克先生，谢谢你。”霍奇斯打开门。《绿袖子》的音乐隐隐约约传了进来，宛如梦中听到的音乐。

“哦，我的天哪，”里克说，“等一下。”

他们转身望着他。

“彼得确实为一件事找过我，是不久前的事。可是我见的学生太多……”

霍奇斯点头表示理解。

“不是什么大事，也不是青少年叛逆的事，实际上那次谈话非常愉快。我这会儿才想起来，主要是因为你提到了那本书，吉伯尼女士，《逃亡者》。”他微微一笑，“彼得倒是没有什么朋友，但是他有一个叔叔。”

霍奇斯感到有什么明亮且炽热的东西被点燃了，就像一根灯用保险丝。“彼得这位叔叔有什么值得让他和你聊一聊的？”

“彼得说他这位叔叔有一本签了名的初版《逃亡者》。叔叔要把书给彼得，因为彼得是个罗思坦迷——反正他是这么说的。彼得告诉我，他想把它卖了。我问他是否真的想与有他文学偶像签名的书分手，他说他在认真考虑这件事。他希望这能够帮他妹妹上一所私立学校，学校的名字我想不起来了——”

“教堂岭高中。”霍莉说，她眼睛中的光芒又回来了。

“我想是的。”

霍奇斯慢慢走回到讲台旁。“给我……给我们……说说那次交谈的所有细节。”

“大概就这些，只有一点算是在侮辱我的智商。他说他叔叔在玩牌的时候赢得了那本书。我记得我当时想，这种事只发生在小说或电影里，现实生活中很少。当然，生活有时候也会模仿艺术。”

霍奇斯正要说出那个明显的问题，但是杰罗姆已经抢先了一步：“他有没有向你打听过书商？”

“打听了，那才是他找我的真正原因。他列出了本地的一些书商，大概是从网上查到的。我建议他不要找其中一位，因为名声有点不好。”

杰罗姆望着霍莉，霍莉望着霍奇斯。霍奇斯望着霍华德·里克，提出了显而易见的跟进问题。他已经锁定了目标，脑海里那根保险丝正熊熊燃烧。

“这位名声不大好的书商叫什么？”

29

彼得明白自己只有一条活路。只要这个嘴唇鲜红、肤色苍白的人不知道罗思坦的笔记本在哪里，他就不会扣动扳机——那把枪越来越不讨人喜欢。

“你是哈利迪先生的搭档，是不是？”他说，眼睛不是直接望着尸体——尸体太恐怖——而是冲着那个方向翘起下巴示意。“与他是一伙的。”

红唇男子轻轻笑了一声，接下来干的事让彼得大为震惊，尽管彼得到那一刻相信已经不会再有什么事情让他感到震惊了。他冲那尸体吐了口痰。

“他从来都不是我的搭档。他曾经有过机会，那个时候你老爸还没有你这个儿子，彼得。虽然我觉得你这种转移话题的企图令人钦佩，但我还是主张我们只谈手头这个问题。笔记本在哪儿？在你家里？顺便告诉你，那以前是我家。这种巧合是不是很有意思？”

又一个震惊。“你的——”

“都是从前的事了，别管它。是不是在那里？”

“不在。原来是在那里，我后来给它们换了个地方。”

“我应该相信你的话吗？我想不能。”

“都是因为他，”彼得再次冲着尸体方向仰了仰下巴，“我想把几本笔记本卖给他，他却威胁说要报警，我只好给它们换个地方。”

红唇男子想了想后点了一下头，道：“好吧，我可以理解，这与他告诉我的话相符。那么你把它们放哪儿了？说吧，彼得，爽快点，我们都会感觉好一点，尤其是你。既然要做，那就速战速决。《麦克白》，第一幕。”

彼得没有爽快说出来，那样做等于送死。他现在知道，最早盗取那些笔记本的人就是眼前这个人。三十多年前盗取了笔记本，杀害了约翰·罗思坦。他现在已经杀了哈利迪先生，难道他还会顾忌杀人名单中再添上一个彼得·索伯斯吗？

红唇男子猜出了他的心事："我不必杀了你，至少现在不必。我可以给你的大腿一枪。要是那样你还不开口，我就给你的裤裆一枪。要是没有了那东西，你这样的年轻人活着还有什么意义呢，对吗？"

被逼入绝境后，彼得身上剩下的只有青少年能够感觉到的那种无助、燃烧的怒火。"你杀了他！你杀了约翰·罗思坦！"滚烫的泪水在他的眼睛里打转，然后顺着他的脸颊流淌下来，"二十世纪最棒的作家，你闯进他家，把他杀了！为了钱！仅仅为了钱！"

"不是为了钱！"红唇男子冲他吼道，"他背叛了我们！"

他向前迈出一步，枪口稍稍下垂了一点。

"他把吉米·戈尔德送进了地狱，却还称那为广告业！顺便问你一句，你算什么东西，在这里装出高尚伟大的样子？你自己也想把那些笔记本卖了！我不想卖它们。也许有过一次，那还是我年轻愚蠢的时候，但后来再也没有。我想读它们。它们是我的。我想用手抚摸上面的墨水印迹，感觉他亲手写下的那些文字。正是有了这个想法，我三十六年来才没有发疯！"

"是的，那箱子里的钱呢？那也是你拿的吧？当然是你拿的！你是窃贼，我不是！你是！"

彼得在那一刻已经愤怒到了忘记逃跑的地步，因为他最后的那番指责或许有失公允，却千真万确。他操起一个酒瓶，用尽全身力气向折磨他的人扔去。红唇男子完全没有料到这一手。他退缩了一下，身子稍稍转向右边，酒瓶砸中了他的肩膀，落到地上时瓶塞掉了出来。威士忌强烈刺鼻的气味与陈血的气味混合在一起。正在用餐的苍蝇被惊动后嗡嗡地飞成一团。

彼得又抓起一个酒瓶，像举着一根棍棒一样挥舞着冲向红唇男子，忘记了对方手中的枪。他被哈利迪摊开的双腿绊了一下，一个膝盖着地，而当红唇男子开枪时——枪声在这密闭的房间里听上去像喑哑的掌声——子弹从他头顶飞过，差一点把他的头发分开。彼得听到了：嗞嗞嗞。他扔出了第二个酒瓶，这次击中了红唇男子的下巴，那里流出了鲜血。他大叫一声，摇晃着后退几步，撞到了墙上。

最后两个酒瓶就在他身后，但是已经来不及转身去拿了。彼得站起身，一把抓住桌上的斧头，不是抓住橡胶斧头柄，而是抓住斧身。斧刃扎进他的手掌时，他感觉到了一阵刺痛，但是那种疼痛很遥远，仿佛生活在另一个国度的某个人感觉到的一样。红唇男子紧紧抓住手枪，调转枪口，准备再开一枪。彼得不假思索，但是他心中某个更深处，或许在今天之前从未唤醒过，此刻明白如果自己离对方再近一点，就可以和红唇男子扭打在一起，把枪夺走。很容易，因为他年纪更轻，身体更强壮。但是办公桌挡在了他们之间，于是他扔出了斧头。斧头像战斧一样旋转着，朝红唇男子飞去。

红唇男子尖叫着，躲避着，举起握着枪的那只手去护脸。斧头钝的一面击中了他的前臂，手枪飞到空中，碰到书柜后咔嗒一声落在地上。子弹射出时又是一声“砰”。彼得不知道第二颗子弹去了哪里，但是没有击中他，这才是他唯一关心的。

红唇男子爬过去拿枪，纤细的白发耷拉在额前，鲜血从下巴往下滴。他的速度快得吓人，有点像蜥蜴。彼得下意识地盘算着，明白自己如果和红唇男子去抢枪，肯定会输。虽然很接近，但是他会输。他虽然有机会趁对方还没有来得及调转枪口开枪就抓住他的胳膊，但是机会不好。

相反，他朝门口奔去。

“回来，你这浑蛋！”红唇男子喊道，“我们还没有完！”

连贯的思绪再次短暂出现。我们已经完了，彼得想。

他拉开门，弯腰钻了出去，左手用力把门关上，然后奔向书店的前半部，奔向花边女工巷，奔向其他人幸福的生活中。又是一声枪响——很沉闷——彼得把腰弯得更低，但是他既没有感到撞击也没有感到疼痛。

他去拉大门，但是门没有开。他惊恐地回头瞥了一眼，看到红唇男子摇摇晃晃地出了哈利迪的办公室，下巴周围有一圈血迹。他拿到了枪，正试着瞄准彼得。彼得拼命去抓插销锁，手指没有任何感觉，抓到后拧了一下。片刻之后，他来到了阳光灿烂的人行道上。没有人看他；周围甚至连个人影都没有。在这个炎热的工作日下午，花边女工巷步行街几乎空无一人。

彼得盲目地奔跑，不知道自己要跑去哪里。

30

霍奇斯开着霍莉的梅赛德斯。他没有闯红灯，也没有疯狂地从一条车道挤进另一条车道，但是他开出了最高速。从北城赶到花边女工巷哈利迪的书店，这趟旅程让他想起了另一场更加疯狂的开车经历，对此他一点也不感到惊讶。车还是这辆车，但是那天晚上开车的是杰罗姆。

“你有多大把握蒂娜的哥哥去找过这个叫哈利迪的家伙？”杰罗姆问。他今天下午坐在后座上。

“他去了。”霍莉头也不抬地说。她从奔驰车宽大的贮物箱里取出平板电脑，正在上面查找。“我知道他去了，我认为我知道为什么。那也不是什么签过名的书籍。”她点击着屏幕，低声说：“快点，快点，快点加载呀，你这破玩意儿！”

“冬青果子[①]，你在查什么？”杰罗姆探头到前排两个座位之间。

她回头瞪了他一眼：“别这样叫我，你知道我最恨这个了。”

“对不起，对不起。”杰罗姆翻了个白眼。

“马上告诉你，”她说，“我快要查到了，只是希望能有无线网络，而不是靠这该死的手机连接。太慢了，简直是狗屎。”

霍奇斯忍不住笑了起来。霍莉这次瞪了他一眼，一面继续点击着屏幕。

霍奇斯把车开上一条坡道，然后并入穿城公路。“已经开始相互吻合了，”他告诉杰罗姆，“假定彼得向里克提到的那本书其实就是某个作家的笔记本——蒂娜看到的那本笔记本，也就是彼得匆匆藏到枕

---

① 冬青果子的英文“hollyberry”的前半截与霍莉（Holly）的名字相同。

头下的那本笔记本。”

“是的，”霍莉仍然低头盯着平板电脑，“我已经完全听明白了。”她又点击了别的东西，拍打着屏幕，沮丧地叫了一声，把车上两位同伴吓了一跳。“哦，这些跳出来的广告简直要把我逼疯！”

“冷静点。”霍奇斯说。

她不睬他。“你等着。你等着看。”

“那些钱和那本笔记本应该是在一起的，”杰罗姆说，“索伯斯家的孩子发现了它们。你是这样想的，对吗？”

“对。”霍奇斯说。

“那本笔记本里不管写了什么，都值更多的钱，只是信誉良好的善本书店经销商不会碰它——”

“查到了！”霍莉尖叫起来，把车内另外两个人吓了一跳。梅赛德斯猛地一个拐弯，旁边车道上的家伙恼怒地按着喇叭，做了一个下流的手势。

“查到什么了？”杰罗姆问。

“不是什么，杰罗姆，是谁！约翰·弗拉金·罗思坦！1978年遇害！至少三个人闯进了他的农舍——在新罕布什尔州——杀害了他。他们打开了他的保险箱。你们听着，下面是曼彻斯特《协会领袖报》在他遇害三天后的报道。”

她在读那篇报道时，霍奇斯下了穿城公路，驶进了南主大街。

“人们越来越肯定，这些盗贼觊觎的不只是金钱。‘他们可能还带走了许多笔记本，里面包含罗思坦先生隐居后创作的不同作品’，接近警方的消息来源透露。约翰·罗思坦的管家昨天晚些时候已经证实确实存在这些笔记本，该消息来源推测它们在黑市上可能相当值钱。”

霍莉两眼闪闪发光，她终于找到这段神圣文字后已经忘乎所以。

“那些盗贼们把它藏了起来。”她说。

“藏了那些钱，”杰罗姆说，“两万美元。”

“还有笔记本。彼得至少找到了其中一部分，甚至所有笔记本。他用钱帮助家人。他不想惹麻烦，直到后来想出售那些笔记本来帮助他妹妹。哈利迪知道真相，笔记本现在可能已经落到了他的手中。快点，比尔。快点，快点，快点！”

31

莫里斯蹒跚着走到书店前面，心脏怦怦直跳，太阳穴隐隐作痛。他把安迪的手枪装进运动衫的口袋里，从展示桌上抓起一本书，打开后贴在下巴上止血。他可以用外套衣袖擦去血迹，而且差一点儿就这样做了，但是他现在想了想后明白了过来。他得走到外面去，当然不希望身上带着血迹。那男孩的裤子上有些血迹，那没事。事实上，那很好。

我在重新思考，那个孩子最好也在思考。只要他在思考，我就仍然可以挽回局面。

他打开店门，朝左右两边看了看。没有索伯斯的影子，不出他所料。青少年速度很快，在这方面就像蟑螂。

莫里斯在口袋里摸索着，寻找上面记有彼得手机号码的那张纸条，一开始没有摸到，心里一阵惊慌。终于，他的手指碰到了缩在口袋一角的纸条，顿时松了口气。他的心在怦怦狂跳，他用一只手拍打着自己瘦骨嶙峋的胸膛。

别在这个时候掉链子，他想，你敢。

他用书店的座机给索伯斯打电话，因为这也符合他心中构思的故事。莫里斯认为这是个好故事，他怀疑约翰·罗思坦是否能讲出更好的故事。

32

彼得完全回过神之后，已经跑到了莫里斯·贝拉米非常熟悉的一个地方：市民广场，对面就是快乐酒杯咖啡馆。他坐到长凳上喘气，不安地回头看着来路。他没有看到那红唇男子，但并不感到意外。彼得也在思考，知道这个想杀他的人在街上很扎眼。我那一下把他砸得够呛，他想起来都觉得可怕。红嘴唇现在变成了血下巴。

到目前为止还不错，可是下一步呢？

仿佛要回答他的问题，他的手机振动了起来。彼得从口袋里掏出手机，看了一眼上面显示的号码。他认出了最后四位数字：8877，那是他曾经打过的哈利迪的号码，并且留言说周末要去河湾度假村。打电话的只能是红唇男子，肯定不会是哈利迪先生。想到这里，他感到难受，不免放声大笑，只是笑出来的声音更像抽泣。

他的第一反应是不接电话，但随即改变了主意，因为红唇男子说过：*你家的房子以前是我家的。这种巧合是不是很有意思？*

他母亲在短信里要他一放学就回家。蒂娜的短信说老妈已经知道了钱的事，所以她们都在家等着他。不到万不得已，彼得不想让她们感到惊恐——尤其是因为他而感到惊恐——但是他需要知道这个来电的内容，尤其是想到这个疯子万一出现在梧桐街，而老爸又不在家里保护她们母女。老爸在胜利县，带人去看房。

我可以报警，彼得想，如果我告诉他我报警，他就只能跑到山里去，他只能那样做。这个念头给他带来了片刻的安慰，于是他按下了接听键。

“你好，彼得。”红唇男子说。

“我不需要和你交谈，”彼得说，“你最好赶快逃命，因为我准备报警了。”

“我很高兴在你干出蠢事之前打通你的电话。你不会相信，但我是作为一个朋友告诉你。”

“你说对了，”彼得说，“我不相信你的话。你想杀了我。”

“我接下来要说的你还是不相信：我很高兴没有杀了你。因为那样一来，我将永远无法得知你把罗思坦的笔记本藏在了哪里。”

“你永远不会知道的，”彼得说，又补充了一句，“我也是作为朋友告诉你。”他现在感觉镇定了一点。红唇男子没有追他，也没有在去梧桐街的路上。他还躲在书店里，用座机给他打电话。

“这是你现在的想法，因为你没有从长远的角度来思考问题，而我却已经思考过了。现在的情况是：你去找安迪，想把笔记本卖给他。他却想讹诈你，于是你杀死了他。”

彼得没有作声。他说不出话来，完全惊呆了。

“彼得？你在听吗？如果你不想在河景少管所待上一年，再在韦恩斯维尔待上二十年左右，你最好给我听着。那两个地方我都待过，可以告诉你那里可不是处男们待的地方。大学要好得多，你觉得呢？”

“我上个周末都不在城里，”彼得说，“我在学校的度假村。我可以证明。”

红唇男子没有丝毫犹豫：“那么你是在动身之前干的，或者在星期天晚上回来后干的。警察会发现你的语音留言——我肯定会保留的。还有一段DVD监控录像，你在和他争吵。我拿到了光盘，但是我保证如果我们达不成协议，警察一定会拿到它。这里还有指纹。警察会在他里间办公室的门把手上发现你的指纹。还有一点更好，他们会在凶器上发现你的指纹。我认为你已经身处困境，即便你可以说清楚上个周末你度过的每一分钟。”

彼得惊恐地意识到自己甚至连这都做不到。他错过了星期天所有的活动。他记得布兰夫人——也就是布兰·“斯托克”——二十四小时前站在校车门口，手里拿着手机，准备拨打911，报告有学生失踪。

对不起，他告诉她，我胃不舒服，以为呼吸一点新鲜空气后就会好的。我呕吐了。

他可以清晰地看到她出庭，说是的，彼得那天下午的确显得不舒服。他可以听到公诉律师告诉陪审团，任何少年用斧头把一位上了年纪的书商砍死后大概都会显得不舒服。

陪审团的女士们、先生们，我提醒你们注意，彼得·索伯斯于星期日上午搭便车回到城里，因为他与哈利迪先生有个约会。哈利迪先生以为索伯斯先生终于决定向自己的讹诈要求作出让步，只是索伯斯先生无意让步。

那将是个噩梦，彼得想，就像重新与哈利迪再打一次交道，只是情况会更加糟糕一千倍。

“彼得，你在听我说吗？”

“不会有人相信的，一分钟也不会相信。他们知道你的身份后，根本不会相信。”

“那么我究竟是谁？”

是狼，彼得想，你是大灰狼。

星期天肯定有人看到他在度假村周围散步。许多人看到了，因为他大多数时候都没有离开过小径。肯定会有人记得他，然后出庭作证。可是，正如红唇男子所说，在出发之前和回城之后呢？尤其是星期天晚上，他直接去了自己的房间并且关上了房门。在《犯罪现场调查》和《犯罪心理》[①] 中，法医总能够推断出被害人死亡的精确时间，但是在现实生活中，谁知道呢？彼得不知道。警方只要有个明确的嫌疑人，并且凶器上有他的指纹，死亡时间就有可能不那么重要了。

可是我只能把斧头扔向他！他想，我只有那个武器！

---

① 美国的两部惊悚剧集。

彼得相信事情最糟也不过如此，结果低头时看到了膝盖上的血迹。

哈利迪先生的血。

“我可以帮你摆平，”红唇男子不急不慢地说，“只要我们能谈妥条件，我会的。我可以抹掉你的指纹，可以删除那段电话录音，可以销毁监控录像DVD。你只需告诉我笔记本藏在哪里。”

“就像我应该信任你似的！”

“你应该信任我。”他声音很低，在不断哄骗，但也合情合理，“你考虑一下，彼得。只要与你不相干，安迪遇害的事就会像一起未遂盗窃案，但是出了岔子。那只是某个吸食可卡因或者服用安非他命的疯子干的。那对我们俩都有好处。如果案子牵涉到你，那些笔记本的事就会大白于天下，我为什么想要那种结果呢？”

你不会在乎的，彼得想，你也不必在乎，因为在哈利迪的办公室里发现他的尸体时，你早就逃之夭夭了。你说你在韦恩斯维尔监狱里待过，那么你就有犯罪前科，而且你认识哈利迪先生。把这些信息合在一起，你也是嫌疑人。那里不仅有我的指纹，也有你的指纹，我不相信你可以将所有指纹全部擦干净。你能做的——如果我允许的话——就是带上笔记本，离开这里。等你走了之后，还有什么能阻止你将那些监控录像DVD寄给警察呢，哪怕只是出于恶意？报复我用酒瓶砸中你，然后成功逃走？如果我同意你说的话……

他不知不觉地将自己心中所想说了出来：“不管你说什么，我的情况只会更加糟糕。”

“我向你保证不是这样的。”

他那口气像律师，那种午夜在有线电视频道做广告的留着漂亮发型的低俗律师。彼得的怒火再次点燃，他像触了电一样在长凳上坐直了身子。

“滚你的，你永远别想得到那些笔记本。”

他挂了电话，但手中的电话几乎立刻再次响起，相同号码，红唇男子又打了回来。彼得按了**拒接**键，然后关了手机。他现在需要比以往任何时候更加用力、聪明地思考。

老妈和蒂娜，她们最重要。他得和老妈谈谈，告诉她，她和蒂娜必须立刻离开家。去某家汽车旅店什么的，她们得——

不，不是老妈。他要和妹妹谈谈，至少先和她谈谈。

他没有接那位霍奇斯先生的名片，但是蒂娜肯定知道如何联系他。如果那不管用，他就只能报警，碰碰运气。无论发生什么，他决不能让家人处在危险中。

彼得拨通了妹妹的电话。

33

“喂，彼得？喂？喂？”

没有声音。那婊子养的小偷已经挂了电话。莫里斯的第一个反应是把座机从墙上扯下来，砸向一个书柜，但是他在最后一刻克制住了自己。他不能把时间浪费在发怒上。

现在怎么办？下一步呢？索伯斯会不会不顾这些对他不利的证据而选择报警？

莫里斯不愿意相信，因为如果索伯斯报警，他将永远失去那些笔记本。想想看：这个男孩在做出如此孤注一掷的事情之前，难道不会先与他父母沟通一下吗？不先听听他们的意见？不先提醒他们一下？

我动作要快，莫里斯想。他在擦去座机上的指纹时，不由自主地大声说了出来：“既然要做，那就要速战速决。”

而且最好洗把脸，从后门离开。他相信街头不会有人听到枪声——后面办公室靠墙堆满了书籍，几乎完全隔音——但是他不想冒险。

他在哈利迪的卫生间里匆匆洗去山羊胡子上的血迹，小心翼翼地将沾满血迹的毛巾留在水池中，警察最终到来时会发现的。洗完后，他顺着一条狭窄的通道来到一扇门前，门的上方有一个**出口**标识，门前堆放着一箱箱书籍。他把箱子搬开，心想这样堵住火警出口真是愚蠢。愚蠢而且短视。

可以将愚蠢和短视用作我老朋友的墓志铭，他想，安德鲁·哈利迪就躺在这里，一个肥胖、愚蠢、短视的同性恋，不会有人想念他的。

下午三四点钟的热浪像锤子一样给了他重重的一击，他打了个趔趄。他的脑袋被那该死的酒瓶砸中后仍然在一抽一抽地疼痛，但是里面的大脑却在高速运转。他钻进斯巴鲁，发现里面更热，于是刚一发动引擎就把空调开到了最大。他看了看后视镜中的自己，下巴上有一个新月形的伤口，周围有一圈丑陋的淤青，但是已经不流血了。他的整体形象还不错。他希望手头有几片阿司匹林，但是那可以等一等。

他把车倒出安迪的车位，穿过通往格兰特街的小巷。与高档商铺林立的花边女工巷相比，格兰特更加面向低收入消费者，但至少那里可以开车。

莫里斯在巷口停下车时，霍奇斯和他的两位搭档抵达了这栋建筑的另一边，站在那里望着安德鲁·哈利迪善本书店大门上挂着的**休息**牌子。格兰特街上的车流暂停时，霍奇斯拉了拉书店大门，发现它锁上了。莫里斯快速左拐，驶往穿城高速。交通高峰期才刚刚开始，他只需十五分钟就能赶到北城，也许只需十二分钟。他需要阻止索伯斯报警，假如他还没有报警的话，肯定有一个办法能阻止他。

他只需赶在那小偷之前抓住他妹妹。

34

索伯斯家屋后有道栅栏，把他们家的后院与那片荒地分隔开来。栅栏旁有个锈迹斑斑的旧秋千架，现在两个孩子都已长大，汤姆·索伯斯一直想把它拆了。这天下午，蒂娜坐在秋千板上，一前一后地慢慢摇晃着。《分歧者：异类觉醒》打开放在她的大腿上，但是五分钟过去了，她没有翻一页。老妈已经答应她，看完那本书后就陪她去看电影，可是蒂娜今天确实不想阅读青少年在芝加哥废墟中冒险的书籍。这种书在今天一点也不浪漫，反而很可怕。她慢慢荡着秋千，合上了书，也闭上了眼睛。

上帝啊，她开始祈祷，请不要让彼得真的遇到麻烦。不要让他恨我。要是他恨我的话，我宁可去死，所以求求您让他理解我为什么要说出去。求求您了。

上帝立刻回复了她。上帝说彼得不会怪她，因为老妈自己猜到了，但是蒂娜吃不准是否应该相信上帝的话。她重新打开书，却看不进去。时光仿佛暂停了，等待着发生可怕的事。

她十一岁生日那天有了一部手机，此刻在楼上她的房间里。那手机很便宜，不是里面有她想要的各种花哨程序的苹果手机，却是她最贵重的财物，她很少不把它带在身边。只是今天下午她恰恰没有带。她刚给彼得发完短信，就把手机留在房间里，去了后院。她必须发那条短信，她不能让他回家时毫无防备，可是一想到彼得回话时会怒气冲冲地指责她，她又受不了。她过一会儿必须面对他，这是避免不了的，但是老妈会在场。老妈会告诉他不是蒂娜的过错，而他相信老妈。

大概吧。

手机开始在她的书桌上振动、颤抖。她下载了一款很酷的雪地巡逻警铃声，可是——一方面是胃痛，一方面是担心彼得——蒂娜和母亲到家时一直没有想起来把手机模式从学校规定的静音改过来，因此琳达·索伯斯在楼下也没有听到。手机屏幕上出现了她哥哥的照片。手机最后突然沉默了。大概三十秒后，它又开始振动。接着又振动了第三次，然后就彻底没有了动静。

彼得的照片随之从屏幕上消失。

35

市民广场，彼得盯着手机，简直不敢相信。在他的记忆中，这是蒂娜第一次放学后没有接他的电话。

给老妈打电话？或许不行，还不到时候。她会问他数不清的问题，而现在时间紧迫。

再有（虽然他不愿意向自己承认），不到万不得已，他不想和老妈谈这事。

他用谷歌搜索霍奇斯先生的号码，结果查到城里有九位威廉·霍奇斯，但是他想查的应该是 K. 威廉，拥有一家名为“先到先得”的公司。彼得打了过去，对方却是录音电话。录音信息似乎长达至少一个小时，但是在结尾处，霍莉说：“如果你需要紧急援助，可以拨打555-1890。”

彼得再次纠结是否应该给老妈打电话，然后决定先拨打录音电话给他的号码。里面有几个词让他打定了主意：紧急援助。

36

“哦，”他们走近安德鲁·哈利迪狭窄店铺中央空无一人的服务台时，霍莉说，“什么气味？”

“血的气味。”霍奇斯说。还有腐肉的气味，但是他不想说出来。“你们两个留在这里。”

“你带武器了吗？”杰罗姆问。

“我带了简易警棍。”

“只有这个？”

霍奇斯耸耸肩。

“那我跟你一起去。”

“我也去。”霍莉拿了一本名为《北美野生植物与开花草本植物》的厚书。她握着书，仿佛想拍死一只蜇人的臭虫。

“不，”霍奇斯耐心地说，“你们就待在这里。两个人都待在这里。如果我让你们拨打 911 的话，看看你们谁的速度更快。”

“比尔——”杰罗姆说。

“不要和我争论，杰罗姆，也别浪费时间。我有种预感，时间可能很紧迫。”

“一种预感？”霍莉问。

“可能不止是预感。”

霍奇斯从外套口袋里掏出简易警棍（他现在虽然很少带枪，却时刻不离简易警棍），抓住袜子打结的上方。他快步过去，悄悄走到门口，他估计里面应该是安德鲁·哈利迪的私人办公室。门开了条缝。袜子装了钢珠的一端从他的右手晃荡着。他稍稍侧过身，在门旁，用左手敲门。由于这看似那些必须严格说出真相的时刻，他大声喊道：

“哈利迪先生，我是警察。”

没有人回答。他重新敲门，声音更大，见里面仍然没有人应答，他推开门。气味顿时浓烈起来：血、腐肉、洒落的威士忌酒味。还有别的气味。燃烧过的火药，一种他非常熟悉的气味。苍蝇在嗡嗡飞舞，催人昏昏欲睡。灯亮着，将光线聚焦在了地上的尸体上。

“上帝啊，他的头都快要掉了！”杰罗姆惊呼。他离得太近，霍奇斯吓了一跳，举起简易警棍后又放了下来。我的心脏起搏器刚刚加大了力度，他想。他转过身，看到杰罗姆和霍莉都挤在他身后。杰罗姆一手捂着嘴，眼睛鼓了起来。

霍莉却显得很平静。她把《北美野生植物与开花草本植物》紧紧抱在胸前，似乎在评估地毯上那堆血淋淋的东西。她对杰罗姆说：“不要嚷嚷，这是犯罪现场。”

“我不会嚷嚷。”由于捂着嘴，杰罗姆的声音很小。

“你俩的脑袋都不好使，”霍奇斯说，“如果我是你们的老师，一定会打发你们回办公室去。我这就进去，你们两个站在原地别动。”

他向前迈出两步，杰罗姆和霍莉立刻并肩跟了进去。两个形影不离的家伙，霍奇斯想。

“是蒂娜的哥哥干的吗？”杰罗姆问，“我的上帝，比尔，是他干的？”

“如果是他干的，也不是今天。地上的血已经快干了，而且屋里有苍蝇。虽然还没有看到蛆虫，但是——”

杰罗姆发出了干呕的声音。

“杰罗姆，别这样。”霍莉的口气不容分说。她接着对霍奇斯说：“我看到一把小斧头。短柄斧头，不管你叫它什么，肯定是用它干的。”

霍奇斯没有作声。他评估了一下现场，认为哈利迪——如果那是哈利迪的话——已经死了至少二十四个小时，或许更长。应该更长。但是在那之后，这里发生过别的事，因为威士忌酒和火药味很新鲜，很浓郁。

“那是个子弹孔吗，比尔？”杰罗姆问。他指着门左边的一个书柜，旁边还有一张樱桃木小桌。《第二十二条军规》上有一个圆形小孔。霍奇斯走过去，仔细查看后心想，这肯定会影响这本书的售价。然后，他望着那张桌子。上面有两个水晶酒瓶，可能是沃特福德[①]牌的。桌子上面有些灰尘，他可以看到另外两个酒瓶原先所在的位置。他向房间另一边望去，结果在办公桌再过去，果不其然，酒瓶躺在地上。

“确实是弹孔，”霍莉说，“我可以闻到火药味。”

“这里发生过格斗，”杰罗姆说，然后指了指那具尸体，却不看它，“但他肯定没有参与。”

“是的，”霍奇斯说，“没有他。格斗的人已经离开了。”

“其中一人是彼得·索伯斯？”

霍奇斯重重地叹口气：“几乎可以肯定。我认为他在药店把我们甩了之后来到了这里。”

“有人拿走了哈利迪先生的电脑，”霍莉说，“他的DVD连线还在收银机旁，还有无线鼠标——还有一个小盒子，上面有几个指状储存器——但是电脑不见了。我看到外面办公桌上空出了一大块地方，所以大概是台笔记本电脑。”

“现在怎么办？”杰罗姆问。

“我们报警。”霍奇斯并不想报警，他感觉到彼得·索伯斯遇到了大麻烦，报警有可能把事情弄得更糟，至少一开始时是。不过，他在梅赛德斯杀手案中扮演过独行侠的角色，差一点让数千孩子遇害。

他掏出手机，但是还没有来得及打开，手机就在他手中响了起来。

“是彼得，”霍莉说，她两眼发光，说话的口气非常肯定，“赌

① 世界著名水晶制品设计和制造商。

六千块钱。他现在想和我们谈了。别只是站在那里，比尔，快接电话！”

霍奇斯接通了电话。

“我需要帮助，”彼得·索伯斯语速很快，“求你了，霍奇斯先生，我真的需要帮助。”

“你等一下，我打开免提，让我的同事们也能听到。”

“同事？”彼得听上去比任何时候都更警觉，“什么同事？”

“霍莉·吉伯尼，你妹妹认识她。还有杰罗姆·罗宾逊，他是芭芭拉·罗宾逊的哥哥。”

“哦，我看……我看可以吧。”仿佛是自言自语，“还能糟糕到哪里去呢？”

“彼得，我们在安德鲁·哈利迪的店里。他的办公室里有具尸体，我猜是哈利迪。我估计你已经知道了，我的估计没有错吧？”

彼得沉默了片刻。不管彼得这会儿在哪里，要不是隐隐约约的车流声，霍奇斯可能会认为他已经挂了电话。突然，彼得开始说话，他的话像瀑布一样奔泻而出。

“我到店里时他就已经在那里了，那个嘴唇通红的家伙。他告诉我哈利迪先生在后面，于是我进了他的办公室，而他就跟在我后面。他手里有枪，说如果我不告诉他笔记本在哪里，他就会杀了我。我不会告诉他，因为……因为他不配拥有那些笔记本，而且他反正会杀了我，我可以从他的眼睛里看出来。他……我……”

“你朝他扔了酒瓶，是不是？”

“是的！酒瓶！他朝我开枪！他没有打中，但是子弹离我很近，我听到它从我头顶飞了过去。我逃走了，但是他打电话给我，说他们会把杀人的事算在我头上，警察会的，因为我还向他扔了把斧头……你们看到斧头了吗？”

“看到了，”霍奇斯说，“我这会儿正看着它呢。”

“还有……我的指纹，明白吗……上面有我的指纹，因为我朝他扔了斧头……他手里有我和哈利迪先生争吵的录像DVD……因为他想讹诈我！我是说，哈利迪，不是那个嘴唇通红的家伙，只是这个家伙现在也想讹诈我！”

“那个嘴唇通红的家伙拿了店里的监控录像？”霍莉弯腰凑近手机问，“你是不是这个意思？”

“是的！他说警察会逮捕我，因为我星期天在河湾根本没去开会，他还有我的电话留言，我不知道该怎么办！”

“你在哪儿，彼得？”霍奇斯问，“你这会儿在哪里？”

彼得没有说话，但是霍奇斯很清楚他在干什么：查看周围的地标。他也许在这座城市里生活了一辈子，但是他此刻惊慌失措，根本分不清东南西北。

“市民广场，”他终于说道，“在那家餐馆对面，是什么快乐酒杯咖啡馆？”

“你能看到朝你开枪的那个人吗？”

“没有。我跑过来的，他跑不了这么远来追我。他年纪有点大，而且花边女工巷不准开车。”

“待在那里别动，”霍奇斯说，“我们过来接你。”

“请不要报警，”彼得说，“那会害了我的家人，在他们遭遇过那么多苦难之后。我可以把笔记本给你们。我真不该留着它们，真不该想把它们卖了。我应该把钱留着。”他的声音开始变得模糊不清，精神崩溃了。“我父母……他们遇到了那么大的困难，一切都不顺，我只想帮他们！”

“我相信你说的是实话，但我必须报警。只要哈利迪不是你杀的，证据会证明的。你会没事的。我来接你，然后一起去你家。你父母会在家吗？”

“我爸爸忙生意去了，但是我妈妈和妹妹会在家。”彼得猛喘了口气，“我会不会坐牢？他们不会相信我说的那个红嘴唇男子的事，他们会认为都是我编造的。”

“你只需说出真相，”霍莉说，“比尔不会允许任何坏事落到你头上的。”她抓住霍奇斯的手，使劲捏了一下：“你会吗？”

霍奇斯重复了一遍：“只要不是你杀的，你就会没事。”

“我没有！我向上帝发誓！

“是那个家伙干的，那个嘴唇通红的家伙。

“是的。他还杀了约翰·罗思坦，他说罗思坦背叛了他。”

霍奇斯有无数个问题要问，但是现在没有时间。

“你听我说，彼得。你听仔细了，待在那里别动，我们十五分钟后就会赶到市民广场。”

“要是我开车的话，”杰罗姆说，“我们十分钟后就能到那里。”

霍奇斯没有理睬他。“我们四个人一起去你家。你把整件事原原本本地告诉我、我的同事和你母亲。她可能想给你父亲打电话，商量给你请法律代理。然后我们报警。我只能做到这些。”

这样做或许更好，他想，眼睛望着那具被砍烂的尸体，想起了四年前自己离进监狱也只有一步之遥。也是为了相同的事：那件独行侠屁事。但是半个小时或者四十五分钟肯定没事。彼得说他父母亲的那番话打动了他。霍奇斯那天就在市民中心，他看到了事发后的惨状。

“好——好吧。你们尽快过来。”

“好。”他挂了电话。

“那些指纹怎么办？”霍莉问。

“别管它们，”霍奇斯说，“我们赶快去接那孩子。我已经迫不及待地想听听他怎么说。”他把奔驰的车钥匙扔给杰罗姆。

“谢谢你，霍奇斯先生！”泰隆·“好心情”又冒了出来，尖声叫道，“我这个黑孩子开车很安全！会把你们平安送到——”

“住嘴，杰罗姆。”

霍奇斯和霍莉同时说道。

37

彼得颤抖着深吸一口气，关上手机。这一切像在噩梦中游览游乐场似的在他脑子里打旋，他可以肯定自己刚才说话像个白痴。或者像一个害怕被抓、只好编造不着边际谎言的杀人犯。他忘记告诉霍奇斯先生，红唇男子以前就住在自己家。他应该告诉霍奇斯的。他想再给霍奇斯打回去，可是他和另外两位正赶过来接他，干吗还要打电话呢？

彼得安慰自己，那家伙反正不会去我家。他不会的，他得不让人看到。

但是他同样有可能去。如果他认为我说把笔记本放到别处是在骗他，他就真的有可能会去。因为他疯了，一个彻头彻尾的疯子。

他再次拨打蒂娜的电话，结果只听到一段留言：“你好，我是蒂娜，对不起无法接你的电话，你先忙自己的事吧。”嘟嘟声。

那么好吧。

老妈。

但是他还没有来得及给老妈打电话，就看到一辆公交车开了过来，目的地窗口就像天上掉下来的礼物，显示**北城**。彼得突然决定自己不能在这里干坐着，等待霍奇斯先生。这辆公交车可以让他更快到家，而他这会儿只想回家。他可以在上车后再给霍奇斯先生打电话，让他们去他家和他碰头，但他首先得打电话给老妈，告诉她把所有门锁上。

公交车上几乎没有人，但他还是走到了后面。他终究无需给母亲打电话，因为就在他坐下来时，他的手机响了。屏幕上显示**老妈**。他深吸一口气，按了接听键。他都没有来得及说你好，她就已经开了口。

“你在哪里，彼得·索伯斯?”妈妈叫了他的全名，不是个好兆头，“你一个小时前就应该到家的。”

“快了，”他说，“我在车上。”

“你给我说实话，好不好?校车来了又走了，我看到了。”

“不是校车，我在北城公交车上。我得……”我得什么?替人跑腿?太滑稽了，他简直要笑出声来。只是这不是闹着玩的，远非如此。“我有事。蒂娜在家吗?她没有去埃伦家什么的?”

“她在后院看书。”

公交车正在绕开路上的施工区，速度慢得令人痛苦。

“妈妈，你听我说，你——”

“不，你听我说。那些钱是不是你寄的?”

他闭上眼睛。

“是不是你?一个简单的是或者不是就够了。我们可以过会儿再谈细节。”

他仍然闭着眼睛。“是的，是我，可是——”

“钱是哪里来的?”

“说来话长，现在并不重要，钱的事并不重要。有个家伙——”

“不重要?你这什么意思?*两万多美元呢!*”

他差一点脱口而出*你才想到吗*，但是忍住了。

公交车继续缓慢地穿过道路施工区。汗水顺着彼得的脸流淌下来。他可以看到膝盖上的血迹，不是鲜红色，而是深褐色，但依然非常醒目。*有罪!*它在叫喊，*有罪，有罪!*

“妈妈，请闭嘴听我说。”

电话那头大为震惊，陷入了沉默。他上一次要母亲闭嘴还是蹒跚学步时发脾气的时候。

“有一个家伙，非常危险。”他可以告诉她有多么危险，但是他只希望她保持警惕，而不是歇斯底里，“虽然我认为他不会来我们家，但有这种可能。你应该叫蒂娜进屋，然后把所有门锁好。再过几分钟，我就到家了。还有其他几个人，他们会帮我们。”

至少我希望能帮我们，他想。

上帝啊，我希望是。

38

莫里斯·贝拉米将车开进了梧桐街。他意识到自己的生活正快速变窄，成为一个点。他的所有只是偷来的几百美元、一辆偷来的车，以及拿到罗思坦的笔记本这种迫切需要。啊，他另外还有一件事：一个临时藏身之处，去那里，阅读，发现吉米·戈尔德的结局，尤其是那场“达自都”广告活动让他赚到一大笔钱并且登上广告业顶峰之后的结局。莫里斯知道这是一个疯狂的目标，所以自己必须非常疯狂。他只剩下这些，但已经足够了。

前面就是他以前的家，偷笔记本的小子就住在那里。车道上停着一辆红色小轿车。

“疯狂并非就是狗屎，”莫里斯·贝拉米说，“疯狂并非就是狗屎。一无所有才是狗屎。”

值得牢记一生的箴言。

39

“比尔，”杰罗姆说，“我真不愿意说，但是我看我们的小鸟已经飞走了。”

杰罗姆驾驶着梅赛德斯穿过市民广场时，霍奇斯从沉思中清醒过来，抬头望去。几张长凳上坐着几个人，有的在看报，有的在喝着咖啡聊天，还有的在喂鸽子，但是没有少男少女。

“咖啡馆的露天餐桌旁也没有他的影子，”霍莉说，“也许他进去喝咖啡了？”

“他现在脑子里根本不会去想咖啡。”霍奇斯说着朝自己的大腿捶了一拳。

“每隔十五分钟就会有去北城和南城的公交车穿过这里，”杰罗姆说，“如果换了我，坐在那里等人来接我简直是一场折磨，我会想做点什么。”

霍奇斯的手机这时响了起来。

“一辆公交车开了过来，我决定不再等下去了。”彼得说，语气平静了许多，“等你们赶到我家时，我会在家的。我刚和我妈妈通过电话，她和蒂娜没事。”

这句话让霍奇斯感到不舒服：“他们为什么会有事呢，彼得？”

“因为那家伙知道我们住在哪里。他说他以前就住在那里，我忘记告诉你了。”

霍奇斯查看了一下周围：“杰罗姆，赶到梧桐街要多久？”

“二十分钟，或许不到。要是早知道这孩子上了公交车，我就不必走穿城大道了。”

“霍奇斯先生？”彼得说。

“我在听着呢。”

“他来我家是件蠢事。如果他真的来了，那我就不会被诬陷了。”

他的话有道理。“你有没有告诉她们把门锁好，待在屋里？”

“我告诉她们了。”

“你把他的相貌告诉你妈妈了吗？”

“是的。”

霍奇斯知道，如果自己报警，那位红嘴唇先生就会消失得无影无踪，丢下彼得依靠法医证据来摆脱困境。他们无论如何都能战胜警察的。

“让他给那家伙打电话，”霍莉说，她探过身，冲着霍奇斯吼道，“给他打电话，就说你改变主意了，愿意把笔记本给他！”

“彼得，你听到了吗？”

“听到了，但是我不能，我都不知道他是不是有电话，他是用书店的座机打给我的。我们并没有时间交换信息。”

“还能有多糟糕？”霍莉随口问。

“好吧。你一到家，核实一切正常后就给我打电话。如果我没有接到你的电话，就不得不报警。”

“我肯定她们没——”

但是通话已经结束。霍奇斯挂了电话，向前探过身：“杰罗姆，加速。”

“我尽快吧。”他指了指路上的车流，两个方向的三条车道上，镀铬的车身在阳光下闪烁，“只要一过前面的转盘，我们就能像离弦之箭。”

二十分钟，霍奇斯想，最多二十分钟，二十分钟内能发生什么呢？

以往痛苦的经历告诉他，二十分钟内可以发生许多事，生死攸关。此刻，他只能希望这二十分钟将来不会像噩梦一样萦绕在他心头。

40

琳达·索伯斯走进丈夫的小办公室，等待彼得。她丈夫的笔记本电脑就在办公桌上，她可以在上面玩一会儿单人纸牌游戏。她现在心烦意乱，无法看书。

与彼得通过电话后，她心里更加烦躁。也担心，但不是担心什么歹毒的恶棍潜藏在梧桐街。她担心儿子，因为他显然相信有这样一个歹毒的恶棍。一切终于开始拼凑到了一起。他苍白的脸色，减轻的体重……他试图留起来的傻乎乎的胡子……脸上重新长出来的粉刺，还有他长久的沉默……这一切现在都说得通了。如果他不是精神崩溃，也快到了精神崩溃的边缘。她起身望着窗外的女儿。蒂娜穿着那件最漂亮的衬衣，那件泡泡袖子的黄色衬衣，她根本不应该穿那件衬衣，坐在那个几年前就应该拆掉的秋千上。她拿了本书，书打开了，但是她好像不在看书。她脸色憔悴，很忧伤。

真是一场噩梦，琳达想，先是汤姆受了重伤，一辈子只能一瘸一拐地走路，现在又是我们的儿子杯弓蛇影。那笔钱不是天赐的吗哪，而是酸雨。也许他只是想全盘托出，把钱的来历原原本本地告诉我们。一旦说出来，就可以开始治愈过程。

她现在要按他说的去做：把蒂娜叫进来，再锁上屋子。反正没有坏处。

她身后有块地板嘎吱响了一声，她转过身，以为会见到儿子，但那却不是彼得，而是一个男人，皮肤苍白，白发稀疏，嘴唇通红。这就是她儿子描述过的那个男人，那个歹毒的恶棍。她的第一反应不是恐惧，而是莫名其妙的轻松感。她儿子毕竟没有精神崩溃。

她随即看到男子手里有把枪，恐惧清晰强烈地袭上心头。

“你肯定是老妈，”入侵者说，“家里人长得很像。”

“你是谁？”琳达·索伯斯问，“在这里干什么？”

入侵者——不是在她儿子的心中，而是站在她丈夫书房的门口——向窗外望去，琳达差一点想说不要看她。

“那是你女儿？”莫里斯问，“嗨，她很漂亮。我向来喜欢穿黄衣服的女孩。”

“你想干什么？”琳达问。

“要回属于我的东西。”莫里斯说着朝她头部开了一枪。鲜血飞溅而出，红色血滴落到了玻璃上。那听上去像下雨。

41

蒂娜听到屋里传出了令人惊恐的砰的一声，赶紧向厨房门跑去。应该是高压锅，她想，老妈又忘记该死的高压锅了。这种事以前发生过一次，她母亲那次是在做果酱。这是老式高压锅，要放在炉火上烧，彼得有个星期天一下午都站在折叠梯上，刮削掉天花板上已经干了的草莓糊糊。高压锅爆炸时，老妈正在客厅吸尘，所以很幸运。蒂娜向上帝祈祷老妈这次也不在厨房。

“妈妈？”她跑进屋。炉子上什么都没有。“妈——”

一只手臂用力勾住了她的腰。蒂娜猛出了一口气后再也喘不上气来。她的双脚离开了地面，使劲乱踢。她可以感觉到有胡子碰到了她的脸。她可以闻到汗味，又酸又烫。

“不要尖叫，免得我伤害你，”男子在她耳边说，她感到皮肤一阵刺痛，“听明白了吗？”

蒂娜勉强点了点头，但是她的心在怦怦直跳，整个世界变得越来越暗。“让我——喘口气。”她喘着气说，握着她的那只胳膊松开了，她的双脚落到了地上。她转过身，看到一个男人，脸色苍白，嘴唇通红。他的下巴上有道伤口，好像伤得不轻，周围的皮肤又肿又青。

“不要尖叫，”他重复了一遍，举起一根手指警告她，“不要尖叫。”他笑了笑，如果说他的笑容原是为了让她感觉好一点，那么他没有成功。他的牙齿很黄，看上去更像獠牙。

“你把我妈妈怎么啦？”

“她没事，”红唇男人说，“你的手机呢？像你这么漂亮的小姑娘肯定有手机，有许多朋友可以聊天，发短信。手机在你口袋里吗？”

“不——不，在楼上，我的房间里。”

“那我们去取呀，”莫里斯说，“需要你打个电话。”

42

彼得会在榆树街下车，那里离他家只有两个街区。公交车快到了，他慢慢向车门走去，手机却突然响了。看到小小的屏幕上出现妹妹的笑脸时，他松了口气，双腿一软，赶紧抓住一个吊带。

“蒂娜！我马上就要——”

“这里有一个人！”蒂娜的声音太大，他差一点没有听明白，“他就在家里！他——”

她的声音中断了，他熟悉那个接替她的声音。他真希望自己没有听到。

“你好，彼得，”红唇男人说，“你在路上吗？”

他什么话也说不出来，舌头仿佛粘在了上腭上。公交车停在了榆树街和布拉肯里奇街的拐角处。彼得应该在这里下车，但他只是站在那里。

“不要操心回答这个问题，也不要操心回家，因为你回家后家里没有人。”

“他在说谎！”蒂娜大声喊道，“妈妈在——”

她随即号叫起来。

“别伤害她，”彼得说，车内的几个乘客仍在低头看报或者看掌上电脑，因为他说话的声音很小，“别伤害我妹妹。”

“只要她闭嘴，我就不会伤害她。她需要安静一会儿。你也需要安静下来，听我说。但是你首先需要回答两个问题。你报警了没有？”

“没有。”

“给别人打过电话吗？”

“没有。”彼得毫不犹豫地骗他说。

“好，太好了。下面你好好听我说。你在听吗？”

一个胖女人拎着购物袋，气喘吁吁地上了公交车。彼得等她一挪出地方就下了车，然后像梦中的男孩一样行走在街上，手机紧贴着耳朵。

“我要把你妹妹带到一个安全的地方去。你拿到那些笔记本后，我们可以在那里碰头。”

彼得正要告诉他其实不必那样做，他可以告诉红唇男子笔记本在什么地方，但是他意识到那样做将会是一个大错误。红唇男子一旦知道笔记本就藏在娱乐中心的地下室里，便没有理由再让蒂娜活着。

“你在听吗，彼得？”

“在——在听。”

“你最好是在听。拿上笔记本，拿到手后——不是在之前——再给你妹妹的手机打电话。如果你因为别的原因打来电话，我会揍她。”

“我母亲没事吧？”

“没事，只是被绑了起来。别为她担心，也别回家去，只管拿到笔记本后给我电话。”

他说完就挂了电话。彼得没有来得及告诉他，他必须回一趟家，因为他需要再次借用蒂娜的拖车来拖纸箱子。他还需要拿到父亲那把娱乐中心的钥匙。他把钥匙放回了父亲办公室里那块软木板上，需要拿到它后才能进娱乐中心。

43

莫里斯把蒂娜的粉红色手机装进自己的口袋，从她的台式电脑上扯了一根连接线。“转过身去，把手放在背后。”

“你朝她开枪了？”泪水顺着蒂娜的脸颊流了下来，“那就是我听到的响声吗？你朝我妈妈开了——”

莫里斯狠狠给了她一巴掌。鲜血从蒂娜的鼻子和嘴角飞了出去，她吓得睁大了眼睛。

“你别给我唠叨，转过身去，把手放在身后。”

蒂娜一面照他说的去做，一面开始抽泣。莫里斯把她的手腕捆绑在腰后，故意歹毒地勒紧绳结。

“噢！噢，先生！太紧了！”

“忍着吧。”他想知道安迪的手枪里还剩几发子弹。两发就够了，一发给那小偷，一发给小偷的妹妹。“走。下楼。从厨房门出去。我们走。一，二，三，四。”

她回头望着他，大大的眼睛里布满了血丝，噙着泪水。“你要强奸我？”

“不，”莫里斯说，然后补充了一句，“我不会再犯那种错误。”她不明白这句话的意思，因而更加害怕。

44

琳达苏醒了过来，两眼凝视着天花板。她知道自己在哪里，在汤姆的办公室里，却不知道自己遭遇了什么。头的右侧像火烧般疼痛，她抬起一只手，摸了摸脸，手上湿漉漉地沾满了鲜血。她只记得佩吉·莫兰告诉她蒂娜在学校里病倒了。

去接她回家吧，佩吉说，这里交给我。

不，她还记得别的事，与那些神秘的钱有关。

我准备和彼得谈这事的，她想，我要得到一些答案。我在汤姆的电脑上玩单人纸牌游戏，打发时间，等他回家，然后——

然后，一片漆黑。

此刻，她的头痛得要命，就像时刻有一扇门在不停地撞击着，甚至比她有时候偏头痛发作时还要厉害。甚至比生孩子还要痛。她试着抬头，做到了，但是整个世界开始随着她的心跳时隐时现，先是消失，然后是*绽放*，每一次来回闪放都伴随着该死的剧痛……

她低头看到身上灰色衣服的前襟已经变成了模糊的紫色。她想，哦，上帝，这流的血太多了。我得了脑溢血？得了某种颅内大出血？

肯定不是，因为那样血不会流到外面来。不管是什么，她需要帮助。她需要救护车，可是她无法把手伸到电话机那里。手抬了起来，颤抖着，又落到地上。

她听到附近传来了痛苦的尖叫声，随后是她无论在什么地方都能辨认出的叫喊声，哪怕她在奄奄一息之时（她怀疑自己已经奄奄一息）。那是蒂娜。

她用一只沾着鲜血的手撑着抬起身子，刚好可以看到窗外。她看到一个男人推着蒂娜从屋后的台阶进到了院子，蒂娜的双手被捆绑在身后。

琳达忘记了疼痛，忘记了自己需要救护车。一个男人闯进了自己家，现在又绑架了她的女儿，她必须阻止他。她需要警察。她挣扎着要坐到书桌后面的转椅上，但一开始只能伸手去抓椅子。她猛地坐了起来，一时间剧烈的疼痛把整个世界变成了白茫茫的一片，但是她竭力保持着清醒，抓住了椅子扶手。视线清晰后，她看到那个男人打开后院的大门，把蒂娜推了出去，一路赶着她，就像把一个动物赶往屠宰场。

把她带回来！琳达尖叫着，不要伤害我的孩子！

可这些尖叫只是在她的脑子里。她试着站起来，但是椅子一转，扶手从她的手中滑了出去。她眼前一黑，听到了可怕的作呕声。她在昏过去之前刚好来得及想，那是我吗？

45

过了转盘后，路况并没有好转。他们没有进入畅通的街道，反而看到了排成长队的车流，以及两块橙色警示牌，一块上面写着**前方有交通指挥**，另一块上写着**道路施工**。汽车排成了一行，等待着交通指挥放行出城的车辆。在车内坐了三分钟，他们每个人感觉像长达一个小时。霍奇斯让杰罗姆走小巷。

“我希望可以做到，但是我们被困住了。”他伸出拇指，指了指身后。他们身后的车流现在几乎排到了转盘那里。

霍莉一直弯腰盯着平板电脑，不停地点击着。她现在抬起头来。“从人行道开过去。”她说，然后继续玩弄她那神奇的平板电脑。

“那里有邮筒，冬青果子，”杰罗姆说，“前面还有链条围栏，恐怕挤不过去。”

她又看了一眼。“是的。可能车会刮擦一点，但这辆车也不是第一次刮擦。开过去。”

“万一我被指控老黑开车[①]遭到逮捕，谁付罚金？你吗？”

霍莉翻了个白眼。杰罗姆转向霍奇斯，霍奇斯叹口气点点头道：“她说得对，可以挤过去。罚金我来付。”

杰罗姆向右一打方向盘，梅赛德斯蹭掉了前面一辆车的挡泥板，然后突然驶进人行道。前面是第一个邮筒。杰罗姆继续向右打方向盘，汽车完全离开了街道。驾驶一侧撞倒了邮筒，倒在地上时发出了重重的响声，随即副驾驶一侧与链条围栏亲密接触时发出了持续的刺耳声。一个女人穿着短裤和三角背心，正在修剪草坪。霍莉这辆德国

---

① 老黑开车，美国当代方言说法，指司机可能仅仅因为是黑人就会被警察拦到一边，遭到盘问、搜查后被指控犯有小罪。

造豪车驾驶一侧蹭掉了一块牌子，上面写着**不得擅自进入，不得上门募捐，不得上门推销**。女人冲着他们大声喊叫，跑到自家车道后继续叫喊。然后，她只是费力地看着，用手遮着光线，眯起眼睛望着。霍奇斯可以看到她的嘴唇在动。

“哦，太好了，”杰罗姆说，“她在记下你的车牌号。”

“你只管开车，”霍莉说，“开车，开车，开车。”她一口气连着说下去：“红唇男子是莫里斯·贝拉米，这是他的名字。”

现在冲着他们吼叫的是交通指挥。建筑工人一直在忙着挖开街道下面的污水管，此刻也凝视着他们。有几个人在大笑，其中一人冲着杰罗姆使了个眼色，做了个倒酒的手势。他们随即落到了后面。梅赛德斯重新颠簸着回到街面上。由于驶往北城的车辆都堵在了他们身后，前面的街道很空。

“我查了这座城市的交税记录，”霍莉说，“约翰·罗思坦 1978 年遇害前后，梧桐街 23 号的房产税是由安妮塔·伊莱恩·贝拉米交的。她算是个著名学者，我用谷歌搜索了她的名字，查到了五十多条匹配的信息，但是只有一条对我们很重要。她儿子 1978 年因为严重强奸罪受审并被判刑，就在这座城市。他被判终身监禁，一篇新闻报道中有他的照片。看。”她把平板电脑递给霍奇斯。

照片中的莫里斯·贝拉米正走下法院台阶，左右两边各有一名警察。霍奇斯对这座法院记得很清楚，尽管十五年前市民广场那座丑陋不堪的混凝土建筑取代了它。霍奇斯认出了其中一名警察，保罗·爱默生。是位好警察，早就退休了。他穿着西装，另一名警察也穿着西装，却用自己的外套遮住了贝拉米的双手，免得别人看到他戴着手铐。贝拉米也穿着西装，所以这张照片要么是在审判进行过程中，要么是在判决刚刚宣布之后拍摄的。照片是黑白的，结果让贝拉米白皙的肤色和深色的嘴唇对比更为强烈。他看似抹了口红。

“肯定是他，”霍莉说，“如果你给州监狱打电话，我敢赌六千块，他出来了。”

“不赌了。”霍奇斯说，“杰罗姆，还要多久才能到梧桐街?”

“十分钟。”

“肯定还是希望?”

杰罗姆不情愿地回答：“嗯……大概是希望吧。”

“尽可能快一点，但是不要撞着什么人——”

霍奇斯的手机响了，是彼得，听声音有点上气不接下气。

“你报警了吗，霍奇斯先生?”

“没有。”虽然警方现在大概已经记录了霍莉的车牌，但是他认为没有理由告诉彼得。这孩子似乎比任何时候都更加心烦意乱，几乎到了疯狂的地步。

“你不能报警，不管发生什么事。他抓走了我妹妹，他说如果他拿不到那些笔记本，就会杀了她。我准备把笔记本给他。”

“彼得，不要——”

但是彼得已经挂了电话，霍奇斯没有了通话对象。

46

莫里斯催促着蒂娜沿着那条小径往前走。在某个地方，一根突出的树枝刮破她的薄衬衣，划伤了她的胳膊，那里流出了血。

“先生，不要让我走这么快！我会摔倒的！”

莫里斯重重敲了一下她的后脑勺。“省点力气吧，小婊子，没让你跑起来就算对你客气了。”

过小溪时，他紧紧抓住她的肩膀，让她保持平衡，免得掉进小溪里。来到灌木和低矮树木消失处，他们就进入了娱乐中心的范围，他让她停下来。

棒球场空无一人，但是龟裂的沥青篮球场上有几个男孩，光着膀子，挂满汗珠的肩膀亮闪闪的。天太热，根本不适合户外运动，所以莫里斯才估计那里只有几个人。

他解开蒂娜的双手。她呜咽一声，松了口气，开始抚摸手腕，那上面有一道道深深的红印子。

“我们沿着大树旁边走过去，”他对她说，“只有在我们靠近娱乐中心，走出树荫时，那些男孩才能够看清我们。如果他们向你打招呼，或者里面有你认识的人，给他们挥挥手，笑一笑，继续往前走。你听明白了吗？”

“好——好的。”

“要是你尖叫求救，我就朝你脑袋开一枪。听明白了？”

“明白了。你朝我妈妈开了枪对吗？是不是？”

“当然没有，只是朝天花板开了一枪，让她平静一下。她没事，你也会没事的，只要你按我说的去做。走吧。”

他们走在树荫里，棒球场右场中没有修剪的青草摩擦着莫里斯的长裤和蒂娜的牛仔裤，发出沙沙声。几个男孩完全沉静在自己的球赛中，甚至都没有环视四周。他们只要向这边看一眼，蒂娜鲜艳的黄衬衣在绿树的映衬下，会像警报旗一样醒目。

来到娱乐中心背后时，莫里斯领着她经过他老朋友的斯巴鲁，同时密切注视着那几个男孩。刚被中心的砖墙遮挡住，出了篮球场的视线，他就重新把蒂娜的双手绑在身后。离桦树街那么近，不必去冒险。桦树街上有许多住户。

他看到蒂娜深吸了一口气，便抓住她的肩膀。“不要喊叫，小妞。你只要敢张嘴，我就把你的下巴打下来。”

“请不要伤害我，”蒂娜低声说，“你要我干什么都行。”

莫里斯点点头，他很满意。这是他听到的最明智的回答。

“看到那个地下室窗户了吗？开着的那扇窗户。躺下来，趴在地上，从那里进去。”

蒂娜蹲下身，朝窗户里面望去，然后抬起她那张肿大、满是血迹的脸望着他。“太高了！我会摔下去的！”

莫里斯很恼火，踢了她的肩膀，她叫了一声。他弯下腰，把自动手枪的枪口对准她的太阳穴。

“你说过我要你干什么都行，这就是我要你干的。现在就给我从那窗户钻进去，不然的话，我就朝你那乳臭未干的小脑袋开一枪。”

莫里斯想知道自己是否真的想那么干。他认定自己确实有这念头。小女孩也并非狗屎。

蒂娜一面抽泣一面扭动着身子，钻进窗户。她犹豫不决，身子一半在窗户里面，一半在窗户外面。她抬头望着莫里斯，眼睛里充满了哀求。他抽回一只脚，踢在她的脸上，算是帮她一把。她摔了下去，不顾莫里斯的警告，大叫起来。

“我的脚踝！我的脚踝骨折了！”

莫里斯才不管她的狗屁脚踝呢。他飞快地看了看四周，确保没有人注意他，便从窗户滑下去，进入了桦树街娱乐中心的地下室，落到他上次用来当垫脚石的那个密封纸箱子上。小偷的妹妹落在上面时肯定方法不对，滚到了地上。她的一只脚歪向一边，已经肿了起来。在莫里斯·贝拉米看来，那也算不上是狗屎。

47

霍奇斯先生有一千个问题，但是彼得根本没有时间回答。他挂上电话，沿着梧桐街奔向自己家。他已经决定，带上蒂娜的旧拖车可能时间太长，等他赶到娱乐中心时，他得想个别的办法搬运那些笔记本。他其实只需要中心的钥匙。

他冲进父亲的办公室，顿时惊呆了。他母亲躺在椅子旁边的地板上，蓝眼睛上蒙着一层鲜血，反射着亮光。父亲的笔记本电脑打开着，上面有更多血迹。她胸前的衣服上也有血迹，血滴还飞溅到了书桌的椅子上和她身后的窗户上。电脑还在播放音乐，即便是在万分悲痛之中，他还是辨认出了这段音乐。她在玩单人纸牌游戏，一面玩游戏一面等待孩子回家，不惊动任何人。

“妈妈！”他叫喊着冲到她身旁。

“我的头，”她说，“看看我的头。”

他弯下腰，撩开上面鲜血已经凝结成块的头发，动作尽量轻一点，看到一道凹槽从她的太阳穴延伸到脑后。他看到凹槽中间有隐隐约约的灰白色东西。是她的颅骨，他想，太可怕了，但至少这不是她的脑浆。求求你了，上帝，不是她的脑浆。脑浆很柔软，会流出来的。那只是她的颅骨。

“有个人进来了，”她挣扎着说，“他……带走了……蒂娜。我听到她在喊叫。你得……哦，耶稣啊，我的脑袋里有铃声在作响。”

彼得犹豫了一秒钟，但这一秒钟显得那么漫长。他拿不定主意，究竟是帮助母亲，还是保护妹妹、把妹妹夺回来。假如这只是一场噩梦该多好，他想，要是我能从这噩梦中醒来该多好啊。

先救老妈，现在就救。

他一把抓起父亲的座机。“保持安静，妈妈。不要说话，不要动。”

她疲倦地闭上了眼睛。“他是为了那钱来的吗？那个人是为了你找到的那些钱来的吗？”

“不是，是为了和钱在一起的东西。”彼得说，然后按下了他在小学就学会的三个数字。

“这里是911，”一个女人的声音，“你有什么紧急情况？”

“我母亲中弹了，”彼得说，“梧桐街23号，赶紧派一辆救护车过来，她的血直流。”

“请问你的姓名，先——”

彼得已经挂上了电话。“妈妈，我得走了。我必须去救蒂娜。”

“不要……受伤。”她说话开始变得含糊不清。她仍然闭着眼睛，他惊恐地看到就连她的眼睫毛上也有血迹。这是他的错，全怪他。“不要让……蒂娜……受……”

她不再说话，但是还有呼吸。上帝啊，求求你让她继续保持呼吸。

彼得从软木板上取下桦树街娱乐中心的大门钥匙。

“妈妈，你会没事的，救护车已经在路上，还有朋友也将到来。”

他向门口走去，突然有了一个想法，转身问母亲：“妈妈？”

“什么……”

“老爸还抽烟吗？”

她依然闭着眼睛，说：“他认为……我不……知道。”

快——他必须赶在霍奇斯到达这里之前离开，不然的话，霍奇斯会阻止他干他要干的事——彼得开始在父亲的书桌里翻找。

万一呢，他想。

万一呢。

48

后门半开着，彼得没有注意到。他沿着那条小径向前狂奔。快到小溪边时，他经过了一块薄薄的黄布，挂在伸到了小径上方的一根树枝上。他来到小溪前，身不由己地转身看了一眼埋着箱子的地方。造成所有这一切惊恐的箱子。

跑到岸边的踏脚石前时，彼得突然停下了脚步。他睁大了眼睛，腿一软，重重地坐到地上，盯着泛着泡沫的浅水。这条小溪他曾经跨过那么多次，经常带着妹妹，听她唠叨当时让她感兴趣的东西。比斯利夫人。《海绵宝宝》。她朋友埃伦。她最喜欢的午餐盒。

她最喜欢的衣服。

比如，那件泡泡袖的黄色薄衬衣。老妈要她别老是穿它，因为它只能干洗。蒂娜今天早晨上学时，是不是穿了这件衣服？那好像是一个世纪前发生的事，但是他想……

他想她穿了。

我要把你妹妹带到一个安全的地方去，红唇男子说，你拿到笔记本后，我们可以在那里碰头。

这可能吗？

当然可能。如果红唇男子以前在彼得家长大，他肯定会去娱乐中心玩。在它关闭之前，周围的所有孩子都在那里玩。他肯定熟悉这条小径，因为箱子就埋在离小径穿越小溪不到二十步远的地方。

但是他不知道那些笔记本，彼得想，目前还不知道。

除非上次通话后他找到了。如果是那样，他就已经拿到手，逃走了。只要他让蒂娜活着就没事。他为什么不呢？一旦得到了他想要的东西，他还有什么理由杀害她呢？

为了报复，彼得冷冷地想，报复我。是我偷了那些笔记本，是我用酒瓶击中了他，然后从书店逃走。我应该受到惩罚。

他站起身，一阵头晕，摇晃了一下。恢复过来后，他越过小溪，到了对岸后，重新奔跑起来。

49

梧桐街 23 号的前门敞开着。杰罗姆还没有完全把车停稳，霍奇斯就已经下了梅赛德斯。他跑进屋，一只手插在口袋里，紧握简易警棍。他听到了丁零当啷的音乐声，他自己曾花大量时间玩电脑单人纸牌游戏，因此非常熟悉这音乐。

他循着音乐声，来到了凸窗改造成的办公室，看到一个女人坐在——趴在——书桌旁，她的一边脸肿了起来，都是血。她抬头望着他，想看清楚一些。

“彼得，”她说，“他带走了蒂娜。”

霍奇斯跪在地上，小心翼翼地扒开女人的头发。映入他眼帘的状况很糟糕，但是还没有那么糟；这个女人中了唯一真正重要的彩票。子弹在她头皮上划出了一道六英寸长的凹槽，有个地方甚至露出了颅骨，但是头皮伤不会要了她的命。不过，她失血较多，还有脑震荡。虽然现在没有时间问她问题，但是他必须问。莫里斯·贝拉米正犯下一连串暴行，而霍奇斯依然与他南辕北辙。

“霍莉，叫辆救护车。”

“彼得……已经叫了，”琳达说，仿佛她那虚弱的声音有魔法一样，他们听到了鸣笛声，虽然还很遥远，却在快速接近，“在他……离开之前。”

“索伯斯太太，是彼得带走了蒂娜吗？你想说的是这个吗？”

“不，是他，那个男人。”

“索伯斯太太，他是不是嘴唇很红？”霍莉问，“把蒂娜带走的男人是不是嘴唇很红？”

“爱尔兰……式的嘴唇，”她说，“但头发……不红，是白色的，年纪很大。我会死吗？”

“不会，”霍奇斯说，“救护车已经在路上了，但是你必须帮助我们。你知道彼得去了哪里吗？”

“出了……后门，我看到他了。”

杰罗姆向窗外望去，看到大门半掩着。“那后面有什么？”

“一条小路，”她有气无力地说，“孩子们从那里……去娱乐中心，在它关闭之前。他拿了……我想他拿了钥匙。”

“是彼得吗？”

“是的……”她的目光转向一块软木板，上面挂着许多钥匙。其中一个钩子上的钥匙不见了，下面标签贴上写着**桦树街娱乐中**心。

霍奇斯做出了决定。“杰罗姆，你和我一起去。霍莉，你和索伯斯太太待在一起。找一块湿布，敷在她脑袋一侧，”他喘了口气，“但是你要先给警察局打电话，找我的老搭档亨特利。”

他以为会听到反驳声，但霍莉只是点点头，拿起了电话。

“他还拿走了他父亲的打火机，”琳达说，她现在似乎感觉稍微好了一点，“我不知道他为什么要那样做。还拿了一罐郎森。”

杰罗姆疑惑地望着霍奇斯，霍奇斯说：“是打火机油。”

50

彼得与莫里斯和蒂娜一样，也走在树荫中，不过那几个打篮球的男孩已经回家吃晚饭去了，篮球场空空荡荡的，只有几只乌鸦在啄食撒在地上的薯片。他看到一辆汽车停靠在装货平台旁。其实是藏在那里，而那花哨的车牌让彼得将最后一丝怀疑都抛到了九霄云外。好吧，红唇男子就在这里，他无法从正门把蒂娜带进去。正门对着街道，这个时候车很多。再说，他也没有钥匙。

彼得从车旁经过，在墙角跪下来，看了看四周。地下室有一扇窗户开着，长在窗前的绿草和杂草已经被人踩倒了。他听到了一个男人的说话声。他们就在下面，那些笔记本也在下面，唯一的问题是红唇男子是否已经找到它们。

彼得往后退，靠着被太阳晒烫的砖墙，琢磨着下一步怎么办。思考，他对自己说，是你把蒂娜牵扯进来的，你就必须救她出去。所以思考，你这浑蛋！

只是他无法思考，他的心中充满了白噪音。

暴脾气的约翰·罗思坦很少接受采访。他有一次在接受采访时表达了对那种“灵感来自何处”型问题的厌恶。他说，情节创意不会来自任何地方，只会在没有受到作家思维污染的情况下自行到来。彼得这会儿想出来的计划也可谓灵机一动。这个计划既可怕，也吸引人到了可怕的地步。如果红唇男子已经发现了那些笔记本，这个计划就成功不了。不过如果他真拿到了笔记本，什么计划都成功不了。

彼得起身，反方向绕着这巨大的方形砖结构，再次经过那辆绿色小轿车，上面的车牌泄露了所有信息。他在这座已经废弃的娱乐中心正面右角停住脚，望着桦树街上回家的车流。那就像透过窗户看到了一个不同的世界，一个诸事正常的世界。他匆匆带了几样东西：手机、打火机、一罐打火机油。打火机油是在书桌最底下的抽屉里找到的，旁边放着他父亲的芝宝打火机。他摇晃时罐子发出的响声告诉他，里面已经空了一半，但是一半也足够了。

他绕过墙角，整条桦树街尽收眼底。他尽量迈着正常的步子，希望没有人——比如他以前的小联盟棒球队教练埃文斯先生——向他打招呼。

谁也没有。他这次知道该用哪把钥匙，因而很容易开了锁。他慢慢打开大门，走进前厅，再轻轻把门关上。里面一股霉味，酷热难耐。为蒂娜着想，他希望地下室能够凉爽一点。她肯定吓坏了，他想。

如果她还活着，还能有感觉的话，一个邪恶的声音在他耳旁低语道。红唇男子可能这会儿正站在她的尸体旁，自言自语。他已经疯了，而疯狂的人会干这种事。

在彼得左边，一溜台阶通往二楼，上面只有一个特大的空间，从一端延伸到另一端。官方的名称是北城社区活动室，但是孩子们另外给它起了个名字，红唇男子大概记得的一个名字。

彼得坐在椅子上，脱掉鞋子（不能让里面的人听到他走过去时，地板发出的嘎吱声和回声）。他又在想，是我让她陷入这当中的，所以我要救她出去，责无旁贷。

他拨通了妹妹的手机。下面传来了蒂娜手机的雪地巡逻警铃声，含糊不清，但是毫无疑问。

红唇男子立刻接了电话。“喂，彼得。”他现在听上去平静多了，控制住了情绪。那对于彼得的计划而言，好坏难料。“拿到笔记本了吗？”

“拿到了。我妹妹怎么样？”

“她没事。你在哪里？”

“真好笑，”彼得说……仔细想一想，确实很好笑，“我敢打赌吉米·戈尔德会喜欢的。”

“我没有心情听这种高深莫测的幽默。我们把交易做了，相互了结，好吗？你在哪里？”

“你还记得星期六电影宫吗？”

“你在说什——”

红唇男子突然停住了。他在回想。

“你是指社区活动室？他们以前总是在那里放那些粗俗的……”他醒悟过来后又停顿了一下，“你在这里？”

“对。你在地下室，我看到车停在后面。你一直离那些笔记本大概只有九十英尺的距离。”甚至不到九十英尺，彼得想。“过来拿吧。”

他挂了电话，免得红唇男子提出对自己有利的条件。彼得手里拎着鞋子，踮着脚跑向厨房。他得赶在红唇男子从地下室爬上楼梯之前躲起来。只要他上来，一切都可能变好。如果他不上来，他和妹妹可能会死在一起。

他听到楼下传来了蒂娜痛苦的哭喊声，比她的手机铃声响亮——响亮得多。

还活着，彼得想，那么，那个浑蛋伤害了她。但这不是实情。

是我伤害了她。全是我的错。我的，我的，我的。

51

莫里斯坐在标有**厨具**的纸箱子上，合上蒂娜的手机，起初只是望着它。其实，现在明摆着只有一个问题，只有一个问题需要回答。这个男孩说的是真话还是在骗他？

莫里斯认为他说的是真话。莫里斯和他毕竟都是在梧桐街长大的，而且都在楼上看过星期六放映的电影，坐在折叠椅上，吃着当地女童子军队员出售的爆米花。所以两个人都选择附近这座废弃的建筑藏身是合乎逻辑的，因为这里离他们先后居住过的家以及埋藏的箱子都很近。最关键的是莫里斯第一次来这里侦察时看到大门上挂着的牌子：**联系房地产代理托马斯·索伯斯**。如果彼得的父亲是这座建筑的销售代理，彼得很容易偷到钥匙。

他抓住蒂娜的胳膊，将她拽到对面的炉子旁。硕大的炉子是个老古董，一直搁在角落里。她的脚踝已经肿了起来，身体的重量压在上面时，她疼痛难耐，又忍不住叫了一声。莫里斯很讨厌这种叫声，便又给了她一巴掌。

"闭嘴，"他说，"别他妈的老哼哼唧唧的。"

电脑连接线不够长，无法确保她待在一个地方，但是墙上有一盏笼灯，周围有几码长的橙色电线荡在那里。莫里斯不需要灯，但是电线却是上帝赐予的礼物。他原以为自己对那小偷的怒火已经到了无以复加的地步，但是他错了。*我敢打赌吉米·戈尔德会喜欢的*，那小偷说。他有什么权利提及约翰·罗思坦的作品？罗思坦的作品属于他莫里斯。

"转过身去。"

蒂娜转身的动作慢了一点，莫里斯勃然大怒。他对她哥哥的怒气还没有消。他一把抓住她的肩膀，用力把她的身子转过去。蒂娜这次没有喊叫，但一声呻吟还是从她紧闭的双唇间吐了出来。她那件心爱的黄衬衣沾满了地下室里的灰尘。

他把橙色电线牢牢绑在捆着她手腕的电脑连接线上，然后将笼灯扔到炉子的管子后面。他把电线拉紧，蒂娜绑着的双手几乎被提到了肩胛骨那里，疼得她又呻吟了一声。

莫里斯将电线打了个双结，心中想，它们一直都在这里，他认为这很可笑吗？既然他想要乐子，我就让他乐个够。他可以笑着去死。

他弯下腰，双手撑着膝盖，两眼与小偷妹妹的眼睛相对。“小妞，我这就上楼去拿我的东西，还要杀了你那讨厌的哥哥。然后我再来这里杀了你，”他亲吻了她的鼻尖，“你死到临头了。我希望你在我上去后好好想想。”

他向楼梯快步走去。

52

彼得在食品柜里，柜门虽然只开了一条缝，却足以让他看到红唇男子匆匆过去，一手握着那把红黑相间的手枪，一手拿着蒂娜的手机。彼得听着他穿过地下室空荡荡的房间时脚步的回声，那脚步声刚刚变成爬楼梯、走向曾经的星期六电影宫时发出的嗒嗒声，他就立刻冲向通往地下室的楼梯。他把鞋子丢在路上。他希望自己空着手。他也希望红唇男子知道他确切去了哪里，这也许会让他放慢脚步。

蒂娜看到他时睁大了眼睛："彼得！快救我出去！"

他走到她身旁，看了一眼将她双手绑在身后及将她绑到炉子上的那些绳结——白色电线、橙色电线。绳结很紧，他望着它们时感到一阵绝望。他解开一个结，让她的双手稍稍垂下来，给肩膀减轻一点压力。就在他开始解第二个结的时候，他的手机振动了。狼在楼上什么也没有发现，给他打来了电话。彼得没有接电话，反而跑到窗户下的纸箱前，纸箱一侧有他的笔迹：**厨具**。他可以看到上面有脚印，并且知道那是谁的脚印。

"你在干什么？"蒂娜说，"快把我解开！"

但是解开那些结只是问题的一部分，另一部分是让她从这里出去，彼得觉得在红唇男子赶回来之前自己来不及做到。他已经看到了妹妹的脚踝，现在已经肿得根本不像脚踝。

红唇男子不再去管蒂娜的手机。他在楼上大吼。在楼上尖叫："你这婊子养的，你在哪儿？"

两只小猪在地下室，大恶狼在楼上，彼得想，我们连一间草屋都没有，更不用说一间砖房了。

他将红唇男子用来垫脚的纸箱搬到地下室中央，将相互折叠的纸箱盖拉开。头顶是厨房，重重的脚步落在上面，震得横梁之间的一条条绝缘板左右晃动。蒂娜的脸上写满了恐惧。彼得将纸箱倒了个底朝天，里面的魔力斯奇笔记本倾泻而出。

“彼得！你在干什么？*他就要来了！*”

难道我不知道吗？彼得想，然后打开了第二个纸箱。就在他把其他笔记本倒到地下室地面上那一堆笔记本中时，楼上的脚步声停了。他看到鞋子了。红唇男子打开通往地下室的门，这次比较谨慎，在试图想明白。

“彼得？你在看望你妹妹吗？”

“是的，”彼得大声说，“我手里握着枪来看望我妹妹。”

“你知道吗？”恶狼说，“我不相信。”

彼得拧开那罐打火机油的盖子，将里面的打火机油倒在笔记本上，浸湿那堆稻草垛似的短篇小说、诗歌，还有半醉状态中常常虎头蛇尾的愤怒言辞。还有两部长篇小说，构成了一个名叫吉米·戈尔德的美国人的完整故事，磕磕绊绊地度过二十世纪六十年代，寻找某种救赎，寻找——用他自己的话说——某种并非狗屎的狗屎。彼得伸手去掏打火机，但它却从他的指缝中滑了下去。上帝啊，他可以看到那个人的身影就在上面，还看到了枪的影子。

蒂娜吓得睁大了眼睛，捆绑在那里无法动弹，鼻子和嘴唇上都是血。那杂种打了她，彼得想，他为什么要那样？她只是个孩子。

但是他知道为什么。妹妹可以被用来替代红唇男子真正想要揍的对象。

“你最好相信，”彼得说，“这是一把45口径的手枪，比你的大多了。枪就在我老爸的书桌里。你最好赶紧走，那才是聪明之举。”

求求你了，上帝，求求你了。

但是彼得刚才那番话最后几个词的声音露出了马脚，升高后变成当初发现这些笔记本时那个十三岁男孩迟疑不决的高音。红唇男子听到后哈哈大笑，开始从楼梯下来。彼得再次抓住打火机——这一次抓得很牢——用拇指打开打火机盖。红唇男子完全出现在了他的眼前。彼得按动点火轮，突然意识到自己一直没有查看打火机里是否有油，这个忽视在接下来的十秒钟里有可能会送了他和妹妹的性命。但是火星点燃了熊熊的黄色火焰。

彼得将打火机递到离那堆笔记本一英尺高的地方。“你说对了，”他说，“没有枪，但是我确实在他的书桌里找到了这个。”

53

霍奇斯和杰罗姆跑过棒球场。杰罗姆跑在前面，但霍奇斯也没有落后太远。杰罗姆在破旧的小棒球场边站住脚，指着停在装货平台附近的绿色斯巴鲁。霍奇斯看到了那花哨的车牌——BOOKS4U①——点点头。

他们刚开始移动，就听到里面传出了愤怒的吼叫声：“你这婊子养的，你在哪儿？”

那肯定是贝拉米。婊子养的肯定是彼得·索伯斯。彼得用父亲的钥匙开门进去，也就是说大门还开着。霍奇斯指了指自己，然后又指了指娱乐中心。杰罗姆点点头，但是低声说：“你没有带枪。”

“对，但是我没有杂念，力气等于十个人。”

“呃？”

“待在这里，杰罗姆，我是认真的。”

“当真？”

“是的。你没有碰巧带了一把刀吧？哪怕是一把小折叠刀？”

“没有，抱歉。”

“好吧，那么你四处找找，看能不能找个瓶子。这里肯定有，孩子们大概会在天黑后来这里喝啤酒。把瓶子砸破，用它扎烂轮胎。万一出了岔子，不能让他开着哈利迪的汽车溜走。”

杰罗姆脸上的表情说明他不太在乎这个命令潜在的含义。他一把抓住霍奇斯的胳膊：“不能鱼死网破，比尔，听到没有？因为你没有任何东西可以弥补。”

---

① 意为“给你好书”。

“我知道。”

这话说得口是心非。四年前，他深爱的女人死在针对他的一起爆炸案中。他没有一天不思念简妮，也没有一晚躺在床上不在想：要是我动作再快一点就好了，人再聪明一点就好了。

他这一次动作也不够快，人也不够聪明，辩解情况发展得太快并不能将那两个孩子从潜在危险的困境中救出来。他只知道今天有他值班，蒂娜和她哥哥都不能死。他会竭尽全力避免那种事情发生。

他轻轻拍拍杰罗姆的脸，说：“相信我，老兄。我干好我分内的事，你只需管好那些轮胎，顺便扯掉一些插线。”

霍奇斯出发，走到拐角处回头望了一眼。杰罗姆正绷着脸注视着他，这一次留在远处没有动。这是好事。只有一件事比贝拉米杀了彼得和蒂娜还要糟糕，那就是他再杀了杰罗姆。

他绕过拐角，朝中心大门跑去。

这扇大门也像梧桐街 23 号的大门一样敞开着。

54

红唇男子仿佛被施了催眠术一样盯着那堆魔力斯奇笔记本。终于，他抬起头来望着彼得，同时举起了枪。

“开枪吧，”彼得说，“开枪，然后看看我丢下打火机后这些笔记本会怎么样。我只来得及把打火机油倒在上面几本笔记本上，但是现在已经流淌到了下面。这些笔记本年代已久，烧起来很快，然后剩下的这些狗屎都会烧掉。”

“这么说，这是个胜负难料的僵局，”红唇男子说，“唯一的问题，彼得——我现在是从你的角度来说——是我的枪可以比你的打火机坚持得更久。等打火机里的油烧完后，你准备怎么办？”他尽量显得平静，掌控着局面，但是他的眼睛不停地在芝宝打火机与笔记本之间来回。上面几本的封面已经湿透了，像海豹皮一样泛着微光。

“我会知道什么时候里面的油烧光，”彼得说，“只要火焰开始降低，变成蓝色，我就会扔下它。然后，噗。”

“你不会的。”恶狼翘起上嘴唇，露出满嘴黄牙。那些尖牙。

“为什么不？只是些文字，与我妹妹相比，它们一文不值。”

“真的吗？”红唇男子将枪口转向蒂娜，“合上打火机，不然我就当着你的面把她杀了。”

看到枪口对准妹妹的上腹部，仿佛有几只手在痛苦地捏着彼得的心脏，但是他没有合上打火机的盖子。他弯下腰，慢慢将打火机凑向那堆笔记本。“里面还有两部吉米·戈尔德系列小说，你知道吗？”

“你在撒谎。”红唇男子的枪仍然对着蒂娜，但是他的眼睛却已经——似乎是不由自主地——再次被吸引到那堆笔记本上，“只有一本，讲他去西部。”

"两本,"彼得重复了一遍,"《逃亡者西行》写得不错,但是《逃亡者举旗》才是他写过的最好的小说。也很长,是部史诗,只可惜你再也看不到了。"

莫里斯苍白的脸上泛起了红晕:"你敢!你怎么敢诱惑我?我为那些书差一点送了命!我为那些书杀了人!"

"我知道,"彼得说,"既然你这样痴迷,我就犒赏你一点。在最后一部书中,吉米与安德莉亚·斯通重逢。你觉得怎么样?"

恶狼瞪大了眼睛:"安德莉亚?真的吗?怎么可能?发生了什么事?"

这些问题在这种情况下真是匪夷所思,却也是发自内心的、真诚的。彼得意识到,虚构的吉米的初恋安德莉亚在这个人心中是真实的,正如彼得的妹妹在他的心中不真实一样。在红唇男子的心中,只有吉米·戈尔德、安德莉亚·斯通、米克先生、皮埃尔·雷顿(也就是死亡推销商)和其他人物才是真实的。这确实是真正疯狂的标志,但那肯定也让彼得疯狂,因为他理解这个疯子的感受。完全理解。当吉米于 1968 年芝加哥骚乱期间在格兰特公园瞥见安德莉亚时,他自己也曾有过相同的兴奋和相同的震惊。他当时真的流下了眼泪。这种眼泪,彼得意识到——是的,即便是现在,尤其是现在,因为他们的审美都维系在它上面——标志着虚构的核心力量。正是这种力量,才会有成千上万的人在得知查尔斯·狄更斯死于中风后为之哭泣。正是这种力量,这么多年来,每年 1 月 19 日埃德加·爱伦·坡生日那天,都会有一位陌生人在他的墓前放上一朵玫瑰。也正是这种力量,即便这个人没有把枪对准他妹妹那颤抖、脆弱的上腹部,彼得也会对这个人恨之入骨。红唇男子夺走了一位大文豪的生命,为什么?因为罗思坦竟敢让一个人物去了红唇男子不喜欢的方向?是的,这就是答案。他完全是出于自己的关键信念:某种意义上,作品比作家更重要。

彼得故意慢慢摇着头:"都在这些笔记本里,《逃亡者举旗》占了其中整整十六本。你可以在那里看，但是我再也不会说给你听了。”

彼得真的笑了。

“没有剧情透露。”

“你这浑蛋，这些笔记本是我的！我的！”

“要是你不让我妹妹走，它们就会变成灰烬。”

“彼得，我走不动！”蒂娜带着哭腔。

彼得无法看她。他必须紧紧盯着红唇男子，盯着这头恶狼，“你叫什么？我认为我有权知道你的名字。”

红唇男子耸耸肩，仿佛这已不再重要，“莫里斯·贝拉米。”

“把枪扔了，贝拉米先生，用脚把它踢到炉子下面。只要你照办，我就合上打火机。我可以解开我妹妹身上的电线，带着她走。我会给你足够的时间，让你带着笔记本离开。我只想带蒂娜回家，叫人救我妈妈。”

“我应该相信你吗？”红唇男子讥笑道。

彼得手中的打火机离那堆笔记本又近了一点。“相信我，不然你就亲眼看着这些笔记本化为灰烬。快点做出决定，我不知道我老爸上次是什么时候给这玩意儿加了油。”

彼得眼角的余光察觉到了新的动静：楼梯上有什么东西在移动。他不敢看，如果他转移视线，红唇男子也会的。我快要搞定他了，彼得想。

情况看似如此。红唇男子手中的枪开始下垂。一时间，他显得与实际年龄极度相仿，甚至更苍老。突然，他举起枪，再次瞄准了蒂娜。

“我不会杀死她，”他的口气坚决果断，宛如一位刚刚做出关键战场决策的将军，“一开始肯定不会。我会朝她的一条腿开枪，你可以听到她尖叫。如果你在那之后点燃笔记本，我就朝她的另一条腿开枪，然后是她的肚子。她会死，但是在那之前她有足够的时间恨你，如果她没有早——”

莫里斯的左边传来了单调的啪啪两声响。那是彼得的鞋子，落在了楼梯脚下。莫里斯一触即发，转身冲那个方向开了一枪。这把手枪虽小，但是在地下室这密闭的空间里，枪声震耳欲聋。彼得不由自主地猝然一动，打火机从他的手中滑落。轰的一声，最上面几本笔记本顿时变成了一团烈焰。

“不！”莫里斯尖叫道。霍奇斯冲下楼梯，速度太快，差一点没有站稳脚。莫里斯转过身，彼得完全暴露在他的枪口下。莫里斯举起枪，向彼得射击，但是他还没有来得及开枪，蒂娜不顾自己被绑，猛地向前一扑，用她那条没有受伤的腿踢了他的后背。子弹从彼得的脖子和肩膀之间飞了过去。

在这期间，笔记本正在迅速燃烧。

霍奇斯赶在莫里斯再次开枪前靠近他，一把抓住莫里斯握枪的手。霍奇斯更结实，身体状况更好，但是莫里斯·贝拉米有着精神病人般的力气。两个人在地下室东倒西歪地来回移动，霍奇斯紧紧握住莫里斯的右手腕，让那把自动小手枪时刻对着天花板，莫里斯则用左手去抠霍奇斯的脸，想把他的眼珠挖出来。

彼得绕过那堆笔记本——流淌到最底下的打火机油已经点燃，那些笔记本现在变成了熊熊烈焰——从背后与莫里斯扭打在一起。莫里斯转过头，露出牙齿，朝他咬去。他的眼睛在眼窝里转动着。

“他的手！抓住他的手！”霍奇斯喊道。他们绊倒在了楼梯下。霍奇斯的脸上有几道血痕，脸颊上挂着几条抠烂的皮肉。“抓住他，不让他把我的皮剥下来！”

彼得抓住贝拉米的左手。他们身后的蒂娜突然尖叫起来。霍奇斯冲着贝拉米的眼睛打了两拳，像活塞一样强劲有力。这两拳似乎结果了莫里斯，他的脸松弛下来，膝盖弯曲。蒂娜还在尖叫，地下室越来越亮。

“屋顶，彼得！屋顶着火了！”

莫里斯跪在地上，垂着头，鲜血不断从他的下巴、嘴唇和鼻子涌出。霍奇斯抓住他的右手腕，用力一扭。莫里斯的手腕被扭断时发出了咔嚓声，自动小手枪啪嗒一声掉到了地上。霍奇斯以为一切已经结束，却不料想那浑蛋向上挥动没有受伤的那只手，正好击中霍奇斯的睾丸，让他痛彻肺腑。莫里斯从霍奇斯的裤裆下钻了过去，霍奇斯喘着气，双手压着不断阵痛的裆部。

“彼得，彼得，天花板！”

彼得以为贝拉米会去拿枪，可是他却对枪视而不见。他的目标是那些笔记本。笔记本现在已经变成了篝火，封面卷曲，纸张烤焦后化为火星，点燃了几条垂荡下来的板材。火势已经蔓延到他们上方，燃烧的彩旗纷纷落下，其中一个落在了蒂娜的头上，纸张和板材燃烧的气味又夹杂着头发烧焦后的臭味。她痛得叫了一声，将它从头上摇落。

彼得向她跑去，顺便把小手枪踢进地下室深处。他扑打着她已经冒烟的头发，然后开始艰难地解开绳结。

“不！”莫里斯尖叫着，但不是冲着彼得。他像宗教狂热分子跪倒在烈焰腾腾的祭坛前一样，跪倒在那些笔记本前。他把手伸进烈焰，想推开火堆，却不想反而造成一团团火星盘旋而上。“不，不，不，不！”

霍奇斯想跑过去帮彼得和他妹妹，可是他只能勉强蹒跚过去。腹股沟处的疼痛正蔓延到双腿，使他吃尽千辛万苦才锻炼出来的肌肉变得软弱无力。不过，他还是开始解橙色电线打的一个结。他再次后悔自己没有带刀，不过必须有把劈刀才能砍断这玩意儿。这狗屁东西很粗。

又有几块燃烧的板材掉落在他们周围。霍奇斯害怕蒂娜身上的薄衬衣会着火，赶紧将它们推开。绳结松动了，终于松动了，但是蒂娜却在挣扎——

“不要动，蒂娜。”彼得说。汗水从他的脸上直往下掉。地下室的温度越来越高。“这都是活结，你又把它们扯紧了。不要动。”

莫里斯的尖叫声变成了痛苦的号叫。霍奇斯无暇去看他。他在拉扯的绳圈突然松开了。他把蒂娜拉离了炉子，她的双手还绑在身后。

现在已经无法从楼梯出去，下面几级在燃烧，上面几级也已经点燃。桌子、椅子、一箱箱存放在那里的文件都在燃烧。莫里斯·贝拉米的身上也着了火，他的运动衫和里面的衬衣已经变成了烈焰，可他还在火堆里翻找着，想拿到最底下哪怕是一本尚未燃烧的笔记本。他的手指已经烧焦。尽管疼痛难熬，他还在继续翻找着。霍奇斯想起了那个童话，什么大灰狼从烟囱下来，正好落在一锅开水中。他女儿艾莉森不想听那个故事，说那个故事太吓——

"比尔！比尔！这儿！"

霍奇斯看到杰罗姆在地下室的一个窗户外。他想起自己曾说过，你那脑子一文不值，他现在很高兴杰罗姆的脑子还是值钱的。杰罗姆趴在地上，从窗外向里面伸出手臂。

"举起来！把她举起来！快点，不然你们都会被煮熟的！"

基本上是彼得将蒂娜抱到了地下室窗户边，穿过不断掉落的火星和燃烧的一条条板材。其中一块落在蒂娜的后背上，霍奇斯赶紧把它拍掉。彼得举起蒂娜。杰罗姆抓住她的腋下，将她拉了出去，莫里斯用来捆绑她的电脑连接线的插头颠簸着拖在她身后。

"现在你上。"霍奇斯喘着气说。

彼得摇摇头："你先上。"他抬头望着杰罗姆："你拉，我推。"

"好的，"杰罗姆说，"把手臂举起来，比尔。"

没有时间争辩。霍奇斯举起手，感觉到杰罗姆握住了。他想，这感觉就像戴了手铐。杰罗姆开始往上拉。起初很慢——他可比蒂娜重多了——但是两只手稳稳地托住了他的屁股，往上推。他升到空中，呼吸到了清洁的空气——很热，但是比地下室清凉多了——随即站在了蒂娜·索伯斯身旁。杰罗姆再次伸出手去："快点，孩子！快点！"

彼得伸出胳膊，杰罗姆牢牢抓住他的手腕。地下室里到处是烟雾，彼得开始咳嗽，差一点干呕。他用脚蹬着墙壁往上爬，钻出窗户后转过身来望着地下室里面。

一个烧焦的身影跪在那里，火红的胳膊在燃烧的笔记本中翻找着。莫里斯的脸正在熔化。他发出一声声惨叫，开始拥抱烈焰，将罗思坦的作品搂到燃烧的胸前。

“不要看，孩子，”霍奇斯将一只手搁在彼得的肩膀上，“不要看。”

但是彼得想看。需要看。

他想，火中的那个人差一点是我。

他想，不会的，因为我知道区别，我知道什么重要。

他想，求你了，上帝，如果你真的存在……让我的愿望实现吧。

55

彼得让杰罗姆把蒂娜一直背到棒球场那里，然后说："请把她给我吧。"

杰罗姆打量了他一眼——彼得苍白的脸上写着震惊，一只耳朵起泡，衬衣上布满了烧焦的小孔。"你肯定？"

"是的。"

蒂娜早已张开了双臂。从燃烧的地下室里出来后，她一直很安静，可是当彼得接过她时，她双臂搂住他的脖子，脸贴着他的肩膀，开始大声哭泣。

霍莉沿着小径跑了过来。"感谢上帝，"她说，"你们都在！贝拉米呢？"

"在地下室，"霍奇斯说，"此刻恐怕生不如死。你带手机了吗？赶紧报火警。"

"我妈妈没事吧？"彼得问。

"我想她应该没事，"霍莉说着从腰带上抽出手机，"救护车会送她去凯纳医院。她很清醒，一直在说话。医护人员说她的生命体征平稳。"

"感谢上帝。"彼得说。他也哭了起来，眼泪在他熏黑的脸颊上划出了一道道干净的泪痕。"要是她死了，我会杀了我自己，因为这全是我的错。"

"不。"霍奇斯说。

彼得望着他。蒂娜也望着他，胳膊仍然紧紧搂着哥哥的脖子。

"你发现了那些笔记本和钱，是不是？"

"是的，意外发现的，它们就埋藏在小溪旁的一个大箱子里。"

“换了任何人也都会像你这样做的，”杰罗姆说，“不是吗，比尔？”

“是的，”比尔说，“为了你的家人，你已经竭尽全力，特别是在贝拉米带走蒂娜后你去追踪他。”

“真希望我从来没有发现那只箱子。”彼得说。有一点他没有说出口，也永远不会说出口。那就是知道那些笔记本化为灰烬后，他心如刀绞。他的心在炙烤。他真切地明白莫里斯的感受，而这也像烈火在炙烤着他。“真希望那箱子永远埋藏在那里。”

“一面要抱着希望，”霍奇斯说，“一面要为最坏的局面做好准备。我们走。我需要用冰袋，免得这儿肿得更厉害。”

“哪里肿？”霍莉问，“我看你很好啊。”

霍奇斯搂住她的肩膀。他有时候搂住她时，霍莉的身体会突然变得僵硬，但是今天没有。他还亲吻了她的脸颊，随之而来的是她脸上令人捉摸不定的微笑。

“他是不是打中了你男孩最疼的部位？”

“是的。嘘。”

他们慢慢走着，一部分是为了霍奇斯，另一部分是为了彼得。他妹妹越来越重，但是他不想把她放下来。他想一路把她背回家。

后　续

野　餐

劳动节周末那个星期五，一辆吉普牧马人——已经有些年头但是仍为其主人所爱——驶进麦金尼斯公园小联盟球场上方的停车场，停在了一辆同样有些年头的蓝色梅赛德斯旁。杰罗姆·罗宾逊走下绿草茵茵的山坡，来到一张野餐桌前，上面已经摆好了吃的东西。他手里拿着一个纸袋，左右摇晃着。

“嗨，冬青果子！”

她转过身来：“我告诉你多少次了？要你不要这样叫我。一百次？一千次？”但是她边说边笑，当他拥抱她时，她也给了他一个拥抱。杰罗姆不想得寸进尺，因此他只是紧紧拥抱了她一下，然后便问午餐吃什么。

“有鸡肉沙拉、金枪鱼沙拉和凉拌卷心菜。我还带了一个烤牛肉三明治，要是你想吃，就给你。我已经戒了红肉，因为红肉会搅乱我的生物周期节律。”

“那我就不诱惑你了。”

他们坐了下来。霍莉往纸杯里倒了斯奈普[①]。他们为夏季终于结束干杯，然后一边大口咀嚼，一边聊着电影和电视节目，暂时闭口不提野餐的原因——告别，至少是暂时告别。

“真遗憾比尔无法来，”杰罗姆说着接过了霍莉递给他的一块巧克力奶油馅饼，“还记得他听证会结束后我们在这里聚会的事吗？庆祝法官裁定不送他进监狱？”

“我记得一清二楚，”霍莉说，“你想坐公交车。”

---

① 美国饮料品牌。

“因为公交车不要钱！”泰隆·“好心情”说，“凡是不要钱的我都想得到，霍莉小姐！”

“你这话已经没有新鲜感了，杰罗姆。”

他叹了口气：“我看是有一点。”

“比尔接到了彼得·索伯斯的电话，”霍莉说，“所以没有来。他让我代他向你问好，还要在你回剑桥市之前见你一面。把鼻子擦一擦，上面粘了点巧克力。”

杰罗姆使劲忍着，没有说*巧克力是我的最爱*！“彼得还好吗？”

“还好。他有好消息，想当面和比尔一起分享。我这馅饼吃不下了，剩下的给你，要吗？除非你不想吃我吃过的东西。我不介意，但是我没有感冒，也没有什么别的病。”

“我连你的牙刷都敢用，”杰罗姆说，“但是我真的吃饱了。”

“哦，”霍莉说，“我永远不愿意用别人的牙刷。”她收拾好纸杯和纸盘，将它们拿到旁边的垃圾箱里。

“你明天什么时候走？”杰罗姆问。

“太阳早晨六点五十五分升起，我估计最迟七点三十分上路。”

霍莉要开车去辛辛那提看望母亲，独自开车，杰罗姆简直不敢相信。他为她高兴，但也为她担心。万一出什么岔子，她崩溃了怎么办？

“别担心，”她走回来坐了下来，“我会没事的。全程收费高速，不开夜车，预报上说天气也不错。还有，我带了三张CD，都是我最喜欢的电影原声音乐：《毁灭之路》《肖申克的救赎》和《教父2》。我认为《教父2》的音乐最棒，不过托马斯·纽曼整体来说比尼诺·罗塔①强。托马斯·纽曼的音乐有种神秘感。”

“约翰·威廉姆斯的《辛德勒的名单》，”杰罗姆说，“没有比那更

---

① 托马斯·纽曼（Thomas Newman，1955— ）和尼诺·罗塔（Nino Rota，1911—1979）均是好莱坞著名电影配乐作曲家。

棒的。”

“杰罗姆，我不想说你脑子里装满了垃圾，可是……这确实是实情。”

他开心地放声大笑。

“我会带上手机和平板电脑，已经都充好了电。梅赛德斯也刚刚做过保养。其实，总共才六百四十公里。”

“酷。但是有事一定给我打电话，我或者比尔。”

“那当然。你什么时候回剑桥？”

“下星期。”

“码头的活干完了？”

“全干完了，而且真高兴干完了。体力劳动虽然对身体有益，但是我觉得不会让灵魂变得高尚。”

霍莉仍然无法与哪怕是最亲密的朋友对视，但是她努力一番后望着杰罗姆的眼睛。“彼得没事，蒂娜没事，他们的母亲也站了起来。这一切都很好，但是比尔怎么样？给我说实话。”

“我不明白你这话什么意思。”现在轮到杰罗姆不敢对视她的眼睛了。

“第一，他太瘦了。他那锻炼加沙拉的养生法有些矫枉过正，但我真正担心的还不是这一点。”

“那是什么？”但是杰罗姆心里清楚，见她也知道这件事，他并不感到惊讶。虽然比尔自以为一直在瞒着她，但霍莉有自己的办法。

尽管周围一百码内没有人，她还是压低了嗓门，仿佛害怕被人偷听到，“他多久去看他一次？”

杰罗姆没有必要问她在说什么。“我真不知道。”

“每个月不止一次吧？”

“我想是的。”

“每周一次？”

“可能没有这么勤。”可是谁知道呢？

“为什么？他是……”霍莉的嘴唇在颤抖，“布莱迪·哈茨费尔德几乎像个植物人！”

“霍莉，你不能为此责怪自己，绝对不能。你袭击他是因为他准备炸死两千个孩子。”

他想摸她的手，她却把手缩了回去。

“我不责怪自己！我会再来一次的！一次又一次！但是我不愿意去想比尔念念不忘那个人。我知道什么是痴迷，而且知道痴迷不是件好事。”

她交叉双臂抱在胸前，这是一种她已经基本放弃的自我安慰的姿势。

“我并不认为那是一种痴迷。”杰罗姆小心翼翼地试探着说，“我认为那与过去无关。”

“还能是什么？因为那恶魔没有未来！”

比尔对此有点吃不准，杰罗姆想，但是永远不会说出来。霍莉的状态比以前好，可仍然很脆弱。而且，正如她自己所说，她知道什么是痴迷。再说，他不知道比尔继续对布莱迪产生兴趣意味着什么。他目前只有一种感觉。一种预感。

“随它去吧。”他说。他这次把手放在霍莉的手上时，她没有把手缩回去。他们又聊了一会儿其他事情，然后，他看了看表。“我得走了，我答应去旱冰场接芭芭拉和蒂娜的。”

“蒂娜爱上你了。”两个人顺着斜坡向各自的汽车走去时，霍莉实事求是地说。

“就算是，那也会过去的，”他说，“我去了东部后，用不了多久就会有某个帅小伙出现在她的生活中。她会把他的名字写在课本封面上。”

“估计会吧，”霍莉说，“情况一般都是这样，对吗？我只是不希望你取笑她。她会认为你小心眼，并为此感到伤心。”

“我不会的。”杰罗姆说。

他们来到了车前，霍莉再次强迫自己正视他。“我没有像她那样爱你，但我依然很爱你。所以杰罗姆，照顾好自己。有些大学生会干蠢事，不要变成他们那样。”

这次是她拥抱了他。

“哦，嗨，我差一点忘了，”杰罗姆说，“我给你带了个小礼物。是件T恤衫，只是我觉得你不会愿意穿着它去看你母亲。”

他把纸袋递给她，她从里面取出一件鲜红的T恤衫，打开它。T恤衫前面印着几个醒目的黑字：

狗屎并非就是狗屎

吉米·戈尔德

“城市学院的书店卖这种T恤衫，我给你买了一件XL号的，万一你想把它当睡衣穿呢。”她在思考T恤衫前面的文字时，他仔细看着她的脸。“当然，要是你不喜欢，也可以把它退回去，换样别的东西。”

“我非常喜欢，”她笑了起来，是那种霍奇斯喜欢看到的笑容，那种让她变得美丽的笑容，“我去看望母亲时，就穿它了。把她气晕。”

杰罗姆一脸惊讶，她看到后哈哈大笑起来。

“难道你从来没有想把你妈妈气晕过吗？”

“有时候会。霍莉……我也爱你。你知道的，对吗？”

“我知道，”她把T恤衫紧紧抱在怀中，“我也很高兴，这件T恤衫意义非凡。”

箱　子

霍奇斯沿着小径，从桦树街尽头穿过那块荒地，看到彼得正坐在小溪岸边，抱着双膝。在他旁边，一棵矮树延伸到水面上。经过一个漫长、炎热的夏季，小溪变成了涓涓细流。树下，埋藏箱子的树洞已经再次被挖开，箱子斜放在附近的岸上。箱子显得很旧，经历过岁月沧桑，还带有几分凶兆，算是从迪斯科还在流行那一年过来的时光旅行者。附近还有一个摄影用的三脚架，外加两个看似专业摄影师旅行时携带的那种包。

“那个著名的箱子。”霍奇斯说着在彼得身旁坐了下来。

彼得点点头，“是啊，著名的箱子。摄影师和他的助手去吃午饭了，不过我想他们马上就会回来的。好像对本地餐馆提供的菜肴不是太感兴趣，他们是纽约来的。”他耸耸肩，仿佛这说明了一切。“那家伙起初要我坐在箱子上，握紧拳头顶着下巴，就像那个著名的雕塑[①]。我费了很多口舌才说服他打消主意。”

“是本地报社的吗？”

彼得摇摇头，笑了起来。“霍奇斯先生，这才是我的好消息。他们是《纽约客》杂志社的，想要一篇文章，介绍发生的一切。还不是小文章。他们想把文章刊登在他们所说的‘核心’部分，也就是说杂志的中央。一篇真正的长文，可能还是他们刊登过的最长的文章。”

“太好了！”

“是啊，条件是我别把它搞砸了。”

霍奇斯盯着他看了一会儿，“等等，由你来写吗？”

---

① 彼得此处所指的是罗丹的《思想者》。

“是的。他们最初想派他们杂志社的一个作家过来采访，是乔治·派克，他真的很棒，然后再写报道。这是件大事，因为约翰·罗思坦曾经是他们杂志社力推的明星作家之一，与约翰·厄普代克和雪莉·杰克逊等人齐名……你知道我说的这些人。”

霍奇斯不知道，但是他点点头。

“罗思坦算是描述青少年焦虑症和中产阶级焦虑症的关键人物，有点像约翰·契弗[①]。我现在正在看契弗的作品。你知道他的短篇小说《游泳者》吗？”

霍奇斯摇摇头。

“你应该知道。真是了不起。反正他们想要那些笔记本的故事，从头至尾，完完整整。他们在这之前对我提供的复印件和碎片进行了三四次笔迹鉴定。”

霍奇斯确实知道那些碎片。烧穿的地下室里有大量烧焦的纸片，足以证明彼得所说的那些烧毁的笔记本确实是罗思坦的作品。警方对莫里斯·贝拉米的追踪调查进一步支持了彼得的说法。霍奇斯却是从一开始就没有怀疑过彼得的说法。

“你对派克说不，由我来写。”

“我对所有人说了不。如果需要把这个故事写下来，那只能由我来写，不只是因为我在场，而是因为看约翰·罗思坦的作品改变了我的……”

他停下来，摇摇头。

“不对，我原本想说他的作品改变了我的人生，可这样说不对。我不认为一个少年有多少人生可以改变。我上个月刚满十八岁。我是想说，他的作品改变了我的心。”

霍奇斯笑了：“我明白了。”

---

① 约翰·契弗（John Cheever，1912—1982），美国作家，被誉为“美国郊外契诃夫”，代表作有短篇小说集《巨型收音机》等。

“负责这篇稿子的编辑说我太年轻——还不如说我没有才华呢，对吗？——于是我把自己写过的东西寄了一些给他。这多少起了点作用。而且我勇敢地面对他。其实没有那么困难，面对过贝拉米之后，与纽约某个杂志社的家伙讨价还价没什么难的。那确实是讨价还价。”

彼得耸耸肩。

“当然，他们可以随意编辑。我看过许多文章，知道他们的做法，所以可以接受。但如果他们想刊登它，那我的故事必须署我的名。”

“立场很坚定，彼得。”

他凝视着那只箱子，一时显得年龄不止十八岁。“这个世界很艰难，这是我老爸在市民中心被撞后我发现的。”

霍奇斯不知道该如何回答，于是没有吭声。

“你知道《纽约客》最想要什么，对吗？”

霍奇斯近三十年的警察没有白当：“我猜应该是最后两部小说的梗概。吉米·戈尔德和他妹妹，还有他所有的朋友。谁对谁做了什么，怎么做的，什么时候，最终如何得到圆满的结果。”

“是啊，只有我一个人知道这些，所以我要向你道歉。”他一本正经地望着霍奇斯。

“彼得，不必向我道歉。没有任何罪名指控你，我对你也没有任何怨言。霍莉和杰罗姆也不会。我们只是很高兴你母亲和妹妹没事。”

“她们差一点有事。要是我那天在车内没有拒绝你，然后又从药店溜走，我相信贝拉米永远不会来我家。蒂娜现在还会做噩梦。”

“她怪你吗？”

“其实……不怪。”

“那就好，”霍奇斯说，“你当时面临巨大压力，既有现实世界的压力，也有精神上的压力。哈利迪把你吓坏了，你那天去书店时根本不知道他已经死了。至于贝拉米，你甚至都不知道他还活着，更不知道他出狱。”

“你说得都对，但是哈利迪威胁我并不是我不愿意和你谈的唯一原因。我仍然以为自己还有可能留下那些笔记本，明白吗？所以我不愿意和你谈，所以我才溜走。我想留下笔记本。虽然不是心中最重要的事，却一直念念不忘。那些笔记本……嗯……我得在为《纽约客》写的那篇东西中说清楚……它们对我施了魔法。我需要道歉，因为我真的与莫里斯·贝拉米没有什么区别。”

霍奇斯抓住彼得的肩膀，直视着他的眼睛。“如果那是真的，你永远不会去娱乐中心，准备把它们烧了。”

“打火机是意外掉落的，”彼得静静地说，“枪声吓了我一跳。我想我反正会那样做的——如果他朝蒂娜开枪的话——但是我永远无法肯定。”

“我知道，”霍奇斯说，“我相信对我们俩已经足够了。”

“是吗？”

“是的。那么他们准备付你多少稿费？”

“一万五千。”

霍奇斯吹了声口哨。

“还要看他们是否接受，但他们会接受的。里克先生在帮我，情况还算不错。我初稿已经写了一半。虽然我不擅长写小说，但这种文章却是我的强项。也许我将来可以把它当做一项事业。”

“你打算怎么处理这笔钱？存入你的大学基金中？”

他摇摇头道：“我总有办法进大学的，所以不担心。这笔钱将支付给教堂岭高中。蒂娜今年就可以去那里读书了，你都不敢相信她多么兴奋。”

“太好了，”霍奇斯说，“真的太好了。”

他们默默地坐了一会儿，眼睛望着那只箱子。小径上传来了脚步声，还有人说话的声音。走过来的两个家伙穿着几乎一模一样的格子衬衫和牛仔裤，出厂时的褶皱依然清晰可辨。霍奇斯觉得他们认为内陆地区人人都如此穿着。其中一人脖子上挂着相机，另一个人手提补光灯。

“午餐怎么样？”他们摇摇晃晃地踩着垫脚石、越过小溪时，彼得大声问。

“还好，”挂着相机的他说，“丹尼餐厅。火腿三明治加鸡蛋月亮饼，光那土豆煎饼就是梦中美食。到我这边来，彼得。我们先拍几张你跪在箱子旁的照片。我还要拍几张你望着箱子里面的照片。”

“里面是空的。”彼得反驳道。

摄影师轻轻拍了拍自己的额头：“人们会想象的。他们会想，‘他第一次打开那箱子，看到所有那些文学财宝时，那会是什么情形？’你知道吗？”

彼得站起身，掸了掸屁股上的灰尘。与那两个人相比，彼得身上的牛仔裤褪色不少，显得更自然。“霍奇斯先生，想留下来一起拍照吗？不是每一个十八岁少年都能够在《纽约客》杂志上自己所写的文章旁边配一张整页照片。”

“我很想，彼得，可我还有事。”

“好吧。谢谢你过来听我唠叨。”

“能不能在你的文章中加上一点？”

“什么？”

“这一切并非从你发现箱子开始，”霍奇斯望着它，黑黝黝的，磨损了，一件衬里有刮痕、盖子发霉的老古董，“而应该从将箱子放在那里的人开始。当你觉得要为它最终的结果责备自己时，你或许想记住吉米·戈尔德挂在嘴边上的那句话：狗屎并非就是狗屎。”

彼得哈哈大笑，伸出手：“你是个好人，霍奇斯先生。”

霍奇斯握住他的手，“叫我比尔。现在去冲着相机镜头微笑吧。”

他在小溪对岸停了一下，回头看了看。在摄影师的指挥下，彼得跪在那里，一只手搁在磨损的箱子盖上。这是宣称拥有权的经典造型，让霍奇斯想起了自己曾经看到过的一张照片：欧内斯特·海明威跪在他捕获的一头狮子旁。但是彼得的脸上丝毫没有海明威那种得意的、充满笑意、愚蠢的自信。彼得的脸上写着这从来就不是我的东西。

保持这个想法，孩子。霍奇斯想，然后朝车走去。

保持这个想法。

啪

他告诉彼得他还有事，这不完全是实话。他本可以说他还有个案子，可那也不完全是实话，尽管案子一词可能更贴切。

在动身去见彼得前不久，他接到了创伤性脑损伤诊所贝姬·赫尔明顿的电话。他每个月付她一点钱，让她把布莱迪·哈茨费尔德的最新情况告诉他。霍奇斯称布莱迪为“我的人”。她也把病房里发生的任何怪事告诉他，还有最新的谣言。霍奇斯的理智在不断提醒他，这些谣言没有什么特别之处，某些怪事也都有合理解释，然而他的脑子里不只有理性部分。在理性部分下面的深处有一个地下海洋——他相信每个人的脑子里都有这样一个海洋——里面游着怪异生物。

“你儿子还好吗？”他问贝姬，“希望最近没有从树上摔下来过。”

“没有，罗比现在很好。霍奇斯先生，你看过今天的报纸了吗？”

“还没有从我的包里拿出来。”在这个新时代，互联网中什么都有，随时可以获取，他有时候根本不把报纸从包里取出来。报纸只是待在他的懒汉椅旁，像个被遗弃的孩子。

“你看一下都市新闻部分，第二页，然后给我回话。”

他五分钟后打了回去：“天哪，贝姬。”

“果然不出我所料。她是个可爱的女孩。”

“你今天上班吗？”

“不上班，我在州北我妹妹家度周末，”贝姬停了一下，“其实，我一直在考虑回去后调到医院总部的ICU病房去。那里刚好有个空缺，而我已经厌倦了巴比纽大夫。他们说得是对的——这些怪物医生有时候比病人还要疯狂。我要说，我也厌倦了哈茨费尔德，但是这样说有点不太对。真相是，我有点怕他。就像我小时候害怕这里闹鬼的屋子一样。”

“是吗？”

“嗯哼。我知道那些屋子里没有鬼，可换句话说，万一里面真的有鬼呢？”

霍奇斯下午两点刚过就来到了医院。由于是劳动节前的下午，脑损伤诊所从未如此冷清过，至少白天从来没有过。

值班护士的名牌显示她叫诺尔玛·威尔默，她把探视卡给了他。仅为了打发时间，霍奇斯把探视卡夹到衬衣上时说：“我听说你们病房昨天发生了一起悲剧。”

“我不能聊这种事。”威尔默护士说。

“你当时在值班吗？”

“不在。”她继续忙她的案头工作，同时观察监视器。

没关系，贝姬回来后，一旦有时间打听，他就能从她那里获知更多情况。万一她实现换岗的计划（在霍奇斯看来，这是最佳的迹象，说明这里真的有情况），他会另外找个人帮他。有几个护士是老烟民——尽管她们知道这个习惯不好——向来很高兴能挣点烟钱。

霍奇斯慢慢走到217病房，意识到自己的心脏比正常情况跳得更厉害、更快。又是一个迹象，说明他已经开始认真对待此事。晨报上的新闻让他大为震惊。

他在路上碰到了图书馆艾尔，推着他的小推车。他像往常一样向艾尔打招呼：“嗨，伙计，还好吗？”

艾尔起初没有回答，似乎都没有看到他。仿佛青肿一样的眼袋比以往更加明显，而他的头发——通常总是梳得纹丝不乱——今天却乱糟糟的。还有，他的名牌也挂倒了。霍奇斯再次琢磨艾尔是否开始失去理智。

“一切都还好吗，艾尔？”

“还好，”艾尔的回答很空洞，“你看不到的好才是好，对吗？”

霍奇斯不知道如何回答这种不合理的结论，他还没有来得及去想如何回答，艾尔就已经推着车走了。霍奇斯一头雾水，目送他远去后才继续往前走。

布莱迪坐在窗前的老地方，穿着老一套衣服：牛仔裤和一件格子衬衣。有人给他理了发，但理得不好，活像是屠夫干的。霍奇斯怀疑他是否在乎，反正看样子他短期内是无法出去跳排排舞了。

“你好，布莱迪，好久不见了，船上的牧师都是这样和女修道院院长打招呼的。”

布莱迪只是望着窗外。相同的几个老问题结合在一起，在霍奇斯的脑子里玩着绕圈转的游戏。布莱迪看到外面什么东西了吗？他知道今天有客人吗？如果知道，那么他知道客人是霍奇斯吗？他是否在想事？他有时候在思考——反正足以说出几个简单的句子——在理疗中心，他能够在病人们所称的折磨大道上摇摇晃晃地走上二十多米，可那究竟意味着什么？鱼儿也在水族馆中游来游去，但那并不意味着它们会思考。

霍奇斯想，你看不到的好才是好。

管它什么意思呢。

他捡起布莱迪和他母亲拥抱在一起的银框照片，上面的笑容特别显眼。如果这浑蛋爱过什么人的话，那就是他亲爱的老妈。霍奇斯想看看布莱迪是否对自己手中拿着黛博拉·安的照片有反应。似乎没有。

“她看上去很性感，布莱迪。她性感吗？真的是大屁股老妈吗？”

没有反应。

“我这样问是因为我们打开你的电脑时，发现里面有她的半裸照片。你知道，便装、尼龙长袜、胸罩和短裤，那种东西。她穿成那样的时候，我觉得她很性感。我把照片给其他警察看的时候，他们也觉得她很性感。”

虽然他撒这个谎时像往常一样眉飞色舞，但对方仍然没有反应。

没有任何反应。

“你 × 过她吗，布莱迪？我敢打赌你心里肯定想过。”

是不是他的眉毛微微动了一下？是不是他的嘴唇向下抽搐了一下？

也许吧，但是霍奇斯知道这可能只是自己的想象，因为他希望布莱迪听到他说什么。美国没有人比这个杀人不眨眼的浑蛋更值得在他的伤口上撒盐。

“也许你先杀了她，然后再 × 她，那样就不必讲礼貌了，对吗？”

没有反应。

霍奇斯坐在探视者的椅子上，将照片放回到桌上，旁边就是艾尔给那些想要的病人发放的赞普特电子阅读器。他双手抱拳，望着布莱迪。布莱迪应该永远不会从昏迷中醒过来，但他却做到了。

好吧。

算是吧。

“你是假装的吧，布莱迪？”

他总是问这个问题，却一直没有得到任何回答。今天也没有。

“昨晚有个护士自杀了，就在卫生间里。你知道吗？她的名字暂时没有透露，但是报上说她死于失血过多。我猜她应该是割腕，但我不能肯定。如果你知道，我相信你会为此高兴。你向来喜欢看到有人自杀成功，对吗？”

他等待着。什么也没有。

霍奇斯探身向前，紧紧盯着布莱迪那张毫无表情的脸，真诚地说道：“问题是——我不明白的是——她是怎么做到的。卫生间里的镜子不是玻璃的，而是抛光的金属。我想她本可以用她粉盒里的镜子之类的东西，可是那种镜子对于自杀这种事似乎太小了点，有点像带一把刀去参加枪战。”他重新坐回到椅子上。“嗨，也许她真的有把刀。那种瑞士军刀，知道吗？放在她的小包里。你有过那种瑞士军刀吗？”

没有反应。

没有吗？他有一种强烈的感觉，在无神的凝视背后，布莱迪正在注视着他。

“布莱迪，有些护士相信你可以从这里把卫生间的水打开和关上。她们认为你那样做只是想吓唬她们，是真的吗？”

没有反应，但是被他盯着的那种感觉依然很强。布莱迪确实以逼人自杀为乐，这才是关键。你甚至可以说自杀就是他的标志。在霍莉用简易警棍调教他之前，布莱迪想引诱霍奇斯自杀。他没有成功……但是他在奥莉薇亚·特莱劳尼身上成功了。这个女人的梅赛德斯车现在属于霍莉·吉伯尼，计划将它开到辛辛那提。

“如果你能，现在就来呀。来呀。卖弄一下，显显身手。你觉得怎么样？”

没有反应。

有些护士相信，在他试图炸毁明戈演艺厅的那天晚上，他的脑袋遭到了反复击打，而这不知怎么的重新排列了哈茨费尔德的大脑。反复遭到重击后给了他……力量。巴比纽大夫说这很荒唐，这是医院版本的都市传奇。霍奇斯相信那位大夫说得对，但是那种被人盯着的感觉毋庸置疑。

同样毋庸置疑的还有一种感觉，布莱迪·哈茨费尔德内心深处在嘲笑他。

他拿起电子阅读器，这次是个宝蓝色的。他上次来医院探视时，图书馆艾尔说布莱迪喜欢看上面的演示，会盯着看上几个小时。

“喜欢这玩意儿，是吗？”

没有反应。

“你拿它也没有什么大用，对吗？”

零。空。无。

霍奇斯将它放在照片旁，站起身来。“我看看能不能打探到那位护士的情况，好吗？如果我打探不到，我的助手会的。我们有自己的渠道。那位护士死了，你高兴吗？她对你刻薄吗？她有没有捏你的鼻子，或者拧你那毫无用途的小鸡鸡？或许就是因为你在市民中心轧死了她的一个朋友或者亲戚。”

没有反应。

没有反应。

没有——

布莱迪的眼睛转动了一下。他望着霍奇斯，霍奇斯一时感到莫名的强烈恐惧。那双眼睛表面上毫无生气，但是他看到下面有一些没有人性的东西。这让他想起了那部讲述小女孩被帕祖祖[①]缠住的电影。那双眼睛随即转向窗外，霍奇斯告诫自己不要当傻瓜。巴比纽大夫说布莱迪已经恢复到能够恢复的最好程度了，而且这程度也并不高。他就像一块空白写字板，上面没有一个字，只有霍奇斯自己对这个人的感觉：他当警察这么多年当中遇到过的最卑劣的人渣。

我希望他待在这里，这样我就可以伤害他，霍奇斯想。仅此而已。最终的结果可能是那位护士的丈夫背着她与别人跑了，或者她吸毒成性即将被解雇，或者两者皆有。

“好了，布莱迪，”他说，“我要走了，忙得像嗡嗡飞舞的蜜蜂。但是作为朋友，我得说你这头发理得太烂。”

没有反应。

“再见了，短吻鳄。回头见，大鳄鱼。”

他走了，随手轻轻关上房门。如果布莱迪真的在那里面，那么如果霍奇斯用力关门，布莱迪就会知道他已经让霍奇斯感到不安，就会因而感到高兴。

当然，他已经做到了。

---

① 帕祖祖（Pazuzu），古代苏美尔民间传说中最邪恶的魔神之一，相传身上长有秃鹫的羽翼、狮子的利爪及蝎子的毒钩，还有一颗畸形的、巨大的、无比丑陋的头颅，外表非常冷酷，散发出一股令人畏惧的邪恶气息。电影《驱魔人》中的魔鬼雕像以此为原型。

霍奇斯走了之后，布莱迪抬起头。母亲相片旁的蓝色电子阅读器突然启动了。动画鱼游来游去，活泼的泡泡音乐响了起来。屏幕变成了愤怒的小鸟演示，然后变成了芭比娃娃时装秀，然后是银河战士。在这之后，屏幕再次关闭。

卫生间里，水池里的水涌出后又停止。

布莱迪望着自己和母亲的相片，脸贴着脸，微笑着。盯着它。盯着它。

相片倒了下去。

啪。

2014 年 7 月 26 日

作者的话

你独自在房间里写出一本书，这就是这本书完成的经过。我在佛罗里达写出了第一稿，当时望着外面的棕榈树。我在缅因州改稿，望着外面的松林一直延伸到美丽的湖边，日落时潜鸟会在湖面上相互交流。但是我在这两个地方并非一人独处；很少有作家会完全独自一人。当我需要帮助时，帮助便近在咫尺。

南·格拉汉姆编辑了本书。苏珊·摩尔多和罗兹·里佩尔也为斯库里布纳出版社效力，没有她们的帮助我无法继续下去。这几位女士的帮助无法估量。

查克·维瑞尔是本书的代理。他三十年来一直是我的后盾，聪明、幽默、无畏。他可不是唯唯诺诺的人，每当我的狗屁东西不对时，他会直言不讳地告诉我。

罗斯·多尔做研究，这些年来越做越好。他就像手术室里出色的医生助理，甚至在我还没有提出之前，就已经把我需要的下一个器械准备就绪。他对本书的贡献几乎每一页上都能见到。具体的是：罗斯在我苦思冥想时给我起了这个书名。

欧文·金和凯利·布拉菲特都是一流小说家，他们看了初稿，对它进行了大量润色工作。他们的贡献同样几乎每一页都能见到。

玛莎·德菲利普和朱莉·厄格里负责我在缅因州的办公室，让我与真实世界保持着联系。芭芭拉·麦金泰尔负责我在佛罗里达的办公室，同样尽职。雪莉·松德雷格则是荣誉顾问。

塔比莎·金是我最好的评论家，也是我最爱的人。

还有你们这些忠心耿耿的读者。感谢上帝你们这么多年后依然不离不弃。只要你们开心，我就开心。